SARAH STEELE

Das Wunder jenes Sommers

GOLDMANN

Sarah Steele

Das Wunder jenes Sommers

Roman

Aus dem Englischen
von Ele Zigldrum

GOLDMANN

Die englische Originalausgabe erschien 2020 unter dem Titel
»The Missing Pieces of Nancy Moon« bei Headline Review,
an imprint of HEADLNE PUBLISHING GROUP, London.

FSC www.fsc.org
MIX
Papier aus verantwortungsvollen Quellen
FSC® C014496

Penguin Random House Verlagsgruppe FSC® N001967

1. Auflage
Deutsche Erstveröffentlichung Juni 2022

Umschlaggestaltung: UNO Werbeagentur, München
Umschlagmotiv: FinePic®, München
Redaktion: Annekatrin Heuer
An · Herstellung: ik
Satz: GGP Media GmbH, Pößneck
Druck und Bindung: GGP Media GmbH, Pößneck
Printed in Germany
ISBN: 978-3-442-49101-8

www.goldmann-verlag.de

»Hallo Nancy«, sagte sie leise und fuhr mit dem Daumen über die Ecke des steifen, vergilbten Fotokartons. »Warum habe ich noch nie von dir gehört?«

In Erinnerung an
meine liebe und außergewöhnliche Tante Pam

Prolog

Am Beginn einer Reise steht meist ein Abschied: von einem Freund oder einem geliebten Menschen, nicht selten dem Partner, und manchmal auch von einem Ort. Ein Abschied schärft den Blick, erinnert daran, was hätte sein können, und weckt die Vorfreude auf das, was kommen mag. Ein Abschied bringt Wehmut mit sich, mitunter auch Schuldgefühle oder Bedauern, Hoffnung oder sogar Erleichterung. Manchmal nimmt man nur für ein paar Stunden Abschied, ein anderes Mal ist es für immer.

Es war ein schwülwarmer Abend, als sie sich trafen, um Abschied zu nehmen. Das Ende eines dieser unerwartet drückend heißen Tage, an denen die Menschen in der Stadt es nicht erwarten können, nach Hause zu kommen, um endlich Krawatten und Strümpfe loszuwerden, Kragen zu öffnen, Gürtel zu lockern und die Schuhe abzustreifen. Dann die Fenster ihrer Wohnungen aufzureißen und den Geräuschen der Stadt zu lauschen.

Das große Glasdach, das die Bahnsteige überspannte, war wie der Deckel eines Dampfkochtopfes, der die heiße Luft mit dem Lärm und Geruch hunderter verschwitzter Menschen zu einer stickigen Wolke verdichtete. Wer hätte es für möglich gehalten, dass man abends an der Waterloo-

Station in einen Zug einsteigen und am nächsten Morgen in Frankreich ankommen könnte? Von Wandsworth nach Paris, einfach so. Sie hatte die Verbindung herausgesucht: Es waren nur dreihundert Meilen, genauso weit wie von Wandsworth nach Newcastle. Allerdings hatte sie neulich am Piccadilly Circus jemand aus der Gegend von Newcastle nach dem Weg gefragt. Verglichen mit diesem nordenglischen Dialekt war Französisch vermutlich einfach zu verstehen. Es war ja nur für ein paar Monate, sagte sie sich, London wäre immer noch da, wenn sie zurückkam.

Auf dem Bahnsteig herrschte ein chaotisches Durcheinander; Reisende und ihre Lieben, die sich verabschieden wollten – Familien, die dicht beieinanderstanden, damit die Kinder nicht verloren gingen, Liebespärchen, die einen letzten Kuss austauschten, ernst dreinblickende Geschäftsmänner, die mit wehenden Mänteln und tief in die Stirn gezogenen Filzhüten ihren Wagons zustrebten. Sie beobachtete eine französische Dame in modisch geschnittenem Kurzmantel, die auf schlanken Beinen an ihr vorbeiglitt, eine lange Zigarettenspitze in der Hand und ein winziges Hündchen unter dem Arm. Ein Träger hastete mit Louis-Vuitton-Koffern hinterher. Mit einem Mal fühlte sie sich sehr englisch und gewöhnlich in ihrem selbst geschneiderten Kleid. Leute schubsten sie hin und her, während sie sich eilig den Weg zu ihren Zügen bahnten und letzte Einkäufe tätigten, aber sie bemerkte es kaum. Sie hatte das Gefühl, über dem Gedränge zu schweben. Die höflichen Abschiedsfloskeln, die sie mit Peggy austauschte, drangen an ihr Ohr, als wäre zwischen ihnen eine unsichtbare Trennwand errichtet. Für das, was sie beide sich eigentlich sagen wollten, war hier in der Öffentlichkeit kein Platz, außerdem standen Dorothy und Phyllis in Hörweite. Also unterhielten sie sich in diesen letzten gemeinsamen Minuten über Nichtigkeiten, als hätten sie sich zufällig in der Schlange vor dem Postamt getroffen. Auch das entfernte Tuckern der Diesellokomotive bot keine Ausrede, das Gespräch einzustellen, dabei gab es eigentlich nichts mehr zu sagen. Sie vermisste das laute Kreischen einer Dampflok bei der Abfahrt, die Rußwolken in der Luft, die ihr eine perfekte Entschuldigung für ihre feuchten Augen geliefert hätten. Stattdessen senkte sie den Blick und rieb an einem unsichtbaren Fleck an ihrem Ärmel herum.

Insgeheim hatte sie gehofft, dass ihre Eltern zum Bahnhof kommen würden, um sie zu verabschieden, und obwohl sie nicht überrascht war, dass die beiden nicht aufgetaucht waren, war sie traurig und enttäuscht. Sie stellte sich vor, was ihre Eltern wohl gerade machten: Dad saß sicher vor dem neuen Fernseher und schaute eine Folge seiner Lieblingsserie an, während Mum die Reste der Mahlzeit wegräumte. Montags aßen ihre Eltern immer Kartoffeln mit Spiegelei. Sie war froh, dass Peggy gekommen war, auch wenn sie den Verdacht hegte, dass sie sich nur vergewissern wollte, dass sie wirklich in den Zug stieg und es sich nicht doch noch im letzten Moment anders überlegte.

»Meine Damen und Herren, einsteigen bitte! Letzter Aufruf für die Reisenden nach Paris.« Ein Schaffner eilte dienstbeflissen auf dem Bahnsteig hin und her und trieb die letzten Nachzügler zur Eile an.

»Also, ich geh dann wohl besser«, sagte Peggy, und es schien, als hätte sie auch einen dieser unsichtbaren Rußpartikel ins Auge bekommen. »Ich sollte zurück zu Donald und …«, sie brach ab. »Also, du weißt schon …«

»Ja.« Sie versuchte zu lächeln, aber die dazu nötigen Gesichtsmuskeln versagten ihren Dienst.

Peggy zögerte, dann drückte sie ihr einen schnellen parfumduftenden Kuss auf die Wange. »Mach dir keine Sorgen. Genieß es einfach. Und nimm dich vor diesen Franzosen in Acht, hörst du?«

Sie musste lachen. »Du klingst schon wie Dad. Jetzt geh schon, verschwinde. Ich darf den Zug nicht verpassen.«

»Ich hasse Abschiede. Ich wünschte, du müsstest nicht wegfahren. Ich werde dich schrecklich vermissen.«

Und noch ehe Peggy in ihre Tasche greifen konnte, war Phyllis schon neben ihr aufgetaucht und hielt ihr ein Taschentuch hin. »Hier, nimm, Peg. Was soll denn dein Donald denken, wenn du so verheult nach Hause kommst?«

Peggy putzte sich lautstark die Nase.

»Es ist besser, wenn du jetzt gehst, Kleines. Ich und Phyl winken ihr zum Abschied.« Sie schnappte nach Luft, als Dorothy ihr einen Arm um die Schultern legte und sie drückte.

Peggy konnte ihre Erleichterung nur schwer verbergen. »Seid ihr sicher? Ich sollte wohl tatsächlich lieber gehen.

Maddie kränkelt schon die ganze Woche, und ich kann sie nicht in Donalds Obhut lassen.«

»Ist schon in Ordnung«, sagte sie. »Geh ruhig, Peg. Die beiden hier haben das im Griff.«

»Nun schwirr endlich ab«, befahl Dorothy freundlich. »Wir setzen sie in den Zug.«

»Oh, warte!«, rief Phyllis plötzlich. »Wir sollten noch eine Aufnahme von uns allen machen. Wo ist dein Fotoapparat? Du hast ihn doch eingepackt?«

»Er muss irgendwo sein.« Sie zog das braune Lederetui aus ihrer Reisetasche und öffnete es.

»Moment.« Dorothy hielt einen jungen Mann auf, der auf dem Weg zu seinem Wagon war. »Würden Sie ein Foto von uns schießen?«

Erst schien der Passant ablehnen zu wollen, doch als Dorothy den Kopf schief legte und einen Schmollmund zog, ließ er sich erweichen. »Wenn es nicht zu lange dauert«, erwiderte er zögernd.

»Los, Mädels, näher zusammen!«, rief Dorothy und zog die drei Freundinnen zu sich heran.

Einmal kurz lächeln, dann war es vorbei. Der junge Mann reichte ihnen die Kamera zurück und eilte davon, wobei er Dorothy noch einen kurzen Blick zuwarf.

»Ich sollte jetzt wirklich einsteigen«, sagte sie und verstaute ihren Fotoapparat wieder in der Reisetasche. »Bis dann, Peg.«

Sie fassten sich an den Händen und suchten nach Worten, aber keine von ihnen brachte ein Wort heraus, also drückte Peggy noch einmal fest ihre Hände und hastete dann schnell über den Bahnsteig davon. Wenn der Zug abfuhr, würde sie schon im Bus Nummer 44 sitzen und nach Hause fahren.

Als Peggy in der Menge verschwand, nahmen Phyllis und Dorothy sie in die Mitte. Sie dachte, dass sie ein komisches Bild abgeben mussten: auf der einen Seite Dorothy mit den hohen Absätzen und der blonden Hochsteckfrisur, auf der anderen die winzige Phyllis, die in ihrem grauen Kostüm eher an eine Bahnhofstaube erinnerte, mit draller Oberweite, staksigen Beinen und nervösem Blick.

»Keine Sorge«, sagte Dorothy. »Peggy kommt schon zurecht. Sie kommen alle zurecht. Du musst dich jetzt auf deine tolle Reise konzentrieren. Ich wünschte, ich wäre an deiner Stelle, du Glückspilz.« Sie verpasste ihr einen gutmütigen Knuff. Das hatte jedoch nicht den gewünschten erheiternden Effekt. »Komm schon, man könnte denken, du wärst auf dem Weg ins Arbeitslager! Dabei wirst du den Sommer in Frankreich und Italien verbringen!«

Phyllis begann in ihrer Handtasche zu kramen und murmelte leise vor sich hin.

»Phyl, was machst du da? Du siehst aus wie ein Terrier auf Kaninchenjagd.« Dorothy stieß einen Seufzer aus und zog gelangweilt an ihrer Zigarette. Schließlich förderte Phyllis eine kleine Dose und eine Packung Kekse zutage. »Hier«, verkündete sie. »Das kannst du vielleicht brauchen. Falls du Hunger kriegst.«

»Du weißt aber, dass es in Frankreich auch Lebensmittel gibt, oder?« Dorothy verdrehte die Augen. »Sie wird dort die feinsten Schnecken essen, kein blödes Corned

Beef. Nicht wahr?«, fügte sie hinzu und lachte. »Verdammt, du bist so weiß wie ein Leintuch, Süße!« Dorothy griff in ihre Handtasche und zog eine halbleere Schachtel *Pall Mall* heraus. »Hier«, sagte sie, während sie ihrer Freundin die Zigaretten in die Handtasche schob und den Verschluss zuschnappen ließ. »Das passt schon eher.«

»Abfahrt in zwei Minuten, Madam. Wenn ich bitten darf? Sie wollen doch nicht den Zug versäumen, oder?« Ein junger Gepäckträger nahm ihren Koffer und hob ihn auf einen Gepäckwagen. Dann gab er ihr einen Wink, damit sie ihm folgte.

»Na los, Mädchen«, meinte Dorothy sanft, ließ ihre Zigarette auf den Boden fallen und trat sie mit der Spitze ihres schwarzen Lackschuhs aus. »Steig schon endlich ein.« Sie packte sie am Arm und zog sie mit sich, sodass sie gar nicht anders konnte, als mit der Freundin in Gleichschritt zu fallen und sich Dorothys hüftschwingendem Gang anzupassen. Phyllis trippelte hinterher.

Beinahe wäre sie gestolpert, als sie sich umdrehte. Sie wollte sehen, ob Peggy noch da war, wollte ihr ein letztes Mal zuwinken. Aber die wogende Menge der Fahrgäste, die nun versuchten, ihre Wagons zu finden, hatte sie bereits verschluckt. Peggys olivgrüner Sommermantel und ihr blondes Haar waren nirgendwo zu entdecken.

Oder war da vielleicht sein Gesicht irgendwo im Gedränge, war er gekommen, um sich zu verabschieden oder sie gar zu bitten zu bleiben? Vielleicht hatte er sich im Tag geirrt. Vielleicht hatte sie ihm das falsche Datum geschrieben.

»Kein Blick zurück«, befahl Dorothy, als wüsste sie, wohin ihre Gedanken wanderten. »Nur nicht unterkriegen lassen, okay?« Sie wischte die dargebotene Hand des Schaffners beiseite, der ihnen beim Einsteigen in den Wagon helfen wollte, und schob sie die Stufen hinauf.

»Nur nicht unterkriegen lassen«, gab sie zurück, als sie sich auf dem Treppenabsatz noch einmal umwandte. Aber selbst dieser alte Scherz zwischen ihnen konnte ihr kein Lächeln auf die Lippen zaubern.

»Bist du sicher, dass dich jemand in Empfang nehmen wird?«, fragte Phyllis und biss sich dabei vor Sorge beinahe die Lippe wund.

»Ja, Phyllis, zum hundertsten Mal, sie holen mich am Bahnhof ab.«

Der Schaffner kam den Bahnsteig entlang, warf die Türen der Wagons zu und verscheuchte alle, die nicht mitfuhren, von der Bahnsteigkante.

Sie zog das Fenster herunter und lehnte sich hinaus. »Also dann, auf Wiedersehen«, sagte sie und drückte ihren beiden Freundinnen die Hände. Phyllis putzte sich noch einmal lautstark die Nase, und sogar Dorothy schien etwas ins Auge bekommen zu haben.

Der Pfiff zur Abfahrt ertönte, und der schwere Zug setzte sich in Bewegung. Phyllis rannte nebenher und winkte wie wild, bis Dorothy sie einholte und zurückzog. Sie konnte es sich noch immer anders überlegen, dachte sie, während die Umrisse ihrer Freundinnen sich in kleine Punkte verwandelten. Der Zug fuhr noch ziemlich langsam, und wenn sie jetzt absprang, würde sie auf dem Ende des Bahnsteigs landen und sich höchstens ein aufgeschürftes Knie holen.

Und dann war es auf einmal zu spät. Der Bahnsteig war davongeschmolzen, und der Motor der Lokomotive kurbelte sich Gang um Gang hinauf. Sie hatte keine Wahl, sie musste die Sache durchziehen.

»Bitte treten Sie vom Fenster zurück, Miss«, sagte der Schaffner, bedeutete ihr, zur Seite zu treten, und schloss geräuschvoll das Fenster. »Wir wollen doch keinen scheußlichen Unfall, nicht wahr? In welchem Abteil sitzen Sie?«

Sie hielt den zerknüllten Fahrschein noch immer in der geballten Faust. Sie versuchte ihn zu glätten. »Hier«, erwiderte sie.

Der Schaffner warf über seine Lesebrille hinweg einen prüfenden Blick darauf und deutete dann den Gang entlang. »Da vorn links. Es wird gleich jemand kommen und Ihre Bestellung aufnehmen.«

Sie folgte seiner Anweisung, griff nach ihrer Reisetasche und schob die schwere Tür zum Abteil Nummer siebzehn auf, in dem bereits ihr Koffer auf sie wartete. Das holzgetäfelte Abteil wirkte edel mit seinem glänzenden Messing und den blankgesessenen Lederbezügen. Eines der Mädchen in der Arbeit hatte erzählt, dass der Herzog und die Herzogin von Windsor diesen Nachtzug nutzten, wenn sie zwischen Paris und London hin- und herfuhren.

Plötzlich klopfte es leise an der Tür, und ein junger Zugbegleiter in schicker Uniform, er war kaum älter als sechzehn, steckte den Kopf herein. Höflich fragte er, ob sie im Speisewagen zu Abend zu essen wünsche oder ob er ihr etwas zu trinken bringen dürfe, ehe sie sich zur Ruhe legte. Sie war nie gut darin gewesen, Entscheidungen zu treffen, doch schließlich lehnte sie das Abendessen ab und bestellte einen Gin Tonic und eine heiße Schokolade, damit sie für alle Eventualitäten gerüstet war. Der Zugbegleiter nickte, dabei wippte die adrette Kappe auf seinem Pomade-Haar auf und nieder.

Ein oder zwei Minuten später verließ sie das Abteil und schloss leise die Tür hinter sich. Wie hypnotisiert vom Schwanken des Wagons und der donnernden Wucht, mit der Südengland hinter ihnen verschwand, lief sie den Gang entlang. Wer wohl hinter den geschlossenen Türen und heruntergelassenen Rollläden saß? Sie hörte gedämpfte Stimmen auf Englisch und Französisch reden, aber sie waren kaum zu verstehen über das rhythmische Klappern des Zuges hinweg, der in rasender Geschwindigkeit Richtung Dover fuhr, wo die Fähre wartete, um die Reisenden nach Dunkerque zu bringen. Endstation Gare du Nord. Sie versicherte sich, dass der Schaffner nicht in der Nähe war, dann zog sie das Fenster am Ende des Ganges auf und hielt ihr Gesicht in den heißen Strom dämmriger Abendluft, der das Brüllen des Motors mit sich trug. Sie vergaß, dass das Ergebnis des Friseurbesuchs, für den sie ein Vermögen ausgegeben hatte, im Handumdrehen zerstört wurde, und blickte hinaus. Meile um Meile blieb die englische Landschaft hinter ihr zurück und verschwand schließlich unaufhaltsam in der schwarzen Nacht.

Einen kurzen Moment lang wusste sie nicht mehr, welches ihr Abteil war. Angesichts der langen Reihe identisch aussehender Türen stieg Panik in ihr auf. Dann fiel ihr ein, dass die Abteilnummer auf ihrer Fahrkarte stand. Während ihrer Abwesenheit war das Bett heruntergeklappt und das Bettzeug gerichtet worden, die weiche schottengemusterte Decke und das strahlend weiße Bettlaken an allen Seiten ordentlich festgesteckt. Die helle Deckenbeleuchtung war einem sanften Nachtlicht gewichen. Auf einem dicken Papieruntersetzer, auf dem das Logo der Eisenbahngesellschaft prangte, wartete ihr Gin. Sie kippte ihn hinunter, dann zog sie rasch ihr Nachthemd an, löste die Samtschleife und bürstete den Wind aus ihrem Haar, ehe sie sich auf die schmale Pritsche setzte.

Plötzlich überkam sie ein Heißhunger, und sie erinnerte sich an die Käsebrote, die Peggy ihr für die Reise eingepackt hatte. Sie aß alle vier auf einmal auf und spülte mit der dicken, süßen heißen Schokolade nach. Ob sie das alles während der Überfahrt auf der Toilette wieder von sich geben würde? Sie war noch nie mit einem Schiff gefahren, außer dem Ruderboot auf dem Serpentine Lake im Hyde Park letzten Sommer. Sie hatte keine Ahnung, ob sie seekrank werden würde. Aber das würde sie sicher bald herausfinden.

Nun war es also so weit. Sie war unterwegs, hatte ihre Garderobe zusammengestellt und ihre Sachen für die nächsten paar Monate gepackt. Sie hatte sogar ihre Schnittmuster dabei; sie hatte sich zur Gewohnheit gemacht, Erinnerungsstücke an besonders gelungene Anlässe, zu denen sie ihre Kleider getragen hatte, aufzuheben und sie in den Originalumschlägen der Schnittmuster aufzubewahren. Mum fand, sie sei eine alberne Sammlerin, die sich von nichts trennen könne. Aber ums Sammeln ging es ihr nicht. Diese kleinen Souvenirs waren eher wie Tagebucheinträge, und wenn sie die Päckchen und ihren Inhalt eines Tages durchsehen würde, würden die Erinnerungen zurückkommen, klarer als beim Betrachten eines Fotoalbums.

Es gab kein Zurück. Zumindest nicht für die nächsten paar Wochen. Es war eine unglaubliche Gelegenheit, auf Kosten von jemand anderem die Welt kennenzulernen. Sie hatte erst ein einziges Mal in einem richtigen Hotel übernachtet. Es war so ganz anders gewesen als die kleinen Bed-and-Breakfast-Unterkünfte, die ihre Familie jeden Sommer in Hastings für eine Woche bezog. Dort musste man sich das Bett selbst machen und das gemeinschaftliche Bad nach der Benutzung putzen. Sie konnte sich nicht vorstellen, dass Franzosen oder Italiener ihre Gäste nach dem Frühstück auf die Straße setzen würden, egal bei welchem Wetter, um sie erst wieder nachmittags zum Tee hineinzulassen. Sie steckte sich die Haare hoch und streifte ein feinmaschiges Haarnetz darüber, dann schob sie sich erschöpft zwischen das eng gespannte Bettzeug auf der schmalen Liege. Obwohl ihr Körper sich nach Schlaf sehnte, wollte ihr Geist sich nicht beruhigen. Wieder und wieder liefen die Ereignisse vor ihrem inneren Auge ab. Aber schließlich konnten auch die schlimmsten

Befürchtungen nichts gegen das Schaukeln des rasenden Zuges ausrichten, und während er ihr ein metallisches Wiegenlied sang, verschlief sie die letzten Augenblicke auf englischem Boden friedlich wie ein Baby.

Teil 1

Brighton

1

Flo wischte die letzte von Grans Teetassen mit dem feuchten Geschirrtuch ab und stellte sie zu den anderen oben rechts in den Hängeschrank. Nicht in den mittleren: Da war das Geschirr für den täglichen Gebrauch untergebracht. Der Hängeschrank oben rechts war für Besuch. Und natürlich war heute Besuch zur Beerdigungsfeier gekommen. Peggy wäre entsetzt gewesen, wenn ihre Enkelin zu einem solchen Anlass die alten Teller aus dem Supermarkt und die Prinzenhochzeits-Gedenktassen auf den Tisch gestellt hätte. Also hatte Flo das Royal-Doulton-Service abgestaubt und die passende Zuckerdose samt Milchkännchen auf die Anrichte gestellt, außerdem die besten versilberten Teelöffel. Sie konnte sich nicht vorstellen, wann Peggy jemals zwanzig Stück davon in Gebrauch gehabt hatte. Die einzige Gelegenheit war wohl ihre, Flos, Taufe gewesen. Vermutlich hatte Gran das Fest damals organisiert, während ihre Mutter mal wieder auf einer ihrer ausgedehnten Reisen gewesen war.

Flo spülte das Geschirrtuch aus, wischte damit den Tisch ab und rieb einen eingetrockneten Eigelbfleck weg, den sie zuvor übersehen hatte. Nicht genug damit, dass sie vergessen hatte, die ausgeblichene Wachstischdecke gegen ein gebügeltes besticktes Leinentischtuch auszutauschen, sie hatte auch noch die Überreste von Peggys letztem Frühstück hier zu Hause für alle Nachbarn zur Schau gestellt. Wenn das schwache Herz ihrer Großmutter seinen Kampf nicht bereits aufgegeben hätte, wäre sie aus Scham über diese Entgleisung gestorben, ganz bestimmt. Ein letztes Mal wischte Flo über die Wachsdecke, bis die verblichenen Gänseblümchen darauf für einen Moment glänzten, ehe sie wieder mit ihrem faden beigen Hintergrund verschmolzen.

Plötzlich spürte sie eine Hand auf der Schulter. Flo zuckte zusammen und drehte sich um. Seamus stand hinter ihr.

»Okay, Flossie, ich fahre jetzt ein paar von den alten Schachteln nach Hause. Glaubst du, ich kann mich bei ihnen sicher fühlen?«

Flo fragte sich, wie sich Seamus auf einer Beerdigung so ungezwungen benehmen konnte. Peggys Freundinnen fraßen ihm alle aus der Hand. Sie liebten seine Ernsthaftigkeit, seinen Humor, den irischen Charme, den er versprühte. Und natürlich seine wilden schwarzen Haare und diese blauen Augen.

Er drückte ihre Schulter, ließ sie aber sofort los, als er spürte, wie Flo zurückwich. »Ich bin in einer halben Stunde zurück, es sei denn, sie kidnappen mich und sperren mich in einen Schrank.«

»Seamus?«

Er blieb auf der Schwelle stehen. »Ja, Schatz?«

»Es ist schon in Ordnung, du musst nicht zurückkommen. Warum fährst du nicht nach Hause? Hier gibt es nichts mehr zu tun, außer Dorothy von den Drinks fernzuhalten.«

Ein Hauch von Erleichterung huschte über sein Gesicht, was ihr nicht entging. »Im Ernst? Dann hole ich uns auf dem Rückweg was vom Takeaway und eine Flasche Wein. Vielleicht schaffe ich es sogar, dir ein Bad einzulassen.«

Sie wünschte, er würde sich nicht so verdammt viel Mühe geben. Er war den ganzen Tag so lieb gewesen, mehr konnte man nicht verlangen. Aber das machte es ihr äußerst schwer, weiterhin sauer auf ihn zu sein. »Eigentlich wollte ich heute hier übernachten.«

»Wirklich? Warum?«

Sie hatte keine Lust, es ihm zu erklären. Sie hatte buchstäblich keine Worte mehr. »Ich möchte einen letzten Abend hier verbringen, um endgültig Abschied zu nehmen.« Und außerdem kann ich es nicht ertragen, nach Hause zu kommen. Nicht zu dir.

Er hatte den Großmut, ihre Ausrede gelten zu lassen, und blickte zu Boden. »Floss …«

»Wir sehen uns dann morgen, Seamus.« Damit drehte Flo sich wieder zum Spülbecken und fing an, ein Glas zu polieren, aber sie wusste, dass er noch immer da war und sie musterte. Er wollte, dass sie sich zu ihm umdrehte. Schließlich seufzte er und verließ die Küche.

Sie hörte, wie sich die Damen, die noch bleiben wollten, überschwänglich von ihm verabschiedeten und er seine zwitschernden Fahrgäste aus der Haustür hinaus zu seinem Auto bugsierte.

Außer dem Geplauder der letzten Gäste war das Haus nun wieder still und verfiel in sein angestammtes teppichgedämpftes Schweigen. Flo konnte sich nicht erinnern, dass hier jemals viel Lärm geherrscht hätte: Peggy und Donald waren sanftmütige, zurückhaltende Menschen gewesen, und in all den Jahren, in denen sie bei ihnen gelebt hatte, hatten die beiden niemals einen gemäßigten Dezibelgrad überschritten; nicht einmal dann, wenn sie über eine Fernsehshow lachten oder wenn Donald einen Witz erzählte, den er in der Arbeit aufgeschnappt hatte. Niemals war auch nur ein einziges lautes Wort gefallen, wenn Mum wie so oft mit Flo und einem kleinen Koffer vor der Tür stand und kurz angebunden erklärte, dass sie jetzt wieder zu irgendeinem Flughafen, auf irgendeinen anderen Kontinent müsse. Sie hatten Flo jedes Mal ruhig in Empfang genommen, und Donald hatte ihr Gepäck in das kleine Gästezimmer getragen, das irgendwann ihr richtiges Zimmer geworden war, als sich herausstellte, dass Maddie nicht mehr zurückkommen und sie abholen würde.

Und so war Flo in dieser kleinen, verschlafenen Küstenstadt aufgewachsen. Hier fiel der Altersdurchschnitt niemals unter fünfundsechzig, auch nicht nach einem besonders kalten Winter. Es war ein Ort, der der Möchtegerngroßstadt, in der Flo jetzt wohnte, gleichgültig gegenüberstand. Peggy und Donald hatten am Ende einer der vielen Straßen mit den immergleichen Bungalows gewohnt, die sich um den Umriss des Städtchens herumschlängelten und an dessen Enden ausfransten. Durch die Gardinen erspähte Flo die kleine Grünanlage, die angelegt worden war, damit dort Kinder spielen konnten. Tatsächlich gingen dort aber nur ein paar Hundebesitzer mit ihren Yorkshire Terriern spazieren, manchmal trafen sich auch zwei alten Damen, um den neuesten Tratsch auszutauschen. Flo reckte den Hals, um jenseits der Fernsehantennen und Satellitenschüsseln den schmalen Streifen Meer zu sehen, mit den verschlafenen Cafés und dem Kiesstrand. Heute funkelte die Sonne auf dem Wasser und erinnerte die Einwohner dieses Seniorenheims, das sich Stadt nannte, daran, warum sie hier einen ruhigen Lebensabend verbringen wollten, anstatt ein Leben am Rand einer Großstadt zu fristen, in der alles immer teurer wurde und die sich ständig weiter veränderte, sodass man sie kaum mehr wiedererkannte und nicht mehr verstand.

»Kann ich noch etwas tun, Liebes?«

Sie erschrak über die Unterbrechung und musste sich kurz sammeln, ehe sie der alten Freundin ihrer Großmutter, die in der Tür stand, antwortete: »Nein, Phyllis. Danke. Du hast mir schon den ganzen Tag geholfen.«

»Oh, daran kann ich mich gar nicht erinnern. Mir kommt es vor, als hätte ich den lieben langen Tag nichts anderes getan, als Dorothy vom Sherry wegzuhalten.«

»Glaub mir, das war eine große Hilfe.«

Die beiden Frauen lächelten sich an. Im Hintergrund hörten sie, wie Dorothy vor ihrem unfreiwilligen Publikum mit laut erhobener Stimme eine wilde Geschichte aus ihrer Jugend zum Besten gab.

»Klingt, als wäre ich nicht sonderlich erfolgreich gewesen.«

»Mach dir keine Gedanken. Es sind ja nur noch Marco und Tante Bean bei ihr.«

Phyllis seufzte. »Oh, dein Seamus ist ein liebenswerter Mensch, Flo. Er war heute so erfrischend. Er ist unglaublich lustig. Die Iren haben schon ihren eigenen Charme, nicht wahr?«

»Du würdest anders darüber denken, wenn du mit ihm zusammenleben würdest, Phyllis.«

Phyllis hob die Hand vor den Mund und kicherte, sie hielt Flos Stichelei für einen Scherz. Flo wusste, warum Peggy und Phyllis Freundinnen gewesen waren – sie waren sich in vielem sehr ähnlich. »Ich bin sicher, dass das nicht stimmt. Solch ein freundlicher, zuvorkommender Mann – deine Großmutter hat ihn vergöttert.«

Kurz überlegte Flo, was Peggy wohl dazu gesagt hätte, dass die Ehe ihrer Enkelin in Scherben lag. Sie hatte die alte Dame nicht damit behelligen wollen, schließlich hatte sie schon genug Sorgen. Es war für sie alle eine schwere Zeit gewesen, aus verschiedenen Gründen.

Sie merkte, dass Phyllis sie mit gesteigerter Anteilnahme musterte. Auf keinen Fall wollte Flo jetzt ein einfühlsames Gespräch über ihre Situation führen. Peggys Freundinnen waren ein Teil ihrer Kindheit gewesen, und man konnte diesen alten Ladys einfach nichts vormachen. Flo setzte ein strahlendes Lächeln auf. »Wie auch immer, wir müssen Dorothy langsam zum Bahnhof bringen, nicht wahr? Sie will sicher nicht zu spät nach London zurückkommen. Es wird abends immer noch so früh dunkel.« Sie ahnte zwar, dass Dorothy es selbst mit Anfang achtzig noch mit jedem anständigen Räuber aufnehmen konnte, aber die temperamentvolle alte Queen von Wandsworth gehörte irgendwie zur Familie, und Flo würde nicht zulassen, dass Dorothy zu ihrem abendlichen Drink vor ihrer Lieblingsfernsehserie zu spät kam.

Phyllis schob den Ärmel ihres Strickjäckchens über das mollige Handgelenk und blickte auf ihre elegante goldene Armbanduhr. Ihre adrette Erscheinung – klein, mit winzigen Händen und feinen, hübschen Gesichtszügen – stand im Gegensatz zu ihrer Leibesfülle, die sich kontinuierlich dem Umfang ihrer üppigen Oberweite angenähert hatte. Ein Umstand, der ihrer ungebrochenen Schwäche für Eiscreme aus eigener Familienherstellung anzulasten war und von dem kohlenhydratlastigen Kochbuch unterstützt wurde, das sie von ihrer italienischen Schwiegermutter geerbt hatte. Schneller, als man das Wort »Tiramisu« aussprechen konnte, hatte Phyllis sich von Dolly Parton in Hattie Jacques verwandelt. »Oh, da findet sich schon eine Lösung. Marco und ich können sie mitnehmen. Es liegt ohnehin auf dem Weg. Vielleicht fährt Tante Bean auch zurück nach London – wir werden sie fragen.«

»Danke, Phyllis, das ist lieb von dir. Du bist bestimmt erschöpft.«

Flo selbst ging es nicht besser: Mit einem Mal überkam sie das überwältigende Verlangen nach Ruhe und Einsamkeit, und sie sehnte sich nach einem leeren Haus. Heute hatte sie jede Berechtigung, noch kurz allein hierzubleiben, ehe sie den kleinen Bungalow abschloss, die wenigen Kilometer entlang der Küste nach Hause fuhr und sich der Situation stellte.

Dorothys gackerndes Lachen drang durch den schmalen Flur. Flo lächelte. »Es ist definitiv an der Zeit, sie nach Hause zu bringen. Komm, Phyllis, wir lassen es für heute gut sein. Nicht mal Peggy hätte hier noch irgendetwas zum Abwaschen oder Wegwischen gefunden.« Und so war es tatsächlich: Alles war wieder an seinem zugeteilten Platz. Der Lappen lag ordentlich gefaltet am Rand des Spülbeckens, die Geschirrtücher trockneten an ihren an die Wand geklebten Haken, und Peggys Küchenschürze hing wieder hinter der Küchentür.

Phyllis zog ihren schwarzen Pullover, den sie unter der Strickjacke trug, über den knapp sitzenden Polyesterrock und bürstete ein paar Krümel aus den Rockfalten. »Du hast recht, Liebes. Bist du sicher, dass ich nichts mehr für dich tun kann?«

»Ja, wirklich, ihr wart alle so freundlich und hilfsbereit. Nun, vielleicht nicht Dorothy, aber sie ist einfach nicht zum Arbeiten geboren.«

»Ich glaube, der guten Dorothy ist noch nie bei der Hausarbeit der Nagellack abgesplittert. Aber wir lieben sie trotzdem. Sie würde alles für ihre Freunde und ihre Familie tun.« Phyllis betrachtete traurig Peggys Schürze, die schlaff an ihrem Haken hing. »Wir vier sind einen langen Weg zusammen gegangen, weißt du? Wir kannten uns seit unserer Kindheit und Jugend und all die Jahre als verheiratete Frauen. Ja, so war das.«

Flo hatte die Geschichten der alten Freundinnen schon unzählige Male gehört, ihre Erinnerungen an eine Kindheit im Londoner Süden. Sie hatte nie genug bekommen können von den Augenzeugenberichten aus einer beinahe verschwundenen Zeit. Sie trat zu Phyllis und umarmte sie, atmete den Duft von Haarspray und Parfum ein und fühlte sich sofort in ihre Kindheit zurückversetzt, als Phyllis ihr verbotenerweise nach der Schule eine Eistüte zugesteckt hatte.

Phyllis strich ihr über die Wange. »Du bist ein gutes Mädchen. Das warst du schon immer. Peggy hat dich wie ihre eigene Tochter geliebt. Es ist ein Jammer mit deiner Mutter. Aber sie hatte eben diese wilde Natur, wollte sich partout nicht zähmen lassen. Sie hat uns alle verrückt gemacht.«

Flo ahnte, dass Phyllis gleich eine ihrer tränenreichen Geschichten zum Besten geben würde. »Ich hatte Glück. Am Ende hatte ich zwei Mütter. Nein, vier, wenn man dich und Dorothy mitrechnet! Fünf mit Tante Bean.«

Phyllis' pfirsichfarben gepuderte Wangen glühten, und sie zog ein Taschentuch aus ihrem Ärmel und tupfte sich die Augen. »Nun sieh zu, dass du deine Sachen packst und auch nach Hause fährst, Liebes. Wir finden uns schon zurecht.«

»Ich glaube, ich bleibe heute hier«, erwiderte Flo. »Ich möchte noch eine letzte Nacht hier verbringen.«

»Bist du sicher? Ist das nicht ein bisschen einsam? Vielleicht kann Seamus zurückkommen und dir Gesellschaft leisten?«

»Vielleicht«, gab sie zurück und brachte ein wenig überzeugendes Lächeln zustande.

In Peggys kleinem Wohnzimmer hatte Marco es sich in Donalds Lehnstuhl gemütlich gemacht. Sein dichter grauer Lockenschopf ruhte auf dem gemusterten Schonbezug, dabei schnarchte er leise und entblößte sein gelbliches Gebiss. Die Schimpftiraden, die ihn aus der Sofaecke gegenüber erreichten, nahm er gar nicht wahr, denn die stickige Heizungsluft und Donalds bester Whisky hatten ihn außer Gefecht gesetzt. Sein Hemdkragen stand offen, und die schwarze Krawatte hing locker um seinen Nacken, sodass man die lockigen grauen Brusthaare erkennen konnte, passend zu seiner Frisur.

Tante Bean hatte bereits ihren Mantel an und wartete geduldig an der Tür. Als sie Flo bemerkte, zwinkerte sie ihr zu. Sie grinsten einander wortlos an, während sie Dorothys fortgesetztem Monolog lauschten. Flo liebte Bean: Sie hatte in den Sechzigern als Studentin bei Peggys Eltern zur Untermiete gewohnt und war in den Freundeskreis der Wandsworth-Familien hineingewachsen. Man munkelte, dass sie adeliger Abstammung war, aber Flo war sich da nicht so sicher. Hinter der gepflegten Aussprache verbarg sich eine sehr bodenständige, unprätentiöse Frau, die eine Barbourjacke nicht von einem Brogueschuh unterscheiden konnte, schon gar nicht in der nordwestlichen Ecke von London, wo sie mit ihrer Hundeschar wohnte.

Die Wärme des Gasofens hatte rote Bäckchen auf Dorothys Gesicht gezaubert, die gut zu ihren kreppartigen, dunkelrot umrahmten Lippen passten. Sie redete ununterbrochen und betonte ihre Worte, indem sie im Rhythmus der Satzzeichen mit ihren lackierten Fingernägeln Richtung Marco hackte, der friedlich schlummerte. Die Tatsache, dass ihr Gegenüber eingeschlafen war, hatte Dorothy noch nie davon abgehalten, in ihrem Redefluss fortzufahren, außerdem wussten sie alle, dass Marco sehr glaubhaft ein Nickerchen vortäuschen konnte, wenn es ihm in den Kram passte. Phyllis sagte immer, dass es in seinem Leben zu viele laute Frauen gegeben hätte; wahrscheinlich hatte er sich deswegen die süßeste und ruhigste Braut ausgesucht, die er finden konnte.

Dorothy erhob sich aus ihrem Sessel und streckte die Arme aus. »Komm her, Mädchen. Lass dich drücken.« Flo schob sich an dem eleganten Couchtisch vorbei, der den größten Teil des Zimmers einnahm, und ließ sich von Dorothy umarmen. Die goldenen Anhänger am Armband der alten Dame klimperten an ihrem Ohr, und die großen goldenen Ohrringe, die von Dorothys Ohrläppchen baumelten, drückten sich gegen ihre Wange. »Vergiss nicht, dass du noch immer uns hast, Süße. Du gehörst für mich genauso zur Familie wie meine eigene Bagage. Sind ohnehin alles Nichtsnutze, das kann ich dir sagen. Sie besuchen mich nie, außer sie haben Hunger oder brauchen Geld oder ein Bett für ein, zwei Nächte. Aber du besuchst mich doch bald, nicht wahr?«

»Natürlich. Ich komme bestimmt demnächst nach London. Ich melde mich bei dir, und du musst dann einen Kuchen für mich backen.«

Dorothy lachte. »Sei nicht albern. Ich kauf dir eine Packung Kekse, genau wie immer. Aber vielleicht habe ich eine nette kleine Flasche irgendwo versteckt, für besondere Anlässe.«

Es war ein alter Witz in Florence' Familie, dass man zu Phyllis ging, wenn man bekocht werden wollte, und zu Dorothy, wenn man etwas Gutes trinken wollte. »Perfekt. Ich bringe eine Zitrone mit.«

Dorothy kniff sie leicht in die Wange, wie sie es schon gemacht hatte, als Flo noch ein Kind gewesen war. »So ist es recht.« Die alte Dame zog ihr schickes schwarzes Spitzenkleid zurecht und schlüpfte in das strassbesetzte schwarze Strickjäckchen. Auch mit über achtzig achtete sie noch sehr auf sich. Als Kind hatte Flo immer gedacht, Dorothy sei eine Art Filmstar – gewissermaßen die Rita Hayworth von Wandsworth –, mit ihrem stolzen Busen und den platinblonden Haaren. Die waren inzwischen gefärbt und muteten eher nikotingelb an, als wollten sie den Jahrzehnten voll Gin und Zigaretten trotzen, die in Dorothys Gesicht deutliche Spuren hinterlassen hatten. »Also gut, junger Mann, erreiche ich diesen Zug nun noch oder nicht?«, wandte sie sich dann an Marco.

Auf wundersame Weise hörte Marco diese Bemerkung, obwohl er eben noch vorgeblich tief geschlafen hatte. Er schoss aus seinem Sessel hoch, richtete sich in weniger als einer Sekunde aus der Waagrechten zu seiner vollen Größe auf und ließ die Autoschlüssel in seiner Hosentasche klimpern. »Können wir los, meine Damen?«

»Ich nehm dich mit, Dot«, sagte Tante Bean und bürstete sich ein paar Hundehaare von ihrem abgewetzten Mantel. »Liegt ja auf dem Weg.«

»Auf Wiedersehen, Tante Bean.« Flo umarmte sie. Sie überlegte, ob sie die alte Dame darauf hinweisen sollte, dass ihre schäbige schwarze Strickjacke den ganzen Tag über falsch zugeknöpft gewesen war. Alle amüsierten sich immer darüber, dass jemand, der privat so chaotisch war, mit größter Sorgfalt und Professionalität eine Krankenhausabteilung geführt hatte und den Krankenschwestern dort keine Nachlässigkeit hatte durchgehen lassen.

»Pass auf dich auf, Liebes.« Tante Bean drückte Flo herzlich. »Und komm bald mit deinem netten Kerl zu mir zum Abendessen, ja?«

Flo nickte unverbindlich, während die kleine Gesellschaft langsam das Wohnzimmer verließ und sich in die salzige Nachtluft begab.

»Ach übrigens«, sagte Flo und zog Phyllis beiseite, während die anderen schon die Autotüren öffneten. »Vorhin in der Küche hast du erwähnt, dass ihr zu viert wart. Nicht drei, also du und Peggy und Dorothy, sondern vier. Du meintest, ihr würdet euch alle schon aus frühester Kindheit kennen. Aber Tante Bean war doch bereits Studentin, als du sie kennengelernt hast?«

Phyllis runzelte die Stirn, und Flo bemerkte, dass die rosigen Wangen der alten Dame eine Spur rötlicher wurden. »Da musst du dich irren, Liebes. Wir waren immer zu dritt. Warum sollte ich etwas anderes erzählt haben?«

»Du hast von vier Freundinnen geredet. Ich erinnere mich genau.«

Phyllis drückte ihren Arm. »Da musst du dich verhört haben, Dummerchen. Das ist ja auch kein Wunder – schließlich hast du heute deine Großmutter begraben müssen. Du bist sicher vollkommen durcheinander.«

Flo war anderer Meinung, aber sie nickte. »Wahrscheinlich hast du recht.« Sie küsste Phyllis auf die Wange und behielt einen deutlichen, duftenden Puderabdruck auf dem Gesicht zurück.

»Wirst du hier heute Abend auch bestimmt klarkommmen, so ganz allein? Denkst du daran, alles auszuschalten, wenn du gehst? Auch den Ofen? Und Peggy legt immer einen Ersatzschlüssel in den Brotkasten.«

»Ich finde mich schon zurecht. Ich trinke noch den kleinen Rest Sherry aus, esse die restlichen Königspastetchen und mache mir ein paar ruhige Stunden. Es wird mir guttun, in Ruhe Abschied zu nehmen.«

Marco klatschte laut in die Hände. »Los jetzt, es wird spät. Marco braucht seinen Nachtschlaf.« Er warf Flo eine Kusshand zu und geleitete seine Frau die Einfahrt hinunter zu seinem alten Lancia.

Flo winkte, als erst Beans Golf davonfuhr und dann Marcos alte Rostlaube den Hügel hinunterstotterte. Schließlich schloss sie die Tür und stieß einen tiefen Seufzer aus.

2

Das Anwesen in der Seaview Avenue Nummer 23 war stets der Maßstab für einen perfekten englischen Rasen und polierte Messingtürknäufe gewesen. Die weiß angestrichene Putzfassade des Bungalows trotzte den peitschenden Winterstürmen, die über den alten Hafendamm tobten, durch die inzwischen schäbig gewordene Strandpromenade fegten, an der Spielhalle und den Fish-&-Chips-Ständen vorbei durch die alten viktorianischen und edwardianischen Straßenzüge jagten und schließlich den Hügel mit dem Viertel aus den sechziger Jahren erreichten.

Peggy und Donald hatten diesen Bungalow gekauft, lange bevor ihnen die Knie beim Treppensteigen Schwierigkeiten bereiteten. Sie planten immer alles im Voraus und hatten ihren bevorstehenden Ruhestand sorgfältig vorbereitet. Einst waren sie die jüngsten Bewohner des Viertels gewesen, doch dann lebten sie rekordverdächtig lange in dieser ruhigen Ecke an der Südküste, die von der Welt vergessen schien und wo sich nur schreiende Möwen und eine ungewöhnlich hohe Anzahl von Bestattungsunternehmern tummelten.

So mancher Teenager hätte sich hier lebendig begraben gefühlt, aber Florence hatte den Umzug in die Seaview

Avenue als eine Heimkehr empfunden. Sie war hier mehr zu Hause gewesen als irgendwo sonst während ihrer ersten elf chaotischen Lebensjahre. Jedes Mal hatte sie geduldig gewartet, bis ihre Mutter es leid war, ein Kind durch Marokko oder Indien zu schleifen, und Flo in ein Flugzeug nach England setzte, damit sie sich irgendeiner Hippiegruppe oder anderen gescheiterten Existenzen widmen konnte, für die sie gerade ein Faible hatte. Mal war es ein Friedenscamp, dessen Bewohnerinnen Mutter Erde dienten und mit einem kleinen Mädchen nichts anzufangen wussten, während sie zugleich die Erde für die zukünftigen Kinder dieser Welt bewahren wollten. Dann wieder war es ein Ashram, wo Flo zusammen mit vielen anderen Kindern, die sich untereinander nur durch die gemeinsame Sprache des Spiels verständigen konnten, sich selbst überlassen war und Kakerlaken jagte.

Der Ablauf war stets der gleiche gewesen: Donald hatte am Flughafen auf sie gewartet, hatte Flo das Haar verstrubbelt, irgendwann waren sie zu seinem alten Rover gegangen und über die South Downs in die kleine Küstenstadt gefahren, während er einen Song von Perry Como vor sich hin pfiff. Zu Hause hatte Peggy die Tür geöffnet, und ein Duft nach Würstchen mit Bratkartoffeln hatte Flo begrüßt, ehe Peggy ihre Enkeltochter fest in die Arme schloss, wo diese am liebsten für immer geblieben wäre.

Sobald Flo im Bett war und Peggy all ihre Sachen in die Kochwäsche gesteckt hatte, hörte sie durch die dünnen Wände, wie sich ihre Großeltern leise unterhielten. Mit jedem Besuch schienen sie besorgter zu sein. Ihre Fragen überlagerten allmählich Flos eigene Ängste: Gingen Mädchen in Flos Alter nicht zur Schule? Würde Mum jemals irgendwo wirklich ankommen und ein Zuhause für sie beide finden? Während Peggy ihr ein heißes Bad einließ, hatte sie sich im Spiegel des Schminktisches betrachtet: ein wildes Geschöpf mit schmutzigen Fingernägeln und Dreadlocks. Mum lachte nur, wenn Flo nach einem Shampoo oder einer Bürste fragte oder wenn sie den Blick nicht von den schönen Haarspangen, Armreifen und leuchtend bunten Stoffbahnen abwenden konnte, die in den Souks oder auf den Straßenmärkten feilgeboten wurden. Mum zog sie dann jedes Mal weiter und erklärte ihr, sie solle nicht so spießig sein, was auch immer das bedeutete. Flo hatte den Verdacht, dass Gran spießig war, weil sie ihr erlaubte, alles aus dem Katalog zu bestellen, was ihr gefiel. Oder auch Donald, wenn er Flo nach Brighton fuhr, wo sie T-Shirts mit glitzerndem Einhornmotiv kauften und sich danach auf schicken Barhockern niederließen, um einen Eisbecher mit Obst und Sahne zu essen. Ihre Schuhsohlen berührten dabei die Einkaufstaschen, die auf dem Boden standen. Wenn Mum dann zurückkam, um Flo abzuholen und sie in eine Hausbesetzer-WG oder einen Wohnwagen oder auf irgendeine Reise mitzunehmen, versteckten sie die schlimmsten Konsumsünden in den Schubladen, die inzwischen Flo gehörten, auch wenn das niemand ausdrücklich sagte. Peggy kaufte immer einige unauffällige Kleidungsstücke, die Maddies Prüfung standhielten, damit ihre Enkelin zumindest ordentliche Unterwäsche und Kleidung in ihrer Größe besaß, wenigstens so lange, bis sie wieder auf der Türschwelle von Haus Nummer 23 landete.

Der schlimmste Moment war gekommen, als Flo ungefähr acht oder neun Jahre alt war. Gran hatte sich mit ihr aufs Sofa gesetzt und gesagt, sie sei müde und ob Flo ihr nicht ein bisschen aus ihrem neuesten Romanheft vorlesen könne? Flo hatte das in einen Schutzumschlag eingebundene Heft in die Hand genommen und dort aufgeschlagen, wo das lederne Lesezeichen lag, das sie einmal zusammen auf einem Ausflug gekauft hatten. Sie hatte auf das komplizierte, dichte Muster von dünnen Strichen und Bogen gestarrt und fieberhaft versucht zu erraten, was Peggy wohl hören wollte und was sich hinter dieser Geheimschrift verbarg. Flo war sich nur allzu bewusst gewesen, dass sie bei einer einfachen Aufgabe versagte. Verzweifelt hatte sie ihre Großmutter angesehen, mit vor Scham brennenden Wangen und in der furchtbaren Angst, dass sie Gran durch ihr Versagen sehr traurig gemacht hätte.

Am nächsten Tag um Punkt zehn Uhr war eine Dame mit strahlenden Augen auf der Türschwelle erschienen, eine eulenhafte Brille auf der Nase und einen Koffer voller Bücher unter dem Arm. An jedem Wochentag hatte sie mit Flo drei Stunden lang am Esstisch gesessen, und nach einer Weile ordnete sich das schwarze Durcheinander auf den Seiten von Peggys Büchern zu Buchstaben, dann zu Worten und schließlich zu der geheimen Sprache, die sie schon immer dort vermutet hatte. Ab und an hatte ein Weggefährte ihrer Mutter sich ein Herz genommen und versucht, Flo das Lesen beizubringen, aber Maddie hatte alles unterbunden, was ihre mütterlichen Fähigkeiten infrage stellte.

All das war noch da: das Schulzimmer mit dem Esstisch, das bakelitbraune Samtsofa, auf das man Streifen malen konnte, wenn man mit dem Finger gegen den Strich des Bezugs fuhr, die tickende Standuhr im Flur, das Barometer an der Wand neben dem Gasofen, ein Geschenk der Druckerei, wo Donald als Auszubildender angefangen und danach vierzig Jahre lang gearbeitet hatte. In der Ecke der kleine Tisch mit dem Silbertablett, auf dem Whisky- und Sherryflaschen und Kristallgläser standen.

Flo schlenderte in das kleine Gästezimmer. Ihr Blick fiel auf die marshmallowpinke Tagesdecke auf dem Bett, mit deren Fransen sie gespielt hatte, als sie sich an feste Schlafenszeiten zu gewöhnen versuchte. Es war eine neue Erfahrung für sie gewesen, sich nach einem anständigen Abendessen ins Bett zu legen, mit einer Gutenachtgeschichte im Ohr und einer sanften Hand, die ihr über das Haar strich, bis sie eingeschlafen war. »Deine Mummy hat dich sehr lieb, Schätzchen. Wirklich. Sie weiß, dass du gerne hier bei uns bist, deswegen hat sie beschlossen, dass du diesmal länger bleiben darfst. Jetzt mach die Augen zu, und morgen überlegen wir uns etwas Schönes, was wir zusammen unternehmen können.« Mühsam hatte Flo das schlechte Gewissen weggeschoben, weil sie Mummy nicht vermisste, wo auch immer die gerade sein mochte. Dann war sie eingeschlummert, den kleinen rosa Teddy im Arm, den sie schon seit ihrer Geburt hatte. Er saß auch jetzt noch auf ihrem Kopfkissen, nunmehr einäugig und mit abgewetzter Vorderpfote, mit der sie sich immer beim Einschlafen über die Augen gestrichen hatte.

Zu guter Letzt war entschieden worden, dass es besser für Flo wäre, wenn sie dauerhaft zu ihren Großeltern ziehen würde. Maddies neuestes Projekt, ihre Arbeit in einem Waisenhaus in Rajasthan, war viel zu wichtig, um es aufzugeben – wer sollte sich denn sonst um all diese armen Kinder kümmern? Schließlich hatten Peggy und Donald sich auch nach einer Schule für ihre Enkelin umgesehen. Immerhin hatten sie Flo Tischmanieren beigebracht, und Miss Jones hatte mit ihr Lesen geübt, aber Donald fand es »dem kleinen Mädel gegenüber einfach nicht fair«, wie Flo eines Abends mit angehört hatte, als sie noch einmal zur Toilette gehuscht war. Sie brauchte angeblich Beständigkeit, und die konnte sie nur hier bei ihren Großeltern finden.

Am nächsten Morgen beim Frühstück bemühten sich die beiden, ihr die Entscheidung so schonend wie möglich beizubringen, und Flo wäre ihnen beinahe um den Hals gefallen vor Dankbarkeit. Sie wollte keine einzige Nacht mehr in irgendeiner dreckigen Unterkunft oder in einer Zeltstadt an der Grenze zu einem militärischen Sperrgebiet verbringen. Sie wollte Tomatenketchup, Kinderfernsehen und anständige Schuhe, ein eigenes Federmäppchen und ein eigenes Schlafzimmer.

Damit sie sich bei ihnen zu Hause fühlte, hatte Donald für Flo einen weißen Frisiertisch mit Goldrand gekauft und dazu einen passenden Hocker mit rosa Samtbezug. Stundenlang saß Flo dort, steckte Postkarten von ihrer

Mutter an den Spiegelrand, zusammen mit den Resten eines Geschenkbands, mit dem ihre Geburtstagsgeschenke eingewickelt gewesen waren. Kinokarten und Schwarzweißfotos aus dem Automaten von Flo und ihren Freundinnen, die sie schließlich gefunden hatte, vervollständigten die Sammlung. Und das alles blieb dort, genau so, wie sie es an jenem Tag verlassen hatte, als Donald seine beste Krawatte anzog und ihr half, ihre Taschen im Kofferraum seines alten Rovers zu verstauen, bevor er Flo irgendwo in die Mitte von England fuhr, wo sie ihr Studentenleben beginnen sollte.

Zwischen verstaubten Fläschchen mit blumigem Eau de Toilette und glänzenden kleinen schwarzen Schminkdöschen lehnte eine Stoffpuppe, die Gran ihr einst nach einiger Überredung geschenkt hatte. Sie trug noch immer die kleine geraffte Bluse samt Rock, die Flo für sie genäht hatte, und ihre dicken wollenen Haare waren mit zwei Zickzacknähten zu steifen Zöpfen befestigt. Einst hatte Flo die Puppe ganz hinten in einer Schublade gefunden, in Seidenpapier eingeschlagen und so tadellos wie am ersten Tag. Sie hatte sie Gran gezeigt. Ihre Großmutter erzählte ihr dann, dass die Puppe Mum gehört habe, eine Bekannte habe sie ihr geschenkt. Maddie hatte sich nie etwas aus Puppen gemacht, aber Peggy hatte sie trotzdem aufgehoben.

Nun betrachtete Flo die schwarzen Knopfaugen der Puppe und den hübsch gestickten knospenförmigen Mund. Wer sich wohl die Mühe gemacht und diese Puppe genäht hatte? Sie hatte sich immer vorgestellt, dass ihr eigenes Kind eines Tages mit diesem albernen alten Ding kuscheln würde, das ihr so viel bedeutete. Flo fühlte, wie salzige Tränen in ihren Augen brannten, aber sie hielt sie zurück. Heute sollte um Peggy getrauert werden, nicht um die kleine Seele, die sie kaum kennengelernt hatte.

Die Anziehsachen für die alte Puppe waren das Erste gewesen, was Flo genäht hatte. Sie hatte Peggy gefragt, ob sie ihr Taschengeld für eine Nähmaschine sparen durfte, doch dann war Donald eingefallen, dass irgendwo im Schuppen noch ein altes Exemplar stehen müsse. »Ach, dieses betagte Ding, das ist doch nichts für sie«, hatte Peggy nervös bemerkt, als Donald mit einer großen Holzkiste durch die Hintertür kam und sie auf dem Tisch abstellte. Irgendjemand hatte Initialen in das Holz geritzt. Der zweite Buchstabe war nicht mehr zu erkennen, der erste sah aus wie ein V oder ein N. Als Donald den Deckel abhob, war es um Flo geschehen gewesen. Hingerissen betrachtete sie die hübsche, filigrane Goldschrift, drehte das glänzende, steife Rad mit dem hölzernen Griff, fuhr mit der Hand über die leicht erhabene Auflage aus Leder und Silber, die in den alten Eichensockel eingelassen war. Mochte Peggy sagen, was sie wollte, Flo würde die Nähmaschine nie wieder hergeben. Donald verbrachte die nächsten zwei Tage damit, sie auseinanderzunehmen, jedes Teil zu ölen und zu polieren, bis die Nadel wieder beinahe lautlos auf und ab fuhr und der Baumwollfaden sich fröhlich auf seiner Spule drehte, wenn Flo den Hebel bediente.

Vermutlich war das der Tag, an dem ihr klar wurde, dass sie schöne Dinge erschaffen wollte. Sie fing an, ihr

Taschengeld zu sparen, und kaufte davon Nadelbriefchen mit glänzenden Glaskopf-Stecknadeln, zu breiten Zöpfen geflochtenes Stickgarn in allen Regenbogenfarben, große rechteckige Stoffstücke, aus denen sie eine Garderobe für ihre neue Puppe schneiderte. Peggy interessierte sich nicht fürs Nähen – dafür strickte sie in jeder freien Minute, egal ob jemand neue Wollsocken brauchte oder nicht. Also musste Flo sich den Umgang mit der Nähmaschine selbst beibringen. Lange Zeit hob sie all ihre Nähsachen in einer alten Keksdose auf, und als sie dafür zu alt geworden war, kaufte Donald ihr eine Nähkiste zum Aufklappen. Gewissenhaft hatte sie ihre Kurzwaren in die Fächer sortiert, die sich öffneten, wenn Flo die zwei Seiten des Deckels auseinanderzog: Nähnadeln und Stecknadeln in ein Fach, daneben Scheren und Fingerhüte, Knöpfe und Verschlüsse, ordentlich zusammengelegte Bänder, Zierborten und Garn und groben Leinenstoff; grellbunte Filzstücke, und schließlich kleine Stoffproben, ordentlich gestapelt auf dem Boden der Kiste.

Stunden hatte sie damit zugebracht, den Inhalt der Nähkiste immer wieder umzuräumen, und jetzt wo sie hier stand, konnte sie nicht begreifen, wie etwas aus ihrem Leben hatte verschwinden können, was ihr einmal so wichtig gewesen war. Wahrscheinlich war in ihrer winzigen Studentenbude zu wenig Platz gewesen, vielleicht hatte sie auch entschieden, die Sachen zu Hause zu lassen, um damit zu arbeiten, wenn sie in den Semesterferien in den Süden kam. Sie hatte seit Jahren nicht mehr an die Kiste gedacht, und jetzt sehnte sie sich danach, den

Deckel aufzuschieben, den Inhalt der Fächer zu betrachten und damit schöne Erinnerungen wachzurufen, um die Traurigkeit im leeren Haus ein wenig zu betäuben.

Gerade hatte Flo es noch für eine gute Idee gehalten, einen letzten Abend hier zu verbringen, umgeben von all den Dingen, die diesen Ort zu ihrem Zuhause gemacht hatten, als sie dringend ein Zuhause brauchte. Aber jede Nippesfigur, jeder Krimi in dem kleinen Bücherregal, die Garderobenstange, an der noch immer die Mäntel ihrer geliebten Großeltern hingen, all das weckte in ihr plötzlich ein Gefühl der Einsamkeit, wie sie es selten verspürt hatte.

In dem Augenblick, als Peggy und Donald diese vier Wände verlassen hatten, hatte das Haus aufgehört, ein Zuhause zu sein. Jetzt war es nur noch ein Museum ihrer fünf gemeinsamen Jahrzehnte.

So viele Jahre waren vergangen, seit Donald mit seinem Kreuzworträtsel vor dem Gasofen gesessen und seine Pfeife geraucht hatte, und auch Peggy war es mit ihren arthritischen Händen schon lange nicht mehr möglich gewesen zu stricken. Früher hatte das fröhliche Geklapper der metallenen Nadeln Donalds Gegrummel begleitet, wenn er eine falsche Antwort in seinem Rätsel ausbesserte oder über die Unfähigkeit der amtierenden Regierung schimpfte. All die Geräusche, die den freundlichen Atem dieses Hauses ausgemacht hatten, waren nun verstummt, sogar die Standuhr im Flur hatte ihren Dienst aufgegeben, nachdem sich niemand mehr darum gekümmert hatte, ihren Herzschlag am Laufen zu halten.

Einsamkeit war für Flo nichts Neues. Während der vielen Jahre auf Reisen hatte sie sich wie ein Gepäckstück ihrer Mutter gefühlt. Immer wenn sie eine andere kleine Seele gefunden hatte, mit der sie ihre Verwirrung über die Welt teilen konnte, musste sie weiterziehen. In der Schule hatten die anderen Kinder sie angestarrt, das seltsame Mädchen, das Schwierigkeiten beim Lesen und Schreiben hatte. Dann die schreckliche, rauschhafte Zeit an der Universität, als Freundschaften kamen und gingen, schließlich die angenehme Leere, als sie zu Hause arbeitete, wo sie ihre Kollektion entwerfen konnte, ohne irgendwelche Besprechungen besuchen oder ihre Mittagspause in einem Büro voller Menschen verbringen zu müssen. Doch all das war nichts im Vergleich zu der Einsamkeit, die Flo in den letzten zwölf Monaten erlebt hatte. Dennoch hatte sie immer hierherkommen und alles für eine Weile vergessen können. Hier stellte niemand Fragen. Gran hatte einfach den Teekessel aufgesetzt und ihr dicke Scheiben Früchtekuchen auf den Teller gelegt, und dann hatten sie sich über das Wetter oder den Lottogewinn der Nachbarstochter unterhalten.

Flo vermutete, dass Peggy sehr wohl geahnt hatte, warum ihre Enkelin so regelmäßig bei ihr vor der Tür stand, und sicher hatte sie auch verstanden, was hinter all den unnötigen Einkäufen stand, die Flo immer dabeihatte. Aber Peggy wusste auch, dass es keinen Sinn hatte, Flo zum Reden bewegen zu wollen. Dabei hatte Flo sich mitunter danach gesehnt, ihrer Großmutter zu erzählen, wie unglücklich sie war, wie einsam sie sich in ihrer Ehe fühlte. Und wie gern hätte sie ihr von dem kleinen Menschen erzählt, mit dem sich vielleicht alles zum Guten gewendet hätte. Aber dieser kleine Mensch hatte es nie bis in das hübsche grüne Schlafzimmerchen in dem zuckerrosafarbenen Haus geschafft, wo sich alle so sehr nach einer Familie sehnten.

Mitten in die Betrachtung dieses jahrzehntealten Standbildes platzte Flos Handy und brachte sie unsanft ins 21. Jahrhundert zurück. Seamus hatte ein Foto geschickt. Eine Badewanne mit Schaum bis zum Rand, rundum brennende Kerzen.

Ein Bad wartet auf dich. Komm nach Hause, Flossie. X

Sie zögerte. Ihre Finger verharrten über dem Display, dann drehte sie das Handy um und legte es mit der Vorderseite nach unten auf den Tisch. Hier, in dem kleinen Bungalow ihrer Großeltern, war die Vergangenheit lebendig, und Flo hatte das Gefühl, zwischen den Zeitebenen herumzuirren. Sie versuchte genau zu bestimmen, was für sie das Gefühl von Zuhausesein ausmachte. Ein Teil von ihr wollte am liebsten ins Auto springen und zu Seamus fahren – also zum alten Seamus, nicht zu dem, der sich in den letzten zwölf Monaten aus dem Mann herausgeschält hatte, den sie gekannt und geliebt hatte, und der auch noch die letzten Überreste ihres Selbst zertreten hatte. Flo wollte in ein Zuhause zurückkehren, das den Rahmen für die Szenen ihrer zehnjährigen Ehe geboten hatte, nicht in ein Haus, wo sie alles daran erinnerte, was hätte sein können und nun unwiederbringlich verloren war.

Ihr war klar, dass sie ihn für etwas bestrafte und dass sie die Situation nur schlimmer machte, wenn sie ihm nicht auf seine Nachricht antwortete. Seamus hasste es, Spielchen zu spielen. Er war es, der immer über alles reden wollte, er wollte die Karten offen auf dem Tisch liegen haben. Er war es auch gewesen, der Flo gezwungen hatte, ihr Innerstes nach außen zu kehren, während sie nichts lieber getan hätte, als sich in einer Ecke zusammenzurollen, um ihre Wunden zu lecken und sich dem Schmerz hinzugeben, der sie von innen her aufzufressen drohte. Sie nahm das Handy.

Bleibe heute Nacht hier. Muss noch aufräumen und bin k.o. Bis morgen.

Sie dachte kurz nach, fügte dann ein kleines *x* hinzu und drückte auf Senden.

Es war schon spät, und sie sollte versuchen, ein bisschen zu schlafen. Aber die Ereignisse des Tages hatten sie aufgewühlt. Das Stimmengewirr klang ihr noch in den Ohren, vom näselnden Londoner Akzent bis hin zu der weicheren Sprachfärbung aus dem Süden Englands. Fremde Gesichter und alte Bekannte und jede nur erdenkliche Schattierung von schwarzem Stoff. Flo wollte Ruhe und widerstand deshalb der Versuchung, den Fernseher anzuschalten und sich auf dem Sofa zusammenzurollen. Es gab nichts mehr zu erledigen, das Haus war makellos aufgeräumt, und die Taschenbuchsammlung ihrer Großeltern wenig vielversprechend. Vielleicht sollte sie doch nach Hause fahren, dachte sie, und sei es nur, weil sie nichts Besseres zu tun hatte.

Sie versuchte, ihren Gedanken wieder aufzunehmen, bei dem die Nachricht von Seamus sie unterbrochen hatte, und als ihr die alte Nähmaschine wieder in den Sinn kam, wusste sie auf einmal, was sie tun wollte. Das Gerät musste noch irgendwo im Haus sein, und so viele Möglichkeiten gab es nicht, wohin Peggy die Maschine geräumt haben konnte.

Schnell durchsuchte Flo alle Schlupfwinkel in ihrem Zimmer – in dem winzigen Schrank war nicht genug Platz, und unter das Kastenbett konnte man nichts schieben. Der Schrank im Flur enthielt nur Besen, Wischmopps und Putzmittel. Außer im Schuppen konnte die Nähmaschine jetzt nur noch im Schlafzimmer von Peggy und Donald sein. Flo hatte ein schlechtes Gewissen bei der Vorstellung, in diesen privaten Raum einzudringen. Früher durfte sie das Zimmer nur mit Erlaubnis betreten oder wenn sie nachts leise an die Tür klopfte, weil sie schlecht geträumt hatte.

Sie stieß die Tür auf und war erstaunt, wie viel innige Vertrautheit dieser eheliche Ort noch immer ausstrahlte, mit seiner erhabenen Rosentapete und der paspelierten Tagesdecke auf dem ordentlich gemachten Bett. Ihre Großeltern hatten sparsam gelebt und immer nur das angeschafft, was sie wirklich brauchten. Deswegen existierte in ihrem kleinen Bungalow auch nur wenig Stauraum. Eigentlich fiel Flo nur ein einziger Ort ein, wo etwas so Sperriges wie eine Nähmaschine untergebracht werden konnte. Sie schob sich an Bett und Schminktischchen vorbei bis zu dem großen Einbauschrank, den Donald vor dreißig Jahren errichtet hatte. Wenn sie irgendwo fündig werden würde, dann hinter einer dieser Schranktüren.

3

Der Schrank ihrer Großeltern zeugte von einem ordentlichen Haus und einer ordentlichen Ehe. Eine unsichtbare Linie trennte die wenigen Bügel, auf denen Donalds Hochzeitsanzug und sein Arbeitsanzug hingen, von den zahlreichen pflegeleichten Kleidern und Hosen in gedeckten Farben, die Peggy jahrzehntelang gute Dienste erwiesen hatten. Flo strich mit der Hand über das abgewetzte Tweedjackett und die verblichenen Hemden ihres Großvaters, die Peggy zu Tode gebügelt hatte, lehnte sich vor und schloss die Augen, während sie sich den Erinnerungen an Pfeifengeruch und Werkzeugschuppen hingab, die wie alte Geister dem Schrank entstiegen. Kein Wunder, dass ihre Großmutter sich nicht von Donalds Garderobe hatte trennen können: Vielleicht hatte auch sie sich gewünscht, dass diese Stücke den gütigen alten Mann zurückbrachten.

Flo schob Peggys Jacken und Kleider zur Seite, um zu sehen, ob dahinter irgendwo eine Ecke des unförmigen Holzkastens zu entdecken war. Jedes Kleidungsstück zeugte von einem eigenen Jahrzehnt, die Röcke wurden länger und kürzer, Kragen weiter und enger, manche Kleider waren tailliert, andere hatten einen Gummizug. Peggy hatte zweifelsohne ihren eigenen Stil gepflegt, und Flos

Blick blieb an dem Korb mit dem grellbunten Flitterkram hängen, den Maddie von ihren Reisen mitgebracht hatte. Peggy hatte sich stets höflich bei ihr bedankt und die neueste Errungenschaft – ein perlenbesticktes Halstuch oder ein Schal mit bunten Bommeln – dann ihrer Sammlung von Dingen, die sie niemals tragen würde, hinzugefügt. »Ich hebe es für einen besonderen Anlass auf«, hatte sie immer gesagt.

Flo nahm an, dass diese Dinge jetzt ihr gehörten. Es war zweifelhaft, ob Maddie jemals zurückkommen würde, und sie konnte sich nicht vorstellen, dass ihre Mutter an irgendetwas aus dem bescheidenen Haushalt von Mr und Mrs Fielding interessiert war. Es hatte Tage gedauert, bis Maddie einen flüchtigen Text geschickt hatte, in dem sie erklärte, dass es ihr nicht möglich sei, zur Beerdigung zu kommen, aber Flo dürfe gerne ihren Namen auf eines der Blumengebinde schreiben.

Sie zog eine Kette aus dem Korb. Große bunte Perlen reihten sich an farbige Fransen, und Flo fiel ein, wie ihre Mutter in einem marokkanischen Souk heftig darum gefeilscht hatte. Sie hatte Flo, die sie zu einem schlichten Silberarmband überreden wollte, nicht weiter beachtet. Aber Flo hatte schon damals gewusst, dass Peggy die Kette hassen würde, und hatte ihre Mutter um ein wenig Geld gebeten, um ihrer Großmutter etwas kaufen zu können, worüber sie sich wirklich gefreut hätte. Sie zuckte immer noch zusammen, wenn sie daran dachte, wie Maddie sie böse angefahren hatte. Mit brennenden Wangen hatte Flo das Armband zurückgelegt, und der Standbesitzer mit den freundlichen Augen hatte sie angelächelt und ihr einen bunten Schlüsselanhänger zugesteckt, während Maddie davonmarschiert war, die Kette tief in ihrer Umhängetasche vergraben. Flo wollte nichts von den Sachen in dem Korb behalten – sollten sie doch an einen Secondhandladen gehen und irgendjemandem Freude machen.

Ihre Hand streifte über eine Kleiderhülle. Was für ein Stück mochte so besonders gewesen sein, dass Peggy es in die Reinigung gegeben und verstaut hatte? Vorsichtig zog Flo den Reißverschluss der Hülle auf. Natürlich: Peggys Hochzeitskleid. Sie kannte es von dem Foto her, das auf dem Kaminsims stand, hatte es aber noch nie in natura gesehen. Sie war davon ausgegangen, dass Peggy es entsorgt hätte, da sie eigentlich nicht zu solchen Sentimentalitäten neigte. Praktisch veranlagt, wie ihre Großmutter war, hatte sie sich für ein Kleid aus dünnem Wollstoff in einem weichen Karamellton entschieden, das man auch zu anderen Gelegenheiten tragen konnte. Es wirkte immer noch so neu wie am Tag der Hochzeit und war wahrscheinlich ebenfalls für die viel zitierten besonderen Anlässe geschont worden.

Gut möglich, dass dieses Kostüm das modischste Kleidungsstück darstellte, das Peggy jemals getragen hatte: dreiviertellange Ärmel, breiter U-Boot-Ausschnitt mit schmalem Aufschlag und eine zierliche Taille, die in geraffte Schößchen und einen glockigen Rock überging. Flo konnte nicht glauben, dass Peggy ein Monatsgehalt für etwas so Exklusives ausgegeben hatte. Der Futterstoff hatte einen zwischen Pfirsichfarben und Grün changierenden

Ton, die Knöpfe waren von Hand überzogen. Eine passende gebogene Kappe mit Tüllverzierung, die sich unauffällig in Peggys Dauerwelle geschmiegt hatte, hing nun in einem kleinen Beutel an dem mit Seide überzogenen Kleiderbügel. Kein Wunder, dass Peggy auf dem silbern gerahmten Hochzeitsfoto so strahlte. Eine Hand lag auf Donalds Arm, in der anderen hielt sie einen kleinen Maiglöckchenstrauß. Sie wirkte wie ein Filmstar – gut, vielleicht eher Ealing Studios London als Hollywood –, aber sie hatte bestimmt nie hübscher ausgesehen.

Flo suchte den Kragen nach einem Label ab. Wo genau mochte Peggy dieses Kuckucksei, das so gar nicht zu ihrer ansonsten alltäglichen, praktischen Garderobe passte, gekauft haben? Sie schaute im Jäckchen nach, wo tatsächlich ein kleines Label eingenäht war, auf dem in hübsch gestickter, leicht gebogener Kursivschrift das Wort *Nancy* stand.

So klug wie zuvor knöpfte Flo das Jäckchen wieder zu und zog den Reißverschluss der Kleiderhülle hoch. Sie widerstand dem Impuls, ihre schwarzen Beerdigungskleider abzustreifen und selbst in das Kostüm zu schlüpfen. Was auch immer mit dem Rest des Haushalts geschehen würde, dieses Familienerbstück würde sie definitiv behalten, auch wenn sie sich im Moment nicht vorstellen konnte, dass jemals der Tag kommen würde, an dem sie nicht zu traurig wäre, um es zu tragen.

Hinter einem Stapel Schuhkartons entdeckte sie schließlich etwas, was wie der dunkle Eichenholzkasten der Nähmaschine anmutete. Augenblicklich hob sich Flos

Stimmung. Sie räumte die Schuhe heraus und griff blind durch den Vorhang aus Polyesterkleidung in den düsteren, hinteren Teil des Schrankes. Die Form fühlte sich falsch an: Anstatt über die abgerundete, rechteckige Kuppel des Maschinenkastens fuhren ihre Hände über scharfe Kanten, und an der Stelle, an der sie den alten ledernen Tragegriff vermutete, spürte sie eine glatte Oberfläche. Peggy hatte ihr immer verboten, in ihren Sachen herumzuschnüffeln – das war eines der wenigen Dinge gewesen, bei denen ihre eigentlich sanftmütige Großmutter immer strikt geblieben war –, und auch jetzt regte sich Flos schlechtes Gewissen. Aber dann sagte sie sich, dass jemand diesen Schrank so oder so würde ausräumen müssen.

Sie schob leere Kleiderbügel und verstaubte Schnupftücher zur Seite, zog die Kiste über die Schiebetürrillen zu sich heran und setzte sie schließlich mitten auf dem dicken Lammfellteppich ab.

Die Kiste an sich war nichts Besonderes. Patina und Kratzspuren auf dem Pinienholzgehäuse zeugten von ständigem Gebrauch. Nicht viel größer als ein Schuhkarton, vielleicht ein bisschen höher, mit einem eng aufliegenden Deckel und einem croissantförmigen Trageloch auf jeder Seite. Behutsam hob Flo die Kiste hoch und trug sie in ihr Zimmer. Sie stellte sie aufs Bett, wo ihr abgenutzter rosa Teddybär zuschauen konnte, dann setzte sie sich im Schneidersitz daneben.

Als sie den Deckel abnahm, kam eine ordentliche Reihe von verblichenen rechteckigen Papierumschlägen zum Vorschein, angeordnet wie Schallplattenhüllen. Flo erkannte sofort, worum es sich handelte. Sie hatte selbst bereits ein Bücherregal voll davon, auch wenn ihre Exemplare nicht älter waren als ihre ersten Nähversuche. Diese hier stammten aus der Nähzeitschrift *McCall's*.

Flos Herz schlug schneller, als sie den vordersten Umschlag herausnahm und das Papier rascheln hörte.

McCall's 6673: Tageskleid für Damen

Die handgefertigte Zeichnung auf dem Umschlag zeigte eine perfekt frisierte Frau mit einem unglaublich langen Hals; ihre Ellbogen und Handgelenke waren spitz angewinkelt. Sie hielt ihre weiß behandschuhten Hände vor dem Körper, um die Wespentaille ihres karierten Kleides mit U-Boot-Ausschnitt, schmalem Gürtel und Glockenrock zu betonen. Hinter ihr war eine blonde Frau abgebildet, in einem nachtblauen Kleid mit schmal geschnittenem Bleistiftrock, die Hände in die Hüften gestützt und das Kinn stolz erhoben.

Vorn auf den Umschlag hatte jemand ein paar Anmerkungen geschrieben:

Oberteil 1,5 Zoll kürzer nehmen. Von Taille zu Hüfte 25 Zoll.

Und ein paar Ziffern, die wieder ausradiert worden waren. Flo drehte den Umschlag um und las die Größentabellen und Notizen: *22-Zoll-Reißverschluss, Haken und Öse, Schrägband, Vlieseinlage.*

Einige Ziffern waren eingekreist. Schnell rechnete Flo im Kopf die Einheiten und Maße um. Wer auch immer dieses Kleid einst nähte, hatte ihre Größe gehabt, wenn auch eine deutlich schmalere Taille. Vier rätselhafte Worte standen auf der zerfransten Umschlagklappe: *Von London nach Paris*.

Sie öffnete das Kuvert und zog die Schnittmuster heraus, mit deren Hilfe aus einer Stoffbahn diese wundervollen Kleider auf der Vorderseite werden konnten. Die Muster waren fein säuberlich entlang der gestrichelten Linien für Konfektionsgröße 38 ausgeschnitten und dann wieder entlang der ursprünglichen Falzlinien des dünnen Papiers zusammengefaltet worden.

Flo drehte das Kuvert um und schüttelte es vorsichtig, damit auch die restlichen Einzelteile des Schnittmusters herausfielen. Aber noch ein paar andere Dinge landeten dabei auf dem Bett, einschließlich eines Stücks weißen Popelinestoffs mit einem zarten Muster aus grünen Blättern und blauen Vergissmeinnicht, die immer noch farbenfroh leuchteten.

Auch ein paar Fotos, Schwarzweißaufnahmen mit breitem gezacktem Rand, tauchten auf. Das erste zeigte vier junge Frauen auf einem Bahnsteig. Zwei schienen den Tränen nah zu sein, die dritte schien einen Fleck aus ihrem Kleid herausreiben zu wollen, und die vierte hatte sich in Pose geworfen, als hätte ein Fotograf von *Vanity Fair* hinter der Linse gestanden. War das in der Mitte Peggy? Und die beiden anderen waren ganz sicher Dorothy und Phyllis. Flo erkannte die drei von Fotos aus jungen Jahren wieder, die bei den Freundinnen auf den Kaminsimsen standen. Wer war die vierte? Sie trug ein gelbes Kleid, das genauso aussah wie das auf dem Umschlag. Obwohl das Foto aus einigem Abstand aufgenommen worden war, erkannte Flo ein fein gewebtes Blättermuster, ähnlich der kleinen Stoffprobe aus dem Umschlag.

Auf dem zweiten Foto war dieselbe junge Frau in ebendiesem Kleid zu sehen, wie sie auf einer Brücke mit hübsch verziertem Eisengeländer stand. Ihr volles Haar wurde von einem breiten Seidenband zurückgehalten, die Spitzen des modischen Bobschnitts lockten sich in einer verspielten Welle nach außen, und sie hatte ein unsicheres Lächeln auf den Lippen. Flo betrachtete sie genauer und bemerkte, dass die Frau nur einen Schuh anhatte, den zweiten hielt sie in der Hand, und ihre Knie wirkten verschrammt. Auf der Rückseite des Fotos stand *4. Juni 1962 – erster Tag*. Je länger Flo die beiden Fotos betrachtete, desto vertrauter kam ihr die Frau vor, aber sie konnte sie einfach nicht einordnen. Alte Aufnahmen sagten oft mehr über die Zeit aus, in der sie aufgenommen worden waren, als über die abgebildeten Personen.

Flo durchforstete die Seidenpapierausschnitte noch einmal genau und fand einen Getränkeuntersetzer aus steifer Pappe mit einem Logo darauf und eine Postkarte. Sie war an *Mrs P. Fielding* adressiert. Mit Füller hatte jemand in gestochener Handschrift geschrieben:

Liebste Peg,
mon Dieu, wie man hier sagt. Ich habe es geschafft. Obwohl mir auf dem Boot derart schlecht geworden ist, dass ich schon dachte, ich müsste die Marine alarmieren, damit sie mich wieder nach Hause holt. Paris ist göttlich! Bisher habe ich mich auch noch nicht verlaufen, obwohl es schwierig war, das

Haus zu finden – du würdest es nicht glauben, wenn ich dir erzählte, wie ich dorthin gekommen bin. Gib Maddie einen dicken fetten Kuss von mir. Ich vermisse euch alle so sehr.
Ich schreibe dir bald wieder,
Nancy

Auf der Rückseite der Postkarte war eine herrliche Technicolor-Aufnahme der Tuilerien in Paris abgedruckt. Sie wirkte wie eine Szene aus einem Truffaut-Film. Die Straße im Vordergrund war kaum als solche zu erkennen, so wenige Autos fuhren dort. Flo kannte den Ort gut, sie hatte ein paar grauenhafte Monate in Paris verbracht, als sie dort ein Praktikum in einem Atelier absolvierte. Irgendetwas machte sie stutzig, aber sie kam einfach nicht darauf, was es war. Stattdessen musste sie grinsen bei dem Gedanken, dass jemand Maddie einen dicken fetten Kuss geben wollte – Mum hatte nie viel von körperlichen Zuneigungsbekundungen gehalten.

Sie legte alles wieder vorsichtig in den Umschlag zurück, dann warf sie einen Blick in den nächsten – diesmal war es das Schnittmuster für ein Hemdblusenkleid. Wieder war eine Stoffprobe beigelegt und ein Foto. Dieselbe Frau in einem Pariser Straßencafé. Ein weiterer Umschlag enthielt das Schnittmuster für einen Badeanzug, das Foto dabei zeigte die junge Frau auf einer Yacht, zusammen mit einem jungen Mädchen. Der Wind blies ihr das blonde Haar aus dem leicht gebräunten lächelnden Gesicht. Im Hintergrund standen zwei weißhaarige Männer, sie trugen Leinenshorts und hatten die Hemden bis unten aufgeknöpft. Sie lachten. Auf der Rückseite des Fotos war zu lesen *Nancy und Pea*. Und eine weitere Postkarte – diesmal von Capri.

Flo fühlte sich, als hätte sie einen Berg Schokoladen-Windbeutel vor sich: Sie wollte die Umschläge unbedingt alle öffnen, hatte aber gleichzeitig Angst, sich daran den Magen zu verderben. Sie blätterte die Reihe durch. Alltagskleider, Abendkleider, Badeanzüge – alle Umschläge enthielten offenbar Erinnerungsstücke an diese Sommerreise und waren chronologisch nach Datum auf der Rückseite sortiert.

Als Flo alle Umschläge durchgesehen hatte, war sie in Südfrankreich und auf Capri gewesen, hatte ein Venedig entdeckt, das noch nicht ahnte, dass seine Schönheit zugleich seinen Untergang bedeutete; sie war auf Fotos von schönen Menschen an schönen Orten in schöner Kleidung gestoßen – und dabei immer im Mittelpunkt: Nancy.

Flo betrachtete noch einmal das Foto der jungen Frau auf dem Bahnsteig, umgeben von ihren Freundinnen. Sie kramte in ihrem Gedächtnis und versuchte sich zu erinnern, wo sie den Namen Nancy kürzlich schon einmal gehört hatte, dann fiel ihr das gestickte Label in Peggys Hochzeitskostüm ein. Hatte diese Nancy den schönen Zweiteiler genäht, in dem Peggy ihren Donald geheiratet hatte? Das Hochzeitskostüm und diese Schnittmuster-Kollektion aus den sechziger Jahren, die durch Europa gereist war, stammten eindeutig aus derselben Hand.

Als sie die letzten Umschläge zurück in die Kiste sortierte, sprang Flo eine größere Fotografie ins Auge, die mit der Vorderseite nach unten auf dem Boden der Kiste lag. Auf der Rückseite prangte der Stempel eines Fotostudios im Süden von London. Vorsichtig zog Flo die Aufnahme heraus, um sie nicht zu beschädigen, und als sie sie umdrehte, erkannte sie sofort, was darauf zu sehen war.

Auch in Schwarzweiß war das karamellfarbene Kostüm unverwechselbar, genau wie die strahlenden Gesichter ihrer frisch verheirateten Großeltern. Die Aufnahme war beinahe identisch mit dem Foto, das fünfzig Jahre lang in einem Silberrahmen auf dem Kaminsims gestanden hatte, nur dass auf diesem hier noch drei lächelnde Brautjungfern zu sehen waren. Klein und mit nervösem Blick, großgewachsen und wohlproportioniert, das konnten nur Phyllis und Dorothy sein. Sie wirkten nur ein bisschen jünger als auf dem Foto vom Bahnsteig. Beide trugen das gleiche A-linienförmige Seidenkleid, und doch wirkte die eine, als käme sie gerade von einem Schulball, während die andere auf einem roten Teppich in Hollywood hätte glänzen können. Die dritte Frau stand neben der Braut, die beiden schmiegten die Wangen aneinander und lachten in die Kamera. Flo wusste jetzt, wie diese Frau hieß.

»Hallo Nancy«, sagte sie leise und fuhr mit dem Daumen über die Ecke des steifen, vergilbten Fotokartons. »Warum habe ich noch nie von dir gehört?«

4

Als Flo am nächsten Tag das Haus in der Seaview Avenue aufgeräumt hatte, war es schon beinahe Abend. Sie stellte die Kiste mit den Schnittmustern auf den Beifahrersitz ihres Minis, genau wie die Nähmaschine, die sie schließlich doch noch hinten im Schlafzimmerschrank ihrer Großeltern gefunden hatte, und fuhr nach Hause.

Sie schritt den kurzen Weg bis zu dem pink verputzten Reihenhaus hinauf. Während sie die Tür aufschloss, wappnete sie sich für den Empfang ihres Mannes. Sie roch seinen Kochversuch bereits im Flur. Bei dem Gedanken an ein versöhnliches Festessen fühlte sie sich sofort erschöpft.

»Seamus?«, rief sie, aber es kam keine Antwort. Vielleicht hatte er nur ein frühes Abendessen für sich selbst gekocht und war jetzt nicht zu Hause.

Flo ließ ihre Reisetasche am Fuß der Treppe auf den Boden fallen. Sie fühlte sich benommen und verkatert, obwohl sie am Vorabend keinen Alkohol getrunken hatte. Die Portwein- und Sherryvorräte, die sie für die Trauerfeier gekauft hatte, waren aufgebraucht, als die letzten Gäste das Haus verließen, und um Donalds Whisky hatte sich Marco gekümmert. Sie hatte unruhig geschlafen. Eigentlich hatte sie die Nacht nur überstanden, weil sie gewusst hatte, dass eine weitere Nacht folgen würde, in der sie sich erholen konnte. Wahrscheinlich war es fünfundzwanzig Jahre her, seit sie das letzte Mal in dem schmalen Bett in der Seaview Avenue übernachtet hatte, und sie war sich vorgekommen wie das dumme Goldlöckchen bei den drei Bären, irrlichternd zwischen der Angst, aus dem Bett zu fallen, und einem Halbschlaf voller Träume, in denen sie in bunten, sonnenbeschienenen Szenen zierlichen Püppchen begegnete.

Mit einem heiseren Miauen ließ sich der schwarze Kater hinter ihr vernehmen. Flo machte schon lange keinen Hehl mehr daraus, dass sie dieses Relikt aus dem Leben ihres Mannes vor ihrer Ehe nicht mochte. Der Kater und sie hatten sich darauf geeinigt, dass sie sich in Seamus' Gegenwart vertrugen, aber wenn er nicht da war, standen sie sich feindselig gegenüber. Jetzt musterte das Tier sie mit seinem einen gesunden Auge, das andere starrte milchig in die Katzenhölle, die sicher nicht mehr weit entfernt lag. Flo stellte sich vor, wie der Kater überlegte, ob er lieber auf ihre Tasche pinkeln oder sein Hinterteil an ihrer neuen Wolford-Strumpfhose reiben sollte. Was war das eigentlich für ein Kater, der neunzehn Jahre alt wurde? Sie verstand nicht, warum Tiere eingeschläfert wurden, wenn dieses räudige Fellbündel weiterhin auf der Erde herumhumpeln durfte. »Verzieh dich«, giftete sie und stieß das Tier mit dem Fuß zur Seite, ohne dessen heiseres Fauchen zu beachten.

Sie trug noch immer das schwarze Kleid und die dazu passende Jacke von der Beerdigung, und sosehr sie deren

Vintage-Stil und zeitlose Eleganz schätzte, konnte sie es doch nicht erwarten, sich umzuziehen. Zudem hätte sie für diese Aufmachung viel besser frisiert sein müssen; von ihrer gestrigen Hochsteckfrisur war nur noch ein blondes Vogelnest übrig.

Ein Hauch von Frühling lag in der Luft. Flo riss das Schlafzimmerfenster auf, um das Geschrei der Möwen herein- und die abgestandene Luft der Nacht, die Seamus hier allein verbracht hatte, herauszulassen. In all den gemeinsamen Jahren hatten sie es nicht geschafft, einen Kompromiss zwischen ihren gegensätzlichen Vorstellungen von einer angenehmen Schlafzimmertemperatur zu finden. Sie knipste die hübsche französische Nachttischlampe mit dem länglich geschwungenen Schirm aus pfirsichfarbenem Glas an, schlug die Decke zurück und hob dann die Bücher auf, die auf dem Boden herumlagen. Sie stapelte sie ordentlich auf Seamus' Mahagoni-Nachttisch. James Joyce. Warum wollte er sich in diesem Punkt einfach nicht geschlagen geben? Nur weil er Ire war, bedeutete das noch lange nicht, dass ihm ein Textverständnis für *Ulysses* angeboren war. Flo lächelte, als sie einen Roman von Kate Mosse unter seinen irischen Lieblingen von Colm Tóibín und Edna O'Brien fand. Was würden seine Studenten wohl davon halten?

Sie bahnte sich einen Weg durch schmutzige Socken und T-Shirts und öffnete die Schranktür. Aus dem Wust ihrer stetig erweiterten, eng gehängten Kleiderauswahl ragten ein paar Ärmel hervor und tanzten sanft im Wind, der durch das offene Fenster wehte. Auf der einen Seite der

Kleiderstange drückte sich steifer geblümter Popelinestoff verspielt an pastellfarbene Seidenstoffe und Lochstickerei, während sich auf der anderen Harris-Tweed und Samt zu einer herbstlichen Farbpalette mischten. Diese Kleidungsstücke waren von geschickten Händen hergestellt worden, lange vor Flos Geburt. Zum ersten Mal seit Monaten trat sie an die Schrankseite mit ihrer Sommergarderobe und zog eine türkisfarbene Baumwolltunika mit auffälligem Muster heraus. Kombiniert mit dicken Strumpfhosen und einem Wolljäckchen nicht allzu unpassend für die Jahreszeit.

Schließlich ging sie an der geschlossenen Tür neben ihrem Schlafzimmer vorbei, ohne sie eines Blickes zu würdigen – eine Angewohnheit, die sie in den letzten Monaten entwickelt hatte –, und wich gerade noch rechtzeitig dem Kater aus, der oben auf dem Treppenabsatz einen Überfall auf sie geplant hatte.

Flo sank der Mut, als sie in die Küche kam und feststellte, dass der Tisch für zwei gedeckt war. In der Mitte stand eine Porzellanvase mit zartpinkfarbenen Rosen. Das Arrangement entsprach nicht ganz dem Standard von Adelshäusern, aber so ziemlich jedes Stück Silberbesteck, das sie besaßen, war sorgfältig auf den dafür vorgesehenen Platz gelegt worden, was auf ein mehrgängiges Menü hinwies. Ihr Plan, die Mahlzeit hinunterzuschlingen und dann vor Seamus Reißaus zu nehmen, würde also nicht aufgehen. Auf zierlichen Tellerchen hatte er geräucherten Lachs zu albernen Türmchen arrangiert, garniert mit zurechtgeschnittenen Zitronenscheibchen und einem Berg

Kresse, der bei aller Raffinesse die schaufelgroßen Hände ihres Ehemannes verriet.

Die Haustür wurde geöffnet und wieder geschlossen, und Seamus erschien mit zwei Flaschen gekühltem Weißwein. »Chablis«, sagte er und hielt ihr die Flaschen zur Begutachtung hin, ehe er eine davon in den Kühlschrank stellte und die andere mit einem Korkenzieher öffnete. »Dein Lieblingswein.«

»Danke«, erwiderte sie, als er ihr ein fein verziertes Weinglas reichte.

»Na dann, auf uns.« Er blickte Flo mit seinen blauen Augen an und leerte sein Glas in einem Zug. »Scheißkleine Gläser«, schimpfte er und schenkte sich nach. »Nun setz dich schon hin, Essen ist fertig.«

Er fuhrwerkte am Herd herum, füllte eine Karaffe mit Wasser und stellte sie zusammen mit Pfeffer und Salz auf den Tisch. Dann legte er eine CD ein und drückte auf *Play*.

»Nein, bitte nicht das«, sagte sie schnell, als die ersten Klänge von *Divine Comedy* die kleine Küche mit Erinnerungen an ihr erstes richtiges Date vor so vielen Jahren füllten.

»Oh«, antwortete er, »tut mir leid, ich dachte, es würde vielleicht …«

»Ich verstehe schon. Aber ich möchte keine Musik hören, wenn das in Ordnung ist.«

Er schien verletzt, und ihr war klar, dass sie ihm damit den Abend verdarb. Dabei hatte er sich so bemüht, alles richtig zu machen.

»Lass uns einfach essen, ja?« Sie wollte das Essen und das unvermeidliche Gespräch möglichst schnell hinter sich bringen. Sie zwang sich zu einem Lächeln und ließ sich auf den Stuhl fallen, den er für sie zurechtgerückt hatte. Dieses Haus war nun seit zwölf Jahren ihr Zuhause, und dennoch fühlte Flo sich auf einmal wie eine Fremde, die bei einem Fremden zu Abend aß. Während sie an dem kühlen Weißwein nippte, überlegte sie, was sie von Seamus halten würde, wenn sie sich hier zum ersten Mal gegenübersäßen. Wilde schwarzgraue Locken, die sich jedem Haarschnitt widersetzten, abgewetztes, unförmiges Lehrerjackett über einem ausgewaschenen Siebziger-Jahre-Band-T-Shirt; schöne, freundliche blaue Augen, in denen sie die Narben ihres geteilten Schmerzes erkannte. Diese Augen würden das Herz jeder Frau zum Schmelzen bringen, wenn er ihr seine Geschichte erzählte. Zumindest die Geschichte bis vor sechs Wochen.

Sie tat es ihm nach, leerte ihr Weinglas und füllte es wieder bis zum Rand.

Er räusperte sich, es klang seltsam laut in der stillen Küche. »Flossie, hör mal, ich weiß …«

»Das ist wirklich ein tolles Abendessen«, unterbrach sie ihn und faltete ihr Lachshäufchen auseinander. Gequält schob sie sich eine Gabel davon in den trockenen Mund und spülte alles mit Weißwein hinunter.

Er seufzte. Beinahe tat er ihr leid: Kochen war für Seamus eine Herausforderung. Er war mit sechs Brüdern ohne Vater in einer irischen Kleinstadt an der Ostküste aufgewachsen. Die Jungs hatten zu Hause gerade mal gelernt, sich die Schnürsenkel zu binden und ein Schinkenbrot zu belegen. Diesem Abendessen musste eine tagelange Google-Recherche nach Zutaten vorangegangen sein, von denen er wahrscheinlich zum Teil noch nie etwas gehört hatte. Seamus räumte den ersten Gang weg und stellte Flo einen Teller mit einem unförmigen, glänzenden grauen Etwas vor die Nase, von dem eine rote Flüssigkeit in eine dunkle Fertigsoße suppte.

»Na los«, sagte er und reichte ihr eine Schüssel mit klumpigem Kartoffelpüree, »das ist ein Beef Wellington, falls du es nicht erkennst.«

Sie drückte mit der Gabel auf die gallertartige Masse in der Mitte des Tellers. Tatsächlich war es ohne Begleittext nicht zu identifizieren, und als sie aufsah und ihn bei dem Versuch beobachtete, eine Gabel davon herunterzuwürgen, musste sie trotz allem beinahe lachen.

»Himmel, das ist echt scheiße.« Seamus ließ Messer und Gabel auf den Teller fallen, sodass die Soße auf den Tisch und auf sein T-Shirt spritzte. »Fühl dich nicht genötigt, das Zeug zu essen.«

Dankbar schob sie ihr Besteck zur Seite. »Tut mir leid – ich meine, danke für deine Bemühungen.«

»Soll ich losfahren und Pommes holen?«

»Meinetwegen nicht. Ich hab eh keinen großen Hunger.« Flo schob ihren Teller so weit von sich, dass er fast von dem kleinen Resopaltisch fiel.

»Die Sache ist die, Floss …«

Oh Gott, sie würden wirklich miteinander reden müssen. Warum hatte sie ausgerechnet einen Iren geheiratet, der immer und überall alles ausdiskutieren wollte? Warum hatte sie sich nicht einen verschlossenen Internatsschüler ausgesucht, der die Überreste ihrer Ehe schweigend im Sande verlaufen lassen würde, verkümmert zu Therapiestoff?

»Seamus, ich bin mir nicht sicher, ob das jetzt der richtige Zeitpunkt ist. Wir haben Gran gestern erst beerdigt.«

Er beugte sich vor und nahm ihre Hände. »Ich weiß, Liebling. Aber ich bin mir sicher, dass deine Großmutter gewollt hätte, dass wir das hier klären. Sie hätte gewollt, dass du glücklich bist.«

Sie zog ihre Hände weg und presste ihre Fäuste in den Schoß. »Glücklich? Glaubst du wirklich, dass es hier noch eine glückliche Lösung gibt?«

»Ich habe einen Fehler begangen. Einen dummen Fehler. Jeder begeht mal Fehler. Sogar du, Floss.«

»Ja, vielleicht, aber ich begehe Fehler wie die falsche Milch zu kaufen oder Diesel statt Benzin zu tanken. Kleine Fehler, die wahnsinnig nerven, aber letztlich keinem wehtun. Es stimmt, Seamus, jeder begeht mal Fehler, manchmal auch mittelgroße. Aber nicht jeder begeht kolossale, riesige, blonde Fehler. Das ist allein deine Spezialität. Deine und die von jedem anderen selbstmitleidigen Mann in der Midlife-Crisis, der anstatt ein Motorrad oder eine beschissene Gitarre zu kaufen unbedingt einen Schritt weiter gehen muss.«

Seamus schloss die Augen und kaute auf seiner Unterlippe. Flo hörte ihr Blut in den Ohren rauschen. Mit zitternden Händen schenkte sie sich ein weiteres Glas

Wein ein und leerte es in einem Zug. Sie war über sich selbst entsetzt. Das war wahrscheinlich der längste, wütendste und redegewandteste Ausbruch in ihrem ganzen ruhigen Leben gewesen. Sie hatte zu schnell zu viel getrunken, und der Alkohol machte sie schwindlig, aber immerhin konnten sie auf diese Weise so offen miteinander reden wie schon lange nicht mehr während ihrer Ehe.

Schließlich schaute er sie an, hob die Hände und streckte ihr in einer resignierten Geste seine riesigen Handflächen entgegen. »Du hast recht. Es gibt keine Entschuldigung, keinen anderen Grund als Gelegenheit und Einsamkeit. Es wird auf keinen Fall wieder passieren. Aber es war nur eine Nacht, Flo. Nur eine dumme, verdammte Nacht.«

»Sie war eine deiner Studentinnen, Seamus.«

»Na ja, sie war eine Doktorandin, und rein rechtlich …«, setzte er an, besaß aber die Geistesgegenwart, sofort wieder den Mund zu halten.

»Ich kann dir nicht verzeihen, Seamus. Ich will es auch gar nicht. Ich möchte dich für immer so sehr hassen wie jetzt, damit ich niemals vergesse, was du mir angetan hast. Uns angetan hast. Nach allem, was ich durchgemacht hatte.«

Ein bitteres Lachen entfuhr ihm. »Siehst du? Das genau meine ich. Alles, was du durchgemacht hattest. Nicht wir. Nicht ich. Du. Nur du. Arme Florence, verflucht noch mal!«

»Ich kann mich gar nicht erinnern, dass du da gelegen und dir die Seele aus dem Leib gepresst hast, und alles umsonst.« Jetzt heulte sie, aber sie konnte nicht aufhören.

»Sie war auch meine Tochter«, erwiderte er leise. »Und du hast mir nie die Chance gelassen zu trauern.«

Flo starrte ihn an. Wie konnte er es wagen? Während sich ihr Körper langsam wieder erholte, hatte sie Raum für sich allein gebraucht, um mit ihren schweren, schmerzenden Brüsten zurechtzukommen, die bittere Tränen aus Milch vergossen, Milch, die nicht getrunken worden war. Und dann ihr Bauch, der jeden Tag ein kleines bisschen flacher wurde, bis er schließlich wieder straff war und nur ein paar Dehnungsstreifen noch daran erinnerten, was für ein kostbares Gut er für sieben kurze Monate getragen hatte. Wer wollte ihr vorwerfen, dass sie allein sein musste, dass sie noch nicht bereit gewesen war, sich ihm mit ihrem geschundenen Körper wieder hinzugeben? Wenn Seamus nur gewartet hätte, wäre sie irgendwann schon wieder bereit dazu gewesen.

»Ich möchte, dass wir das hinkriegen, Floss. Von ganzem Herzen. Ich will dich wiederhaben. Ich will uns wiederhaben. Ich werde dich kein zweites Mal verletzen. Das musst du wissen. Ich bin ein Idiot, aber nicht dumm.«

Als sie Tränen in seinen Augen schimmern sah, wollte sie schon beinahe nachgeben und ihm verzeihen, wollte seine riesigen Bärenarme um sich spüren, aber sie wusste, dass sie für den Rest ihres Lebens einen hübschen blonden Geist im Augenwinkel haben würde. Vielleicht auch irgendwann einen brünetten, wer konnte das sagen?

»Es tut mir leid, Seamus. Ich kann es einfach nicht.«

»Aber neulich Abend habe ich geglaubt ...«

Sie fühlte, wie ihr der Chablis die Röte ins Gesicht schießen ließ. Sie hatte versucht, jeden Gedanken daran, was an jenem Abend passiert war, zu verdrängen. Sie war unachtsam gewesen und hatte vergessen, ihn zu hassen. »Das war nur nostalgischer Sex. Ich habe mir Sorgen wegen Gran gemacht, und wir hatten zu viel getrunken.«

»Nostalgischer Sex? Das war es für dich?« Er fuhr sich mit den Händen durchs Haar. »Himmel, Floss. Und ich dachte, ein verheiratetes Pärchen hätte seine Liebe zum Ausdruck gebracht und sich gegenseitig getröstet.« Er stieß einen tiefen Seufzer aus. »Vielleicht hätten wir tatsächlich nicht darüber reden sollen. Dann hätte ich mir das jedenfalls noch ein bisschen länger einbilden können.«

Flo war unschlüssig, was sie erwidern sollte. In den letzten fünf Minuten hatte sie mehr Worte von sich gegeben als in den letzten neun Monaten zusammen. Sie war erschöpft.

Seamus leerte sein Glas und holte tief Luft, ehe er weiterredete: »Ich wollte das heute Abend eigentlich nicht ansprechen, weil ich gehofft hatte, dass wir einen Weg aus diesem beschissenen Albtraum herausfinden.«

»Was wolltest du nicht ansprechen?« Nur keine weiteren Offenbarungen – das wäre mehr, als sie ertragen könnte.

»Keine Sorge«, sagte er und hob eine Hand. »Nichts dergleichen. Es geht um meine Arbeit.«

»Wie, feuern sie dich jetzt, weil du mit einer Studentin rumgemacht hast?«

»Autsch. Danke, Floss, aber nein. Man hat mir ein Forschungsfreisemester angeboten – eine einmalige Gelegenheit. Es wäre ein Irrsinn, es nicht wahrzunehmen, aber ich habe ihnen erklärt, dass ich erst darüber nachdenken und mit dir reden muss.«

»Nun erzähl schon.«

»Es ist weit weg. Ziemlich weit weg sogar.« Er räusperte sich. »Ich habe das Angebot bekommen, für sechs Monate an die Columbia zu gehen.«

»Columbia University, New York?«

»Ja, Floss.«

Sie starrten sich einen Moment lang an, bis Flo es nicht mehr aushielt. »New York wollten wir immer zusammen machen.« Es war einer dieser Pläne gewesen, die man wieder und wieder verschiebt – bis man genug Geld hat, um das Ganze angemessen stilvoll zu gestalten, bis die Ergebnisse der letzten Klausuren vorliegen, bis der Frühling kommt, bis der Umrechnungskurs günstiger steht. »Wann erwarten sie dich?«

»Sie wollen, dass ich so bald wie möglich komme. Die Situation in der Arbeit ist gerade etwas …« Er legte eine Pause ein. »Also, du weißt schon. Wenn ich will, kann ich nächste Woche abreisen.«

»Nächste Woche? Aber das geht alles viel zu schnell.« Panik ergriff sie. Sie hatte gedacht, dass sich ihre Trennung über einen längeren Zeitraum hinziehen würde, dass sie ihre CDs und die Fotoalben auseinandersortieren könnten, und nicht, dass er von einem Tag auf den anderen auf die andere Seite des Atlantiks zog.

Als er ihre Reaktion bemerkte, schien er sich ein wenig zu sammeln. »Ist auch egal, ich hatte sowieso vor abzulehnen. Dabei werde ich auch bleiben, aber nur, wenn ich weiß, dass du das auch willst.«

Sie starrte ihn an. Es machte sie wütend, dass er sie derart in die Enge trieb. Hatte er sie etwa gefragt, ob er eine Affäre beginnen dürfe? Warum war ihm ihre Meinung auf einmal so wichtig? »Ach, du willst also, dass ich für dich entscheide, ob du nach New York gehen sollst?«

Er legte seine Hände flach auf den Tisch und blickte ihr direkt in die Augen. Ihr war, als hätte sie ihn noch nie so traurig erlebt. »Nein, Flossie. Du musst mir sagen, ob ich bleiben soll.«

5

»Im Ernst?« Jemima unterbrach ihre Bemühungen der letzten fünf Minuten, den Faden durch das Nadelöhr zu fädeln, und starrte Flo an.

»Scheint so.«

»Seamus zieht ohne dich nach New York?«

»Wie ich schon sagte, Jem.« Es war kein guter Morgen für Flo. Die erste Stunde hatte sie damit verbracht, die Reste von Lachs und Chablis zu erbrechen, und nur dank einer gewaltigen Dosis Nurofen und Vitamin C war sie in der Lage, jetzt im Geschäft zu stehen.

»Also, das alles geht mich natürlich nichts an …«

»Stimmt.«

»… aber wenn er einmal dort ist, kommt er vielleicht nicht wieder. So läuft es nun mal.«

»Das ist mir klar.« Flo angelte ein weiches Flanellhemd aus dem Kleidersack, schnupperte daran und wich unmittelbar zurück. »Wer trägt denn so was?«

»Teenager, Schätzchen. Das Staubtuch des einen ist für den anderen das coolste Teil überhaupt. Und die Eltern zahlen. Geld stinkt wenigstens nicht« Jem deutete mit einer Kopfbewegung auf den Haufen ranzig riechender Wäsche in der Ecke des Ladens. »Wäsche, keine Lumpen.«

Mit spitzen Fingern ließ Flo das Kleidungsstück auf den Haufen fallen, der auf eine gründliche Wäsche wartete. »Sieht aus wie von der Kleiderstange der Heilsarmee«, meinte sie und spähte in den Sack, bevor sie das nächste Teil herausfischte.

»Und was ist, wenn er nicht mehr zurückkommt?«, murmelte Jem mit bunten Stecknadelköpfen zwischen den Lippen. Eine nach der anderen zog sie die Nadeln heraus und steckte sie in den schwarzen Seidenrock, den sie auf den Knien ausgebreitet hatte.

»Ach weißt du, das spielt keine Rolle mehr. Wir sind am Ende. Unsere Ehe ist vorbei.«

Flo hielt eine gerippte Lurex-Leggins in die Höhe. Jem zog eine Grimasse und deutete auf den Müllsack. Sie hatte einen Blick für gute Qualität bei alten Kleidern, und *Queens of Vintage,* ihr Laden, genoss den Ruf, zeitlose Stücke von namhaften Designern und Schneiderinnen zu führen, angefangen von spitzenbesetzten edwardianischen Nachthemden bis hin zu klassischen Wickelkleidern mit geometrischen Mustern aus den Siebzigern. Die Kleiderstange mit den Flanell- und Jeansteilen diente einzig und allein dem Zweck, Jems Stammkunden ein wenig mehr Zeit zum Anprobieren zu verschaffen, während ihr Nachwuchs sich mit den Kleidungsstücken ausstaffierte, die eigentlich in die Mülltüte gehörten.

»Verdammt. Blödes Teil.« Jemima seufzte und warf den Rock auf den Tresen. »Ich gebe auf.«

»Soll ich mir das mal anschauen? Mit Reißverschlüssen kenne ich mich aus.«

»Wenn du magst.« Jem überließ Flo den Platz hinterm Tresen und wandte ihre Aufmerksamkeit einem bodenlangen kornblumenblauen Taftkleid zu, das an der Vorhangstange der Umkleidekabine hing, zog seine gerafften Falten auseinander und ließ die Schleppe über ihre geöffneten Handflächen gleiten, um den Stoff mit der Genauigkeit eines Gerichtsmediziners auf eventuelle Spuren längst vergangener Partys zu untersuchen.

Flo nahm den dicken Stoff des Rockes und trennte Jemimas unregelmäßige Stiche wieder auf. Dann löste sie den Faden, mit dem der Reißverschluss eingenäht war, gerade weit genug, dass sie die steifen Metallzähne wieder korrekt ausrichten konnte. Anschließend nähte sie ihn mit feinen, regelmäßigen schwarzen Stichen wieder fest.

»Du verschwendest hier dein Talent, weißt du das?«, bemerkte Jemima, während sie das blaue Kleid von der Stange nahm und es prüfend vor Flo hielt, um die Größe abzuschätzen. »Sobald du eine Nadel zwischen die Finger bekommst, entwickelst du seltsame, magische Fähigkeiten. Du solltest wirklich wieder deinen Laden aufmachen. Du kannst dich nicht ewig in dieser Zeitschleife verstecken.«

Flo nahm ihr das Kleid aus der Hand, trat hinüber zum Spiegel und hielt sich das Mieder vor die Brust. Sie drehte sich von einer Seite zur anderen und beobachtete den fließenden Stoff, der ihren Bewegungen folgte. »Es ist wunderschön«, sagte sie, ohne auf Jems Bemerkung einzugehen.

»Es hat auf dich gewartet.«

»Ich glaube, ich möchte ein Leben führen, in dem man solche Kleider tragen kann.«

»Das ist durchaus möglich. Allerdings nicht von dem Lohn, den ich dir hier für zwei Tage die Woche zahle.«

Flo hängte das Kleid zurück auf den Bügel. »Und auch nicht mit der Hälfte eines nicht ansatzweise abbezahlten Hauses. Wir sollten es am besten verkaufen. Das tut man doch, wenn man sich scheiden lässt, oder?«

»Wer redet denn von Scheidung? Ihr solltet es beide einfach als eine Pause betrachten – ein bisschen Raum für jeden allein. In sechs Monaten denkst du vielleicht anders darüber. Das ist eine lange Zeit.«

»Wohl kaum. Man kann das, was passiert ist, nicht ungeschehen machen. Ich habe keine Ahnung, ob ich ihm jemals wieder vertrauen kann.«

Flo war erstaunt, dass Jem ihr nicht sofort zustimmte. Seamus und Jem waren in den letzten Monaten ab und zu etwas zusammen trinken gegangen. Sie waren sogar irgendwie Freunde geworden, nachdem er aufgehört hatte, sie ständig aufzuziehen. Obwohl keiner der beiden ihr verraten wollte, worüber sie geredet hatten, war Flo sicher, dass Seamus sich an diesen letzten Strohhalm geklammert und Jem gebeten hatte, seine Ehe retten zu helfen.

»Du solltest jetzt nichts überstürzen«, erwiderte Jem schließlich. »Du hattest in letzter Zeit viel um die Ohren. Du brauchst deinen Mann bei dir und solltest ihn nicht auf die andere Seite der Welt schicken.«

»Zu spät. Nächste Woche um diese Zeit ist er bereits fort.« Flo nahm einen alten Hermèsschal in die Hand und fing an, den aufgerollten Saum sorgfältig zu prüfen. Mühsam hielt sie die Tränen zurück.

»Na ja, vielleicht ist das Ganze insgeheim ein Segen.«

»Wie kommst du denn darauf?«

»Weißt du, Schätzchen«, erwiderte Jem fröhlich, »diese Dinge passieren nun mal. Schau mich an: Ich bin über die Männer hinweg und habe mir eine gute Frau geangelt.«

»Ich will aber keine gute Frau. Ich will …« Flo verstummte und überlegte plötzlich, was sie eigentlich wollte. In den letzten Monaten hatte sie immer mehr das Gefühl gehabt, in der falschen Haut zu stecken – Flo, die Mutter; Flo, die Ehefrau; Flo, die Geschäftsfrau –, und jetzt, da diese Rollen alle von ihr abgefallen waren, fühlte sie sich nackt.

Sie zuckten beide zusammen, als die Türglocke schellte. Ein Schwall frischer Luft verscheuchte für einen Augenblick die muffige Wolke aus altem Parfum und Mottenkugeln. Ein junges Mädchen mit bunt gefärbten Haaren und zerrissener Strumpfhose betrat den Laden und bedachte sie mit ängstlichem Blick. »Hi.« Seine schwarzumrandeten Augen wurden noch größer, als es merkte, wie die beiden Frauen es anstarrten. »Ich wollte nur fragen, ob Sie irgendwelche, also, Hemden haben? Kariert? Sie wissen schon?« Die Stimme des Mädchens verklang, und es blieb reglos stehen, wie zur Flucht bereit.

»Tut mir leid, Süße. Wir haben geschlossen. Wir öffnen erst in einer halben Stunde wieder.« Jem stemmte die Hände in die Hüften, und die Art, wie sie da in ihrer Latzjeans stand, ließ keinen Widerspruch zu.

»Oh okay«, murmelte das Mädchen und ging rückwärts Richtung Tür. »In Ordnung«, flüsterte es.

Gerade als es die Tür hinter sich schließen wollte, rief Jemima ihm nach: »Warte.« Sie nahm das oberste Teil vom Wäschehaufen und warf es dem Mädchen zu. »Hier. Geht auf's Haus. Muss mal gewaschen werden.« Sie betrachtete das schmuddelige T-Shirt und die kaputten Jeansshorts des Mädchens. »Oder auch nicht. Viel Spaß damit.« Sie schloss die Tür und brachte damit die Gürtel zum Klirren, die innen an der Tür hingen. »Wo waren wir? Wie wär's mit einer Tasse Tee? Das hilft beim Nachdenken.«

Während Jemima in der kleinen Küche hinter dem Laden hantierte, fing Flo gedankenverloren an, Schuhpaare der Größe nach zu ordnen. Als sie alle in Größe 38 ordentlich nebeneinandergestellt hatte, zog sie ein Paar aus feinstem cremefarbenem Ziegenleder heraus. Sie schienen kaum getragen, der kleine Absatz war nur leicht abgetreten, die Sohlen beinahe noch sauber. *Made in Italy*. Flo versuchte sich die Werkstatt vorzustellen, in der sie von einem Schuster nach alter Familientradition angefertigt worden waren – eine raue, sonnengebräunte Hand, die die Zehen mit einer sanften Bewegung in die perfekte Form brachte. Das waren keine Schuhe, um damit auf dem Markt einzukaufen oder zu Hause die Wäsche aufzuhängen. Solche Schuhe trug eine Dame oder ein Mädchen zum Debütantinnenball.

»Probier sie an, wenn du magst.« Jemima war mit einem Tablett mit Teegeschirr, das nicht zusammenpasste, aus der Küche gekommen.

»Nein, ich glaube, ich behalte lieber die hier an«, sagte Flo und blickte auf ihre abgetragenen Budapester Stiefel, mit denen sie schon den ganzen Winter herumlief.

»Also, was machen wir jetzt mit dir, Schätzchen?« Jemima stellte das Tablett auf dem Tresen ab und schob einen Stapel Pullover vom Sofa. Eigentlich sollte es als Sitzgelegenheit für die wartende Begleitung ihrer Kundinnen dienen, war aber ständig mit irgendwelchen Kleidungsstücken belegt, die darauf warteten, sortiert und aufgehängt zu werden. »Komm, setz dich.«

Flo ließ sich mit einem tiefen Seufzer in die Kissen fallen. »Ich habe keinen Schimmer.«

Jem reichte ihr eine Tasse samt nicht dazu passender Untertasse. »Mit extra viel Zucker. Das kannst du sicher brauchen.«

»Danke.« Flo suchte auf dem Tresen nach einer Abstellmöglichkeit für ihren Tee und sah Jem dabei zu, wie diese sich vor einem bodentiefen Spiegel mit Goldrahmen ihren rustikal wirkenden Schal um die Haare drapierte. »Was soll ich denn machen? Ich habe nichts als eine alte Nähmaschine und einen Mini mit Formtief, außerdem ein halbes Haus am falschen Ende der Stadt, das wahrscheinlicher weniger wert ist als meine Garderobe.«

Sie wickelte sich eine Haarsträhne um den Finger und blickte gedankenverloren aus dem Fenster. Plötzlich hörte sie auf dem Gehsteig draußen Stimmen. Eine junge Mutter lief vorbei, sie kämpfte mit einem Buggy und zog einen kleinen Jungen hinter sich her. Als sie sich über den Kinderwagen beugte, um die Decke zurechtzurücken, entwand der Kleine sich ihrem Griff und blieb stehen, um ein kleines Lastauto auf dem Gehsteig entlangzuschieben. Vorsichtig steuerte er das Spielzeugauto um Kanten und Sprünge in den Betonfliesen herum, bis ihm auffiel, dass seine Mutter schon ein paar Schritte ohne ihn weiterspaziert war. Er rannte ihr hinterher und klammerte sich an ihre Beine. Sie hob ihn hoch und gab ihm einen Kuss, dann setzte sie ihn wieder ab, wuschelte ihm durch die Haare und fasste ihn bei der Hand.

»Alles in Ordnung?«, fragte Jem behutsam, als Flo die Augen nicht von der familiären Szene vor dem Fenster abwenden konnte.

»Hm?« Flo riss sich los und wandte sich wieder ihrer Freundin zu. »Ja, klar.« Ihr Magen krampfte sich zusammen; unvermittelt brach sie in Tränen aus. Ihr Tee schwappte aus der Tasse auf ihren Schoß und bildete eine Pfütze auf dem breitgerippten Stoff ihres alten Kordrocks.

Jemima war sofort bei ihr und nahm ihr die Tasse aus der Hand. »Sieh mal, das alles ist im Moment natürlich schwer für dich. Und du fühlst dich bestimmt grauenhaft. Aber vielleicht stellt sich das Ganze irgendwann als große Chance heraus.«

»Jem, ich bin achtunddreißig. Mir bleibt nicht mehr viel Zeit für große Chancen.«

»Nicht unbedingt. Schau mich und Clare an. Vor drei Jahren war ich noch mit einem Mistkerl verheiratet, und jetzt lebe ich mit einer Frau, die ich liebe, und ihren beiden tollen Kindern zusammen. Wunder geschehen.«

»Sie nennen dich Dad, Jem. Und sie machen sich hinter deinem Rücken über dich lustig.«

»Das ist nicht böse gemeint. Teenagerhumor.«

Flo wollte keinen Streit anfangen, deswegen beugte sie sich zu ihrer Tasche neben dem Sofa hinunter. »Wo sind denn die blöden Taschentücher?«

Jemima musterte sie und lächelte. »Alles wird gut, Flo. Wenn du dich nur so sehen könntest: Sogar mit dicker roter Nase und verschmierter Wimperntusche bist du einfach reizend. Du hast so viel Ausstrahlung … du kannst eine Nylonbluse aus dem Kaufhaus und eine Schlaghose tragen, und es wirkt elegant.«

Flo betrachtete sie stirnrunzelnd.

»Na ja, vielleicht keine Nylonbluse. Aber du verstehst, was ich meine.« Jem lehnte sich zu Flo hinüber und drückte ihr die Schulter. »Du bist ein Schatz, und selbst wenn Seamus weg ist – was ich übrigens noch nicht glaube –, wird alles in Ordnung kommen.«

Eine weitere Kundin spähte durch den Vorhang aus Gürteln und Taschen hinter der Tür, um herauszufinden, ob der Laden geöffnet war. Flo warf ihrer Freundin einen Blick zu und bemerkte deren Unbehagen darüber, eine weitere Kundin wegzuschicken. Ihr wurde klar, dass sie schon viel zu viel von Jem verlangt hatte. Sie war eine Freundin, keine Therapeutin, und sie hatte einen Laden zu führen.

»Weißt du was?«, fragte Jem in diesem Moment, und Flo wappnete sich, denn sie spürte, dass ihre Freundin mit ihrer Geduld am Ende war. »Das alles ist ein riesengroßer

Mist, und mir ist auch klar, dass Seamus dich verletzt hat. Aber du musst aufhören, dir selbst leidzutun, und endlich etwas Konstruktives tun, Schätzchen.«

Das saß. Einen Moment lang war Flo geschockt von Jemimas Worten. Ein ganzes Jahr lang war sie nur sanftem Mitgefühl begegnet, die Leute hatten Abstand gehalten und sie mit Samthandschuhen angefasst. Die arme Flo: erst das Baby, dann dieser unmögliche Ehemann, dann auch noch Peggy …

Aber anscheinend hatte Jem bereits ein schlechtes Gewissen. »Es tut mir leid, Flo«, fügte sie hastig hinzu. »Ich bin im Moment ein bisschen gestresst. Die blöde Baufirma war bei uns und hat uns eröffnet, dass Asbest in den Wänden ist. Wir müssen ausziehen. Und Stiefkind Nummer zwei ist letzte Woche beim Klauen erwischt worden. Und ich habe ständig Hitzewallungen. Dabei bin ich dafür doch noch viel zu jung!«

»Ich bin eine furchtbare Freundin, Jem. Wann habe ich dich das letzte Mal gefragt, wie es dir geht?«

»Ach vergiss es, es kommen auch wieder andere Zeiten.«

»Du weißt doch, dass ihr alle jederzeit bei mir einfallen könnt?«

»Wie, auch die Godzillamädchen?«

»Klar«, erwiderte Flo unsicher.

»Wie auch immer«, fuhr Jem fort, »ich hatte gehofft, du würdest mir erlauben, Peggys Kleiderschrank zu durchforsten. Ich wette, sie hat nichts weggeworfen. Es muss darin wie in einem Museum sein.«

Flo setzte sich kerzengerade auf. »Oh mein Gott. Wie konnte ich das nur vergessen?«

»Was vergessen?«

Vorsichtig zog Flo einen gefütterten Briefumschlag aus ihrer Handtasche. »Das hier.« Sie stand auf und schob die Teetassen an den Rand des Tresens. »Das habe ich bei Grans Sachen gefunden.«

Sie legte das Schwarzweißfoto auf den Tisch, es war deutlich zu erkennen und makellos wie am Tag der Aufnahme. Jem betrachtete es eingehend. »Das ist deine Großmutter, nicht?«, sagte sie und deutete auf eine der Brautjungfern.

»Nein, Gran ist die Braut.«

»Frappierende Ähnlichkeit. Wer sind die anderen?«

»Phyllis und Dorothy.«

Jem schnaubte. »Das hätte ich wissen müssen. Dorothy hat natürlich versucht, die Braut auszustechen.« Sie studierte das Foto noch genauer. »Sie sieht aus wie Diana Dors. Ich hatte keine Ahnung, dass sie so hübsch war.«

»Ja, unsere Dot war in ihrer besten Zeit eine wahre Marilyn Monroe. Stell dir mal vor: Du steigst in den Bus, und jemand wie sie knipst dir die Fahrkarte ab.«

»Dot hat bei den Verkehrsbetrieben gearbeitet?«

»Dort hat sie auch ihren Mann getroffen. Aber ich glaube, die Gute hat so einiges gemacht in ihrem Leben.« Sie mussten beide lachen.

Jem nahm das Foto wieder zur Hand. »Das hier muss Phyllis sein – ich werde nie begreifen, dass diese Frau nicht vornüberfällt. Aber wer ist dann die andere?«

Flo griff nach dem Foto und warf noch einmal einen genauen Blick auf das lächelnde Mädchen neben ihrer Großmutter. »Das«, sagte sie dann, »ist Nancy.«

»Nancy wer?«

»Das habe ich noch nicht herausfinden können, aber höchstwahrscheinlich hat sie Grans Hochzeitskostüm genäht.«

»Im Ernst? Da hat sie ganze Arbeit geleistet, soweit ich das auf dem Foto erkennen kann. Wahrscheinlich hat sie dann auch die Kleider der Brautjungfern genäht. Anscheinend hat sie deiner Großmutter sehr nahegestanden. Wie kann es sein, dass du sie nicht kennst?«

Flo steckte das Foto zurück in den Umschlag. »Genau das habe ich mich auch schon gefragt.« Sie blickte auf ihre Uhr. »Hör mal, ich bin zwar gerade erst gekommen, aber würde es dir etwas ausmachen, wenn ich heute früher gehe?«

Jem versuchte verärgert auszusehen, aber Flo merkte, dass sie eigentlich erleichtert war. Ihre Freundin konnte es sich nicht leisten, Kunden abzuweisen, und Flo war ihr momentan keine Hilfe. »Nein, Süße, verschwinde nur. Tu, was du tun musst.« Sie nahm Flos Mantel vom Haken und half ihr hinein. »Was hast du denn vor?«

»Ich muss nach Wandsworth«, erwiderte Flo, als sie in ihren alten Tweedmantel schlüpfte. Sie erschauerte. Zum ersten Mal seit Monaten spürte sie eine freudige Erwartung. »Hoffen wir, dass Dot schon Teewasser aufgesetzt hat.«

6

Flo lächelte, als sie den Klingelknopf drückte. Umgeben von gestutzten Buchsbaumhecken, weiß gekiesten Auffahrten und Außenanstrichen in allen Tönen, die die Farbpalette des Baumarktes hergab, wirkte Dorothys Grundstück an der Victoria Street, als hätte jemand der Gentrifizierung dieses Wohnviertels im Süden Londons deutlich die kalte Schulter gezeigt. Die Haustür aus PVC und die gerüschten Gardinen gaben den perfekten Hintergrund für die Gartenzwergszene samt Miniteich und Miniaturwindmühle ab. Die Türglocke mit ihrer kitschigen Nachahmung der Big-Ben-Glocken war kaum verklungen, da erschien Dorothy auch schon in flauschigen Pantoffeln und mit vollendeter Make-up-Kriegsbemalung an der Tür.

»Ach, das ist aber eine schöne Überraschung. Komm doch rein, Kindchen«, sagte sie mit vom vielen Rauchen heiserer Stimme. Sie schob Flo an dem kleinen Salon vorbei, wo einer ihrer Enkel vor der Playstation mit einem Zombie kämpfte, und in den dunklen Flur. »Beachte unseren Parker gar nicht«, fügte sie hinzu. »Seine Mutter hat ihn hier abgegeben, während sie in der Arbeit ist. Wir machen es uns in der Küche gemütlich, einverstanden?«

Flo versuchte sich zu erinnern, zu welcher von Dorothys drei Töchtern Parker gehörte. Oder war es der Sohn? Dorothys Familie war groß und weit verzweigt, und ständig kamen neue Familienmitglieder hinzu. Ihre zahlreichen Enkelkinder hatten zudem alle Nachnamen als Vornamen, was Flo noch mehr durcheinanderbrachte: War Parker nun Taylors Bruder? Oder war Taylor die Schwester von Jackson? Flo hatte, um ehrlich zu sein, vollkommen den Überblick verloren. Die vielen gerahmten Einschulungsfotos, die sich auf dem Kaminsims drängten, halfen ihr auch nicht weiter, denn vor dem ewig bewölkten Hintergrund verschmolzen die stets identischen Schuluniformen mit dem typisch vorwitzigen, zahnlückigen Grinsen alle zu Dorothys Erbmasse. Flo blieb kurz an der offenen Tür stehen und rief einen unverbindlichen Gruß ins Zimmer, aber er ging im Lärm von Machetenhieben und Maschinengewehrsalven unter.

»Tee?« Dorothy füllte den Wasserkessel auf.

»Ich dachte schon, du fragst nie«, erwiderte Flo, zog ihren Mantel aus und hängte ihn über die Lehne eines Küchenstuhls.

Dorothy hantierte mit dem Teegeschirr, löffelte Teeblätter aus einer hübschen Metalldose in die alte braune Teekanne, die Flo noch aus ihrer Kindheit kannte, und legte ein paar Feigenbrötchen auf einen Teller.

Flo blickte sich in der kleinen dunklen Küche um. Was hatte sie an diesem Nachmittag eigentlich hier zu suchen? Zu Hause war Seamus gerade dabei, sein Leben in ein paar Koffer zu packen, und anstatt ihn davon abzuhalten, startete sie hier in Wandsworth einen vergeblichen Versuch, sich abzulenken.

»Bitte schön.« Dorothy goss Tee in zwei große Tassen und schüttete jeweils ein bisschen Milch aus der Flasche dazu. Dann reichte sie eine davon Flo und nahm selbst einen großen Schluck.

»Ich habe nie verstanden, wie du das machst.«

»Was meinst du?«

»Deinen Tee siedend heiß zu trinken. Du musst einen Mund aus Asbest haben.«

Dorothy lachte. »Das hat deine Großmutter schon immer zu mir gesagt.« Sie lächelte. »Wir beide haben an diesem Tisch so manche Tasse Tee getrunken. Damals war es natürlich noch meine Mum, die ihn zubereitete. Der Tisch ist neu, und inzwischen sitzt Peggys Enkelin hier, aber Mums alte Teekanne funktioniert immer noch.«

»Außer dir hat sich hier alles ziemlich verändert.«

»Das stimmt wohl. Überall angeberische SUVs und Babyyoga und Wandfarbe für fünfzig Pfund die Dose. Peggys Eltern würden es nicht wiedererkennen.«

Flo hatte ihre legendären Urgroßeltern Stanley und Beryl Moon nie kennengelernt. Aber mit den Jahren waren ihr viele Geschichten über die beiden zu Ohren gekommen: wie Stanley seine Tochter mit einer zusammengerollten Zeitung in der Hand die Treppen hinaufjagte, wenn sie zu spät nach Hause kam, oder wie Beryl mit Phyllis' Mutter einen Wettstreit um die sauberste Haustreppe eröffnete. Flo hatte natürlich das eine oder andere Foto der beiden zu Gesicht bekommen. Beryl, die stets die Arme vor ihrem Hauskleid verschränkt hielt, und Stanley, dem es nicht gelingen wollte, hinter seinen dicken Brillengläsern den schelmischen Humor zu verbergen, der ihm durch einen Weltkrieg und fünfzig Jahre mit Beryl und den Nine-Elms-Gaswerken geholfen hatte.

»Wenn mich nicht die Immobilienmakler aus dem Haus treiben, sind es irgendwann meine eigenen Kinder. Nach meinem Tod wird ein mörderischer Kampf um dieses Haus ausbrechen, das kann ich dir sagen.«

Flo wollte gerne widersprechen, aber tatsächlich war Dorothys Sippschaft imstande, selbst um eine Papiertüte einen heftigen Streit vom Zaun zu brechen. In diesen vier Wänden waren mehr Schimpfwörter gefallen als in jedem durchschnittlichen East-End-Boxclub, und die nikotingelben Küchenwände wiesen Kerben auf, die man bei näherem Hinsehen jedem einzelnen Kochgerät in diesem Raum zuordnen konnte. Dorothy fing an, eine lange schwarze, mit Pailletten besetzte E-Zigarette zu rauchen. Die Pailletten passten zu denen am Kragen ihres flauschigen Pullovers. Vom Blaubeer-Vanille-Aroma wurde Flo ein wenig übel, aber es war unendlich viel besser als die *Pall Malls*, die Dorothy die letzten fünfzig Jahre lang geraucht hatte.

»Ich wusste nicht, dass du mit den Zigaretten aufgehört hast«, meinte sie und unterdrückte mühsam ein Husten.

»Unser Mikey hat mir die letztens besorgt. Grauenhaftes Zeug. Aber ich habe ihm versprochen, es zumindest auszuprobieren. Obwohl ich keinen Sinn darin sehe, in meinem Alter noch mit den Kippen aufzuhören.«

Flo vermutete, dass das Ding Ende der Woche im Mülleimer landete. »Schon möglich, aber es soll angeblich auch gesünder für die Enkelkinder sein, oder?«

Dorothy schnaubte verächtlich. »Man soll nicht alles glauben, was in der Zeitung steht.«

Flo überlegte, was Dorothys armer Hausarzt jedes Mal durchmachen musste, wenn sie in seine Praxis kam. Das war sicherlich keine kassenärztliche Rente wert.

»Wie auch immer, Liebes. Wie geht's dir? Konntest du nach der Beerdigung alles wieder aufräumen? Tut mir leid, dass ich nicht bleiben und dir helfen konnte – ich war nicht mehr klar bei Verstand. Du weißt ja, wie das bei mir ist.«

Flo wusste ganz genau, wie das bei Dorothy war, aber sie lächelte bloß. »Mach dir keine Gedanken, das war schnell erledigt.«

Dorothy paffte weiter an ihrer E-Zigarette und musterte Flo. »Hast du inzwischen irgendwas von deiner unmöglichen Mutter gehört?«

Flo war sehr wohl bewusst, was Dorothy und Phyllis von ihrer Mutter hielten, auch wenn die beiden sich normalerweise mit Bemerkungen zurückhielten. Jetzt, wo Peggy fort war, war Flo die Einzige, die Maddie noch die Stange hielt. Aber sie war inzwischen auch an ihre Grenzen gelangt. »Ich habe vor ein paar Tagen lange am Telefon mit ihr gesprochen«, log sie.

Dorothy hob eine Augenbraue. »Ach ja? Kommt sie zur Testamentseröffnung?«

»Sei nicht so, Dot. Sie war wirklich zerknirscht, dass sie es nicht zur Beerdigung geschafft hat.« Flo hatte es inzwischen verstanden – warum fiel das allen anderen so schwer? Mum liebte den Ashram, und jede einzelne Frau, der sie das Lesen beibrachte, erhielt damit die Chance auf ein besseres Leben. Das war toll. Wirklich. »Gran hätte nie gewollt, dass sie den weiten Weg hierher unternimmt, um in der Aussegnungshalle zu sitzen und dann am Häppchenbüfett herumzustehen. Sie verbessert das Leben der Leute dort spürbar, Dot.«

»Da bin ich mir sicher. Hör mal, mein Mädchen, du musst sie mir gegenüber nicht verteidigen. Sie ist deine Mutter, und du liebst sie, ist doch klar. Immerhin ist sie alles, was du noch hast, jetzt, wo deine Großmutter gestorben ist. Ich hoffe, du schaffst es, ein wenig Zeit mit ihr zu verbringen. Sie ahnt ja gar nicht, wie glücklich sie sich schätzen kann, so eine reizende Tochter wie dich zu haben. Ich würde zwei von meinen gegen dich tauschen, das würde ich tun, jederzeit.«

»Sei nicht albern.«

»Du glaubst, ich mache Witze?« Dorothy grinste in sich hinein, während sie an ihrer E-Zigarette zog.

»Wie auch immer, sie ist nicht alles, was ich noch habe. Ich habe schließlich dich. Und Phyllis. Und Tante Bean.«

»Und nicht zu vergessen deinen reizenden Kerl.«

»Ja, nicht zu vergessen«, sagte Flo leise.

Dorothy drückte Flos Hand mit ihren krallenartigen rötlichen Fingern. Flo betrachtete die hervorstehenden Venen und die bräunlichen Altersflecken, die die runzlige Haut übersäten, und versuchte, diese Hände mit denen der blonden Schönheit in Einklang zu bringen, die damals vor fünfzig Jahren eine Braut in den Schatten gestellt hatte.

»Hör mal, Dot, ich wollte dich etwas fragen.«

»Worum geht es, meine Liebe?« Dorothy fühlte nach, ob die Teekanne noch heiß genug war, ehe sie ihnen beiden von der zuckrigen Flüssigkeit nachschenkte, die so stark war, dass ein Löffel darin hätte stehen können, wie Donald sich ausgedrückt hätte. Flo legte den gefütterten Briefumschlag vor Dorothy auf den Tisch.

»Jetzt erzähl mir nicht, dass Peg von uns gegangen ist und mir ihren Bungalow vermacht hat. Sie wollte immer, dass ich mit ihr da hinziehe. Keine Chance. Mit all den blöden Möwen und Rentnern.«

Langsam zog Flo das Foto aus dem Umschlag und drehte es so, dass die alte Dame es betrachten konnte. Sie musste keinen Blick mehr darauf werfen, sie kannte jedes Detail auswendig. Aber sie wollte Dorothys Reaktion testen.

Die alte Dame setzte ihre Tasse ab und nahm das Bild in die Hand. Flo beobachtete, wie sich ihr Gesichtsausdruck wandelte, von einem leichten Lächeln hin zu einer gänzlich verschlossenen Miene.

»Nun, ich …«, fing Dorothy mit ruhiger Stimme an, dann schaute sie zu Flo auf. »Ich hatte völlig vergessen, was für ein wundervoller Tag das war. Schätze, ich bin seither kaum gealtert.« Sie gab Flo das Foto zurück und blickte dann zur Küchenuhr an der Wand hinüber. »Ich muss unserem Parker einen Tee machen. Du nimmst es mir doch nicht übel, wenn ich mich meinen Pflichten widme, liebe Florence?«

Die alte Dame machte Anstalten, von ihrem Stuhl aufzustehen, aber Flo hielt sie zurück. »Warte. Nur eine Minute. Bitte. Ich habe dir die Frage noch gar nicht gestellt.«

Mit einem sorgenvollen Seufzer ließ sich Dorothy wieder auf ihren Stuhl fallen und musterte ihren Gast über den Tisch hinweg.

»Du willst wissen, wer sie ist, nicht wahr?«

Im Leben eines jeden Menschen gibt es Momente, die alles verändern. Man verpasst einen Zug, nimmt den nächsten und begegnet darin dem Mann oder der Frau, die man eines Tages heiraten wird. Eine Stellenanzeige führt einen in ein anderes Land, das einem dann zur zweiten Heimat wird und dessen Landessprache man lernt. Oder man wählt unter den besonderen Empfehlungen der Küche ein Fischgericht aus und verschluckt sich an einer Gräte, und während der Kellner versucht, sich an seinen Erste-Hilfe-Kurs zu erinnern, haucht man unter dem Tisch sein Leben aus.

Der Moment, als Dorothy ihr sechsundfünfzig Jahre währendes Schweigen brach und Nancy Moon in den Schoß der Familie zurückholte, war ein solcher Moment.

Flo stand auf dem Gehsteig gegenüber und betrachtete das Haus mit der Nummer fünfundsiebzig. Sie versuchte sich vorzustellen, wie es damals ausgesehen hatte. War das nicht Peggy, die gerade die Haustür öffnen wollte, über den Knöcheln die Söckchen und eine viel zu schwere Schultasche auf dem Rücken? Und da, Beryl, wie sie mit Zeitungspapier und Essig die Fensterscheiben putzte, bis sie darin ihr abgearbeitetes Gesicht erkennen konnte? Phyllis und Dorothy, die mit stumpfer, staubiger Kreide Hüpfkästchen auf den Bürgersteig malten? Und wer war dieses Mädchen, das gerade vom Beifahrersitz des glänzenden Sportwagens kletterte, als Big Ben eben Mitternacht schlug, während der Vater die Szene aus dem oberen Fenster beobachtete und sich fragte, ob es nicht schon zu alt war, um übers Knie gelegt zu werden?

Es war beinahe unmöglich, sich die Wimpel wegzudenken, die hinter dem großen Bogenfenster gespannt waren, die zwei zurechtgeschnittenen Lorbeersträucher, die zu beiden Seiten der mattgrauen Haustür Wache standen; sich vorzustellen, wie die Straße ohne die Golfs und Geländewagen und die glänzenden Motorräder ausgesehen haben musste – als dort noch Platz war, um Fußball oder Fangen zu spielen, als man noch Wäscheleinen quer über die Straße spannte, an denen die Wäschestücke wie eigensinnige Revuetänzerinnen in der steifen Brise tanzten, die von der Themse heraufwehte, über die Dächer des Zementwerks hinweg und durch das geometrische Labyrinth der senkrecht zueinander angelegten Straßen.

Flo wusste, dass Dorothy ihr nicht alles erzählt hatte, aber sie hatte ihr genug erzählt.

Die junge Frau winkte dem Fahrer des Wagens zu. Ihre ellbogenlangen weißen Handschuhe leuchteten vor den düsteren Ziegelsteinen in der schmutzigen Londoner Straße. Sie strich ihren goldfarbenen Satinrock gerade und legte sich das viel zu große Anzugjackett um die nackten Schultern, während sie eine Melodie von Frankie Vaughan vor sich hin summte. Gerade als sie ihren Schlüssel ins Schloss stecken wollte, drehte sie sich um, als hätte etwas auf der gegenüberliegenden Straßenseite sie erschreckt, und Flo erkannte plötzlich die Brautjungfer, die ihre Wange so liebevoll an die ihrer Schwester im Brautkleid geschmiegt hatte.

»Hallo, Nancy Moon«, sagte Flo leise.

Der Abend war kühl, und sie zog den Mantel enger um sich, während sie zu der belebten Straße zurücklief, mit all den Bussen, Wettbüros, Halal-Metzgern, Rund-um-die-Uhr-Shops und glänzenden weißen Autos, aus deren heruntergekurbelten Fenstern die Beats dröhnten. Flo war so in Gedanken, so gefangen im unermesslichen Raum zwischen den Jahrzehnten, dass sie von ihrer Fahrt von Wandsworth zur Victoria Station nichts mitbekam. Sie hörte die Worte des Uber-Fahrers nicht, der seinen Gesprächsversuch schnell aufgab, stattdessen war sie innerlich ganz bei der jungen Frau, deren Existenz über ein halbes Jahrhundert lang geheim geblieben war.

Teil 2

London und Brighton

7

Seit Nancy Moon einen Fuß vor den anderen setzen konnte, war sie davongelaufen. Jeder in der Victoria Street kannte das kleine blonde Mädchen mit den rosigen Wangen und dem Lächeln, das selbst dem hartgesottensten Hafenarbeiter zu Herzen ging, und wenn Nancys große Schwester Peggy nicht schon aus dem Haus und die Straße entlanggerannt war, um nach ihr zu sehen, dann fand sich immer ein Nachbar, der ihr einen Keks anbot und sie nach Hause brachte. Beryl sagte immer, sie hätte noch nie ein Kind erlebt, das seine Schuhe so schnell aufarbeitete oder sie irgendwo verlor, wenn sie ihm nicht gefielen. Da Nancy meistens die Schuhe von ihrer Schwester oder irgendeinem anderen Mädchen in der Straße erbte, gingen im Laufe der Jahre die meisten Schuhpaare irgendwo verloren. Als der alte Stanley eines Tages, viele Jahre nachdem Nancy fortgegangen war, den Kohleschuppen im Garten niederriss, war er zu Tränen gerührt: Eingeklemmt zwischen Schuppen und Ziegelwand, die die beiden Gärten von Nummer 73 und Nummer 75 trennte, verbarg sich ein Geheimvorrat an Kinderschuhen, angefangen von kleinen Mary Janes bis hin zu vernünftigen Schnürschuhen für die Schule.

Nancy wusste schon als kleines Mädchen, dass das Leben mehr zu bieten haben musste als die kleine Welt, in der sich ihre Freundinnen und ihre Familie gemütlich eingerichtet hatten. Unzählige Male kam sie verheult und trotzig von der Schule nach Hause, wenn sie wieder einmal eine Tracht Prügel mit dem Lineal abbekommen hatte. Meistens traf sie diese Strafe, weil sie verträumt aus dem Fenster gestarrt hatte. Die Lehrer warfen ihr vor, dumm oder ungezogen zu sein – einige behaupteten sogar, sie sei nicht ganz richtig im Kopf–, aber sie irrten sich allesamt. Nancy langweilte sich nur. Wenn sie wollte, konnte sie das Einmaleins rückwärts aufsagen, sie kannte die Hauptstädte aller Länder, sie konnte ein lateinisches Verb zu Tode konjugieren, aber all das interessierte sie nicht. Für sie gab es wichtigere Dinge.

Aber was ging Nancy während dieser nicht enden wollenden Schulstunden durch den Kopf? Worauf war ihr Blick gerichtet, wenn es nicht die hohen Ziegelmauern waren, die den Schulhof umschlossen, oder der dünne Streifen grauen Londoner Himmels, den man darüber erkennen konnte? Wo war Nancy mit ihren Gedanken, während alle anderen im Klassenzimmer auf ihren Stiften herumkauten und versuchten, sich an die Abfolge der englischen Thronfolger zu erinnern?

Nancy war weit weg von den zerkratzten Holzpulten mit ihren Tintenflecken und eingravierten Initialen, weit weg von den Jungen, die die Mädchen an den Zöpfen zogen, und den Mädchen, die so taten, als würden sie das hassen. Weit weg von den bebrillten Lehrern, die sich fragten, wie sie nach einem Universitätsstudium in diesem Klassenzimmer voller undankbarer, bildungsresistenter Rotzlöffel hatten enden können, die es nicht erwarten konnten, dass die Schulglocke läutete und sie über irgendein verwildertes, ausgebombtes Grundstück rennen oder ihre paar Pennys für Süßigkeiten ausgeben konnten.

Nein, Nancy war mit ihren Gedanken bei den Seiten von einer von Dorothys Zeitschriften: Sie lief über einen roten Teppich, sonnte sich auf einer Yacht, schaute Prinzen beim Polospielen zu. Wo genau diese Szenen stattfanden oder wer daran beteiligt war, spielte keine Rolle – Nancy war einzig und allein an der Garderobe der Menschen interessiert. Sobald die Freundin ihrer großen Schwester eine Zeitschrift durchgearbeitet hatte und über den neuesten Tratsch des Monats und die neueste Ergänzung von Marilyn Monroes Kleiderschrank im Bilde war, reichte sie das Heft an Nancy weiter, die dann Stunden damit zubrachte, auf der Mauer vor dem Haus zu sitzen und jedes Foto genauestens zu betrachten: Auf welcher Höhe saß Audrey Hepburns Saum diesen Monat? Wie schaffte es Grace Kelly, aus einem einfachen Stück Seide ein Accessoire von unendlicher Vielseitigkeit und Eleganz zu machen? Und wie gelang es Sophia Loren, eine schwarze Sonnenbrille derart effektvoll einzusetzen?

Wer hätte nicht Nancys Eltern bedauert, die viel Hoffnung in ihr begabtes Kind gesetzt hatten und nun mitansehen mussten, wie dieses Kind seine Begabung vergeudete und einfach nicht verstehen wollte, dass es eine gewisse Verantwortung trug? Während sich also weit weniger begabte Klassenkameraden auf dem Gymnasium wiederfanden, folgte Nancy ihrer Schwester auf die trostlosen Flure einer Gesamtschule, wo man keine Erwartungen an sie stellte und ihr keine Herausforderung bot, und wo ihr niemals das Rätsel einer quadratischen Gleichung begegnete. Es war ihr gleichgültig, auf welchem Schulhof sie sich in der Pause mit ihrer Zeitschrift zurückzog, solange sie dort ihre Ruhe hatte.

In der zweiten Woche auf der neuen Schule jedoch geschah etwas, was ihr nicht gleichgültig war. Die Schulglocke verkündete das Ende der Pause, und Nancy rollte ihre Zeitschrift zusammen und verstaute sie in ihrer Manteltasche im Spind. Dann folgte sie den anderen Mädchen in ein Klassenzimmer, in dem statt Pulten richtige Tische standen. Eine Lehrerin, kaum älter als sie selbst, erwartete sie mit strahlenden Augen. Anders als ihre Kolleginnen mied sie Tweedstoff und Kostüme und trug stattdessen hübsche Kleider samt passender Schuhe und Seidenhaarbänder.

Hätte sich Nancy nicht sofort in Miss Nightingale und ihre blumige Garderobe verliebt, wäre es spätestens in dem Moment um sie geschehen gewesen, als sie hinten im Klassenzimmer den langen Tisch mit den aufgereihten schwarzen Nähmaschinen entdeckte. Jede Woche freute sie sich auf die Handarbeitsstunde – Stopfen, Sticken, Säumen. All das übte Nancy unermüdlich, wann immer sie ihre Mutter Beryl überreden konnte, ihr Nadel und Faden zu geben. Aber eigentlich hatte sie es von Anfang an auf die Nähmaschinen abgesehen. Die Mädchen durften sie erst benutzen, wenn sie dreizehn Jahre alt waren. Nancy war elf, und so verwandte sie die Zeit bis zu ihrem dreizehnten Geburtstag darauf, ihre Fähigkeiten mit Nadel und Faden so virtuos auszubauen, dass Miss Nightingale vergeblich die unsichtbare Naht in dem Pettycoat suchte, den Nancy zu Hause genäht hatte. Sogar ihre eigene Mutter, von der man niemals etwas anderes als ein erschöpftes Seufzen zu hören bekam, zeigte sich begeistert angesichts Stanleys fein säuberlich gestopfter Socken.

Und so kam es, dass Nancy ein paar Wochen vor ihrem dreizehnten Geburtstag von Miss Nightingale im Unterricht aufgefordert wurde, ihren Stickrahmen zur Seite zu legen und ihr in den hinteren Teil des Klassenzimmers zu folgen. Dort setzte sie Nancy an eine Nähmaschine, hockte sich neben sie und erklärte ihr, wie man den Faden aufspulte, die Spule dann sorgfältig in den Spulenkasten einsetzte; wie man anschließend das Fadenende der Garnrolle um die Haken und Hebel herum und durch die Nadel fädelte; und wie man dieses Fadenende festhalten musste, während man mit einer geschickten Drehung des Rades den Spulfaden mit der Nadel heraufholte. Für den Rest ihres Lebens rief der Duft nach Elizabeth Ardens *Blue Grass* bei Nancy die Erinnerung an jenen spannenden und erwartungsvollen Nachmittag hervor.

Sie war bereit. Nach ein paar Testläufen mit Stoffresten aus dem Abfallkorb brachte Nancy schon wunderbar gerade Nähte zustande. Sie wusste genau, wann man das Rad langsamer drehen musste, damit man um die Ecke oder rückwärts nähen konnte. Für Zeitschriftenlektüre blieb ihr keine Zeit mehr: Sie verbrachte jede Mittagspause im Nähzimmer und half Miss Nightingale dabei, Garnrollen und Nadelschachteln aufzuräumen. Im Gegenzug durfte sie länger an der Nähmaschine arbeiten.

Zwei Monate nach ihrer ersten Begegnung mit einer solchen schenkte Nancy ihrer Mutter zum Geburtstag ein einfaches Etuikleid, gefertigt aus ein paar Metern zartgrünem Baumwollstoff, den ihr Miss Nightingale aus ihrem Fundus überlassen hatte. Beryl hatte in ihrem ganzen Leben noch nie eine andere Farbe als Braun getragen. Sie tat ihrer Tochter an jenem Abend den Gefallen und zog das Kleid zur Geburtstagsfeier an, danach aber wollte sie es für besondere Anlässe schonen. Nachdem sich ein derartiger Anlass aber im Haushalt der Familie Moon nie ergab, hatte Peggy das Kleid nach Beryls Tod unberührt in deren Kleiderschrank gefunden.

Sobald Peggy am anderen Ende des Ausbildungssystems angekommen war und sich einen Job bei der an der Hauptstraße von Wandsworth gelegenen Textilreinigung gesucht hatte, witterte Nancy ihre Chance. Die Eltern Moon konnten nichts dagegen tun, dass die zwei Schwestern am Samstagnachmittag den Bus ins West End nahmen, schließlich bezahlte Peggy die Fahrkarten von ihrem Gehalt. Nancy war zu Hause unausstehlich, außer es gab einen Wäschehaufen, der ausgebessert werden musste, und so atmeten Beryl und Stanley insgeheim auf, als die beiden Mädchen geputzt und gekämmt die Victoria Street hinauf verschwanden. Nancy war sich bewusst, dass sie wie Gassenkinder wirken mussten, denn gegen die feine

Garderobe und die Pelze der Damen, die auf der Bond Street einkaufen gingen, nahmen sich ihre besten Mäntel, die in Wandsworth schick wirkten, schäbig aus. Doch das war ihr egal. Sie steckte sich immer ein kleines Heft ein und zeichnete die Kleider und Hüte im Schaufenster von *Fenwick's* ab, während sich Peggy verlegen neben ihr herumdrückte und dauernd fragte, wann sie endlich im *Lyons* zum Kaffeetrinken gehen könnten.

Als sich Nancys Schulabschluss näherte, hatte sie ihr berufliches Ziel klar vor Augen: Sie wollte Modedesignerin werden und ihren eigenen Laden führen. Das eröffnete sie ihrer Familie eines Abends, als sie zusammen vor dem Radio saßen. Stanley legte seine Zeitung fort und lachte lauthals los, und Beryl meinte, sie hätte noch nie etwas so Lächerliches gehört. Nur Peggy wusste, wie verletzt ihre Schwester war, sie hatte diese tapfere Miene oft genug gesehen, wenn Nancy auf dem Schulflur gehänselt worden war. Nancy mochte vielleicht vorgeben, dass ihr die Reaktion ihrer Eltern nichts ausmachte, aber in Wirklichkeit war sie am Boden zerstört.

Gleich am nächsten Tag marschierte Beryl mit ihrer jüngeren Tochter zu der Wäschefabrik weiter oben an der Straße und verlangte, den Geschäftsführer zu sprechen. Mr Watkins bemerkte sofort die hellwache, intelligente Neugier des jungen Mädchens angesichts der langen Reihen von Näherinnen an ihren Maschinen und der Stoffballen an den Wänden der Werkstatt. Er erkannte, dass Nancy bei Weitem nicht so dumm war, wie sie tat: Die mürrischen, einsilbigen Antworten auf seine Fragen galten weniger ihm als ihrer Mutter, mit der sie offenbar nicht reden wollte.

Es entsprach nicht Nancys Zukunftsplänen, Unterwäsche zu nähen, aber sie arrangierte sich damit: Zumindest konnte sie auf diese Weise einige Erfahrung sammeln, und es würde schließlich nicht für immer sein.

Also ging sie jeden Tag zur Arbeit, bis Mr Watkins ein Jahr später eines Abends plötzlich vor der Tür stand. Warum Nancy nicht in der Fabrik gewesen wäre? Er mache sich Sorgen um sie. Sie sei eine gute kleine Arbeiterin und hätte ihm nie Probleme bereitet. Nun wäre sie seit einer Woche nicht mehr zur Arbeit erschienen, und er nehme an, dass sie krank sei? Ob er irgendwie helfen könne? Vielleicht könne er der Familie beim Bezahlen der Arztrechnungen unter die Arme greifen?

Wenn es einen todsicheren Weg gab, um den sanftmütigen Stanley Moon zu verärgern, dann den, seinen Stolz zu verletzen. Als Nancy an diesem Abend nach Hause kam, saß er am Küchentisch und wartete auf sie. »Wo bist du gewesen? Und behaupte ja nicht, du wärst in der Arbeit gewesen, denn ich weiß, dass das nicht stimmt«, sagte er mit der leisen Stimme, die er für seine wütendsten Momente aufsparte. Nancy erkannte an seinem Blick, dass sie weder zu groß noch zu alt für eine Tracht Prügel war.

Wie sich herausstellte, war Nancy durchaus in der Arbeit gewesen. Nur nicht in der Arbeit, die Beryl ihr besorgt hatte.

Dabei mochte sie ihren Job: Mr Watkins war ein freundlicher Chef, der seine Angestellten ordentlich behandelte. Nancy und ihre Kolleginnen hatten sich nie den Schikanen ausgesetzt gesehen, vor denen sie Freunde gewarnt hatten, die in ähnlichen Unternehmen arbeiteten. Und unter der Anleitung von Madge, der Vorarbeiterin, entwickelte Nancy in Rekordzeit erstaunliche Fähigkeiten an den großen Industriemaschinen und fabrizierte in der gleichen Zeit beinahe doppelt so viele Teile wie manche von den langsameren Näherinnen. Nein, das Jahr war durchaus gut investiert gewesen, auch wenn sie das Beryl gegenüber niemals zugegeben hätte. Sie hatte genug Geld gespart, um sich eine eigene Nähmaschine zu kaufen, mit einem Holzkasten, in den Stanley ihre Initialen eingravierte.

Nancy hatte allerdings nicht vor, für die nächsten zehn Jahre Unterwäsche am Fließband herzustellen, um dann in der langweiligen Ehe mit irgendeinem Jungen aus der Umgebung begraben zu werden. Und so hatte sie eines Morgens ihr hübschestes Kleid angezogen. Dieses dunkelblaue Georgette-Kleid war ihr bis dahin wohl am besten gelungenes Werk. Es hatte dreiviertellange Arme und einen kleinen Peter-Pan-Kragen, an den sie die Emaillebrosche steckte, die sie sich von ihrer Großmutter ausgeliehen hatte.

Sobald sie die Straßenecke erreicht hatte, zog sie den Mantel aus, griff in ihre Basttasche und förderte ein Paar cremefarbene Schuhe mit kleinem Stummelabsatz zutage, die Mrs Nightingale ihr überlassen hatte. Sie zog ihre praktischen Schnürstiefelchen aus, schlüpfte in die eleganten Schuhe und stopfte Mantel und Stiefel in die Tasche.

Als sie an der Oxford Street aus dem Bus mit der Nummer 22 stieg und die kurze Strecke bis zur Bond Street zu Fuß lief, hatte sie noch ein wenig roten Lippenstift aufgetragen und ihr Haar so hochgesteckt, wie Dorothy es ihr gezeigt hatte.

Sie versteckte ihre Tasche hinter der Buchsbaumhecke neben der glänzenden schwarzen Eingangstür und marschierte geradewegs in die Geschäftsräume von *Victor Belgrave*. Dem Aussehen nach hätte sie genauso gut eine Kundin wie eine vielversprechende Mitarbeiterin sein können. Es kostete sie all ihre Überredungskunst und eine beeindruckende Vorstellung ihrer selbst antrainierten rhetorischen Fähigkeiten, um die elegante Dame am Empfang zu überzeugen, sie dem Assistenten von Mr Belgrave vorzustellen, einem übernervösen Franzosen mit runder, schwarz gerahmter Brille. Zu einem cremefarbenen Poloshirt trug er eine Anzugweste mit satiniertem Rücken und Ziernadeln am Revers. Nancys Bewerbungsschreiben war das blaue Kleid, das sie anhatte, und sie stand ganz still, während der Franzose den Finger über die Ziernaht an ihrem Kragen gleiten ließ und sie aufforderte, den Arm zu heben, damit er den Ärmeleinsatz begutachten konnte. Sie zuckte nicht mit der Wimper, als er in die Hocke ging, um die Regelmäßigkeit ihrer Saumnaht zu prüfen, und anschließend den Rocksaum umschlug und das Binding begutachtete, dessen Nadelstiche auf der Vorderseite des Stoffes nicht zu erkennen waren.

Sie hatte Glück. Eines der Mädchen hatte sich krankgemeldet, und für eine Anprobe am Abend musste noch eine Robe fertiggestellt werden. Ob sie bleiben und aushelfen könne?

Das konnte sie. Mit den anderen Näherinnen verstand sie sich blendend, widmete sich mit großem Geschick jeder Aufgabe, die Monsieur Jacques ihr übertrug, und blieb selbst dann noch ruhig, wenn er längst die Nerven verloren hatte. Am Abend hatte sie ein Jobangebot in der Tasche.

Endlich hatte Nancy das Gefühl, angekommen zu sein. Sie bewährte sich, schuftete hart und lieferte untadelige Ergebnisse. Selbst die langweiligsten Aufgaben erledigte sie mit Hingabe. Damit gewann sie den Respekt der anderen Mädchen im Atelier und freundete sich schließlich mit ihnen an. Schon bald durfte sie – anstatt den Boden zu wischen – an den bunten Tüllröcken der Cocktailkleider und Abendroben aus dem Hause *Belgrave* Hand anlegen.

Sie war glücklich. Sie liebte ihre Arbeit und ihre neuen Freundinnen. Am Ende jeder Saison durften die Mädchen die Stoffreste mit nach Hause nehmen, und nach einer Weile quoll Nancys kleiner Schrank über vor edlen Satinkleidern, alltagstauglichen Seidenkleidern und maßgeschneiderten Wollröcken, genäht am Küchentisch mit ihrer eigenen Nähmaschine.

Selbstverständlich musste sie ihren Lebensstil dieser Garderobe angleichen, und während sich ihre Freundschaften mit den Kolleginnen verfestigten, stand die hübsche, quirlige Nancy ganz oben auf den Gästelisten für Cocktailpartys, Wochenendausflüge und Nachtclubbesuche im kleinen Kreis. Viele der anderen Mädchen im

Atelier kamen aus Stadtvierteln, durch die Nancy bisher nur mit dem Bus gefahren war – Chelsea, Kensington und sogar aus den vornehmen Randbezirken im Norden Londons –, aber sie nahmen Nancy wie eine der Ihren in ihre Kreise auf, teilten ihre chaotischen, von den Eltern bezahlten Wohnungen mit ihr und stellten sie jungen Männern mit lustigem Akzent vor, die die Mädchen umschwärmten und alle Zeit der Welt zu haben schienen.

Beryl und Stanley sahen besorgt zu, wie Nancy sich vor dem Spiegel in der Diele zum Ausgehen schminkte und ihr Haar richtete, während sie darauf wartete, von wechselnden jungen Männern abgeholt zu werden. Die Herren trugen tagsüber Sportjacken und abends schmale Smokingsackos. Das war nicht die Welt, in der Nancys Eltern lebten, sie verstanden diese Leute nicht, und außer Hausarrest fiel ihnen kein probates Mittel ein, ihre Tochter zu schützen. Im besten Fall würde sie einen Mann heiraten, der ihr ein besseres Leben bieten konnte als das, das ihre Schwester erwarten konnte. Peggy hatte vor Kurzem Donald geheiratet. Er arbeitete in einer Druckerei in der Putney High Street. Im schlimmsten Fall …

Stanley machte sich Sorgen. Zum einen war da die ältere Tochter – es war schwer, Beryls absichtsvoll verblümte Euphemismen zu deuten, aber soweit er sich die Sache zurechtlegen konnte, lief das mit dem Kinderkriegen nicht gut, daran gab es keinen Zweifel, denn auch nach drei Jahren Ehe war das Kinderzimmer, das er mit Donald eingerichtet hatte, noch leer. Aus Peggy war kaum ein Wort herauszubringen, und ehrlich gesagt wusste er auch gar nicht, wie er mit ihr darüber reden sollte. Das war nicht sein Gebiet, also unterhielten Donald und er sich lieber über Fußball oder darüber, wer am Vorabend im Verein gewesen war.

Und jetzt hatte Stanley Angst, auch noch sein kleines Mädchen zu verlieren. Nancy konnte zwar gar nicht aufhören zu erzählen, wenn sie abends nach Hause kam, egal ob er und Beryl die Kraft hatten zuzuhören. Und sie saß immer noch stundenlang an dieser Nähmaschine und hatte jedes einzelne Kleidungsstück, das sie trug, selbst genäht. Soweit Stanley das beurteilen konnte, standen sich Nancy und Peggy so nahe wie eh und je, und auch mit den anderen Mädchen aus der Nachbarschaft war sie immer noch befreundet. Die hingen an ihren Lippen, wenn sie von ihren Erlebnissen berichtete, und schnappten sich gegenseitig die bedruckten Bierdeckel aus dem Ritz oder die Streichholzbriefchen vom Savoy Grill weg, die Nancy ihnen mitbrachte. Sie war noch immer ihre alte Nancy, ohne Allüren und Gehabe – sie führte nur ein anderes Leben als sie, sobald sie die Tür von Haus Nummer 75 hinter sich geschlossen hatte.

Stanley hatte bemerkt, dass es seit einigen Wochen immer dasselbe Auto war, das Nancy abholte – ein glänzend neuer Jaguar. Wenn er vor dem Haus vorfuhr, erkannte Stanley ihn schon am heiseren Motorengeheul, und auch einige andere männliche Bewohner des Viertels lockte dieses Geräusch vor die Haustür, um einen genaueren Blick auf das Auto zu werfen, ehe sie von ihren Frauen zurückgerufen wurden. Die Damen aus der Nachbarschaft spähten hingegen lieber durch die Gardinen. Außer Phyllis' altem Vater, der eine Autowerkstatt betrieb und sich als einer der Ersten in der Straße einen neuen Morris 1100 anschaffte, hatten nicht viele in dieser Gegend ein Auto, und schon gar keinen Jaguar.

Nur ein einziges Mal begegnete Stanley dem Fahrer. Sonst stürzte Nancy immer gleich aus der Tür, sobald er vorfuhr, aber dieses eine Mal war sie spät dran, weil sie noch bei Peggy vorbeigeschaut hatte. Stanley öffnete also einem hochgewachsenen jungen Mann die Tür, der direkt einem Bristol-Zigaretten-Plakat auf der Nine Elms Street entstiegen zu sein schien. Er sah aus wie Sean Connery, war makellos rasiert und trug ein teures After Shave. Sie hatten kaum Zeit, ein paar Höflichkeiten auszutauschen, als Nancy schon angehüpft kam und ihrem alten Dad einen Abschiedskuss auf die Wange drückte, ehe sie in der Londoner Nacht verschwand.

Stanley hatte recht gehabt, als er sich Sorgen machte. Wenige Wochen später fuhren keine Autos mehr vor dem Haus vor, es gab keine Partys mehr und auch keine angetrunkenen Freundinnen. Als das Laub in den Londoner Parks sich langsam golden färbte und die Vorhänge in der Stadt abends immer früher vorgezogen wurden, war die Flamme, die die Menschen in Nancys Gegenwart zum Tanzen gebracht hatte, beinahe über Nacht erloschen.

8

»Nancy, ich bin's.«

Vorsichtig klopfte Peggy an die Zimmertür ihrer Schwester, aber es kam keine Antwort. Nancy war nun schon seit fünf Tagen wieder zu Hause, und noch immer war es niemandem gelungen, sie aus ihrem Zimmer zu locken. Die Vorhänge blieben geschlossen, und die Tabletts mit Essen, die ihre Mutter für sie auf den Treppenabsatz stellte, blieben unberührt, bis die Sandwiches zusammenschrumpelten, die Koteletts in ihrem eigenen Saft gerannen und der Pudding eine dicke, gekräuselte Haut bekam. Sie musste doch etwas essen, aber nichts von den angebotenen Dingen schaffte es hinter die verschlossene Tür.

Tatsächlich war guter Rat teuer. Nancys Abwesenheit in den letzten Monaten hatte eine schreckliche Kerbe hinterlassen. Und die junge Frau, die vor ein paar Tagen am Bahnhof in Paddington eingetroffen war, schien nur noch eine Hülle der alten Nancy zu sein, die diese Kerbe nicht schließen konnte. Stanley, der seine beiden Töchter immer herzlich umarmte, hatte ihr auf dem Bahnsteig zur Begrüßung nur zögerlich auf die Schulter geklopft, ehe er ihren blassblauen Koffer genommen und das erste Taxi seines Lebens gerufen hatte. Beryl würde deswegen toben, wenn sie nach Hause kamen, das wusste Stanley. Aber er konnte dieses bleiche, kränkliche Mädchen nicht den Blicken der Leute im Bus aussetzen. Nancy schien diese Geste ihres Vaters gar nicht wahrzunehmen. Sie starrte nur unverwandt aus dem Wagenfenster auf einen Punkt in der Ferne. Und als Stanley die Haustür der Nummer 75 für sie aufsperrte, ging sie ohne ein Wort nach oben und zog ihre Zimmertür hinter sich zu.

Seitdem war die Tür geschlossen geblieben. Jeden Abend räumte Beryl die Zeitschriften weg, die Dorothy auf dem Treppenabsatz für Nancy hinterlassen hatte, genau wie die Dosen mit Shortbread und süßen Teilchen, die Phyllis täglich für sie zubereitete.

Peggy hob das Tablett mit dem unberührten Frühstück auf und fragte sich, ob sie das gekochte Ei verstecken sollte, das nach wie vor in seinem kleinen blauweiß gestreiften Eierbecher saß. Mum wurde langsam ärgerlich über die Verschwendung, und Peggy befürchtete, dass es mit den lautlosen Zugeständnissen, die der Haushalt seinem jüngsten Mitglied machte, ziemlich bald ein Ende haben würde. Beryl hatte sich ihren Töchtern gegenüber nie sonderlich nachsichtig gezeigt, egal ob sie unter einer starken Erkältung litten oder die Masern hatten. Ihre mütterliche Liebe äußerte sich in drei Mahlzeiten pro Tag und frischer Bettwäsche einmal die Woche, und allmählich war sie mit ihrer Geduld am Ende.

Peggy stellte das Tablett auf den Küchentisch und ging zurück in den Flur. In dem riesigen Kinderwagen begann sich das winzig kleine Bündel in seinem aus rosa Wolle gehäkelten Strampelanzug zu rühren. Die Kleine war inzwischen drei Monate alt, ihr Gesicht war voller geworden und glich jetzt einem Pfirsich. Peggy berührte ihre rosige Wange. Ob dem Kind zu heiß war? Es war ein milder Frühlingstag, und obwohl die junge Mutter schnell dazulernte, machte sie sich furchtbare Sorgen, ihre Kleine könnte entweder erfrieren oder ersticken. Beryl verstand nicht, warum Peggy das Baby nicht einfach fest einpackte und im Kinderwagen draußen in den Hof stellte: Das hatte ihren beiden Töchtern schließlich auch nicht geschadet, und jeder wusste doch, dass Babys an der frischen Luft am besten schliefen. Doch Peggy hatte sich dieses Baby so lange gewünscht und liebte es abgöttisch. Sie würde ihren kleinen Schatz niemals aus den Augen lassen.

Vielleicht hätte sie die kleine Maddie nicht hierher mitbringen sollen, aber Mum und Dad waren beide unterwegs, und sie konnte Nancy nicht im Stich lassen, auch wenn ihre Schwester sich nach wie vor weigerte, aus ihrem Zimmer zu kommen. Peggy nahm das kleine Bündel aus dem Kinderwagen und legte es an ihre Schulter, damit das Wimmern nicht lauter wurde und den Weg unter Nancys Tür hindurch fand.

Sie huschte mit dem Baby über den Flur in Beryls Küche. Es gelang ihr, mit einer Hand einen Topf Wasser auf die Herdplatte zu stellen und die Glasflasche mit dem Gummisauger vorsichtig in das kochende Wasser zu tauchen. Oben meinte sie Schritte zu hören, als die Dielenbretter über ihr knarzten. Aber vielleicht irrte sie sich auch, und es war nur das Baby, das ihr ins Ohr gurrte. Sie wippte auf den Zehen auf und ab, um Maddie ruhig zu halten, und testete mit ein paar Tropfen auf ihrem Handrücken die Temperatur der Milch. Sie war immer noch kalt. Sie hätte gerade noch genug Zeit, um nach oben in das neue Badezimmer zu laufen, bevor die Milch warm war, denn Maddies Mahlzeiten konnten manchmal bis zu einer Stunde dauern, und so lange würde Peggys Blase es nicht mehr aushalten.

Sie legte das Baby zurück in den Kinderwagen und sprang die Treppe hinauf, immer zwei Stufen auf einmal. Endlich. Es schien ihr undenkbar, dass sie noch vor wenigen Jahren auf einem kalten Toilettensitz hinten im Garten gesessen und sich die Hände draußen am Wasserhahn gewaschen hatte, statt wie jetzt auf diesen Fliesen zu stehen, die Stanley selbst gelegt hatte, und darauf zu warten, dass das heiße Wasser seinen Weg durch die Leitung fand, damit sie sich mit dem transparenten Stückchen Seife die Hände waschen konnte. Schließlich spie ihr die Rohrleitung brühend heißes Wasser entgegen. Gleich darauf rannte sie zurück in den Flur. Erleichtert stellte sie fest, dass Maddie immer noch still war.

»Na komm, meine Süße«, sagte sie und schritt auf den Kinderwagen mit den großen Rädern zu. »Dann wollen wir dich mal füttern.«

Sie beugte sich über den Kinderwagen, aber wo eben noch das Baby gelegen hatte, prangte jetzt nur noch ein warmer, knittriger Abdruck auf dem Frotteebezug. Peggys Herz raste. Hatte sie die Haustür offen gelassen? War jemand hereingekommen und hatte Maddie mitgenommen? Vielleicht war es nur Beryl, die heute früher von der Arbeit in der Bäckerei heimgekommen war? Denk nach, Peggy, denk nach! Das Blut rauschte ihr in den Ohren, und ihr Herz schlug so laut, dass sie das leise Singen, das vom anderen Ende des Flurs kam, zuerst gar nicht hörte.

Langsam bewegte sie sich auf die Küche zu. Und da, am Küchentisch, saß Nancy, Maddie im Arm. Das Baby blickte mit großen Augen zu ihr auf, während es gierig an der Flasche nuckelte.

»Oh Nancy«, murmelte Peggy und trat langsam näher, dann ging sie neben Nancy in die Hocke und nahm ihr sanft das Baby vom Schoß. »Es tut mir so leid.« Die zwei Schwestern fielen sich in die Arme, das zarte Baby zwischen ihnen.

Als die Tage wieder länger wurden und das Vogelgezwitscher sich gegen den Lärm der Züge und Busse und Straßenbahnen der Stadt zu behaupten begann, verbrachte Nancy mehr und mehr Zeit außerhalb ihres Zimmers. Oft machte sie es sich mit einem Buch auf dem Sofa gemütlich, oder sie nahm sich der Kleidungsstücke in Beryls Ausbesserungskorb an, bis im ganzen Haus keine einzige Socke und keine einzige Unterhose mehr mit Loch oder Riss existierte. Beryl freute sich, dass Nancy wieder mit ihnen zu Abend aß. Seit Peggy geheiratet hatte, saßen sie nur noch zu dritt um den Resopaltisch. Während Nancys Abwesenheit hatte sie insgeheim das dauernde Geschnatter ihrer jüngeren Tochter vermisst und sich gefragt, warum sie das Mädchen immer so schnell aufgefordert hatte, während des Essens den Mund zu halten. Zwar hatte Nancy noch lange nicht wieder zu ihrem alten Ich zurückgefunden, und sie hatte auch keine Geschichten mehr zu erzählen oder das Bedürfnis, sich mitzuteilen. Aber zumindest war sie da, und langsam kehrte auch die Farbe wieder auf ihre Wangen zurück. Beryl tat, als würde sie nicht merken, dass Nancys Portionen jeden Abend ein bisschen größer wurden; sie musste nun nach dem Essen keine Reste mehr vom Teller ihrer Tochter kratzen. Stanley hingegen gab vor, die Erleichterung seiner Frau über diese Entwicklung gar nicht zu bemerken.

Zudem fiel ihm auf, dass Nancy nur noch Besuch aus der unmittelbaren Nachbarschaft erhielt. Die hübschen jungen Dinger mit ihren funkelnden Juwelen und den Pelzstolas, die in hochtourigen Cabriolets vorgefahren waren und seiner Tochter lachend zuriefen, sie möge sich beeilen, schafften es offenbar nicht mehr über den Fluss und blieben lieber im Südwesten der Stadt. Er war deswegen nicht verärgert – im Gegenteil. Wenn es nach ihm ginge, brauchten sie nicht mehr wiederzukommen. Er hatte seine Nancy zurück. Auch wenn ihm niemand sagen konnte, für wie lange.

Was Peggy und die anderen Mädchen betraf, standen die Dinge anders. Jeden Tag kam eine von ihnen mit dem neuesten Tratsch herein oder brachte ein Buch aus der Bücherei oder eine Tüte Saure Drops vorbei. Wenn er nach Feierabend in seinem Sessel saß und die Zeitung las, musste er insgeheim über das Gelächter und Geflüster aus der Küche lächeln. Es war wie früher, und selbst Beryl ließ die Mädchen gewähren, anstatt sie hinauszuscheuchen.

Sie saß ihm gegenüber und strickte in aller Ruhe zahllose Jäckchen und Wollhosen für das Baby. Es war ihm schleierhaft, wie ein einziger kleiner Mensch so viele Wollknäuel tragen sollte, und verwundert schaute er zu, wie seine Frau Teile, die zu klein geworden waren, auftrennte und mit Wunderhand in neue Kleidungsstücke verwandelte.

Die ganze Familie hatte sich Sorgen gemacht, wie Nancy damit zurechtkommen würde, dass Peggy nun ein Baby hatte. Sie hatten nicht erwartet, dass sie sich nichts sehnlicher wünschte, als ihre große Schwester glücklich zu sehen. Und obwohl Nancy sich seit jener ersten Annäherung von Maddie fernhielt, deutete nichts darauf hin, dass sie sich nicht aufrichtig mit den stolzen jungen Eltern freute. Vielleicht würde sie mit der Zeit auch eine neue Arbeitsstelle finden: Offensichtlich führte kein Weg mehr zu *Belgrave's* zurück. Aber es gab andere Ausstatter in der Umgebung, wo man Nancy nicht kannte und wo man ihre Fähigkeiten zu schätzen wissen würde. Und so warteten sie einfach ab.

»Was hast du denn jetzt vor, Nance?«

Natürlich war es Dorothy, die mit genau der Frage herausplatzte, die sie alle seit sechs Wochen tunlichst vermieden. Nancy pflückte ein Gänseblümchen ab, rollte den Stängel zwischen ihren Fingern hin und her und fing dann an, die Blütenblätter abzuzupfen.

»Davon würde ich es nicht abhängig machen, Liebes«, sagte ihre Freundin, und Nancy warf die Überreste der Blume neben der Picknickdecke ins Gras.

Der Park war belebt, anscheinend wollte halb London ein wenig frische Frühsommerluft schnappen. Die vier Mädchen hatten ein ruhiges Plätzchen unter einem Baum gefunden, wo der Kinderwagen im Schatten stehen und sie selbst sich der prallen Sonne entziehen konnten. Phyllis hatte sich auf dem kurzen Weg von zu Hause einen pinkfarbenen Sonnenbrand am Nacken geholt und überlegte schon, wo man an einem Sonntag Zinksalbe bekommen konnte. Dorothy, deren neuestes Idol Brigitte Bardot war, hatte ihren engen Rock hochgeschoben und arbeitete an einem kniehohen Côte-d'Azur-Teint. Man wusste schließlich nie, wessen Busticket man als Nächstes entwertete, und sie würde sich keine Gelegenheit entgehen lassen.

In der Nähe spielten ein paar Väter mit ihren Jungs Fußball. Sie hatten die Hemdsärmel hochgekrempelt und schwitzten ein wenig in den eigens gestrickten Vater-Sohn-Mannschaftsleibchen. In diesem Teil von London konnte man sich auch um diese Jahreszeit noch den Tod holen. Der schwere Lederball flog in Richtung der Mädchen, und Peggy sprang auf, um den Kinderwagen zu schützen. Ein Junge mit kurzer Hose und dreckigen Knien kam angelaufen und wurde knallrot, als Dorothy den Ball in Torwartmanier abfing und ihn dann mit beeindruckender Kraft und Treffsicherheit zu den Vätern zurückwarf, die mehr an ihr als am Ball interessiert zu sein schienen.

Phyllis kramte in ihrer Handtasche herum und fischte eine kleine Papiertüte heraus. Sie hielt sie Nancy hin. »Gummibärchen?«

Dorothy und Peggy sahen sich an, dann schnappte Dorothy Phyllis die Tüte aus der Hand.

»Hey!«, rief Phyllis.

»Nancy mag die nicht.«

»Seit wann?«

»Seit ich es sage«, erwiderte Dorothy.

Phyllis zuckte mit den Schultern. Sie wollte keinen Streit mit ihrer Freundin anfangen, schon gar nicht wegen einer Tüte Gummibärchen.

Dorothy stopfte sich drei davon auf einmal in den Mund und gab Phyllis die Tüte zurück. »Du solltest die sowieso nicht essen. Du musst auf deine Linie achten, liebe Phyl. Sonst findest du niemals einen Mann.«

Phyllis zog augenblicklich die Finger aus der Tüte, knüllte sie zusammen und warf sie ins nächste Gebüsch. »Du bist gemein, Dorothy. Ich hasse dich.«

»Das reicht«, fuhr Peggy dazwischen, während sie von ihrem Platz auf der Decke aus mit einer Hand den Kinderwagen hin- und herrollte. »Wir sind hier, um Nancy aufzumuntern, nicht um euch beiden beim Streiten zuzuschauen.«

»Ist schon in Ordnung«, sagte Nancy. »Ich bin hier mit euch, das ist alles, was zählt. Ihr habt mir gefehlt.«

»Wir haben dich auch vermisst«, entgegnete Phyllis. »Und ich kann immer noch nicht glauben, dass du nicht da warst, als Maddie auf die Welt kam.«

»Ich weiß. Das war Pech.«

»Oh Nance, es war so aufregend. Ich wünschte, du wärst hier gewesen. Donald hat sich benommen wie ein kleiner Junge, der alle Geburtstage auf einmal hat. Dad hat erzählt, dass er im Verein einen ausgegeben hat, gleich nachdem er vom Krankenhaus nach Hause kam. Wir durften sie erst besuchen, als sie zu Hause war, aber dann, oh, es war einfach entzückend. Gut gemacht, altes Haus.« Phyllis versetzte Peggy einen freundlichen Knuff.

Peggy murmelte etwas Unverständliches und schien auf einmal sehr mit dem kleinen weißen Mützchen in ihrer Hand beschäftigt.

Nancy betrachtete ihre strahlende Freundin. Schon seit sie ein kleines Mädchen war, wünschte Phyllis sich nichts mehr als einen Ehemann und ein Baby, und es war unglaublich süß mitanzusehen, wie sehr sie sich für ihre Freundin freute.

Die Mädchen verstummten, als Mrs Barret von Hausnummer sechs mit ihrer Tochter Betty vorbeispazierte. Trotz der Frühlingssonne trug das Mädchen einen dicken Wintermantel und dicke Strümpfe. Mrs Barret hielt kurz inne, starrte Nancy an und machte Betty auf sie aufmerksam. Dann flüsterte sie ihr etwas ins Ohr. Betty riss die Augen auf und hob verächtlich ihr pickeliges Kinn, als sie an der kleinen Gruppe unter dem Baum vorbeimarschierte. Offensichtlich hatte ihre Mutter ihr eine eindeutige Warnung mit auf den Weg gegeben.

»Eingebildete Gänse.« Dorothys Stimme klang ein wenig zu laut. »Ich verstehe nicht, wie sie dazu kommen, sich so aufzuspielen. Meine Mutter kennt die eine oder andere Geschichte über diese Dame, als sie noch jünger war.«

»Beachte sie gar nicht«, meinte Nancy. Aber sie musste eingestehen, dass das nicht einfach war. Seit sie aus ihrem Winterschlaf erwacht war, musste sie auf der Victoria Street die eisige Ablehnung der Damen und die anzüglichen Blicke ihrer Männer ertragen. Sie wusste von Dorothy, dass sich Beryl in der Warteschlange beim Metzger oder in der Umkleide in der Arbeit gemeine Kommentare hatte anhören müssen. Sie hasste den Gedanken, dass sie ihren Eltern Schande bereitet hatte. Vielleicht wäre es das Beste, wenn sie jetzt, wo sie wieder bei Kräften war, einfach verschwand und ihre Familie ihr Leben weiterleben konnte.

»Wie war es denn eigentlich? Du hast nie was erzählt«, sagte Phyllis. »Na, im Sanatorium«, fügte sie arglos hinzu, als Nancy sie ratlos musterte. »Waren da noch andere Tuberkulose-Patienten? Durftest du mit jemandem reden? Du musst dich schrecklich einsam gefühlt haben.«

Dorothy verdrehte die Augen. »Darüber möchte Nancy nicht sprechen, nicht wahr, Nancy?«

Nancy schüttelte den Kopf. »Eigentlich nicht. Ich würde das alles lieber vergessen, wenn es dir nichts ausmacht, Phyl.«

Phyllis runzelte die Stirn. Es standen in letzter Zeit so viele Fettnäpfchen herum, und sie hatte zunehmend das Gefühl, dass die anderen ihr etwas verheimlichten.

Nancy tätschelte ihrer Freundin das Knie. »Nur nicht unterkriegen lassen, nicht wahr?«

»Nur nicht unterkriegen lassen. Schön, dass du wieder da bist.« Phyllis strahlte Nancy an. »Und, hast du was von deinem tollen Kerl gehört, seit du wieder da bist? Mum meinte, er sah aus wie Gregory Peck.«

Dorothy griff nach ihrer Strickjacke und warf sie nach Phyllis. »Himmel noch mal, Phyllis! Was ist nur los mit dir?«

Phyllis wirkte, als würde sie jeden Augenblick in Tränen ausbrechen. Nancy sprang ihr bei. »Ist schon in Ordnung, Dorothy, du musst mich nicht schützen. Ich werde ihn nicht wieder treffen, Phyl. Keinen von denen.«

»Aber was ist denn mit deiner Arbeit? Und mit deinen Freunden dort?«

»Das ist vorbei. Sie haben mich fallen lassen, als ich krank wurde.«

Phyllis war empört. »Das ist ja schrecklich! Man kann doch niemanden feuern, nur weil er krank ist! Du warst großartig in deinem Job!«

»Sie können, und sie haben es getan. Scheint, als müsste ich mir etwas Neues suchen, in dem ich großartig sein kann.«

Peggy warf ihrer Schwester einen Blick zu. Wie tapfer sie war – sie wusste, dass sie an einer Erfahrung, wie Nancy sie gemacht hatte, zerbrochen wäre. In den vergangenen drei Jahren hatte sie ihre eigenen kleinen Tragödien erlebt, und jedes Mal war sie der Verzweiflung nahe gewesen. Sie hob Maddies weiches Kuscheltuch an die Nase und atmete den berauschenden Duft ihrer Tochter ein. Ihr kleines Wunder.

Als sie die Augen wieder öffnete, merkte sie, dass Nancy sie musterte. Rasch wandte sie sich ab.

»He, Dorothy!«

Erleichtert über die Ablenkung winkte Dorothy dem Mann, der gerade vorbeilief. Er hatte sich sein Jackett über eine Schulter gehängt und die Hemdsärmel hochgekrempelt, sodass seine muskulösen braunen Unterarme zum Vorschein kamen.

»Wie geht's dir, meine Rose?«, rief er mit einem sonnigen karibischen Akzent.

»Sehr gut, Denzel, sehr gut.«

Verwundert stellte Nancy fest, dass Dorothy entgegen ihrer Art ein beinahe schüchternes Lächeln aufgesetzt hatte. Und hatten sich ihre Wangen wirklich eine Spur gerötet?

»Gehst du irgendwann mit mir aus, schöne Frau?«, fragte er und legte verlegen den Kopf schief.

»Vielleicht, wer weiß? Jetzt lass uns allein«, erwiderte Dorothy, und ihr strahlendes Lächeln strafte ihre Hand, die ihn davonscheuchte, Lügen. »Wir reden hier über Mädchenthemen.«

»Dann lasst euch nicht stören. Guten Tag, meine Damen.«

Er verbeugte sich leicht und entfernte sich dann mit tänzelnden Schritten.

»Dorothy«, flüsterte Phyllis und stieß ihre Freundin an.

»Was ist?«

»Wer ist das?«

»Denzel? Er ist einer der Fahrer in meiner Arbeit. In Uniform sieht er umwerfend aus, das kann ich dir versichern.«

Phyllis kaute auf ihrer Unterlippe herum. »Du hast doch nicht wirklich vor, mit ihm auszugehen, oder?«

Dorothy starrte sie an. »Aber warum denn nicht?«

Phyllis blickte hilfesuchend zu Peggy und Nancy. »Nun, er ist … du verstehst schon, er ist …«

»Was ist er? Ein Knaller? Ein Gentleman?«

»Nein, er ist … ich meine, was würde deine Mutter dazu sagen?« Sie beugte sich näher zu Dorothy heran. »Wenn du etwas mit einem Schwarzen anfangen würdest?«

Dorothy wusste sehr gut, was ihre Mutter dazu sagen würde: Warum kann ich nicht mit ihm ausgehen? »Das ist wirklich erbärmlich, Phyllis. Weißt du was? Du klingst genau wie deine Mutter.«

»Nun, wenigstens ist meine Mutter …«

»Phyllis meint es nicht böse, nicht wahr, Phyl?«, unterbrach Nancy in eindringlichem Ton. Ihr war klar, dass die Situation eskalieren würde, wenn sie nicht vorsichtig waren. Immer mehr Freunde und Familien hatten sich in den letzten Jahren heillos zerstritten, weil die einen Schwierigkeiten hatten zu akzeptieren, wie sich ihre Heimatstadt veränderte, während die anderen es reizvoll fanden, dass fremde Kulturen das müde Nachkriegslondon aufmischten.

Phyllis zuckte mit den Schultern und fing an, ein wenig Gras auf der Picknickdecke aufzuhäufen.

»Eigentlich sprachen wir doch gerade über Nancy, nicht wahr?«, meinte Peggy, faltete das Kuscheltuch zusammen und hielt es fest umklammert. Dorothy steckte sich eine neue Zigarette an und blies Phyllis den Rauch ins Gesicht, die ihn beleidigt fortwedelte.

»Du hast recht, Peg.« Dorothy stieß Nancy am Knie an. »Was machen wir nur mit dir, Süße? Wir müssen eine Arbeit für dich finden. Was ist mit der Wäschefabrik?«

Nancy lachte. »Wohl kaum. Da habe ich wohl zu viel Porzellan zerschlagen. Außerdem ist es auch zu nahe an Zuhause.« Sie merkte, wie Peggy sie verstohlen ansah. »Was auch immer ich anfange, ich denke, ich muss fort von hier.«

»Willst du wieder über den Fluss?«, fragte Phyllis, die schon einen Ausflug nach Peckham abenteuerlich fand.

»Nein«, antwortete Nancy. »Wahrscheinlich wäre es am besten, wenn ich ganz weggehen würde.«

»Du willst London verlassen?« Phyllis fiel die Kinnlade beinahe bis auf die Picknickdecke herunter.

»Phyllis, die haben gerade einen Mann zum Mond geschickt. Warum sollte ich nicht eine Zeit lang außerhalb Londons überleben können.«

»Peggy, das darfst du nicht zulassen!«

Peggy schien der Unterhaltung gar nicht zu folgen. Gedankenverloren schob sie den Kinderwagen vor und zurück.

»Hier hält mich nichts – abgesehen von euch natürlich«, fügte Nancy schnell hinzu, als sie feststellte, wie Phyllis' Gesichtsausdruck in sich zusammenfiel. »Ihr könnt mir schließlich keinen neuen Job und kein neues Leben geben, oder? Ich brauche einen Kulissenwechsel.«

»Der Meinung bin ich auch, Kindchen.« Dorothy zog so fest an ihrer Zigarette, dass sie aufglühte und knisterte, dann legte die junge Frau den Kopf zurück und blies eine große Rauchwolke in die Luft, die sich zwischen den Ästen über ihnen auflöste. Sie beobachtete, wie Peggy aufstand und das Baby aus dem Wagen hob und Nancy die beiden dabei nicht aus den Augen ließ. »Je weiter weg, desto besser«, sagte sie leise.

9

Nancy schob die Zeitschrift über den Tisch. »Was ist mit dieser hier?«

Peggy hörte auf, an einem eingetrockneten Zwiebackfleck auf ihrem Rock herumzukratzen, drehte die Zeitschrift zu sich und sah sich die Anzeige an, auf die Nancy deutete.

»›Stelle als Haushälterin, Kost und Logis enthalten, Anwesen in Schottland‹«, las sie über den Rand ihrer geschwungenen Hornbrille hinweg. »Du würdest deine Zeit damit verbringen, Wild abzuhängen und Fisch auszunehmen.« Sie erschauerte. »Und zehn Monate im Jahr ist es dort bitterkalt. Du hasst kaltes Wetter.«

»Hm, wahrscheinlich hast du recht. Aber immerhin wäre es ziemlich weit weg«, sagte Nancy und blätterte auf die nächste Seite.

Peggy bemerkte, dass ihre Schwester sich die Finger manikürt und einen klaren Nagellack aufgetragen hatte. Das war ein gutes Zeichen. Allerdings nahmen sich ihre eigenen Hände, rot und ausgetrocknet von den Chemikalien im Windeleimer, dagegen aus, als wäre sie mehr als fünf Jahre älter als ihre Schwester. »Du musst doch nicht gleich nach Schottland gehen.«

»Dort würde mich zumindest niemand anstarren, und ich müsste nicht …«

»Hier«, unterbrach Peggy sie fröhlich mit einem Blick in die Zeitschrift. »Was ist damit? ›Gesellschaft für ältere Dame gesucht, Nähe London.‹ Das klingt doch gut. Sie macht bestimmt keinen Ärger, und sie wird dir später alles vererben.«

Nancy schnaubte. »Bestimmt ist sie eine zänkische, inkontinente alte Krähe, die ihr Testament längst zugunsten des Katzenheims verfasst hat. Danke, Peggy, aber das ist wohl nichts für mich.«

»Was ist das überhaupt für eine Zeitschrift?«, fragte Peggy und blätterte zum Cover. »*The Lady*? Nie gehört. Wo hast du die her?«

»Von Phyllis natürlich. Ihre Mutter kauft sie, um eine Stelle für Phyllis zu finden. Sie haben ihr diese teure Sekretärinnenausbildung bezahlt, und jetzt will die Gute nur für den alten Mr Harris vom Sägewerk oben an der Straße arbeiten.«

Sie lachten beide. Die arme Phyllis: Sie erfüllte so gar nicht die Erwartungen ihrer Mutter. Wenn es nach ihr ginge, würde sie ihr Stadtviertel ihr ganzes Leben lang nicht verlassen.

Nancy zog die Zeitschrift wieder zu sich hin. »Oh, das klingt doch interessant.«

Peggy umschloss ihre Teetasse mit beiden Händen. »Schieß los.«

»Bist du sicher, dass du Zeit hast, Peg? Ich möchte dich nicht davon abhalten, Donald sein Essen zu kochen oder so.« Mum und Dad waren in der Nachmittagsvorstellung, und Nancy hatte die Zeit vergessen. Stanley hatte sich auf diesen neuen Film über die Araber gefreut – er meinte, das würde ihn an den Afrikafeldzug der Britischen Armee erinnern, an dem er teilgenommen hatte. Beryl war nicht sehr begeistert gewesen, aber sie hatte ihn nicht allein gehen lassen wollen. Nancy hatte ihre Mutter jedoch dabei beobachtet, wie sie in ihrer Zeitschrift aufmerksam einen Artikel über Peter O'Toole las. Vielleicht hatte Beryl ihre eigenen Beweggründe, den Film anzuschauen.

»Wir haben Zeit. Donald hat Brot und Marmelade daheim, und Maddie ist satt und zufrieden. Ich denke, er mag es, wenn er sich ab und zu allein um sie kümmern kann. Allerdings nur, bis sie gewickelt werden muss.« Peggy lachte und nahm einen großen Schluck von dem dünnen Tee, der wie eine Erinnerung an die Rationierungen nach dem Krieg schmeckte. »Entschuldige, lies vor, Nancy.«

Nancy nahm wieder die Zeitschrift. »›Familie sucht Unterstützung für zweimonatige Europareise Anfang Juni. Siebzehnjährige Tochter. Keine Vorkenntnisse erforderlich.‹ Was meinst du?«

»Europa? Nun, das hört sich aufregend an.«

Nancy bemerkte, dass sich ihre Schwester auf die Lippe biss. »Was ist? Du bist offenbar nicht begeistert.«

»Es ist nur … willst du wirklich den ganzen Sommer über auf Kinder aufpassen?«

»Nur ein Kind, und das ist schon fast erwachsen. Sie ist nur acht Jahre jünger als ich.«

»Wahrscheinlich hast du recht.« Peggy schien wenig überzeugt.

»Juni«, meinte Nancy gedankenverloren. »Das ist schon in ein paar Wochen.« Sie las die Anzeige noch einmal. »Hier ist eine Postfachadresse angegeben, an die man schreiben kann. Ich glaube, ich werde mich bewerben, Peg. Da steht, dass ich keine Vorkenntnisse brauche, also fällt mir eigentlich kein Grund ein, warum sie mich nicht nehmen sollten.«

»Natürlich nehmen sie dich. Sie werden dich lieben. Jeder liebt dich.« Peggy betrachtete ihre Schwester: Sie trug ein ärmelloses blaues Etuikleid, das sie vor Jahren selbst genäht hatte, und hatte sich die blonden Haare zu einem Pferdeschwanz zurückgebunden. Aber selbst in dieser einfachen Aufmachung sah sie atemberaubend aus. Als wäre ein Paradiesvogel bei ihnen im Spatzennest gelandet – mit diesen blauen Augen und der ebenmäßigen Haut. Ihre langen Beine schienen eher zum Tanzen gemacht als dazu, Kohle vom Hinterhof zu holen. Peggy konnte den Gedanken nicht ertragen, ohne Nancy leben zu müssen. Sie brachte Freude in ihr Leben. Aber so konnte es nicht weitergehen. Nancy hatte es verdient, in die Welt hinauszukommen und das Leben wieder zu genießen. Ihr Vater allerdings hätte seine jüngere Tochter am liebsten zu Hause eingesperrt und sie möglichst lange vor den Unbilden dieser schlechten Welt beschützt, sofern er die Wahl gehabt hätte.

»Wenn das so ist, dann muss ich mich bewerben. Vielleicht macht es Spaß. Du weißt, dass ich mir immer gewünscht habe zu reisen.«

»Du solltest das machen, Schwesterchen. Nur nicht unterkriegen lassen, nicht wahr?«

Die beiden Schwestern stießen mit ihren schlammfarbenen Hornsea-Teetassen an.

»Nur nicht unterkriegen lassen. Also, wo bewahrt Dad sein Briefpapier auf?«

Nancy roch, als hätte sie den Abend in einem Pub verbracht. Der Bus war voller Pendler gewesen, die den gesamten Weg bis zu ihrem Schreibtisch oder Tresen über rauchten, und sie konnte nicht verhindern, dass sich der Rauch in ihren Haaren und in den Fasern ihres Leinenkostüms festsetzte. Ihre feinen Kleider waren alle einer Schranksäuberungsaktion zum Opfer gefallen, die Beryl in ihrer Abwesenheit durchgeführt hatte, aber ihr einfaches blassblaues Etuikleid samt passender Jacke mit dreiviertellangen Ärmeln hatte die Prozedur überlebt. Es war genau die richtige Aufmachung für ein Bewerbungsgespräch. Peggy sagte immer, in dem Kleid sähe sie aus wie eine blonde Jackie Kennedy. Für den heutigen Anlass war sie vielleicht sogar ein bisschen zu fein angezogen: Die Leute suchten schließlich ein Mädchen für alles und keine First Lady. Also nahm Nancy an der nächsten Ecke die Diamantenbrosche von ihrem Kragen ab und steckte sie in die Tasche.

Die Carlton Road war eine hübsche halbmondförmige Anlage mit dreigeschossigen Häusern, die sich hinter den höheren, etwas moderneren Nachbargebäuden versteckten. Die breiten Gehsteige waren von anmutigen Bäumchen durchsetzt, die gerade das erste erbsengrüne Laub zeigten. Nancy war sich sicher, dass sie in ihrer kurzen wilden Zeit schon einmal in dieser Ecke von Kensington gewesen war: möglicherweise zu einer Party oder als sie einen Freund abgeholt hatten. Sie erinnerte sich nicht genau – es schien ein ganzes Leben her zu sein, ein winzig kleines Leben.

Sie schritt die Straße entlang, vorbei an identischen elfenbeinfarbenen, stuckverzierten Häuserfronten, bis sie das Haus der Familie Cavendish fand. Nummer zwanzig stach heraus, denn auf der Vortreppe mit dem eisernen Geländer lag noch das feuchte Herbstlaub, und hinter den schmutzigen Fenstern waren die Vorhänge zugezogen, als würden die Bewohner noch schlafen. Während die schwarzen Haustüren der anderen Häuser so spiegelblank waren, als wären sie in der Rolls-Royce-Fabrik lackiert worden, schien die ausgeblichene Tür von Nummer zwanzig an einer bösen Hautkrankheit zu leiden. Unsicher bediente Nancy den angelaufenen Kupfertürklopfer. Sie war beinahe erleichtert, als keine Reaktion erfolgte: Womöglich hatte sie sich in der Adresse geirrt. Dieses Anwesen wirkte nicht danach, als würde man hier irgendjemanden anstellen wollen. Sie zog den Brief aus ihrer Handtasche und las zum siebzehnten Mal die Angaben durch, als sich die Tür öffnete und ein barsches »Ja bitte?« sie erstaunt aufblicken ließ.

Ein hochgewachsener Mann stand im Türrahmen, eine Pfeife im Mundwinkel und die Arme vor der Brust verschränkt. Er trug sein Hemd am Kragen offen und blinzelte gegen die helle Frühlingssonne. Sein rotblondes Haar fiel ihm unordentlich in die Stirn, und an seinen bloßen Unterarmen und unter den Fingernägeln entdeckte sie Reste von Malerfarbe.

»Verzeihung«, sagte Nancy, »ich muss mich in der Adresse geirrt haben.« Offensichtlich war die Familie, die hier wohnte, in die Ferien gefahren und ließ ihr Haus in der Zwischenzeit von Handwerkern renovieren. »Ich habe eigentlich einen Vorstellungstermin.«

»Zeigen Sie her«, brummte der Mann, nahm ihr den Brief aus der Hand und zog eine Schildpattbrille aus der Hemdtasche.

Nancy machte sich nun Sorgen, zu ihrem Termin zu spät zu kommen, und fühlte sich hin- und hergerissen. Am liebsten hätte sie den Brief gleich wieder zurückgefordert. Der Mann redete nicht wie ein Handwerker und sah aus, als hätte er in seinen Kleidern geschlafen. Wenn sie nichts unternahm, würde sie noch ihr Vorstellungsgespräch verpassen!

In diesem Augenblick reichte er ihr den Brief zurück, wandte sich um und rief in den dunklen Flur: »Caro, für dich!« Dann trat er einen Schritt zurück und hielt Nancy die Tür auf. »Kommen Sie rein. Meine Frau erwartet Sie offenbar.«

Nancy überlegte fieberhaft. Sie konnte immer noch die Vortreppe wieder hinunterlaufen, ein plötzliches Unwohlsein vortäuschen oder behaupten, irgendein Verwandter sei plötzlich krank geworden, oder sie müsse einen Bus erwischen, aber wozu sollte das gut sein? Wenn sie jetzt einen Rückzieher machte, müsste sie sich etwas anderes suchen. Was sollte schon passieren? Schlimmstenfalls gefiel ihr die Arbeit nicht, bestenfalls erwartete sie eine Überraschung. Sie holte tief Luft und trat in den Flur.

Der Mann führte sie in ein düsteres Wohnzimmer und bedeutete ihr, Platz zu nehmen. Nancy wartete, bis seine Schritte auf der Treppe nach oben verklungen waren, dann zog sie die Vorhänge auf. Der staubige Lichtstrahl offenbarte einen hohen Raum, vollgestopft mit heruntergekommenen Möbeln, die offensichtlich schon seit Generationen in Gebrauch waren. An den Wänden drängten sich Ölgemälde jeder Größe und aus jeder Epoche, dunkle, ernsthafte Porträts neben grellbunten Landschaften und groben, abgründigen, abstrakten Motiven. Die Moons hätten sich für die abgestoßenen Armlehnen des dick gepolsterten Sofas und die kahlen Stellen der Orientteppiche geschämt, in diesem Raum dagegen strahlte ihre Patina eine souveräne Altehrwürdigkeit aus.

Nancy nahm eine Schwarzweißfotografie zur Hand. Der fleckige Silberrahmen hinterließ einen schmalen Abdruck auf dem verstaubten Mahagonitischchen. Ein halbes Dutzend fein geschnittener Gesichter blickte ihr entgegen, die Champagnergläser auf ewig gefüllt. Die weißen Fliegen und die perfekten Zähne der Gentlemen blitzten mit den Diamanten und den langen weißen Handschuhen, die ihre Partnerinnen schmückten, um die Wette. Den Spiegelwänden und Kronleuchtern nach zu schließen handelte es sich um eine Party, dachte Nancy, während sie die Kleider der Damen näher betrachtete.

»Savoy. Vor zehn Jahren.«

Schnell stellte Nancy das Bild zurück und drehte sich um. »Verzeihung«, sagte sie. »Ich wollte nicht neugierig sein.«

Die Frau schloss die Tür hinter sich und musterte Nancy. Sie trug eine eng geschnittene schwarze Hose und einen übergroßen Kaschmirpullover, der ihre schmalen Hüften unterstrich. Sie zog eine Zigarette aus dem Silberetui auf dem Couchtisch und bot Nancy ebenfalls eine an. Als Nancy den Kopf schüttelte, zuckte sie mit den Schultern. »Nehmen Sie Platz.«

Nancy folgte der Aufforderung und setzte sich in einen der Sessel.

»Ich glaube, Sie hatten eben das Vergnügen, meinen Mann kennenzulernen.« Die Frau deutete auf das Foto. »In einem Smoking sieht er natürlich ein wenig anders aus. Ich nehme an, wir haben uns seitdem alle verändert.«

Nancy konnte sich nicht vorstellen, dass diese perfekten Gesichtszüge jemals Anzeichen des Älterwerdens zeigen würden. Es war unmöglich, das Alter ihrer Gastgeberin einzuschätzen – es konnte alles zwischen fünfundzwanzig und fünfundvierzig sein.

»Ähm, ja. Ich muss gestehen, dass ich mir zuerst nicht sicher war …« Was? Ob der Ehemann ein Handwerker war? Ob das Haus von Obdachlosen in Beschlag genommen worden war? Nancy beendete den Satz lieber nicht.

»Sie müssen entschuldigen. Er ist Künstler – und im zwischenmenschlichen Umgang nicht sonderlich gewandt«, erklärte die Frau. Ihr abgehackter Akzent ließ einen amerikanischen Hintergrund vermuten, doch Nancy konnte ihn nicht richtig zuordnen.

»Natürlich«, erwiderte sie schließlich, obwohl sie keine Ahnung hatte. Sie hatte noch nie einen Künstler getroffen und konnte nicht beurteilen, welches Verhalten normal und welches grob war.

»Nun, warum fangen wir nicht von vorn an? Ich bin Caro.« Die Frau lächelte und hielt Nancy ihre weiche, schmale Hand hin. Sie trug einen Diamantring am Finger. Eine Hand wie aus der Avon-Handcreme-Werbung.

»Nancy«, sagte sie und schüttelte die dargebotene Hand.

Caro lehnte sich zurück und fuhr sich mit den Fingern durch das dunkle glänzende Haar. Die Füße hatte sie unter sich auf das dick gepolsterte Sofa gezogen. »Sie müssen entschuldigen. Wir haben gerade keine Hilfe.«

»Was der Grund dafür ist, dass ich hier bin?«

»Genau.« Caro lehnte sich vor und zündete sich ihre Zigarette mit einem großen Perlmuttfeuerzeug an, das als Briefbeschwerer auf einem Stapel Rechnungen und Briefe lag. »Sehen Sie, Nancy, wir planen eine große Reise. Sie ist sehr wichtig für Peter. Er wird eine Menge Leute treffen, die möglicherweise seine Bilder kaufen oder eines in Auftrag geben wollen. Natürlich wollen wir unsere Tochter mitnehmen, aber Peter muss mit seiner Arbeit vorankommen. Wir brauchen also jemanden, der das Mädchen unterhalten kann, der sich aber gleichzeitig problemlos in unsere Familie einfügt und mit unseren ausländischen Freunden auskommt. Diese Person muss mit Pamela morgens zum Beispiel an den Strand gehen und uns dann später auf eine Cocktailparty begleiten. Verstehen Sie, was ich meine?«

»Vollkommen. Sie brauchen jemanden, der vielseitig ist.«

Caro zeigte mit dem Finger auf Nancy und betrachtete sie mit zusammengekniffenen Augen. »Richtig.« Sie warf einen anerkennenden Blick auf Nancys Kleid. »Und jemanden, der auf den entscheidenden Partys nicht fehl am Platz wirkt. In dieser Hinsicht habe ich bei Ihnen keine Bedenken.«

Zumindest war das blaue Kleid die richtige Wahl gewesen.

Caro zog aus ihrer Tasche den Brief hervor, den Nancy wenige Tage zuvor geschrieben hatte, und las ihn noch einmal kurz durch, ehe sie aufschaute. »Und wie ich merke, haben Sie den Südlondoner Dialekt abgelegt. Braves Mädchen. Meiner Meinung nach macht man sich mit einem regionalen Dialekt lächerlich.«

Nancy hatte keine Ahnung, was sie darauf erwidern sollte, aber sie vermutete, dass Caro hart an ihrer englischen Aussprache gearbeitet hatte.

»Ihrem Brief entnehme ich, dass Sie bereits eine Arbeitsstelle hatten – bei *Belgrave's*, nicht wahr?«

»Das stimmt.«

»Wie geht es dem lieben Jacques?«

Nancy war nicht klar, was an ihrem früheren Chef so liebenswert gewesen sein sollte, er war ein explosives Feuerwerk gewesen. Aber sie lächelte nur und sagte: »Ich denke, es geht ihm gut.«

»Ausgezeichnet. Es muss Spaß machen, mit den eigenen Händen etwas erschaffen zu können.«

Konnte es sein, dass Caro noch niemals einer Arbeit nachgegangen war? Nancy konnte sich des Eindrucks nicht erwehren. Doch dann griff ihre Gastgeberin nach einer Zeitschrift, die am anderen Ende des Sofas lag. »Das hier ist mein Job«, erklärte sie und schlug die alte *Vogue*-Ausgabe auf einer eingemerkten Seite auf.

Nancy betrachtete die einfache Schwarzweißfotografie eines knabenhaften Models, das ein Brautkleid von *Givenchy* trug. »Das sind Sie!«, stellte Nancy überrascht fest.

»Vor ein paar Jahren. Inzwischen arbeite ich natürlich nicht mehr so viel.« Caros achtloses Schulterzucken sollte wohl über den bitteren Kampf hinwegtäuschen, sich unter all den blutjungen Models zu behaupten. »Es gibt so viel zu tun.«

»Ich nehme an, es kostet eine Menge Zeit, ein Kind großzuziehen«, bemerkte Nancy. Als Caro die Stirn runzelte, fuhr sie in geschäftsmäßigem Ton fort: »Erzählen Sie mir mehr über die Reise.«

Caro zog an ihrer Zigarette und blies den Rauch langsam aus, sodass er sich wie ein Schleier auf den staubigen Lichtstrahl legte, der durch das schmutzige Fenster fiel. »Wir werden Paris besuchen, den Süden Frankreichs und Italien und dabei ein paar Freunde der Familie treffen. Eine Zeit lang wird uns ein Freund von Peter begleiten – er hat vielerlei Verbindungen auf dem Kontinent, und Peter und er stehen sich sehr nahe.«

»Und Ihre Tochter? Lerne ich sie heute kennen?«

»Pamela? Himmel, nein. Sie ist bis Monatsende im Internat.« Caro lachte, doch als sie Nancys Verwunderung bemerkte, fügte sie hinzu: »Sie müssen es mir nachsehen – die Leute finden mich manchmal ein wenig zu direkt. Da kommt die ungestüme Amerikanerin in mir durch.«

»Ist schon in Ordnung. Erzählen Sie mir von Ihrer Tochter.«

»Pamela ist sechzehn. Oder siebzehn? Das ändert sich so schnell, ich komme gar nicht mehr mit. Ich sollte vielleicht hinzufügen, dass sie nicht wirklich meine Tochter ist.«

»Oh.«

»Sie ist meine Stieftochter. Ich habe Peter geheiratet, als Pamela zwei Jahre alt war. Ihre Mutter war gestorben, und das arme kleine Mädchen wurde hier in diesem Prachtbau von Peters altem Kindermädchen aufgezogen. Ein Wunder, dass das Kind nicht an Tuberkulose gestorben ist in diesem modrigen alten Kasten.«

»Wie schrecklich. Und was für ein Glück, dass ihr Vater Sie getroffen hat«, erwiderte Nancy.

Caro lächelte. »Pamela ist eher zurückhaltend. Das hat sie wohl von ihrem Vater. Aber dabei auch streitsüchtig, wie ihre Großmutter – sie war eine Suffragette, verstehen Sie? Pamela muss erst noch erwachsen werden, aber ich denke, dass wir etwas aus ihr machen können. Sie ist wahrscheinlich nicht viel jünger als Sie, vielleicht können Sie sich sogar mit ihr anfreunden.«

»Oh, heißt das, ich habe die Stelle?«

»Das will ich meinen. Schauen Sie, Nancy, ich weiß sofort, ob ich jemanden mag oder nicht, und ich habe das

Gefühl, dass wir beide wunderbar miteinander auskommen werden.«

Sicher, solange ich hübsch brav bin und dir keine Konkurrenz mache, dachte Nancy.

»Nun, möchten Sie die Stelle?«

Nancy hatte die Worte ihres Vaters im Ohr, der sie stets warnte, keine voreiligen Entscheidungen zu treffen. »Es wäre natürlich gut, wenn ich erst die genaueren Bedingungen kennen würde, ehe ich einwillige«, erwiderte sie und fragte sich kurz, ob dieses mondäne Geschöpf ihr gegenüber an einer so direkten Bemerkung Anstoß nehmen würde.

»In Ordnung. Wir werden mit Pamela vorausreisen. Wir treffen uns in Paris. Ihr Zugticket wird gebucht und Ihnen zugeschickt – Sie müssen nur zum vereinbarten Zeitpunkt an der Waterloo Station sein. Peter wird Sie in Paris vom Bahnhof abholen. Ich würde vorschlagen, Sie nehmen mindestens drei Abendkleider mit – und vielleicht auch ein oder zwei Badeanzüge für Südfrankreich. Oder sind Sie da eher prüde?«

Nancy schüttelte vehement den Kopf – sie konnte an Caros spitzbübischem Gesichtsausdruck erkennen, dass dies eine Fangfrage war. Sie würde in den nächsten Wochen auf ihre Ernährung achten müssen, aber an sich gab es an ihrer Figur nicht viel auszusetzen, und sie hatte auch schon ein Badeanzugmodell vor Augen.

»Ausgezeichnet. Wahrscheinlich müssen Sie auch ein paar Kleider für mich abholen, wenn wir in Paris sind. Ich habe mit vielen berühmten Designern dort drüben zusammengearbeitet, und für gewöhnlich legen sie mir das eine oder andere Teil zurück. Was möchten Sie sonst noch wissen? Kost und Logis sind inbegriffen. Sie essen mit uns, Sie wohnen bei uns, Sie gehören praktisch zur Familie. Mit dem Unterschied, dass wir Ihnen fünf Pfund pro Woche bezahlen.«

Das erschien nicht viel im Vergleich zu ihrem Gehalt bei *Belgrave's*. Aber sie würde keine Ausgaben haben, keine Miete und kein Essen bezahlen müssen. Es wäre verrückt, das Angebot abzulehnen.

Caro drückte ihre Zigarette in dem Marmoraschenbecher aus und sah sie an. »Nun, was sagen Sie?«

Nancy lächelte. »Ich sage ja.«

»Na dann: Willkommen in unserer Familie, Nancy Moon.«

10

»Seamus?«

Flo warf ihren Mantel über den Garderobenständer im Flur, schlenderte in die Küche und ließ ihre Tasche auf den Tisch fallen. Zum Glück gab es keine Anzeichen, dass er etwas gekocht hatte, vielmehr war alles seltsam sauber. Erleichtert stellte sie fest, dass sie diesmal nicht wie sonst die ersten zwanzig Minuten nach dem Heimkommen darauf verwenden musste, die Überreste der Mahlzeiten ihres Mannes wegzuräumen. Nicht einmal eine schmutzige Tasse stand herum.

»Seamus?«, rief sie noch einmal und beugte sich über das Geländer, um zu sehen, ob er vielleicht oben war.

Wahrscheinlich war er noch in der Arbeit, sicher musste noch vieles zu Ende gebracht werden, bevor er nächste Woche abreiste. Korrekturen, Schreibtisch aufräumen, sich verabschieden … Sie schalt sich selbst – was für einen Sinn hatte es jetzt noch, sich über ihn aufzuregen? Er würde gehen. Bye-bye, zehn Jahre Ehe.

Es war eine Erleichterung, das Haus für sich zu haben. In den letzten Monaten hatte ihr kleines Reihenhaus in der Willow Terrace einem Dampfkochtopf geglichen, und nun, da Seamus endlich jede Hoffnung auf eine Versöhnung aufgegeben und angefangen hatte, demonstrativ und geräuschvoll seine Sachen für ein neues Leben in Amerika zu packen, war der Dampf raus.

Sie setzte den Wasserkessel auf und stieg die Treppe nach oben, um sich ein Bad einzulassen. Sie war über und über mit Londoner Straßenstaub bedeckt, und ihre Glieder schmerzten. Eineinhalb Stunden hatte sie in einem überfüllten Zug auf dem Gang gehockt, es war die Hölle gewesen. Sie gab ein paar Tropfen Jasminöl in das einlaufende Badewasser, dann fiel ihr das lächerlich teure Paket mit Badeöl-Fläschchen ein, das Seamus an der Victoria Station als Last-Minute-Geburtstagsgeschenk für sie gekauft hatte. Sie öffnete die Tür des Badezimmerschranks und entdeckte erstaunt die klebrigen Ringe, die Seamus' selten gebrauchte Aftershave- und Rasierschaumbehältnisse hinterlassen hatten. Ihre eigene Sammlung von Lockensprayfläschchen und Antifalten-Gesichtscremes stand dicht gedrängt auf der anderen Seite des halbleeren Schränkchens. Es wirkte beinahe, als würden sie sich vor einem unsichtbaren Feind zusammenrotten. Mit einem kurzen Blick stellte Flo fest, dass ihre Zahnbürste allein in der Halterung steckte, außerdem war das Lesematerial neben der Toilette verschwunden.

Sie drehte den Wasserhahn zu und ging ins Schlafzimmer. Der Kleiderschrank gähnte sie mit offenen Türen an, verschwunden waren all die abgetragenen Jacketts und geschmacklosen Hemden mit Blumenaufdruck. Ihre Kleidung, eine bunte Mischung aus Mustern und Stoffen, sonst dicht gedrängt, verteilte sich jetzt luftig auf der Kleiderstange. Außer ein paar verirrten einzelnen Socken auf dem Boden waren die Schubladen, in denen Seamus seine Wäsche aufbewahrt hatte, leer, genauso wie die Schublade seines Nachttischchens. Von Münzen, Tabakpäckchen und Papieren keine Spur mehr, einzig eine Ausgabe von *Ulysses* zeugte noch von Seamus' enormer Präsenz.

Auf ihrem Kopfkissen lag ein zusammengefalteter Brief, auf den er mit seiner unverkennbaren Krakelschrift in schwarzer Tinte ihren Namen geschrieben hatte.

Flossie, ich glaube, es ist am besten, wenn ich einfach gehe. Das war der längste, schrecklichste Abschied, den ich je erlebt habe, und ich muss hier weg, bevor mein Herz ganz zerbricht.

Ich hoffe, du findest etwas oder jemanden, der dich glücklich macht. Ich wünschte, ich hätte das sein können.

Ich werde dich immer lieben, Lockenmädchen.

Seamus

Die Trauer überfuhr sie wie eine Dampflok, als sie den Brief an ihre Brust drückte. Bittere Tränen liefen ihr übers Gesicht und durchnässten ihren Kragen. Sie hörte sich selbst schluchzen, ein fast animalisches Geräusch, von dem sie gar nicht gewusst hatte, dass es in ihr schlummerte. Seit Monaten hatte es darauf gewartet, ihren stoisch geschlossenen Lippen zu entweichen.

Sie wusste nicht, wie lange sie schon zusammengerollt auf ihrem Bett lag, Seamus' Kopfkissen vor den Bauch gepresst, aber irgendwann war sie erschöpft, ihre Atmung beruhigte sich, und sie nahm die Welt um sich herum wieder wahr: das Abendlied der Vögel, die Geräusche der Autos, die in Parkbuchten fuhren, nachbarliches Geplänkel von einer Straßenseite zur anderen. Alles lief wie gewohnt weiter, als wäre das Ende von Flos Welt nur eine flüchtige Episode in der vielschichtigen Seifenoper des Lebens. Und irgendwie würde sie einen Weg finden müssen, ein normales Leben weiterzuführen, wenn sie erst einmal herausgefunden hatte, wie ein solches aussehen sollte.

Ein schnarrender, kehliger Laut ließ sie auffahren. Der Kater stolzierte durch die Schlafzimmertür. Mit zahnlosem Maul jaulte er sie an und bot ihr so die Gelegenheit, ihr normales Leben damit zu beginnen, ihn zu füttern.

»Toll«, sagte Flo. »Du bist noch da. Danke, Seamus.«

Als die Tage länger wurden und der Frühling allmählich anfing, in den Sommer überzugehen, befand sich Flo in einem Schwebezustand. Ihre Welt wurde beständig kleiner, bis sich ihr Radius außer Haus auf Arbeit und Einkauf beschränkte. Sie schlug Einladungen von Freunden in den Pub oder ins Kino aus. Lediglich Jem und Clare bekam sie noch zu Gesicht, als sie ein paarmal bei ihr übernachteten, um den schlimmsten Umbaumaßnahmen, die ihr Haus erschütterten, zu entkommen. Telefonate mit Dorothy und Phyllis hielt sie so kurz wie möglich, wich den besorgten Nachfragen der alten Damen mit oberflächlichen Bemerkungen aus, wie etwa dass es ihr gut gehe, dass es schön sei, das Haus für sich zu haben, bla, bla, bla. Das schien die beiden allerdings ebenso wenig zu überzeugen wie Flo selbst, und so drohten sie weiterhin damit vorbeizukommen, wenn sie irgendwie helfen könnten.

Mit der Zeit hauste sie eigentlich nur noch auf dem Sofa, empfand eine absurde Freude an Dekoelementen wie leeren Chipstüten, deren Inhalt unter ihren bloßen Füßen zu einem bizarren Muster festgetreten wurde, bräunlichen Apfelkerngehäusen, die auf den Glastisch abfärbten, und in leere Eispackungen eingetrocknete, dreckige Löffel. Wie hatte sie nur so viele Jahre damit zubringen können, das kleine Haus zu hegen und zu pflegen, wenn es jetzt nur noch eine Schachtel aus Ziegelsteinen war, voll mit Stoffen, Holzmöbeln und Teppichen?

Vermisste sie Seamus? Vielleicht, aber ihre trostlose Einsamkeit war Flo fürs Erste ganz recht. Ihr fehlten seine erdrückenden Umarmungen und die Art, wie er sie mit einem einzigen Zucken der Augenbraue zum Lächeln bringen konnte. Aber das, was aus ihnen beiden geworden war, fehlte ihr nicht. Sogar die Gesellschaft des Katers war besser als die eisglatte Leere, die zu überwinden keiner von ihnen beiden mehr den Mut gehabt hatte.

Zwei oder drei Wochen dauerte ihre selbst auferlegte Einsamkeit schon an. In einen alten Kimono gewickelt, hatte sie es sich im Wohnzimmer in einem Nest aus Kissen bequem gemacht, um ein paar Folgen ihrer Lieblingsserie *The Crown* anzuschauen, und kratzte gerade die Reste des Blumenkohlauflaufs aus der Aluschale. Es war ein schöner Abend, und als Flo von der Arbeit nach Hause gekommen war, hatte sie alle Fenster geöffnet und mit der Abendbrise auch das Vogelgezwitscher in das kleines Haus gelassen. Das hatte bei dem Kater Urinstinkte geweckt. Er stolzierte auf der Suche nach Beute über die Fenstersimse. Irgendwo oben im Haus schlug eine Tür auf und zu, und Flo drehte den Fernseher lauter, um das Geräusch mit dem vielschichtigen Soundtrack der Serie zu übertönen. Aber vergeblich.

Mit einem lauten Seufzer stieg sie die Treppe hinauf und schritt den Flur entlang, an ihrem Schlafzimmer und der geschlossenen Tür daneben vorbei, die zu öffnen sie seit Monaten erfolgreich vermied. Vor ihr, am Ende des Flurs, lag ein weiteres kleines Zimmer. Das also war der Störenfried; die Tür schlug in unregelmäßigen Abständen gegen den Türrahmen. Flo trat näher, um sie zu schließen. Das Fenster des Raumes zeigte auf den kleinen Garten hinter dem Haus hinaus. Das hier war ihr Rückzugsort, ein perfekt organisierter Arbeitsplatz, wo Flo sich in Garnrollen in allen Regenbogenfarben verlieren konnte, die sie in einer extra angefertigten Vorrichtung an der Wand aufgereiht hatte. In den Regalen daneben standen fein säuberlich geordnet Schachteln mit Knöpfen, Spulen und Schrägbändern.

Die Luft im Zimmer war muffig, also öffnete sie das Fenster. Sofort bauschten sich die Vorhänge und brachten die Zeitschriften auf ihrem verstaubten Nähtisch durcheinander, ebenso wie die sauber zugeschnittenen, in verschiedenen Gelbtönen leuchtenden Stoffstücke, die im Zickzackmuster aneinandergereiht waren und darauf warteten, festgesteckt zu werden. Flo nahm eines davon in die Hand. Ein kleiner Teddy mit Schleife um den Hals grinste ihr entgegen, und sie starrte ihn einen Augenblick lang an. Dann schob sie alles zu einem unordentlichen Haufen zusammen und stopfte es in eine der Schubladen mit Stoffresten.

Sie schaute sich im Zimmer um. Es war Monate her, seit sie das letzte Mal hier gearbeitet hatte. Ein Kissenbezug steckte noch zwischen den Zähnen der Nähmaschine, als wäre mitten im Saum eine Auszeit gepfiffen worden. Obwohl sie es nicht wahrhaben wollte, merkte Flo, wie sie eine gewisse Zufriedenheit und Ruhe überkam, wie immer, wenn sie in diesem Zimmer arbeitete, wo die Zeit wie im Flug verging und die nackte Schneiderpuppe an einem einzigen Wochenende ein schickes, neues Kleid erhalten konnte.

Ihr Schneideratelier hätte jeden Profi begeistert. Allein die vielen kleinen Schubladen und Regale voller farblich sortierter Stoffbahnen, die sie über die Jahre gesammelt hatte. Manche waren Restposten aus der Stoffabteilung im berühmten *Liberty*-Kaufhaus in London, andere waren bei längst abgeschlossenen Projekten übrig geblieben. Viele Teile waren echte Vintage-Stücke, die sie geschenkt bekommen oder auf Flohmärkten gefunden hatte. In vielen anderen Lebensbereichen musste Flo mit dem Chaos kämpfen, in diesem Raum jedoch herrschte eine Atmosphäre von ruhigem Fleiß, ein Respekt ihrem Handwerk gegenüber, den man ihr in ihrer Ausbildung beigebracht hatte.

Sie hob den Stapel Zeitschriften auf, strich die oberste glatt und wollte sie gerade in den dafür vorgesehenen Bücherschrank zurücklegen, als sie im Umdrehen mit den bloßen Zehen an etwas Hartes stieß. Sie kannte jedes Detail in diesem Zimmer, deswegen war sie überrascht und verärgert, über die Kiste zu stolpern, die neben dem Arbeitstisch stand.

Sie ging in die Hocke. Natürlich. Nancys Kiste. Sie hatte sie nach Peggys Beerdigung hierhergebracht, um einen genaueren Blick auf die Schnittmuster zu werfen, aber seit Seamus fort war, lebte sie wie unter einer Dunstglocke. Ein Tsunami der Trauer war über sie hinweggespült, und sie war unfähig gewesen, sich auf irgendetwas zu konzentrieren. In der Arbeit hatte sie Jem in den Wahnsinn getrieben. Eine schlafwandlerische Trance hatte Flo befallen, die sie nicht abschütteln konnte. Die letzten Monate waren schrecklich gewesen. Sie betrachtete die Box. Es war so aufregend gewesen, als sie die geheimnisvolle Nancy entdeckt hatte. Wie hatte sie das nur verdrängen können? Endlich hatte sie etwas, womit sie ihre Gedanken von Seamus ablenken konnte. Der Kummer der letzten Wochen und die dunkle Wolke, die sich seit Seamus' Abreise über sie gelegt hatte, begannen sich ein wenig zu lichten.

Es kam ihr vor, als wären statt Wochen Monate vergangen, seit sie die Schnittmuster durchgesehen hatte. Als wäre es das erste Mal, hob sie den Deckel von der Kiste und zog fasziniert den ersten Umschlag heraus. Sie legte ihn auf den Nähtisch. Dann nahm sie die fein säuberlich gefalteten Seidenpapierzuschnitte heraus und breitete einen nach dem anderen aus. Als Nächstes holte sie das Foto von Nancy und ihren Freundinnen hervor und platzierte es gut sichtbar auf dem Tisch.

Als sie die Zuschnitte glattstrich, bemerkte sie überall kleine Notizen – hier ein Abnäher etwas größer, dort der Saum ein wenig herausgelassen –, das Kleid musste perfekt maßgeschneidert gewesen sein. Sie strich mit dem Finger über die gestrichelten Schnittlinien auf der Vorlage für ein Seitenteil des Mieders. Obwohl sie auch Größe 38 trug, vermutete sie, dass Nancys Taille schmaler gewesen war. Wie oft hatte sie schon ein Vintage-Kleid in ihrer Größe anprobiert und gemerkt, dass die Frauen vor fünfzig Jahren andere Proportionen gehabt haben mussten – Jem führte das auf die Mangelernährung zurück. Flo war sich allerdings nicht sicher, ob ihre Freundin damit sie oder die Frauen von damals meinte.

Laut Vorlage waren für dieses Kleid fast fünf Meter Baumwollstoff notwendig, ein halber Meter Vliesstoff, ein 22-Zoll-Reißverschluss sowie ein Haken-und-Ösen-Verschluss.

Das meiste hatte sie sicher vorrätig. Sie hielt das kleine Muster zwischen Daumen und Zeigefinger und verglich es mit ihrer eigenen Sammlung. Ihr Blick fiel auf ein hübsches Vintage-Gewebe. Stilisierte lila Blumen auf limettengrünen Blättern. Es war nicht genau dasselbe Muster, aber das Material stammte wahrscheinlich ungefähr aus derselben Zeit. Flo zog den Tuchballen heraus und warf ihn aus. Ein wahrer Wasserfall aus Blüten ergoss sich über den Boden. Sie rollte ihr Maßband ab und hielt es an den

Rand des Stoffes, Länge für Länge, bis sie das Ende erreichte. Vier Meter achtzig. Perfekt. Es kam ihr üppig vor, aber der Zeichnung auf dem Umschlag nach zu urteilen geizte der Entwurf nicht mit dem Faltenwurf am Rock. Flo breitete das Material auf dem langen Tisch aus, strich die eine oder andere Falte mit den Handflächen glatt, dann legte sie die Schnittmuster auf, Kante auf Kante, wo es notwendig war, und achtete darauf, dass das Muster immer in dieselbe Richtung verlief.

Schon lange nicht mehr hatte sie diese Begeisterung verspürt, die sie überkam, wenn sie die Falzkanten aus den Schnittmustern herausbügelte, vorsichtig Nadeln durch Papier und Tuch schob und schließlich das raspelnde Geräusch vernahm, wenn sie durch die Schichten aus Schnittmuster und Stoff schnitt. Ihr Herz schlug dabei jedes Mal ein kleines bisschen schneller, auch wenn sie sich mehrmals vergewissert hatte, dass jedes Teil korrekt lag. Sie schnitt den Stoff an den Säumen des Oberteils ein wenig großzügiger, sodass die Weite ihren Proportionen entsprach. Außerdem wäre es auf diese Weise einfacher, den Rock zu raffen, wenn sie die beiden Kleiderhälften zusammenfügte.

Sie setzte eine Spule mit lila Faden ein und nähte die festgesteckten Teile Stück für Stück zusammen. Zwischendurch bügelte sie den Saum jedes Mal glatt, ehe sie zum nächsten Teil griff. Ihre Schneiderpuppe hatte exakt ihre Maße, sodass Flo jedes Teil noch einmal feststecken und überprüfen konnte, ehe sie es unter die Nadel legte. Bald war das Mieder fertig, die Abnäher saßen perfekt und die

Schulternähte lagen flach an. Vorsichtig rückte sie die kurzen Cap-Ärmel zurecht, steckte sie fest und heftete die jeweiligen Kanten sorgfältig zusammen, ehe sie sie mit der Maschine festnähte.

Der Rock war dann vergleichsweise ein Kinderspiel: sechs ausgestellte Zuschnitte mit langen Seitennähten, über die die Nähmaschine nur so hinwegstürmte. Den auf diese Weise entstandenen weiten Schlauch fasste Flo an einem Ende mit zwei sauberen Nähten ein und ebnete die schmalen Falten dabei aus.

Das hungrige Miauen des Katers nahm sie gar nicht wahr. Irgendwann schaltete sie das Licht im Nähzimmer an, achtete nicht weiter auf das Knurren ihres eigenen Magens, als das längst verzehrte Fertiggericht verdaut war und ihr Körper Nachschub verlangte. Daran, die Vorhänge zu schließen, dachte Flo nur, weil die Reflexion der Schreibtischlampe im Fenster sie bei ihrer Arbeit störte.

Als sie schließlich Oberteil und Rock zusammengefügt hatte und den unteren Saum des Rockes fein säuberlich mit einer Saumnaht versah, war es lange nach Mitternacht. Zwanzig Minuten später hatte Flo den Reißverschluss eingenäht und oben mit Haken und Öse versehen.

Sie legte den Kimono ab und schlüpfte in das Kleid, ganz behutsam, falls noch irgendwo eine Nadel im Saum steckte, dann zog sie den Reißverschluss zu. Es saß perfekt: am Oberkörper eng anliegend, aber mit genug Spiel, um zu atmen und sich zu bewegen, das Taillenband exakt einen Zoll über ihrem Bauchnabel. Der üppige Rock raschelte, als sie ihre Hüften bewegte. Sie betrachtete das

Foto, auf dem Nancy das Original trug. Vielleicht lag es an der späten Stunde, aber Flo hatte den Eindruck, als würde ihre Großtante direkt sie anlächeln, nicht den Fotografen.

Sie trat vor den bodentiefen Spiegel. Und dort, trotz strähnigem Haar und fehlendem Büstenhalter, blickte ihr das Mädchen aus dem Foto entgegen. Mit ein wenig Phantasie und dem richtigen Haarschnitt – ein Doris-Day-Bob – konnte sie als Nancy durchgehen, die sich in dem kleinen Zimmer in der Willow Terrace Nummer 12 im Spiegel betrachtete.

»Du siehst umwerfend aus.«

»Wirklich?«

»Ja. Und du hast das in einer einzigen Nacht genäht?« Jem schüttelte ungläubig den Kopf. »Ich verstehe nicht, wie du dich mir nichts, dir nichts von einer Couchpotato in einen Dynamo verwandeln kannst!«

Flo ließ ihren Rock schwingen, dann griff sie sich einen breiten Gürtel aus einem Korb, der neben dem Tresen stand, und legte ihn um. »Hm, zu viel?«

»Perfekt.« Jem lächelte. »Endlich hast du wieder Farbe im Gesicht und Feuer im Bauch, Süße. Ich hatte schon Angst, ich würde es nicht mehr erleben. Das ist also eines dieser berühmten Kleider?«

»Das erste. Sie hat es auf der Fahrt von London nach Paris getragen, 1962.«

»1962? Gutes Jahr. Alles war in Bewegung, aber Grace Kelly war immer noch eine Stilikone. Todesjahr von

Marilyn Monroe und Geburtsstunde der Beatles, wenn ich mich nicht irre.«

»Das Jahr, in dem Nancy Moon auf Reisen ging.« Flo zeigte Jem das Foto vom Bahnhof.

»Sie sieht dir so ähnlich. Und deiner Großmutter auch. Eine Schönheit.« Jem reichte Flo das Foto zurück. »Und sie ist nie zurückgekommen?«

»Soweit ich weiß, nicht.«

»Wow. Und die Kleider auch nicht, nehme ich an?«

»Du denkst tatsächlich ans Geschäftliche, wenn ich dir meine Familiengeschichte erzähle?«

Jemima zuckte mit den Schultern und hielt Flo eine Packung Kekse hin. »Das kannst du mir schwerlich vorwerfen«, sagte sie. Dann nahm sie sich selbst einen Keks, brach ihn auseinander, sodass die Schokoladencreme in der Mitte zum Vorschein kam, und schob sich beide Hälften gleichzeitig in den Mund. »Was ist eigentlich aus ihr geworden?«

Flo schlüpfte in die cremefarbenen Schuhe, die zu kaufen bisher noch niemand die Unhöflichkeit besessen hatte. Einmal mehr überlegte sie, ob sie sich nicht etwas gönnen und die Schuhe erstehen sollte. Sie passten ausnehmend gut zu ihrem Kleid. »Ich bin nicht sicher. Ich glaube, Dorothy und Phyllis wissen es auch nicht genau. Nach dieser Sommerreise verliert sich Nancys Spur.«

»Für wen hat sie da gearbeitet?«

»Dorothy konnte sich nicht mehr an den Namen erinnern. Ich weiß nur, dass er ein angesehener Künstler war, verheiratet mit einem ehemaligen Model. Nancy begleitete sie, um der Tochter Gesellschaft zu leisten.«

»Mehr hast du nicht herausfinden können?« Jemima runzelte die Stirn. »Solche Arrangements gab es nach dem Krieg in Südfrankreich jede Menge. Die Mitfords, die Churchills, und dann natürlich die Leute aus Hollywood. Es sind Unmengen Bücher darüber geschrieben worden – vielleicht erfährst du etwas auf diesem Weg.«

Das wäre ein ziemlich großes Unterfangen, dachte Flo.

Jemima nahm den Umschlag in die Hand, den Flo ihr mitgebracht hatte. »Das würde dir auch hervorragend stehen«, meinte sie, während sie die Zeichnung eines langbeinigen Mädchens in einem knielangen Sommerkleid betrachtete.

Sie hatte recht. Wenn Flo dieses Kleid hätte, würde sie wohl nie mehr etwas anderes tragen.

»Was ist denn das?«, fragte Jem und zog die Postkarte aus dem Kuvert.

»In jedem Umschlag ist eine dabei.« Flo beugte sich hinüber und betrachtete das Motiv auf der Rückseite der Postkarte. Ein sonniger Markusplatz.

Jem sah zu ihr auf. »Das ist es, Flo. Du musst dieses Kleid nähen und es in Venedig tragen.«

Flo lachte. »Das ist verrückt. Was soll ich in Venedig?«

»Keine Ahnung. Nach Nancy suchen? Herausfinden, für wen sie gearbeitet hat?«

»Sei nicht dumm.«

»Bin ich nicht.« Jemima lächelte sie an. »Hör zu, ich will dich wirklich nicht loswerden oder so was, aber im Ernst, du solltest hier mal rauskommen. Du brauchst eine Pause. Das ist die perfekte Gelegenheit.«

»Aber was ist mit meinem Haus? Und diesem bescheuerten Kater?«

»Clare und ich können uns ums Haus kümmern. Es wird einen ganzen Monat dauern, dieses Asbestzeug aus unserer Wohnung zu entfernen. Während der Bauarbeiten müssen wir sowieso woanders wohnen, das würde also prima passen.«

Flo fragte sich im Stillen, was der Kater wohl dazu sagen würde, wenn er sein Zuhause mit zwei Teenagern teilen müsste. Vielleicht würden sie ihn endlich in die Flucht schlagen. Der Plan wurde immer verlockender.

»Komm schon. Es ist Zeit für was Neues. Du musst wieder Zuversicht fassen.«

»Und wie soll ich das finanzieren?«

Jem schnaubte. »Wie ich deine Großmutter kenne, hat sie bestimmt etwas für dich zur Seite gelegt.«

Darauf wusste Flo nichts mehr zu erwidern. Sie hatte Peggys Vermögensangelegenheiten in die Hände ihres Rechtsanwalts gelegt und nicht weiter darüber nachgedacht. Aber es war tatsächlich sehr wahrscheinlich, dass sich ein warmer Regen über sie ergießen würde. Bis es so weit war, könnte sie von ihren eigenen Ersparnissen leben.

»Du musst ein bisschen mehr wie Nancy werden. Mach den Schritt aus dieser blöden Stadt heraus und schau dir die Welt an.« Plötzlich hielt Jem inne. »Oh mein Gott, das ist es!«, rief sie und starrte Flo direkt in die Augen.

»Was ist was?«

»Die Kleider, die Reise, Nancy … Du solltest das nachspielen. Vorn beginnen und dich dann voranarbeiten.«

»In diesem Kleid?« Flo blickte an sich hinunter auf die lila Blüten.

»Nein, nein«, erwiderte Jemima und fing an zu strahlen, sodass Flo den Lippenstift erkennen konnte, der auf den Schneidezahn der Freundin abgefärbt hatte. »Du musst all ihre Kleider tragen. Du, Flo, wirst sie alle nähen und mit ihnen Nancys Reiseroute nachstellen!«

»Was? Allein?«

»Allein.« Jem hielt abwehrend die Hände hoch, als Flo Anstalten machte zu protestieren. »Ich weiß, was du sagen willst. Du wirst dich daran gewöhnen. Manchmal ist es ganz gut, wenn man allein verreist.«

»Für dich vielleicht …«

»Zugegeben, es ist ein großer Schritt, Süße, aber was kann im schlimmsten Fall schon passieren? Dass du Heimweh bekommst und dich in den nächsten Ryanair-Flieger nach Stansted setzt?«

»Womöglich …« Flo hatte ein flaues Gefühl im Magen, sie war nervös und aufgeregt zugleich. Das war eine verrückte Idee und gleichzeitig eine ausgesprochen dumme Idee. Sie war noch nie allein irgendwohin gefahren, entweder war Seamus dabei gewesen oder ihre Mutter. Sie war keine Reisenatur, obwohl sie als Kind jahrelang von einem Ort zum anderen gezogen war. Oder vielleicht auch genau deshalb.

»Hast du nicht erzählt, Nancys erstes Ziel sei Paris gewesen? Ich habe da einen Freund. Ich mache euch miteinander bekannt, dann hast du jemanden, mit dem du mal was trinken gehen kannst. Er ist ein Ex-Freund meiner

Schwester Mel, aber das darfst du ihm nicht übel nehmen.«

Flo lachte. Zu ihren besten Zeiten hatte die einst so bezaubernde und glamouröse Melanie manchen hoffnungsvollen jungen Mann unglücklich gemacht. Doch irgendwann hatte sie zur Überraschung aller den Bauunternehmer Derek geheiratet und ihre mondänen Kleider gegen einen postnatalen Schlabberlook getauscht. »Ich glaube, ich mag ihn schon jetzt!«

»Tatsächlich handelt es sich um den Mann, den sie vor dem Altar hat stehen lassen. Buchstäblich.«

»Du lieber Himmel, stimmt. Der arme Kerl.« Jetzt fiel es Flo wieder ein: Es war furchtbar gewesen. Mel hatte es sich einfach anders überlegt und war mit einem ihrer Ex-Freunde, der ein paar Tage zuvor wieder aufgetaucht war, verschwunden.

Jem schüttelte den Kopf. »Eine Schande. Ben ist ein netter Typ; er wollte einfach nur heiraten – na ja, das hat ihm seine Mutter eingeredet. Ich glaube, inzwischen hat er seine Meinung zu diesem Thema geändert.«

»Hat er denn seitdem niemand anderen getroffen?«, fragte Flo.

Jem hob den Blick zur Decke. »Hm, lass mich mal nachdenken. Nun, da war diese Verrückte, die immer ein Hochzeitskleid unter ihrem Bett bereithielt, nur für den Fall ... dann die, die er bei der Karaokeveranstaltung kennengelernt hat und die schließlich beim Privatfernsehen landete und ihn für irgendeinen Serienstar sitzen ließ ...«

Flo verzog das Gesicht. »Okay, ich hab's verstanden. Ich verspreche, dass ich nett zu ihm bin.«

»Steck bloß nicht seiner Mutter, dass du mit ihm was trinken gehst, sonst kauft sie sich einen verdammten Hut für die Hochzeit.«

Flo lachte. »Keine Sorge – von mir hat er nichts zu befürchten. Ein Techtelmechtel ist wirklich das Letzte, was ich jetzt brauche. Und überhaupt habe ich ja noch gar nicht entschieden, dass ich irgendwohin fahre.«

»Ach, komm schon«, rief Jem. »Wäre es nicht toll, mit diesen Kleidern eine Zeitreise zu machen? Paris, Südfrankreich ...«

»Du meinst eine Art Nancy-Pilgerfahrt?«, fragte Flo, während sie sich immer mehr mit dem Gedanken anfreundete, auf den Spuren ihrer Großtante zu wandeln.

»Ganz genau. Eine Nancy-Pilgerfahrt.« Jem legte Flo die Hände auf die Schultern und schaute ihr direkt ins Gesicht, die roten Lippen zu einem breiten Lächeln verzogen. »Nichts wie los, Liebes. Begib dich auf die große Reise von Nancy Moon.«

Teil 3

Paris

11

McCall's 6673: Tageskleid für Damen

Nancy ließ sich den Bahnsteig entlangschieben und wunderte sich darüber, dass zwei Bahnhöfe, zwischen denen immerhin das Meer und fünfhundert Kilometer lagen, sich so ähneln konnten. Der einzige Unterschied war, dass Dorothy und Phyllis nicht da waren, um sie vom Zug abzuholen. Ansonsten: dasselbe riesige Deckengewölbe aus Glas und Stahl, dieselben schrillen Pfeifen der Stationsvorsteher, die Reisenden, die hier wie dort bestrebt waren, ihr Ziel mit so wenig Zusammenstößen wie möglich zu erreichen. Selbst die Zeitschriftencover an den Kiosken zeigten dieselben Gesichter: Marilyn Monroe, Jackie Kennedy, Brigitte Bardot. Die Unterschiede lagen im Detail: Die Überschriften schrien zwar dieselben Neuigkeiten heraus, aber in verschiedenen Sprachen; die Röcke der Damen hier waren eine Idee kürzer und enger, ihr Haar einen Hauch weicher, die Absätze eine Spur höher und die Hüte ein wenig größer. Die dröhnenden Lautsprecherdurchsagen waren auch hier nicht zu verstehen, hatten aber eine andere Betonung, und die Uniformen des Bahnhofspersonals waren kantiger und glänzender, insgesamt militärischer.

Plötzlich kam Nancy sich in ihrem selbst genähten Kleid dumm vor, das weißblaue Vergissmeinnicht-Muster stach wie eine Tapete aus dem Meer von Schwarz und Grau um sie herum heraus. Überall schwarze Maßanzüge, schwarze Schuhe, riesige schwarze Handtaschen über Handgelenken in langen schwarzen Damenhandschuhen, schwarze Melonen, und jede Dame trug eine undurchdringliche schwarze Sonnenbrille. Als wäre der strahlende Pariser Sonnenschein, der versuchte, durch das Glasdach zu fallen, von der elegantesten Beerdigung der Welt verdrängt worden. Nancys eigenes Kleid nahm sich dagegen aus, als hätte man statt eines Kranzes einen Brautstrauß bestellt.

Sie blieb vor einem kleinen Bahnhofscafé stehen. Der Duft der gerösteten Bohnen weckte in ihr den Wunsch nach einer Tasse Kaffee, dieser »stinkenden, fremdartigen Brühe«, wie ihre Mutter Beryl ihn nannte. Im Türrahmen stockte sie kurz, doch in diesem Moment drehte sich einer der Männer, die an der langen verchromten Bar saßen und einen Espresso oder Brandy tranken, um. Als er sie bemerkte, zwinkerte er ihr zu und rief einen schroffen Gruß. In den letzten Wochen hatte Nancy ein paar Worte Französisch gelernt, doch sie vermutete, dass sein Wortschatz ein anderer war als der, den man an der Abendschule in Wandsworth lernte.

Nervös griff sie wieder nach ihrem Koffer und schritt langsam weiter. Wo war nur der Hauptausgang? Ein hochgewachsener junger Mann mit einer breit gerahmten Brille und fliegenden Rockschößen rempelte sie im Vorbeieilen an und warf sie beinahe zu Boden. Er murmelte nur wütend vor sich hin und machte eine abfällige Handbewegung.

War es denn wirklich so schwer? Sie musste doch nur den Weg nach draußen finden und in das Auto steigen, das dort auf sie wartete. Sie ordnete mit der Hand ihr Haar und strich ihren Rock glatt, dann hob sie das Kinn und folgte dem Strom der Menschen, die alle genau zu wissen schienen, wohin sie gingen.

Sie würde das schaffen. Sie hatte auch keine andere Wahl: Sie konnte weder nach Hause zurück noch irgendwo anders hin.

Unweigerlich kam ihr eine Szene in den Sinn, ein Picknick an einem Flussufer außerhalb Londons, wo sie die Worte ausgesprochen hatte, die ihr Leben für immer veränderten. Die Angst und Enttäuschung in seinen grauen Augen.

Eine Taube flog so dicht an ihr vorbei, dass sie meinte, den Flügelschlag des Tieres auf Gesicht und Haaren zu spüren, und schlagartig war Nancy wieder zurück in der Gegenwart. Sie merkte, dass sie noch immer in Sichtweite des Zuges stand, aus dem sie gerade gestiegen war.

Draußen fuhren die Autos in einer endlosen Schlange über den riesigen Bahnhofsplatz. Geblendet setzte Nancy ihre Sonnenbrille auf und blickte über das Gewimmel von glänzenden schwarzen Limousinen mit kirschroten Dächern hinweg. Die Taxizeichen blinkten, während die Fahrgäste ein- und ausstiegen. Keine Spur von dem Wagen, den man ihr angekündigt hatte. Vielleicht hatte sie sich im Tag geirrt? Aber das war unmöglich, ihre Zugreise war reibungslos verlaufen, und das reservierte Zugabteil hatte auf sie gewartet. Vielleicht steckte der Wagen im Stau fest oder war irgendwo liegen geblieben. Vielleicht hatten die Cavendishs auch einfach vergessen, sie abzuholen.

Sie spürte ihr Selbstbewusstsein schwinden, und das Bild von Nancy, der kühnen Weltenbummlerin, das sie sich ausgemalt hatte, begann zu verschwimmen, bis es ungefähr der kleinen Pfütze glich, die der Königspudel hinter ihr auf dem Gehsteig hinterlassen hatte, ehe er von seinem Frauchen weitergezerrt worden war.

Sie wartete und wartete. Sie setzte sich auf ihren Koffer und schlug die Beine übereinander. Es sollte so aussehen, als gäbe es nichts auf der Welt, was sie in diesem Moment lieber täte, als genau hier auf ihrem Koffer zu sitzen. Noch einmal holte sie den Bestätigungsbrief von Caro aus der Tasche und las ihn zum tausendsten Mal. Kein Zweifel:

Peter wird dich vor dem Bahnhof abholen.

Der Gedanke an eine Autofahrt mit dem ruppigen Mann, der ihr damals in Kensington die Tür geöffnet hatte, hatte sie nervös gemacht, aber jetzt wäre sie mit ihm liebend gern einmal quer durch Frankreich gefahren, wenn er nur auftauchte.

Ihre schmale Lederarmbanduhr verriet, dass aus der halben Stunde inzwischen schon eine ganze geworden war. Vielleicht würde niemand kommen. Vielleicht sollte sie sich ein Taxi nehmen. Aber sie hatte keine Ahnung, wie viel das kosten würde und ob sie genug Francs dabeihatte. Und wenn unter der angegebenen Adresse im

Marais niemand zu erreichen war, der die Rechnung für sie bezahlte? Wenn das alles nur ein riesiges Missverständnis war?

Sie dachte an ihre Freundinnen zu Hause und wie sie sich ausmalten, was für einen großartigen Empfang man ihr an ihrem ersten Tag in Paris bereiten würde. Sicherlich kämen sie nie auf die Idee, dass Nancy hier auf ihrem Koffer saß, von einem schmutzigen Penner angestarrt wurde und die Tauben verscheuchen musste, damit sie ihr nicht die neuen Schuhe verdreckten.

Mit einem Mal fühlte sie sich furchtbar erschöpft. Ihr wurde heiß, und sie spürte Panik in sich aufsteigen, außerdem musste sie dringend zur Toilette. Noch ein Jahr zuvor hatte Nancy alles im Griff gehabt, war durchs Leben getänzelt und hatte andere in ihrem Kielwasser mitgezogen. Wo war das Mädchen geblieben, das einfach so zu *Belgrave's* hineinmarschiert war und eine Anstellung verlangt hatte? Das Mädchen, das im *Claridge's* Cocktails geschlürft und anschließend in den Morgenstunden noch einen Absacker genommen hatte? Das Mädchen, das auf Sofas übernachtet und an jeder Hand fünf Verehrer gehabt hatte?

Nancy nahm ihre Sonnenbrille ab und wischte sich eine trotzige Träne aus dem Auge. Ein kurzer Blick in ihren Taschenspiegel sagte ihr, dass der Schaden minimal war, und sie war dankbar für ihre neue wasserfeste Wimperntusche von *Yardley*. Schnell puderte sie sich die Nase und legte einen Hauch rosa Lipgloss auf, dann klappte sie den Taschenspiegel zu und ließ ihn in ihrer Handtasche verschwinden. Gut. Nancy war wieder da.

Jetzt musste sie entscheiden, wie sie am besten vorgehen sollte. Wenn niemand sie abholte und sie kein Taxi nehmen konnte, musste sie wohl oder übel zu Fuß laufen. Sie hatte einen kleinen Parisführer in der Tasche, und mithilfe des Stadtplans fand sie schließlich eine Route, die ihr machbar erschien.

»Nur nicht unterkriegen lassen«, sagte sie leise, setzte sich die Sonnenbrille wieder auf und erhob sich von ihrem Koffer.

Sobald sie das andere Ende des Bahnhofsplatzes erreicht hatte, spürte sie, wie ihr der Schweiß den Rücken hinunterlief. Ihre neuen Schuhe drückten, doch sie lief weiter die breite, von Bäumen gesäumte Straße entlang Richtung Süden, den Koffer in der Hand. An den kleinen Tischen der Straßencafés saßen die Gäste, scheinbar in ernsthafte Gespräche vertieft. Kellner in weißer Schürze, Anzugweste und Fliege schwebten zwischen den Korbstühlen umher und balancierten elegant Tabletts auf ihren Fingerspitzen. Nancy wich den Blicken der in lange bestickte Gewänder gekleideten algerischen Männer aus, die sie mit verschlossenen Gesichtern neugierig musterten. Dicht neben dem Gehsteig brausten die Autos in der verkehrten Richtung an ihr vorbei, und Nancy hielt sich möglichst weit von der Bordsteinkante entfernt.

Weit konnte es nicht mehr sein. Die Straße wirkte endlos, wie ein unendlicher Tunnel hoher, mit Balkonen versehener Hausfassaden, durch den die Gerüche der überhitzten Stadt aus den Abflüssen und Hauseingängen wirbelten. Nur ab und zu kam Nancy an einem hübsch zurechtgemachten Blumenladen vorbei, vor dem Rosen in hohen Eimern vor sich hin dufteten.

Vor einer dieser Duftoasen blieb sie kurz stehen und drehte sich zu einem Strauß von unfassbar hübschen rosa Blüten um. Kaum wandte sie sich zum Gehen, die Augen noch immer auf die Blumen gerichtet, spürte sie auf einmal ein schmerzhaftes Ziehen im Knie. Sie war mit dem Absatz in einem Metallgitter hängen geblieben. Im nächsten Moment stürzte sie schon vornüber und fand sich auf dem heißen, dreckigen Pariser Bürgersteig wieder.

»He, alles in Ordnung, Miss?«

Ein langes, glänzendes Cabrio war neben ihr stehen geblieben. Der Motor brummte leise vor sich hin, als der Fahrer seinen gebräunten Arm über die makellose taubenblaue Tür legte. Er betrachtete den Haufen aus Mädchen, Kleiderstoff und Gepäck, der sich in den Gläsern seiner Sonnenbrille spiegelte. Seine Augen waren nicht zu erkennen.

»Alles bestens«, antwortete Nancy, obwohl das nicht stimmte. Überhaupt nicht. Ihr Absatz war abgebrochen, und ihre Hände und Knie waren schmutzig. Sie wollte gar nicht daran denken, wo sie hineingegriffen hatte.

»Sieht nicht so aus, Schätzchen.«

Typisch, ihr erstes Gespräch in Paris führte sie mit einem Amerikaner. Genauer gesagt mit einem ziemlich eingebildeten Amerikaner. Sie rappelte sich auf und bürstete sich den Schmutz von Rock und Knien. »Wirklich, es geht schon.«

»Englisch, was?«

»Gut erkannt«, erwiderte sie und wünschte, er würde sie in dieser erniedrigenden Situation in Ruhe lassen. Schon waren ein paar Passanten beim Anblick seiner nagelneuen Limousine stehen geblieben, und Nancy war im Begriff, die Hauptrolle in einem Drama zu spielen, auf das sie gar keine Lust hatte.

»Soll ich Sie irgendwohin fahren?«

»Nein, vielen Dank.« Sie sammelte ihre Habseligkeiten ein und humpelte weiter. Sie bemerkte, wie der Mann langsam zurücksetzte, um auf gleiche Höhe mit ihr zu kommen.

»Ganz sicher?«, fragte er lachend, als Nancy beinahe wieder gestolpert wäre. Sie schwankte. Das Einzige, was sie mit Bestimmtheit wusste, war, dass sie es auf keinen Fall mit eineinhalb Schuhen bis ins Marais schaffen würde.

In diesem Moment sprang der Amerikaner aus dem Auto und nahm ihr den Koffer ab. »Keine Angst, Kindchen, ich beiße nicht. Ich fahr Sie da schnell hin, und dann sehen Sie mich auch nie wieder«, sagte er und lächelte sie zerknittert an. Sie konnte nicht anders und lächelte zurück.

Sie seufzte, während sie zuließ, dass er ihren Koffer auf den Rücksitz seines Autos bugsierte und ihr die Beifahrertür aufhielt. Er schien in Ordnung zu sein. Mit seinem ordentlichen, adretten Äußeren hätte er geradewegs dem Cape-Cod-Ferienalbum der Kennedys entstiegen sein können. Bei näherer Betrachtung war er nicht viel jünger als Dad. Nancy hatte ein schlechtes Gewissen, dass sie so abweisend gewesen war. Der Mann wollte nur helfen, und sie hatte ihn abblitzen lassen. Sie zeigte ihm die Adresse der Familie Cavendish auf ihrem Stadtplan, und nachdem er sich kurz besonnen hatte, wendete er den Wagen und fuhr die Straße nach Süden hinunter.

»Nun, was macht ein Amerikaner in Paris?«

Er lachte. »Der war gut, junge Dame.«

Sie wusste nicht, was er damit meinte, aber er fuhr lächelnd fort: »Ich bin Musiker.«

»Die Geschäfte scheinen nicht schlecht zu laufen, bei dem Auto, das Sie da fahren.«

»Oh, das ist nicht mein Auto. Ich habe es für ein paar Tage ausgeliehen, während ich hier bin.« Er zog ein Streichholz aus einer Schachtel, die auf dem Armaturenbrett lag, und fing an darauf herumzukauen.

»Also, was für ein Musiker sind Sie?« Nancy versuchte, hinter die Brillengläser zu schauen, um sein Gesicht erkennen zu können. Aber sie sah nur die Pariser Straßen, die sich darin spiegelten.

»Ich glaube, man könnte mich einen Sänger nennen«, erwiderte er durch die geschlossenen Zähne, während er das Streichholz zwischen den Lippen herumschob. Er stellte das Radio an, und während sie sich durch den Verkehr schlängelten, ließ er die Hand aus dem Fenster der Fahrertür hängen und klopfte den Rhythmus der Musik mit. Dazu summte er vor sich hin. Er hatte eine angenehme Stimme.

Nancy ließ sich die frische, warme Luft ins Gesicht wehen und wandte den Kopf nach einer Gruppe kleiner Kinder um, die in Zweierreihen hinter ihren beiden

Lehrerinnen herliefen. Die Lehrerinnen hatten hübsche blaue Etuikleider an, dazu passende Schuhe mit kleinen Absätzen. Die Mädchen trugen entzückende Strohhüte, die Jungs kurze Hosen und schlaff herabhängende Fliegen. Überall schienen sich die Leute anzulächeln und zuzuwinken, egal ob vom Fahrrad herunter oder von einem der vielen Blumenstände oder Zeitungskioske entlang der Straße. Nancy beobachtete ein Pärchen, das in inniger Umarmung in einem Kinoeingang stand. Die Stadt wurde schon jetzt ihrem Ruf gerecht, fand sie.

»Zum ersten Mal in Paris?«, fragte ihr Retter. Lässig drehte er das große lederbezogene Steuer mit einer Hand, während er um eine Rechtskurve fuhr.

»Woran merkt man das?« Nancy war klar, dass sie auf ihn wie ein Kind wirken musste, das zum ersten Mal in einem Süßwarenladen war, so wie sie den Hals reckte, sobald sie an einer Sehenswürdigkeit vorbeikamen.

»Also, Kleine«, meinte er stattdessen. »Von mir aus sagen Sie mir, ich soll mich zum Teufel scheren, aber was halten Sie davon, wenn ich Ihnen meinen Lieblingsort in dieser Stadt zeige? Es ist nur ein paar Minuten von hier entfernt, und ich könnte mir vorstellen, dass es Ihnen dort gefällt.«

Sie war bereits zu einem merkwürdigen Mann ins Auto gestiegen, also hatte es keinen Sinn mehr, vorsichtig zu sein. Außerdem mochte sie ihn. Irgendwie kam er ihr bekannt vor; er hatte etwas Onkelhaftes an sich, auch wenn sie seine Züge wegen der Sonnenbrille nicht wirklich erkennen konnte. »Einverstanden, aber danach muss ich zu dieser Adresse, sonst werden sie denken, mir sei etwas passiert.«

»Es wird nicht lange dauern, Prinzessin«, antwortete er und bog um eine Ecke. Zum ersten Mal eröffnete sich ihr der Blick auf die Seine. Nach ein paar hundert Metern entlang des Flusses hielt er am Straßenrand. »Wir sind da, junge Dame. Und jetzt erzählen Sie mir nicht, Sie würden sich nicht darüber freuen, dass ich Ihnen das hier zeige.« Er sprang aus dem Auto und hielt ihr die Tür auf. »Haben Sie in Ihrem Koffer eine Kamera?«

Nancy beugte sich nach hinten zum Rücksitz und klappte die Schlösser ihres Koffers auf, dann krame sie darin herum, bis sie die Kompaktkamera gefunden hatte, die Dad ihr mitgegeben hatte.

So etwas Schönes wie diese Brücke hatte Nancy noch nie gesehen. Von breiten Pfeilern aus überspannte sie den Fluss in einem ebenmäßigen Muster aus Stahlverstrebungen. Hochaufragende Straßenlaternen setzten dazwischen hübsche Akzente. Auf beiden Seiten verschwand die Seine in der Ferne, die Ufer säumten eindrucksvolle Stadtvillen.

Am einen Ende der Brücke saß ein Junge über ein Akkordeon gebeugt und quetschte ein Potpourri aus schwermütigen Liebesliedern und alten Volksweisen aus seinem Instrument – die Quintessenz von Paris. Im Vorbeigehen ließ Nancy ein paar Münzen in die schwarze Kappe zu seinen Füßen fallen, und der Junge quittierte das mit einem kaum merklichen Nicken, während er seine einsame Melodie unbeirrt weiterspielte.

Über das filigrane Geländer hinweg entdeckte Nancy ein kleines Schleppboot, das auf die Brücke zutuckerte. Sie winkte dem Kapitän, und der hob seine Mütze und lächelte, ehe er tiefer in seiner Seemannsjacke versank und unter der Brücke verschwand.

»Kommen Sie«, sagte der Amerikaner und nahm ihr die Kamera aus der Hand. »Ich schieße ein Foto von Ihnen.«

Nancy lehnte sich an das Geländer, und als sie die Pariser Luft einatmete, musste sie unwillkürlich lächeln. Sie hörte das Klicken der Kamera. Plötzlich verstummte das Akkordeon. Der Junge starrte zu ihnen herüber und sah ihnen mit großen Augen nach, als der Amerikaner mit Nancy über die Straße zu seinem glänzenden Auto zurückkehrte.

Nur wenige Minuten später parkten sie vor der Wohnung der Familie Cavendish. »Machen Sie's gut, Kleine«, sagte der Amerikaner, als er Nancy ihren Koffer reichte und wieder ins Auto kletterte. Er ließ den Motor aufheulen, schob die Sonnenbrille auf die Stirn und lächelte Nancy an; endlich konnte sie sein Gesicht richtig ausmachen.

Wie hatte ihr das entgehen können? Als sie sein stahlblauer Blick traf, erkannte sie endlich, wen sie vor sich hatte. Es war das Gesicht von Stanleys geliebten Schallplatten.

»He, Sie sind doch …«, setzte sie an, aber das Auto fuhr bereits davon. »Ich bin übrigens Nancy«, rief sie ihm nach, während er mit quietschenden Reifen die Straße hinunter verschwand und ihr mit einer Hand zuwinkte. Wie in aller

Welt sollte sie das ihren Freundinnen erzählen? Niemand würde glauben, wer die gute kleine Nancy Moon soeben nach Hause gefahren hatte.

Sie saß auf ihrem Bett in dem kleinen Dachzimmer; durch das winzige Fenster sah sie einen ovalen Ausschnitt des Nachthimmels. Das Rattern des Zuges und die endlose Überfahrt schienen eher Wochen als Stunden her zu sein, und ihre Euphorie vom Morgen war schierer Erschöpfung gewichen. Nancy hatte die Wohnung ihrer Arbeitgeber leer vorgefunden. Doch sie war deswegen nicht mehr beunruhigt, eher gelangweilt und verärgert. Dem Buch, das Peggy ihr geliehen hatte, konnte sie nichts mehr abgewinnen. Vor ein paar Tagen noch hatte sie die Geschichte von *Marnie* gebannt verfolgt, aber an diesem Abend war es Nancy egal, ob die Heldin ihren Helden heiratete oder ob die Heldin überhaupt eine solche war. Sie war einfach nur müde.

Ihre Gedanken wanderten zurück nach London. Was ihre Lieben wohl gerade machten? Mum und Dad hörten sich bestimmt das Hörspiel im Radio an und hielten dabei ein kleines Nickerchen. Nancy stellte sich vor, wie ihrer Mutter langsam das Strickzeug aus der Hand rutschte und ihrem Dad die Augen zufielen, während er versuchte, sie noch so lange offenzuhalten, bis er seinen Tippschein ausgefüllt hatte. Ein paar Straßen weiter würden sie jetzt vor dem neuen Schwarzweißfernseher sitzen, den Donald angeschafft hatte, und Peggy würde ständig mit einem Ohr darauf hören, ob ihre Tochter anfing zu schreien. Maddie schlief in ihrem gemütlichen Bettchen, vielleicht unter der Patchwork-Kinderdecke, die Nancy ihr genäht hatte, oder eingehüllt in eines der kleinen weißen Nachthemdchen, die Nancy mit zarten blauen Vergissmeinnicht und rosafarbenen Rosen bestickt hatte.

Sie stand vom Bett auf und streckte sich. Dann hob sie das Kleid vom Boden auf, das sie achtlos hatte fallen lassen, und hängte es in den Schrank. Mit der Hand fuhr sie die Kleiderstange entlang und überlegte, welches Kleid sie morgen anziehen sollte und was sie in diesen Kleidern wohl noch alles erleben würde. Bei einem einfachen cremefarbenen Hemdblusenkleid, sittsam knielang mit schmalem Revers und überzogenen Knöpfen, hielt sie inne. Das wäre das Richtige für morgen. Nicht zu ausgefallen, und doch wandelbar, je nachdem, was sie dazu tragen würde. Sie hätte das verdammte Teil beim Nähen beinahe aus dem Fenster geworfen, denn jedes Mal, wenn sie an eine besonders vertrackte Stelle der Naht gekommen war, hatte sich der Stoff in der Nähmaschine verklemmt und war stecken geblieben. Schließlich hatte Dad ihr Gefluche nicht mehr ausgehalten und die Maschine geölt, sodass sie buchstäblich wieder wie geschmiert lief und er in aller Ruhe seine Zeitung weiterlesen konnte.

Nancy hockte sich neben ihren Koffer und blätterte durch die Umschläge mit Schnittmustern, bis sie das Modell mit weitem Rock und U-Boot-Ausschnitt gefunden hatte. *McCall's 6673*.

Sie steckte den Bierdeckel aus dem Zug in den Umschlag, zusammen mit der Postkarte, die sie vorhin für

Peggy gekauft, aber noch nicht abgeschickt hatte. Das konnte sie morgen erledigen, sobald sie eine Briefmarke besorgt hatte. Wenn erst der Film aus der Kamera entwickelt war, könnte sie die Bilder von der Waterloo Station und von der Seine-Brücke beilegen. Sie schloss den Umschlag wieder und nahm ihren Stift zur Hand.

Von London nach Paris, schrieb sie.

12

Butterick 2237: sommerliches Hemdblusenkleid für Damen

»Übrigens, es tut mir schrecklich leid wegen gestern.« Caro trank den letzten Rest ihres schwarzen Kaffees und stellte die Tasse auf den Frühstückstisch. Sie legte den Kopf schief. Nancy war sich nicht sicher, ob in dieser Geste Zerknirschung oder eine Kampfansage lag. Es würde noch eine Weile dauern, bis sie die Körpersprache ihrer Gastgeberin zu deuten wüsste.

»Machen Sie sich keine Gedanken. Ich bin ja jetzt hier.« Sie hatte sich schon an die Wohnung mit den hohen Räumen gewöhnt, die in den nächsten Tagen ihr Zuhause sein würde. Das Apartment gehörte einer Freundin von Caro aus Modeltagen, und es war wohl die schönste Wohnung, die Nancy jemals betreten hatte. Antiquitäten, Kostbarkeiten und deckenhohe marmorierte Spiegel, dazu der Duft von Bodenwachs und frischen Lilien.

»Freunde von uns sind plötzlich aufgetaucht und haben uns aufgehalten«, erklärte Caro. »Sie wissen ja, wie das ist. Aus dem Mittagessen wurde ein Abendessen, und ehe wir wussten, wie uns geschieht, war es schon spät und Sie schliefen bereits tief und fest.«

Nancy hatte keineswegs geschlafen, vielmehr war sie im Bett gelegen, hatte stundenlang zwischen den kühlen Decken wach gelegen und sich bemüht, nicht auf das große kitschige Gemälde an der gegenüberliegenden Wand zu schauen, auf dem eine traurige Madonna in einen wolkenverhangenen Himmel blickte, während das Baby seinen Kopf in einem Winkel hielt, bei dem jeden Kinderarzt der Schlag getroffen hätte. Irgendwann hatte sie unten im Haus Stimmen gehört, aber sie hatte auf dem Tisch eine Nachricht hinterlassen, dass sie gut angekommen war, und das genügte.

Nun trank sie ebenfalls ihren Kaffee aus, spürte sofort die angenehme Wirkung auf ihren müden Körper und spielte mit dem Gedanken, sich ein weiteres Croissant zu nehmen. Gestern hatte sie so gut wie gar nichts gegessen, und sie fühlte sich noch immer ausgehungert. Nachdem das Hausmädchen ihr die Tür geöffnet hatte, hatte Nancy den Rest des Tages damit verbracht, nervös auf ihre Gastgeber zu warten, ohne etwas zu sich zu nehmen. Sie war zu müde gewesen, um noch einmal nach draußen zu gehen und sich irgendwo etwas zu essen zu kaufen, außerdem hatte sie sich Sorgen gemacht, dass sie dann vielleicht nicht mehr ins Haus gelangen würde. Also war sie auf ihrem Zimmer geblieben. Das Hausmädchen hatte zwar eine kalte Brotzeit auf den Esstisch gestellt, ehe es ging, aber zu diesem Zeitpunkt war Nancys Magen schon in Aufruhr, und der Knoblauchgeruch der Wurst hatte ihr Übelkeit verursacht. Sie hätte nicht gedacht, dass Phyllis' Kekse schon so früh zum Einsatz kommen würden, aber sie war ihrer Freundin aufrichtig dankbar gewesen, als sie auf der Bettkante saß und die halbe Packung auf einmal verputzte.

»Eine Sekunde im Mund …«, spottete Caro, als sie merkte, dass Nancy zu dem Korb mit dem buttrigen Gebäck schielte.

»Ein Leben lang auf den Hüften«, beendete Pamela den Satz ihrer Mutter und lächelte Nancy reuevoll an.

»Ganz genau, Pamela.« Caro stand auf und glättete die Falten ihres taubenblauen Etuikleids. »Und jetzt lasse ich euch zwei Mädchen allein, damit ihr euch besser kennenlernen könnt.« Sie schritt um den Tisch herum und drückte Pamela einen Kuss auf die Stirn. »Sei nett, Liebling. Ich muss hier heute noch einiges erledigen, und Peter muss arbeiten, ihr beide müsst euch also selbst beschäftigen. Bis morgen Abend könnt ihr tun und lassen, was ihr wollt. Dann gehen wir zusammen aus. Das wird sicher ein Spaß, nicht wahr?« Sie schaute Pamela an. »Nimm dir ein Beispiel an Nancy«, sagte sie mit Blick auf deren Hemdblusenkleid mit hübscher Taille, dünnem Revers und weichen Falten unterhalb des schmalen Gürtels. »Und wenn ihr schon mal dabei seid: Vielleicht findet ihr ja etwas Nettes für Pamela, das sie morgen Abend tragen kann? Nun, am besten etwas ohne Taille.« Sie gab Nancy einen geschlossenen Umschlag. »Sie könnte ein paar hübsche Teile für ihre Sommergarderobe brauchen. Das hier müsste für die Ausgaben reichen.«

Nancy tat, als würde sie nicht bemerken, wie das junge Mädchen hinter seiner dünnen Maske der Gleichgültigkeit errötete. Stattdessen sah sie zu, wie Caro eine Ausgabe der *Vogue* vom Tisch nahm und dann im Laufstegschritt zur Tür stolzierte, das schmale Kaschmirjäckchen um die Schultern gelegt.

»Sollte ich nicht noch etwas für Sie abholen?«, rief Nancy ihr nach. Sie hätte nur zu gern einen Blick in das eine oder andere Pariser Designeratelier geworfen.

Caro hielt inne und runzelte die Stirn. »Was meinen Sie?«

»Sie erwähnten, dass ich eventuell ein paar Kleider für Sie abholen müsste.«

»Nein, das erwähnte ich nicht«, erwiderte Caro scharf.

»Aber …« Doch Nancy beharrte nicht weiter darauf. Sie war zwar verwirrt, wollte aber das Gedächtnis ihrer neuen Arbeitgeberin nicht infrage stellen.

»Kümmern Sie sich darum, dass Pamela sich nicht langweilt. Dafür bezahlen wir Sie.«

Die Tür schlug hinter ihr zu, und Nancy und Pamela lauschten schweigend, wie sich das Geklapper der Absätze auf dem Flur entfernte.

»Nun, schön, dass wir uns endlich kennenlernen.« Nancy drehte sich zu Pamela und lächelte sie an. Das Mädchen kaute auf seinem Fingernagel herum und wandte sich brüsk ab. »Hören Sie, ich brauche keine Babysitterin. Ich habe keine Ahnung, warum Sie hier sind.« Pamela warf Nancy einen bösen Blick zu, dann kaute sie weiter an ihrem Fingernagel.

Das würde nicht leicht werden. Nancy seufzte. »Ich bin hier, weil deine Eltern mich angestellt haben.«

»Meine Eltern sind Spinner.«

»Nein, das sind sie bestimmt nicht.«

»Oh doch. Na ja, Dad zumindest. Meistens. Sie ist einfach nur gemein. Und sie ist nicht meine Mutter. Meine Mutter ist tot.«

Nancy war sich nicht sicher, was sie darauf erwidern sollte. So, wie sie Caro bisher erlebt hatte, musste sie zugeben, dass es nicht ganz einfach war, mit ihr auszukommen. Was Peter anging, so war es ihr immer noch peinlich, dass sie ihn anfangs für einen Handwerker gehalten hatte. Sie wusste noch nicht, wie sie ihn einschätzen sollte. Allerdings hatte sie noch niemals jemanden derart über seine Eltern sprechen hören, ohne dass derjenige daraufhin gehörig Ärger bekommen hätte.

»Im Übrigen haben wir gestern gar keine Freunde getroffen. Sie hat einfach nur vergessen, dass Sie kommen sollten.« Als Pamela merkte, dass Nancy nicht die gewünschte Reaktion auf diese Enthüllung zeigte, fuhr sie fort: »Wir haben es alle vergessen.«

Nancy starrte sie mit großen unschuldigen Augen an. Dieses Mädchen hoffte offensichtlich, dass die neue Angestellte vor ihm einknicken würde, aber weder beherrschte Pamela die Einschüchterungstaktik ihrer Stiefmutter, noch hatte sie das äußere Erscheinungsbild, um in dieser Rolle glaubhaft zu wirken. Ihre aristokratisch anmutenden Gesichtszüge hatte sie eindeutig von ihrem Vater geerbt, aber während das rotblonde Haar und der rötliche Teint bei ihm zu einem gewissen groben Charme beitrugen, bildeten sie bei seiner Tochter zusammen mit der schlaffen

Haut und den kraftlosen Locken eine wenig attraktive Mischung. Ihre Vorliebe für lange Faltenröcke und übergroße Strickpullover waren dem Ganzen nicht zuträglich. Nancy hatte den Eindruck, dass Pamela es mit ihrem Erscheinungsbild geradezu darauf anlegte, Caro zur Weißglut zu bringen – was ihr vollkommen gelungen war.

Das gesamte letzte Jahr über hatte Nancy sich herumschubsen, gar sich das Herz brechen lassen, und obwohl ihr diese Anstellung an sich vielversprechend erschien, würde sie sie eher aufgeben, als sich von einem verwöhnten, pubertierenden Kind schikanieren zu lassen. Wenn sie das hier nicht im Keim erstickte und ihre Autorität schleunigst wiederherstellte, würden die nächsten Wochen unerträglich werden.

»Pamela, ob es dir nun gefällt oder nicht, du wirst meine Gesellschaft eine Weile ertragen müssen. Ich erwarte nicht, dass ich deine beste Freundin werde, und schon gar nicht wirst du meine beste Freundin werden. Aber da uns keine andere Wahl bleibt, könnten wir doch versuchen, irgendwie miteinander auszukommen, oder?« Sie spähte zur Tür. »Sehen wir den Tatsachen ins Auge: Du kannst dir aussuchen, ob du deine Zeit lieber mit mir oder mit Caro verbringen möchtest. Aller Wahrscheinlichkeit nach bin ich gar nicht so übel. Und ich habe den Verdacht, dass du unter deiner mürrischen Schale auch ganz in Ordnung bist. Was sagst du?«

Nancy streckte die Hand aus, griff sich eines der übrig gebliebenen Croissants und nahm einen großen Bissen, ehe sie den Korb an Pamela weiterreichte. Die zögerte zuerst, nahm dann aber ein Croissant, wickelte es in ihre Serviette und stopfte es in ihre Rocktasche.

»Also ausgemacht«, meinte Nancy und wischte sich die Krümel vom Mund. »Lass uns losziehen.« Sie stand auf und schob ihren Stuhl mit der dünnen Lehne unter den Tisch. »Ich hole meine Sachen, dann treffen wir uns in zehn Minuten wieder hier.«

»Von mir aus, aber ich gehe nicht einkaufen«, schrie Pamela ihr nach.

Mithilfe von Nancys Stadtführer spazierten sie durch Alleen und Parks. Hin und wieder kamen sie an Gruppen älterer Männer mit Baskenmützen vorbei, die unter ausladenden Bäumen auf Steinbänken zusammensaßen und sich gegenseitig dabei zuschauten, wie sie silberglänzende Metallkugeln über Kiesbahnen auf dem Boden rollten. Nancy und Pamela schlenderten an der Seine entlang, und Nancy blieb immer wieder stehen und genoss die Aussicht, während sie wartete, dass Pamela zu ihr aufschloss. Das Mädchen schien sich in den Kopf gesetzt zu haben, immer zehn Schritte hinter ihr zu bleiben, also hatte sich Nancy damit abgefunden und freute sich, dass sie sich um kein Gespräch bemühen musste und ohne Widerrede die Route festlegen konnte. Zumindest hatte Pamela diesen furchtbaren Pullover ausgezogen. Ihr Schulsport-T-Shirt war zwar nicht schön, aber zumindest den Temperaturen angemessen.

Sie kamen an der Brücke vorbei, die der Amerikaner ihr gezeigt hatte, und Nancy ließ ein paar Münzen in die

Kappe zu Füßen des kleinen Akkordeonspielers fallen, der anfing, aufgeregt zu plappern, als er sie erkannte.

»Was wollte der?«, fragte Pamela und vergaß einen Augenblick lang, mürrisch zu sein. Sie schloss zu Nancy auf, als diese dem Jungen zum Abschied winkte und weiterlief.

»Er hat mich wiedererkannt. Als gestern niemand am Bahnhof war, um mich abzuholen, hat mich ein Amerikaner mitgenommen und mir diese Brücke hier gezeigt.«

»Ein Amerikaner? Das hatten Sie gar nicht erwähnt.« Pamela klang beinahe beeindruckt.

»Du hast nicht danach gefragt.«

Pamela schniefte, holte ihr Taschentuch hervor und putzte sich lautstark die Nase. »Wer war das?«

»Nur ein Sänger.« Es hatte keinen Sinn, mehr zu verraten, das Mädchen würde ihr ohnehin nicht glauben.

Pamela war offensichtlich hin- und hergerissen zwischen ihrem festen Vorsatz, Nancy nicht zu mögen, und kindlicher Neugier. Nach allem, was Nancy über sie in Erfahrung hatte bringen können, hatte Pamela den größten Teil ihrer Jugend in einem Internat im tiefsten Sussex verbracht, wo Geschichten über Amerikaner mit tollen Autos wochenlang für Gesprächsstoff gesorgt hätten. Trotzdem siegte Pamelas Sturheit, und sie schritten schweigend weiter, ohne noch weiter über die Angelegenheit zu sprechen.

Schließlich überquerten sie den Fluss. Auf der Brücke blieben sie kurz stehen und sahen zu, wie sich die Passagiere auf den Aussichtsbooten drängten, um eine gute Sicht auf Notre-Dame zu ergattern. Anschließend spazierten sie über den Blumenmarkt, der sich in den Schatten der riesigen Kathedrale schmiegte.

»Ich habe Hunger«, stellte Pamela fest, während sie gedankenverloren Fuchsienblüten zerdrückte. Nancy hatte ihre Nase in einer himbeerroten Rose vergraben.

»Dann lass uns was zu essen suchen.« Nancy hatte oft genug auf die beiden kleinen Söhne von Renee Walker aus Haus Nummer 17 aufgepasst, um zu wissen, wie man mit müden, trotzigen Kindern umgehen musste. Sie hatte das Gefühl, dass ihre Strategie bei Pamela auch verfangen würde. Entschieden marschierte sie voran, obwohl sie keine Ahnung hatte, wo sie etwas zu essen auftreiben konnten.

Als sie tiefer in das Straßengewirr hinter der Kathedrale eintauchten, kam es ihnen vor, als wären sie in einer anderen Stadt. Keine Spur mehr von engen Röcken und hohen Absätzen, vielmehr hatten die Frauen hier kurze Haare und trugen flache Schuhe, und trotz des warmen Wetters schien ein geschlechterübergreifendes Faible für schwarze Rollkragenpullover vorzuherrschen.

Bald kamen sie an einem hübschen Straßencafé vorbei. Es lag an einer Straßenecke, von Bäumen überschattet. An den Tischen saßen gauloisesrauchende Studenten, die entweder in angeregte Gespräche oder in ein Buch vertieft waren. Ein Kellner zog an einem runden Tisch zwei Stühle für Nancy und Pamela heraus und legte ihnen zwei Speisekarten hin.

»Also, was möchtest du?«

Pamela war mit dem Fotoapparat beschäftigt, den sie aus ihrer Tasche gezogen hatte, und beachtete sie nicht.

Nancy warf einen Blick auf die Nebentische, um zu sehen, was die anderen Leute aßen. Man schien sich hier ausschließlich von Kaffee, Wein und hochtrabenden Gesprächen zu ernähren, also überflog sie schnell die Karte. Vielleicht erkannte sie irgendetwas.

Der Kellner erschien wieder, sein Stift verharrte ungeduldig über dem Notizblock, während er auf Nancys Bestellung wartete.

»Äh, *bonjour*«, stotterte sie, und ihr wurde klar, dass dies das erste Mal war, dass sie ihre rudimentären Französischkenntnisse in der Öffentlichkeit ausprobierte. Sie war sich nicht sicher, ob er sie nicht verstand oder ob er sich nicht zu einer Antwort herablassen wollte, jedenfalls legte der Kellner nur den Kopf schief und runzelte ungeduldig die Stirn. Sie hatte keine Ahnung, was sie bestellen sollte, also deutete sie auf die zwei Gläser mit milchiger Flüssigkeit auf dem Nebentisch und tippte auf das einzige Gericht auf der Karte, das sie meinte, richtig verstanden zu haben. Mit einem Salat konnte man doch nicht allzu viel falsch machen, oder? Nachdem der Kellner weiterhin so tat, als verstünde er sie nicht, war Nancy der Verzweiflung nahe. Schließlich notierte er etwas auf seinem Block.

»Deux Pernods et deux salades de gésiers?«, fragte er.

Nancy sah Pamela an, die sich nicht länger die Mühe machte, ihr Vergnügen über das Unbehagen ihrer Gesellschafterin zu verbergen. *»Oui?«*, meinte Nancy verunsichert.

Pamela seufzte und nahm ihr die Speisekarte aus der Hand, gab in geschliffenem Französisch eine andere

Bestellung auf, woraufhin der Kellner nickte und lächelte. Bevor er sich dem nächsten Tisch zuwandte, machte er mit Pamela noch einen Scherz, bestimmt auf Nancys Kosten, dessen war sie sich sicher.

»Du sprichst Französisch. Warum hast du zugelassen, dass ich mich lächerlich mache?«

»Sie wollten gerade einen Salat mit Geflügelmagen für mich bestellen.«

Damit wandte sich Pamela wieder ihrem Fotoapparat zu, und Nancy beobachtete die Passanten, die an ihrem Café vorbeikamen: in erster Linie Studenten mit einem Stapel Bücher unter dem Arm. Die Mädchen trugen alle abgeschnittene Hosen und einen Kurzhaarschnitt, während die Jungen die Haare wachsen ließen, manchmal sogar bis über den Kragen.

Ein lautes Klicken ließ Nancy herumfahren. Pamela hatte ihre Kamera auf sie gerichtet. »Pamela! Lass das! Du kannst nicht einfach jeden fotografieren, wie es dir gefällt!«

Das Mädchen zuckte nur mit den Schultern.

Der Kellner erschien mit einem Tablett mit zwei Gläsern Zitronensaft, einer Karaffe Wasser und einer Schüssel Zucker. Gleichzeitig balancierte er noch zwei Teller auf dem Arm. Geschickt setzte er alles auf dem Tisch ab.

»Nizzasalat«, kommentierte Pamela, als sie Nancy auf ihrem Teller herumstochern sah, wo Oliven und rohe Zwiebeln auf einem Haufen achtlos zerrupfter Salatblätter prangten. »Das ist typisch französisch. Möchten Sie Ketchup dazu?«, fragte sie in sarkastischem Tonfall, dann goss sie Wasser in ihren Zitronensaft, gab einen Teelöffel Zucker dazu und rührte energisch um.

Nancy tat es ihr gleich, fügte aber gleich noch einen Löffel Zucker hinzu, als ihr beim ersten Schluck von der Zitrone die Tränen in die Augen stiegen. »Wo hast du so gut Französisch gelernt?«, fragte sie, während sie den langstieligen Löffel gegen ihr Glas klirren ließ.

Pamela zuckte wieder mit den Schultern. »Sie haben mich jede Sommerferien in die Schweiz geschickt. Mit all den anderen reichen Kindern, deren Eltern was Besseres vorhatten.«

»Oh, das tut mir leid.«

»Muss es nicht. Zumindest musste ich so niemals einen Geflügelmagensalat essen.«

Nancy musste lachen, und einen Moment lang lachte Pamela mit, bis ihr einfiel, dass sie eigentlich keinen Spaß haben wollte. Trotzig verschränkte sie die Arme vor der Brust.

»Nur dass Sie's wissen, ich weigere mich immer noch, einkaufen zu gehen.«

13

Vogue 5727: Abendkleid, Wasserfall-Ausschnitt, geschnürte Taille

»So. Perfekt.«

Nancy befestigte noch die Diamantbrosche in Pamelas Haar, dann trat sie einen Schritt zurück und ließ ihren Schützling in den bodentiefen Spiegel blicken.

Die zwei wohl schlimmsten Stunden ihres Lebens hatten sich ausgezahlt, und für einen kurzen Moment verriet auch Pamelas überraschter Gesichtsausdruck, dass sie mit dem Ergebnis zufrieden war, auch wenn sie sofort wieder eine gelangweilte Miene aufsetzte.

Das Kaufhaus, das sie aufgesucht hatten, ließ *Fenwick's* in der Wandsworth High Street wie einen Co-op-Laden wirken, und unter anderen Umständen hätte es Nancy großen Spaß gemacht, sich umzusehen. Die Kundinnen trugen perfekt geschnittene Cocoon-Mäntel und enge pastellfarbene Kleider mit U-Boot-Ausschnitt. Und erst die Hüte: große Glockenhüte, niedliche Damenhüte, Turbane, perfekt ergänzt mit übergroßen Handtaschen, in denen zum Beispiel ein Ersatzpaar eleganter Schuhe Platz finden konnte, dazu ein Liter *Chanel No. 5* und ein halbes Dutzend Strumpfhosen. Das Ganze glich eher einem Theater als einem Kaufhaus, und es hätte Nancy nicht gewundert, wenn auf einmal ein Orchester samt Chor auf einer der üppig bestückten Etagen aufgetaucht wäre.

Pamela hatte sich weniger beeindruckt gezeigt, vielmehr hatte sie versucht, den ausdruckslosen schwarzen Heuschrecken auszuweichen, die sie mit Parfum besprühen wollten, und unaufhörlich gefragt, wo die Toiletten zu finden seien und wann sie das Kaufhaus wieder verlassen könnten.

Die junge Dame, die sie bediente, bewies unendliche Geduld, während sie ihnen Kleider jeder Farbschattierung, Stoffvariante und Stilrichtung vorführte. Pamela war auf einmal des Französischen nicht mehr mächtig gewesen, und so hatte Nancy versucht, der Dame zu erklären, dass ihr Schützling wahlweise hungrig, müde oder gesundheitlich angeschlagen sei. Als sie das Kaufhaus verließen, hätte sich Nancy bereitwillig unter eine Guillotine gelegt.

Das Kleid stand Pamela ausgezeichnet, auch wenn es sie gut und gerne fünf Jahre älter machte. Unter dem hellroten, perfekt sitzenden Mieder und dem sich sanft nach unten verjüngenden Bleistiftrock ließ sich nicht viel verstecken, und Nancy hatte überrascht festgestellt, was für eine hübsche Figur sich unter der übergroßen Rüstung aus Baumwolle und grobem Twill verbarg.

»Ich begreife nicht, warum ich das tragen muss.« Pamela drehte sich hin und her und betrachtete kritisch ihr ungewohntes Spiegelbild. »Ich sehe aus wie eine Blumenfee. Warum soll ich überhaupt ausgehen? Warum kann ich nicht einfach zu Hause bleiben?«

»Aber du verbringst doch sicher gerne einen netten Abend mit deinen Eltern.«

»Ich habe keine Lust auf einen Besuch in einem dummen Nachtclub. Ich würde lieber …« Sie zögerte.

»Was würdest du lieber machen?«, fragte Nancy, während sie die elegante Hochsteckfrisur glatt strich, zu der sie Pamelas frisch gewaschene Haare gewunden hatte.

Pamela vergrub die Spitze ihres neuen Schuhs in dem kleinen Teppich, der vor Nancys Bett lag. »Ach, nichts«, sagte sie leise.

Nancy fasste sie an den bloßen Schultern und schaute ihr in die Augen. »Natürlich vermisst du deine Schulfreundinnen, aber du wirst in ein paar Wochen wieder bei ihnen sein, und denk nur, was du ihnen dann alles zu erzählen hast!«

Pamela riss sich los. »Sie kapieren es nicht, oder? Ich kehre nicht mehr auf diese Schule zurück. Sie haben mich abgemeldet, ich werde meine Freundinnen nie wiedersehen.« Tränen stiegen ihr in die Augen und drohten die Wimperntusche zu verwischen, zu der Nancy sie überredet hatte.

»Nun sei nicht albern.« Nancy versuchte das Mädchen zu beruhigen. »Ich bin sicher, dass du sie wiedertreffen wirst. Und du hast ja immer noch deine Eltern, nicht wahr?«

»Ich bin nicht albern.« Pamelas Stimme wurde hysterisch. »Was verstehen Sie denn schon von meiner Familie?

Das ist etwas völlig anderes als Ihre langweilige Sippe, die in ihrem blöden Reihenhaus auf Sie wartet, wenn Sie zurückkommen, und hofft, dass Sie ihnen ein Stück vom Eiffelturm mitgebracht haben. Wahrscheinlich wartet zu Hause auch ein dummer, langweiliger Freund auf Sie ...«

»Das reicht jetzt«, sagte Nancy. »Du weißt überhaupt nichts von mir. Oder von meiner Familie.« Ihr war klar, dass das Mädchen nur um sich schlug, aber sie konnte trotzdem nicht freundlich bleiben. Es war ihr so gut gelungen, alles unter Kontrolle zu behalten, sich auf die Arbeit zu konzentrieren und nicht an zu Hause zu denken. Sie brauchte keine verwöhnte Göre, die verächtlich über ihr Leben herzog. Sie nahm ihren Gesichtspuder aus der Handtasche und tupfte Pamela die geröteten Wangen ab. Dabei vermied sie es, dem Mädchen in die Augen zu schauen. »Ich will davon nichts mehr hören. Ich werde deine Familie nicht beleidigen, und du lässt meine in Ruhe.« Sie trat einen Schritt zurück und betrachtete ihren Schützling. »Nun geh und zeig denen da draußen, was für eine bezaubernde junge Dame du bist, ich komme gleich nach.«

Pamela streckte ihr die Zunge heraus, dann nahm sie schweigend ihre Handtasche, warf sich die Jacke über und verließ das Dachzimmer.

Nancy ließ sich aufs Bett fallen. Komm schon, ermahnte sie sich. Du wirst in Paris ordentlich einen draufmachen. Du kannst dich glücklich schätzen. Du hast so viel.

Sie bemerkte ihr Spiegelbild und richtete sich auf. Was hatte sie denn? Gutes Aussehen und ein Händchen für

Kleidung? Wer war sie schon? Nichts an ihr erinnerte mehr an das Mädchen aus dem Süden Londons, aber sich selbst konnte sie mit der Shantungseide, den langen weißen Handschuhen, der tadellosen Hochfrisur und der makellosen Haut nicht täuschen. Sie mochte vielleicht so aussehen wie die Reichen, aber sie wusste aus bitterer Erfahrung, dass sie niemals wirklich dazugehören würde. Und sie kannte das Gefühl, wenn man hinaus in die Kälte geworfen wurde.

Was er jetzt wohl gerade machte? Wer fuhr nun an seiner Seite durch die Stadt?

Du jedenfalls nicht, Nancy. Du nicht.

Sie stand auf und betrachtete sich ein letztes Mal im Spiegel, richtete ihren Wasserfall-Kragen und glättete die breite Falte an ihrer Hüfte, dann rückte sie den Gürtel so zurecht, dass die Enden genau richtig lagen. Sie legte die kühlen, schweren Perlenohrringe an, die ihren bloßen Hals berührten, dann beugte sie sich vor und malte sich die Lippen mit dem neuen Lippenstift an, den sie sich am Nachmittag gegönnt hatte. Sie zog einen Schmollmund und drückte ein Taschentuch an ihre Lippen, sodass das Dunkelrot zu einem kussechten, kräftigen Pink wurde.

»Nur nicht unterkriegen lassen, Nancy«, sagte sie zu sich selbst.

Sie stürzten aus dem Taxi auf einen regennassen Gehsteig, auf dem Tausende Lichter glitzerten, mal weiß, mal golden oder rot, je nachdem, wie die Anzeige über dem wenig verheißungsvollen Eingang auf halber Höhe der Champs-Élysées leuchtete. Ehe auch nur ein Regentropfen den Smoking oder das gelackte Haar befeuchten konnte, erschien eine Schar Empfangsportiers mit Regenschirmen und geleitete sie über den roten Teppich und durch die Türen des *Lido de Paris*.

»Nun, ich muss schon sagen, ich bin ein sehr glücklicher Mann. Drei so entzückende Damen an meiner Seite«, erklärte Peter, als sie drinnen angekommen waren. Er schien sich bei diesem aufgesetzten Kompliment ebenso unwohl zu fühlen wie in seinem schlecht sitzenden Anzug. Es war nicht zu übersehen, von wem Pamela ihr mangelndes Stilbewusstsein hatte. »Pamela, du siehst aus wie eine richtige junge Dame«, setzte er hinzu und tätschelte seiner Tochter das Kinn. Peinlich berührt wandte das Mädchen sich ab, doch das schien ihm nicht aufzufallen. »Du lässt deine Eltern schrecklich alt wirken, nicht wahr, Caro?«

Caro hob ihre perfekt nachgezogenen Augenbrauen. »Um Himmels willen, Peter, sie ist keine zwölf mehr.« Sie drehte sich weg und gestattete ihm, die Pelzstola von ihren bloßen, knochigen Schultern zu nehmen, sodass ein exquisites schulterfreies schwarzes Kleid mit halbtransparentem Netzrock zum Vorschein kam. Nancy war sicher, dieses Kleid vor ein paar Jahren im *Dior*-Katalog entdeckt zu haben. Caros Schulterblätter waren so spitz, dass man damit einen Sonntagsbraten hätte schneiden können. Und ihre hervortretende Wirbelsäule hätte sich bestimmt zum Xylofonspielen geeignet. Dort, wo Nancy herkam, hätte ein Arzt bei einem solchen Anblick die Diagnose Unterernährung gestellt, und obwohl es so schien, als würden die meisten Damen im Raum allein von Zigaretten und Parfumwolken leben, war Nancy entsetzt über Caros spindeldürre Erscheinung. Man musste befürchten, dass ihr das schwere Perlenhalsband das Genick brach.

»Mir ist schlecht«, sagte Pamela, obwohl sie ganz und gar nicht so aussah. »Ich möchte nach Hause.«

»Mach dich nicht lächerlich.« Caro zog eine Zigarette aus ihrer Handtasche und hielt sie sich an die Lippen, wartete, bis Peter ein schmales goldenes Feuerzeug aus seiner Brusttasche hervorholte, dann blies sie den Rauch seitlich aus. »Es geht dir blendend, und du solltest lieber freundlich zu den Hendersons sein. Wie man hört, haben sie einen charmanten Enkel.«

»Ich nehme die Mäntel«, bot Peter an.

»Das kann doch Nancy erledigen.« Caro ließ ihren Blick träge durch das Foyer schweifen und musterte die Gesellschaft, die sich unter dem riesigen Kronleuchter drängte.

»Wirklich, Liebling, das muss doch nicht sein.«

Aber Nancy hatte ihm bereits Caros Pelz abgenommen und bemühte sich gerade, Pamela ihre hüftlange goldschimmernde Jacke zu entwinden. Aber das Mädchen war fest entschlossen, das Kleidungsstück nicht herzugeben, und hielt die Arme verschränkt. »Auch gut«, meinte Nancy und gab den Kampf auf. Sollte Pamela ihre Jacke anbehalten. »Ich möchte nur behilflich sein.«

Während sie durch das Foyer ging, sah Nancy sich um,

bestaunte all die Diamanten und Pelze und wunderte sich über die gelangweilten Mienen der Gäste. Vielleicht war es in dieser Stadt nicht üblich, über irgendetwas Begeisterung zu zeigen, zumindest hatte sie das zu Hause in ihrer alten Clique manchmal gehört. Noch nicht einmal in der Bond Street oder auf vornehmeren Partys, zu denen sie manchmal eingeladen gewesen war, hatte sie beobachtet, dass man Geld so selbstverständlich und unverhohlen zur Schau trug. Jedes einzelne Paar Schuhe, das hier über den Marmorboden lief, hatte mindestens ein Monatsgehalt von *Belgrave's* gekostet, und das Kleid der Dame, die sich gerade mit dem jungen Mann am Hauptempfangstresen stritt, hatte wahrscheinlich ungefähr so viel gekostet wie das kleine Haus von Peggy und Donald. Niemals hätte Nancy gedacht, dass Geld die Menschen so unglücklich machen konnte: Niemand unter den schillernden Gästen im *Lido de Paris* lächelte, alle zogen nur hungrig an ihren Zigaretten.

In diesem Augenblick entdeckte Nancy ihre Gastfamilie im Gespräch mit einem Mann, der Smoking und einen zurechtgestutzten Schnurrbart trug. Als sie bemerkte, dass Caro sie beobachtete, wandte sie sich schnell um und eilte zur Garderobe.

»Oh, Verzeihung, Ma'am.«

Die Mäntel, die Nancy eben noch auf dem Arm gehabt hatte, lagen plötzlich in einem Haufen auf dem Boden. Von dem Mann, der sich gerade hinunterbeugte, um sie aufzuheben, erkannte Nancy nur das glänzend schwarze Haar.

Er blickte auf. »Ich habe einen Moment nicht aufgepasst, wo ich hingehe. Wahrscheinlich das Lampenfieber.« Er richtete sich auf. »He, ich kenne Sie, oder?«

Kein Zweifel, das war ihr Ritter in schimmernder Limousine.

»Sie haben mich gestern gerettet«, sagte sie und spähte auf ihre leicht abgeschürften Knie.

Er lachte. »Das englische Fräulein in Not.«

Nancy wurde bewusst, dass die Gäste sie anstarrten, einschließlich Caro, deren Blick sogar noch eindringlicher war als zuvor. »Ich sollte gehen. Ich muss diese …«

»Sehen Sie sich die Show an?«

»Wenn ich vorher nicht noch gefeuert werde, ja.«

Er lachte. »Dann werde ich im Publikum nach Ihnen Ausschau halten. He, junge Dame, wie sagten Sie, war noch mal Ihr Name?«

»Nancy.«

»Nancy«, wiederholte er langsam und nickte. »Schöner Name. Ich habe eine Tochter, die Nancy heißt. Ich muss los, aber es war großartig, Sie wiederzutreffen.« Er reichte ihr die Mäntel und drückte ihr einen schnellen Kuss auf die Wange. »Bis bald, Kleine.«

Ein Blitz und ein Knall hinter ihr ließen Nancy zusammenfahren. Sie drehte sich um. Ein Fotograf schoss eine Aufnahme von ihr und dem Amerikaner, ehe er weiterzog, um weitere Gäste abzulichten, die herumwanderten.

Nancy wollte die anderen nicht noch länger warten lassen, also lief sie schnell zur Garderobe und gab so rasch, wie es dem Jungen hinter dem Tresen möglich war, die

Mäntel ab. Er ging sicher noch zur Schule und konnte kaum über den Tresen hinwegschauen, dennoch starrte er Nancy mit offenem Mund an. Was war nur mit den Leuten hier los?

»Tut mir leid«, sagte sie, als sie sich wieder zu ihrer Gastfamilie gesellte. Peter und Caro schien es die Sprache verschlagen zu haben, und sie starrten Nancy mit derselben hingerissenen Aufmerksamkeit an wie der Garderobenjunge. Der Mann mit dem Schnurrbart konnte sich ein Lachen kaum verkneifen.

»Kennen Sie ihn etwa?«, fragte Caro ungläubig, und auf einmal war ihr Akzent deutlich zu hören.

»Natürlich. Nun, flüchtig. Er hat mich gestern mitgenommen.«

»Er hat Sie mitgenommen?« Zum ersten Mal sah sie Peter lächeln.

»Ich muss schon sagen, Ihr zwei versteht es, ein Kindermädchen zu engagieren.« Der Freund der Familie musterte Nancy. »Peter, alter Kumpel, du brauchst mich nicht. Diese junge Dame hier scheint bessere Verbindungen zu haben als ich.«

»Sie ist nicht mein Kindermädchen.«

»Oh, halt den Mund, Pamela.«

Das junge Mädchen begriff, dass Caro nicht zu Späßen aufgelegt war, und versank wieder in beleidigtes Schweigen.

Der Mann streckte Nancy die Hand entgegen. »Tony Scott. Freut mich, Sie kennenzulernen, Nancy. Sie müssen mich Ihrem Freund dort drüben vorstellen.«

»Oh, er ist nicht …« Nancy hielt ihm ihre behandschuhte Hand hin. Tony hatte einen kräftigen Händedruck. In seinen Augen lag ein David-Niven-artiges Funkeln, auch wenn sie sich über Nancy lustig zu machen schienen.

Er löste seinen Griff und hielt die Hand hoch. »Oh, Sie müssen sich nicht rechtfertigen. Ein Mädchen darf seine Geheimnisse haben. Vor allem, wenn es so aussieht wie Sie.«

»Tony ist ein alter Freund der Familie, Nancy«, erklärte Peter schnell, und Nancy war ihm für diese Ablenkung dankbar. »Wir waren zusammen auf der Schule. Beachten Sie ihn einfach nicht.«

Die beiden Freunde hätten unterschiedlicher nicht sein können: Peter, zurückhaltend, beinahe eigenbrötlerisch, und Tony, dessen Extravaganz aus jedem seiner Worte sprach.

»Ich fürchte, Sie werden sich an mich gewöhnen müssen. Sie werden mich in diesem Sommer oft zu Gesicht bekommen.« Tony stieß Peter an. »Und ich hoffe, ich werde Sie auch oft zu Gesicht bekommen, Nancy. Nicht wahr, Peter?«

Peter hatte den Anstand, die Bemerkung zu ignorieren, aber Nancy kannte diesen Blick. Oft hatte sie ihn einfach abgeschüttelt, denn viele ähnlich dämliche Männer wie Tony hatten sie so angeschaut. Dennoch fühlte sie sich unangenehm berührt. Nicht zuletzt, weil Caro sie vorwurfsvoll anstarrte. Wenn nur jemand das Thema wechseln würde.

»Tony wird uns begleiten nach … wie heißt es noch gleich … Antibes? Ich kann mir das nicht merken.« Peter runzelte die Stirn.

»Weil du nie auf deine Umgebung achtest, wenn wir dort unten sind, Liebling«, warf Caro ein und strich ihrem Mann mit der schwarz behandschuhten Hand über den Arm. »Du bist immer viel zu sehr mit deiner verdammten Malerei beschäftigt.«

»Na, vielleicht bringst du dich ja jetzt etwas mehr ein, wenn ihr diese junge Dame dabeihabt, was?« Tony feixte, während er auf Nancy deutete, die ernsthaft überlegte, ob sie sich nicht ein Beispiel an Pamela nehmen und krank spielen sollte. Falls sie noch länger den Überrest von Tonys Abendessen vor Augen hatte, der ganz außen in seinem krakeligen Schnurrbart hing, würde sie eine Übelkeit nicht vortäuschen müssen.

»Tony, du bist furchtbar, und ich hasse dich.«

»Nein, das tust du nicht, Caro. Du liebst mich.« Er fasste Caro am Arm und gab ihr einen Kuss auf die Wange. Zu Nancys Überraschung stieg Caro daraufhin eine mädchenhafte Röte ins Gesicht. Tony bot Pamela seinen anderen Arm an. »Komm, Pummelchen. *It's showtime!*«

»Nenn mich nicht so«, murmelte Pamela und beachtete den dargebotenen Arm nicht.

»Kümmern Sie sich einfach nicht um Tony«, sagte Peter zu Nancy, während sie den anderen zum goldenen Vorhang folgten, hinter dem sich der Eingang zu den Tiefen des Nachtclubs befand. Zahlreiche Saaldiener standen bereit, um die Gäste des *Lido* zu ihren Plätzen zu geleiten. »Er ist ein guter Kerl. Nur manchmal ein bisschen aufdringlich. Sie werden sich an ihn gewöhnen.«

Das wollte Nancy nicht hoffen.

Es war schon früher Morgen, als sie in die Wohnung zurückkehrten.

»Möchte noch jemand einen Absacker?«, fragte Peter und steuerte zielstrebig auf die Whiskykaraffe zu, um sich ein großes Glas einzuschenken.

»Ich gehe ins Bett«, meinte Caro, streifte ihre Riemchenpumps ab und ließ ihre Pelzstola auf das Sofa fallen, ehe sie durch die intarsienverzierte Tür ins große Schlafzimmer verschwand.

»Ich auch.« Pamela sah inzwischen tatsächlich aus, als wäre ihr übel. Sie hatte drei Gläser Champagner getrunken, die Tony ihr aufgedrängt hatte.

»Vielleicht sollte ich bei dir in deinem Zimmer schlafen, Pamela?« Nancy befürchtete, dass der Champagner im Laufe der Nacht wieder zum Vorschein kommen könnte. Und sie konnte sich nicht vorstellen, dass Caro in diesem Fall mit einem Eimer zur Stelle wäre.

Pamela zuckte nur mit den Schultern. »Wenn Sie wollen.«

»Ich hole nur schnell meine Sachen.« Nancy wollte Pamela schon die Treppe hinauf zu den kleinen Zimmern unterm Dach folgen, da rief Peter sie zurück.

»Leisten Sie mir noch auf einen Drink Gesellschaft, Nancy. Mögen Sie Whisky?«

Sie zögerte, aber Pamela war schon weitergelaufen und würde sich sicher ungestört umziehen wollen. »Ja, bisweilen.«

Peter goss einen weiteren Drink ein und reichte ihn ihr. Ein Glas konnte ja nicht schaden. »Danke«, sagte sie und nahm das Glas entgegen.

Er machte eine einladende Geste zum Sofa hin und forderte Nancy auf, sich zu setzen. Er selbst nahm im Sessel gegenüber Platz.

»Wir haben uns noch gar nicht richtig unterhalten, nicht wahr?« Er schwenkte sein Whiskyglas. »Ich glaube, ich war bei unserer ersten Begegnung ziemlich ruppig. Das passiert oft, wenn ich bei der Arbeit bin. Bitte nehmen Sie es nicht persönlich.«

Nancy lächelte und nahm einen kleinen Schluck von der herben Flüssigkeit. Donald hatte eine Schwäche für Whisky. Es war ihm gelungen, Nancy auf die Seite der Whiskyliebhaber zu ziehen, dabei hegte sie anfänglich eine klare Abneigung gegen das bernsteinfarbene Getränk. Ihre neue Vorliebe rief regelmäßig Verblüffung hervor, da die meisten Leute erwarteten, junge Damen würden einen Sherry den harten Getränken stets vorziehen. »Natürlich nicht. Sie wussten nicht, wer ich bin, und ich wusste nicht, wer Sie sind.«

»Das ist sehr liebenswürdig von Ihnen.« Peter legte den Kopf ein wenig schief und lächelte. »Erzählen Sie mal, hat Ihnen die Show gefallen?«

Nancy hatte in ihrem ganzen Leben noch nie etwas Vergleichbares erlebt: tanzende Mädchen, tanzende Hunde, und dann natürlich der Star des Abends. Jeder einzelne Gast an jedem einzelnen kerzenbeleuchteten Tisch war beim Applaus aufgestanden, und Nancy wäre am liebsten im Boden versunken, als der Sänger ihr eine Nummer persönlich widmete.

Peter lachte. »Ich kann noch immer nicht glauben, unter welchen Umständen Sie ihn getroffen haben.«

Nancy war die Aufmerksamkeit inzwischen leid, die ihr kleines Abenteuer hervorgerufen hatte, deswegen stellte sie rasch die Gegenfrage: »Und wie hat Ihnen der Abend gefallen?«

Er stöhnte. »Eigentlich wäre ich lieber irgendwo in Ruhe essen gegangen, aber es war nett von Tony, die Tickets für uns zu besorgen.«

»Es war schön, Ihre Freunde kennenzulernen.«

»Ah, die Hendersons. Im Grunde sind das ziemlich furchtbare Leute, vor allem die Frau. Aber er hat bei mir ein Porträt seiner Gattin in Auftrag gegeben, also muss ich mich wohl an ihren Anblick gewöhnen. Außerdem muss ich einen Weg finden, wie ich ihre Nase ein wenig kleiner wirken lassen kann. Caro hat sich in den Kopf gesetzt, dass ihr Enkel eine gute Partie für Pamela abgeben würde. Aber soweit ich gehört habe, ist der Junge ziemlich langweilig.«

»Man hat Ihnen Ihre Abneigung gar nicht angemerkt.« Nancy lächelte.

»Das gehört zu meinem Beruf. Allerdings bin ich in letzter Zeit nicht ganz bei der Sache, fürchte ich.« Peter stand auf und schenkte sich ein weiteres Glas aus der Whiskykaraffe nach. »Möchten Sie auch noch einen?«

Nancy schüttelte den Kopf, und er setzte sich wieder. »Caro hat mir erzählt, dass Sie Schneiderin sind. Es muss Spaß machen, Rohmaterial in etwas ganz Neues zu verwandeln.«

»Nun, dasselbe machen Sie doch auch?«

»Das stimmt wohl. Einerseits. Allerdings ist so ein verdammtes Porträt für niemanden wirklich von Nutzen, nicht wahr? Außer vielleicht als Spiegel der Eitelkeit.«

Sie lachte und merkte, dass sie sich in der Gesellschaft dieses freundlichen Mannes wirklich wohlfühlte, zum ersten Mal seit ihrer Ankunft. »Ich würde sehr gerne ein paar Ihrer Arbeiten kennenlernen, wenn es Ihnen nichts ausmacht.«

Sein Gesicht hellte sich auf. »Wirklich? Ich habe im Moment nur Skizzenbücher dabei, aber wenn wir erst in Venedig sind, können Sie ein paar meiner Arbeiten in einer Ausstellung besichtigen, und natürlich in meinem Atelier.« Er lachte. »Entschuldigen Sie, ich bin es gewohnt, dass Caro und Pam sich zu Tode langweilen, wenn ich von meiner Arbeit spreche.«

»Ich verspreche Ihnen, dass ich mich nicht langweilen werde.« Und das meinte Nancy ehrlich: Bei ihren Besuchen in Londoner Museen hatte sie sich immer vorgenommen, ihre spärlichen Kunstkenntnisse zu erweitern. Es schien eine Ewigkeit her zu sein, dass sie dort die changierenden Farben auf einem Gemälde von Monet bewundert hatte oder die ernste Schönheit der holländischen Meister. Sie wusste eigentlich nichts darüber, aber vielleicht war dies nun ihre Chance, mehr über Kunst zu erfahren.

Peter deutete mit dem Glas in der Hand auf ihr Kleid. »Ich nehme an, Sie werden mir gleich erzählen, dass Sie das selbst genäht haben?«

Sie senkte bescheiden den Blick. »Ja, tatsächlich.«

»Kluges Mädchen. Ich hoffe, dieser Aufenthalt hier mit uns macht Ihnen nichts aus. Ist wahrscheinlich nicht gerade eine berufliche Herausforderung für Sie.«

»Oh, das ist schon in Ordnung. Ich brauchte eine Veränderung.«

»Ich werde Sie nicht nach dem Grund dafür fragen, aber ich freue mich, dass Sie sich so entschieden haben. Hoffentlich bereiten wir Ihnen nicht allzu viel Kummer. Ich glaube nämlich, Sie haben einen guten Einfluss auf Pamela. Sie scheint Sie zu mögen.«

Das überraschte Nancy. Wie mochte Pamela erst die Leute behandeln, die sie nicht mochte? »Ich mag Ihre Tochter auch.« War das eine Lüge? Nein, eigentlich nicht. Es konnte noch eine Weile dauern, aber irgendwann würde ein sehr liebenswertes Mädchen unter der rauen Schale hervorkommen.

»Es war nicht leicht für sie, ihre Mutter so früh zu verlieren und dann im Internat zu leben.«

Nancy hatte schon einiges über die arme Alice Cavendish gehört. Nach der schweren Geburt waren Komplikationen aufgetreten, und sie hatte den verliebten Ehemann und die neugeborene Tochter nur Tage, nachdem die kleine Familie entstanden war, verlassen. Peters Eltern waren eingesprungen und hatten das alte Kindermädchen wieder engagiert, sodass er nach London zurückkehren und dort arbeiten konnte, ohne sich Sorgen um das kleine Baby machen zu müssen. Doch jedes Mal, wenn er nach Sunberry Park zu Besuch kam, brach es ihm das Herz. Als er Caro begegnete und seine kleine Tochter zurückholte, schrie Pam das Haus in Kensington zusammen und brüllte so lange nach ihrer Nanny, bis diese bald darauf in einem Dachzimmer bei Peter und Caro untergebracht wurde und der Friede wiederhergestellt war.

»Sie hat das Herz auf dem rechten Fleck, wenn sie nicht gerade schmollt oder Caro zur Weißglut bringt. Und ich fürchte, ich war kein besonders guter Vater. Zu beschäftigt, verstehen Sie?« Peter nahm einen großen Schluck Whisky und bewegte ihn im Mund hin und her. »Ich hatte manchmal Zweifel, ob es richtig war, Pam wegzuschicken, wenn sie sich gerade erst wieder an uns gewöhnt hatte, aber Caro kennt sich mit jungen Mädchen besser aus. Sie selbst hätte sich zu Hause zu Tode gelangweilt.«

»Nun, in diesem Sommer werden Sie hoffentlich viel Zeit miteinander verbringen können.«

»Tja, das habe ich zumindest vor. Obwohl danach …« Er tippte nachdenklich mit den Fingern gegen sein Glas. »Nun, wir werden sehen. Sie vermissen sicher Ihre Familie?«

Als hätte jemand mein rechtes Bein amputiert. Als hätte jemand mein Herz herausgerissen, es in eine Papiertüte gesteckt und an der Waterloo Station zurückgelassen. »Ein bisschen.«

Plötzlich fühlte Nancy sich überwältigt. Der Champagner und der Whisky sowie die späte Stunde, all das war ein bisschen viel gewesen an diesem Abend. Sie hatte Angst, eine Dummheit anzustellen und ihm ihre Geschichte zu erzählen. »Ich denke, ich sollte nach Pamela sehen und ins Bett gehen. Wenn Sie erlauben?«

»Guter Plan«, erwiderte er. »Wir fahren in ein oder zwei Tagen weiter. Es wird eine lange Reise – schauen Sie, dass Sie vorher noch genug Schlaf bekommen.«

Sie stand auf und bemerkte, wie er in sein Glas starrte. Peter schien so nahe an einem Abgrund zu stehen wie sie selbst. Sie sollte ihn ungestört seinen düsteren Gedanken nachhängen lassen, schließlich wollte sie auch keine Einmischung in ihre Angelegenheiten.

Er nahm kaum wahr, dass sie ihr Glas neben seinem abstellte, auf Zehenspitzen hinauslief und leise die Tür hinter sich schloss.

14

Jetzt war sie also tatsächlich hier. Flo blickte sich im Gare du Nord um. Einen weniger romantischen Empfang auf dem Kontinent konnte sie sich kaum vorstellen. Um sie herum wimmelte es von plappernden Studenten und Pendlern, die in ihre Handys brüllten. Zwischen den Fliederzweigen auf ihrem Rock prangte ein schokoladenbrauner Fleck. Alle Menschen um sie herum waren ganz in Schwarz gekleidet – Anoraks und Parkas, Jeans und Stiefel, sogar die großen Hunde an ihren Kettenleinen waren schwarz –, und Flo kam sich vor wie eine vergessene Requisite aus einem Doris-Day-Film.

Wie anders musste sich das Nancy dargestellt haben, als sie 1962 aus dem Bahnhof getreten war. Flo stellte sich den Vorplatz in strahlenden Technicolor-Farben vor, ohne die stinkenden Autos. Wie durch eine Zuckerguss-Linse sah sie ein geschäftiges und doch irgendwie verzaubertes Paris vor sich, wie es schon lange nicht mehr existierte. In Wahrheit konnte sie nur schwer an den armen Seelen vorbeischauen, die in feuchte Schlafsäcke gewickelt in den Eingängen lagen, oder an den schmuddeligen Hotelschildern und Fast-Food-Ketten, die die breite Straße vor ihr säumten.

Bis zum Hotel war es nicht sehr weit, aber Flo war erschöpft. Mit dem Koffer war sie nicht gut beraten gewesen. Er erwies sich schon jetzt als unhandlich und schwerfällig, also hielt sie ein Taxi an und erlaubte sich den Luxus, für ungefähr zehn Minuten die Verantwortung abzugeben. Sie hatte gehofft, die Stadt vor dem Autofenster vorbeiziehen zu sehen, aber ihr Fahrer wähnte sich wohl eher auf der Rennstrecke von Le Mans als in den Straßen von Paris. Flo verschloss die Augen vor den Beinahezusammenstößen und verschreckten Blicken der Fußgänger, damit sie die Fahrt ertrug.

Währenddessen wanderten ihre Gedanken zurück zu der langen Reise, die sie hierhergebracht hatte. Da sie niemand in St Pancras zum Zug brachte, hatte sie irgendwann den Blick von der Statue der Liebenden, die Abschied nehmen, abgewandt und zu ihrem Ärger festgestellt, dass sie sich nach Seamus sehnte. Verbissen war sie zu ihrem Zug gestapft.

Im Großraumwagen fand sie sich an einem Tisch mit einer jungen Mutter und deren beiden Sprösslingen wieder. Das eine Kind verfolgte in Endlosschleife lärmende Cartoons auf einem iPad, während sein Bruder auf der ganzen Strecke bis Lille immer wieder gegen Flos Schienbein trat. Der süße Kleine lachte laut, als sie aus Versehen ihren Kakao verschüttete, und fragte seine Mutter lautstark, ob Flo ein Alkoholproblem hätte, als sie mit einem bitternotwendigen Gin Tonic aus dem Speisewagen zurückkehrte. Noch niemals hatte sich eine Reise so gezogen, bis endlich wieder Tageslicht durch die Zugfenster fiel und sie am anderen Ende des Tunnels angekommen waren.

Das Taxi bremste abrupt vor dem Hotel. *»Ici«*, sagte der Fahrer und öffnete Flo die Tür. Dann deutete er auf ihr Gepäck im offenen Kofferraum und lehnte sich gleichgültig an sein Auto.

»Soll ich den selber rausholen?«, fragte sie und schwor sich, kein Trinkgeld zu geben. Aber natürlich hielt sie ihren guten Vorsatz nicht ein und rundete am Ende doch um fünf Euro auf.

Das Hotel hielt nicht ganz, was es im Internet versprochen hatte, aber sie brauchte auch nur einen Platz zum Schlafen. Im Empfangsbereich saßen ein paar Männer, die schweigend auf ihre Smartphones starrten. Als Flo an ihnen vorbeikam, hoben sie kurz den Blick, um sie abschätzig zu mustern. Ob sie sich versehentlich in ein Bordell eingemietet hatte, das sich als Taxizentrale tarnte? Flo wollte schon auf dem Absatz kehrtmachen, als eine große, osteuropäisch wirkende Dame hinter einem der Empfangstresen erschien und sie zu sich winkte. Flo zögerte, aber es war zu spät, um sich unauffällig aus dem Staub zu machen. Die Frau hatte ihr bereits einen Schlüssel in die Hand gedrückt und auf die Tür gedeutet, die zu den Zimmern führte.

Warum nur hatte sie so aufs Geld geschaut? Genervt fischte Flo mit einem Stift die Haare aus dem Waschbecken und wischte die Krümel von dem abgenutzten Sessel, ehe sie ihren Koffer daraufstellte. Für ein bisschen mehr hätte sie ein Hotel nur ein paar Straßen weiter südlich buchen können, mit einer Bar am Empfang und Vintage-Möbeln. Stattdessen saß sie nun in diesem Stundenhotel, wo es mehr Polyester gab, als feuerpolizeilich erlaubt war.

Sie öffnete den Koffer und holte den ersten Umschlag hervor, dann zog sie das Foto von Nancy auf der Brücke heraus. Wer die Aufnahme wohl gemacht hatte? Der undeutliche schwarze Fingerabdruck in der Ecke lieferte keinen Hinweis, aber man konnte rechts von Nancy einen Stuhl und eine Art Musikinstrument erkennen. Nancy selbst lächelte, eine leichte Brise schien mit ihrem Kleid zu spielen, und ihre Knie waren ein wenig aufgeschürft. Es gab nur eine gewisse Anzahl von Brücken über die Seine, es konnte also nicht allzu schwer sein, diese hier zu finden.

Flo arbeitete sich im Stadtführer durch die einzelnen Bezirke und fand schließlich ein Foto wie aus einem Katalog für Hochzeitsreisen: Durch ein filigranes Geländer erkannte man die Seine, ihre Wogen und Wellen geteilt vom majestätischen Bug der Île de la Cité, an deren Ufer eine Reihe von Straßenlaternen leuchteten. Obwohl es eine nächtliche Aufnahme war, bestand kein Zweifel: Dies war die Brücke, auf der Nancy ihren anonymen Fotografen glücklich angestrahlt hatte.

Die Hitze des Pariser Nachmittags nahm langsam ab, als Flo am Pont des Arts ankam. Die leichte Brise vom Wasser her half ein wenig gegen ihre drohenden Kopfschmerzen. Einen Moment blieb sie stehen und lauschte einem jungen Mann, der an einer Ecke stand und Opernarien für die sich auf der Brücke drängenden Touristen sang. Die

Bandaufnahme, die seinen Gesang untermalte, ging beinahe unter im steten Verkehrslärm und den megafonverstärkten Ansagen auf den Sightseeing-Booten, die den Fluss auf- und abfuhren.

Hier stand sie also in Kleid Nummer eins, auch wenn es nach ihrer Reise über den Kanal nicht mehr ganz taufrisch war. Sanft, aber bestimmt schob Flo sich an den Scharen von Teenagerpärchen vorbei, die vor ihren Handys für ein Selfie posierten, und schaffte es schließlich bis ans Geländer. Allerdings war es nicht mehr dasselbe Geländer wie zu Nancys Zeiten: Längst war es erneuert worden, und eine Fülle von Vorhängeschlössern beschlagnahmte jeden Zentimeter der filigranen Struktur, wie ein wuchernder Metallkrebs, der die schöne Brücke mit den Liebesschwüren tausender Paare niederrang. Vermutlich hatten die Vorhängeschlösser in vielen Fällen die Beziehung längst überdauert.

Flo beugte sich über die Brüstung und genoss die Aussicht über den Fluss. Das meiste war sicher unverändert, seit Nancy hier gestanden hatte: Auf der linken Seite erhob sich der Eiffelturm über den dichten Teppich grauer Dächer, und in der Ferne leuchtete die Kirche Sacré-Cœur wie ein weißer Leuchtturm auf dem Montmartre.

Der Sänger packte seine Sachen zusammen. Ohne seine Darbietung war jetzt auch eine andere Geräuschkulisse vernehmbar, die Flo vorher nicht bemerkt hatte. Am anderen Ende der Brücke kauerte ein Akkordeonspieler auf einem Stuhl, der genauso alt aussah wie er selbst, und presste verschiedene Melodien aus dem großen Balg und den gelblichen Tasten des Instruments – die Quintessenz von Paris. Flo nahm das Foto von Nancy aus ihrer Tasche und musterte es noch einmal genau. Jetzt wusste sie, wonach sie suchte. Bei dem Instrument auf dem Foto handelte es sich offensichtlich um ein Akkordeon.

»Entschuldigen Sie, *Monsieur*?«, fragte sie den alten Mann.

Langsam wie eine Schildkröte hob er den Kopf und blinzelte in die Abendsonne. Verwundert, dass ihn jemand ansprach, hielt er mit seinen arthritischen Fingern einen Augenblick über den glänzenden Knöpfen und abgenutzten Tasten inne.

Flo hielt ihm das Foto hin. »*Ma tante. La reconnaissez-vous?* Erinnern Sie sich an sie? Sie war hier im Jahr 1962.« Sie hielt ihre Finger hoch, um die Jahreszahl zu verdeutlichen.

Er nahm das Foto und rieb sich die grau melierten Bartstoppeln am Kinn, während er die Aufnahme betrachtete. Plötzlich grinste er und deutete auf sein Akkordeon. »*C'est la mienne!*«

»Ja, das dachte ich mir auch. *Et la femme?*«

Er blickte sie an. »*C'est vous, n'est-ce pas? C'est la même robe, non?*« Er deutete auf ihr Kleid.

»Nein, das bin nicht ich. Obwohl das Kleid sehr ähnlich ist, das stimmt. Es ist meine Tante. *Ma tante?*«

Plötzlich lächelte er. »*Ah, je me souviens. La belle dame et le chanteur.*«

»*Chanteur?*« Flos Herz vollführte einen Sprung. »Welcher Sänger?«

Der Mann winkte sie näher zu sich. »*Américain.*« Er wartete, bis sie dicht an seinem Gesicht war und den süßen, likörartigen Ricard in seinem Atem riechen konnte.

Dann lehnte er sich zurück und lachte. Und lachte. Bis Flo dachte, er würde vom Stuhl fallen.

Du liebe Güte. Sie würde nichts von ihm erfahren, das war klar. Das hier würde zu nichts führen.

Flo richtete sich auf und bedankte sich bei dem Alten, aber er war schon wieder über sein Instrument gebeugt und presste eine melancholische Version von *My Way* aus dem Akkordeon. Es klang eher fatalistisch als triumphierend. Was hatte sie erwartet? Der Mann saß seit mehr als einem halben Jahrhundert hier, und durch seine Adern floss wahrscheinlich mehr Pastis als Blut.

Flo seufzte. Das war nicht der beste Start für ihre Reise gewesen, aber zumindest war sie hier. Sie lief zum Hotel zurück. Auf dem Weg kaufte sie sich in einem Supermarkt einen kalten Imbiss, den sie in ihrem Hotelzimmer essen konnte. Sie würde sich einen ruhigen Abend machen und sich ordentlich ausschlafen. Dann sah die Welt morgen sicher schon ganz anders aus.

Als der Morgen graute, ging für Flo eine Nacht zu Ende, in der sie so schlecht geschlafen hatte wie lange nicht mehr. Obwohl ihr Zimmer im vierten Stock lag, drangen das lärmende Nachtleben, die frühmorgendlichen Streitereien und das Gegröle beinahe ungefiltert zu ihr herauf, gefolgt von der Frühschicht der Müllabfuhr.

Sie war müde, fühlte sich überfordert und ausgehungert und hatte nicht die geringste Lust auf einen weiteren Tag in dieser Stadt. Komm schon, Flo, sagte sie sich. Zieh dich an, geh frühstücken und stürz dich ins Getümmel.

Eingedenk ihrer Tante zog sie das Popeline-Hemdkleid heraus, das sie beinahe ihren Seelenfrieden gekostet hätte, und kombinierte es aus Rücksicht auf ihre geschundenen Füße mit ihren Lieblings-Converse-Turnschuhen. Noch ein breiter Ledergürtel und ein wenig Lippenstift, dann könnte man sie für unkonventionell halten, obwohl sie nicht sicher war, dass sie damit durchkommen würde. Paris war schließlich nicht Brighton.

Sie hielt das Kleid hoch: Das Revers war tatsächlich ziemlich gut gelungen. Ob das Kleid ihre Tante Nancy ebenso viele Nerven gekostet hatte? Hätte sie es auch beinahe zerrissen? Hatte sie auch Säume aufgetrennt und Kanten eingefasst und zerknittertes Innenfutter gebügelt, bis sie beinahe geheult hätte? Flo schlüpfte in das Kleid und knöpfte es sorgfältig von oben bis unten zu. Sie war froh, dass sie Vintage-Knöpfe aufgetrieben hatte, sodass das Kleid nicht ganz so neu wirkte. Dann betrachtete sie sich im Spiegel. Erleichtert und überrascht stellte sie fest, dass der schmale Reverskragen schön flach auf den Schultern lag. Der Schnitt war vorteilhaft und noch genauso aktuell wie zu Nancys Zeit. Die Abnäher an der Taille gingen in einen leicht gerafften knielangen Rock über. Flo hatte beinahe den frischen Creme-Farbton von der Popeline-Stoffprobe aus dem Schnittmuster-Umschlag getroffen, aber sie vermutete, dass Nancy in Sachen Schuhwerk härter im Nehmen gewesen war und zu diesem Kleid etwas Feminineres als Turnschuhe kombiniert hatte. Ihr blonder Lockenschopf war eindeutig nicht besonders sixtiesmäßig, aber sie wollte ja schließlich auch nicht zu einer *Mad-Men*-Mottoparty.

Flo machte sich auf die schlimmstmögliche Version eines französischen Frühstücksbüfetts gefasst und wollte gerade ihr Zimmer verlassen, als ihr Handy piepte. Jem.

Hier ist Bens Nummer. Er erwartet deinen Anruf. Er ist ein bisschen verrückt, aber im Vergleich zu so manchen anderen Männern ein guter Kumpel. Pass nur auf, dass seine Mutter nichts von dir erfährt.

Flo seufzte. Ein Blind Date war nun wirklich das Letzte, was sie brauchte. Aber es wäre nett, jemanden zu haben, mit dem man etwas trinken gehen konnte. Denn einsam und allein billigen Rotwein auf ihrem Hotelzimmer zu trinken war auch nicht gerade das, was Flo sich von ihrem Paris-Aufenthalt versprach.

Wieder hatte sie etwas fürs Leben gelernt: Es war keine gute Idee, auf dem Festland einen Tee zu bestellen. Böse Erwartungen konnten schließlich immer noch übertroffen werden. Mit einem halben gummiartigen Croissant und einem Glas gefärbten Fruchtsaft im Magen verließ Flo schließlich das Hotel.

Umschlag Nummer zwei hatte ein Foto von Nancy in einem Straßencafé enthüllt. Auf der Rückseite stand nichts, aber dem Foto hatte ein Streichholzbriefchen beigelegen, dessen Logo auf ein bekanntes Café am linken Seineufer hinwies, einst berühmter Treffpunkt der Pariser Elite.

Flo griff nach ihrem kleinen Faltplan und begab sich Richtung Süden zum Fluss. Immer wieder musste sie Mopeds und Leihfahrrädern ausweichen, bis sie irgendwann die Handy-Repair-Shops und neonbeleuchteten Nagelstudios hinter sich ließ und sich zwischen Belle-Époque-Fassaden wiederfand, wo unaufdringlich wirkende Wohnaccessoire-Läden alles in den Farbtönen von Elfenbein bis Graubraun anboten. Auf der anderen Seite des Flusses waren die Schaufenster voll von folierten Fotobänden, die Schwarzweißaufnahmen von ernsten älteren Männern mit ebenso ernsthaft wirkenden Brillengestellen zeigten. Flo blieb vor einer Patisserie stehen. Unter polierten Glasglocken glitzerten Erdbeeren und Pfirsiche, längliche Schokoladenschiffchen schmiegten sich in ihre Papierumhüllungen.

Eine Weile später stand sie direkt gegenüber dem *Café de Flore*. Sein grün-weiß gestreiftes Vordach mit den üppigen Blumenkästen und die Tische und Stühle auf dem Gehsteig genau am Scheitelpunkt zweier Straßen gaben die perfekte Kulisse für einen französischen Film ab.

Flo setzte sich an einen der Tische an der Straße und bestellte einen Kaffee. Auf einmal kam sie sich so ganz allein am Tisch komisch vor, also zog sie ihr ledergebundenes Notizbuch aus der Handtasche. Sie hatte überlegt, ob sie es überhaupt mitnehmen sollte, aber es war nicht viel größer als ein Geldbeutel. Einen Augenblick lang verharrte ihr Stift über der Seite, während sie sich umsah. Eine junge Mutter in Bleistifthose und teurem Used-Look-T-Shirt fing ihre Aufmerksamkeit. Mit wenigen zarten Strichen skizzierte Flo die Falten des T-Shirts und den Winkel, in dem die Frau ihr Kinn hielt. Dann fügte sie kurzerhand eine Jacke hinzu, locker über eine Schulter geworfen. Plötzlich hatte sie das Gefühl, wieder im College zu sitzen und lebende Modelle zu zeichnen, oder in ihrem Atelier mit ihrem Pinselkasten. Manche Sachen verlernt man einfach nicht, dachte sie, während sie ihre Skizze kritisch betrachtete.

»Espresso?« Der Kellner kam zurück und nahm eine kleine Tasse samt Untertasse von seinem Tablett, die er zusammen mit einer Wasserkaraffe auf den Tisch stellte.

»Merci.« Flo klappte das Notizbuch zu und ließ es wieder in der Handtasche verschwinden. Dabei fiel ihr der Schnittmuster-Umschlag in die Hände, und sie zog das Foto heraus, das Nancy draußen vor diesem Café sitzend zeigte. *»Monsieur?«*, rief sie, als der Kellner sich abwandte, doch er nahm bereits eine weitere Bestellung entgegen und schenkte ihr keine Beachtung mehr. Eigentlich wusste sie gar nicht, was sie von ihm zu hören hoffte. Vermutlich waren 1962 noch nicht einmal seine Eltern geboren. Es gab keinen Grund zu der Annahme, dass er mit Nancys Bild etwas anfangen konnte. Wahrscheinlich war dieser Cafébesuch sinnlos, aber zumindest hatte sie hier den ersten anständigen Kaffee seit ihrer Abreise von zu Hause getrunken.

Ihre Gedanken schweiften zu Nancys nächstem Kleid: das Cocktailkleid aus Shantungseide. Eines war klar – mochte Flo sich in ihrem unkomplizierten Hemdkleid noch ohne Weiteres allein vergnügen, verlangte das Cocktailkleid eine Abendveranstaltung und eine Begleitung.

Sie nahm ihr Handy zur Hand und scrollte durch ihre Nachrichten. Traurig musste sie feststellen, dass die letzte

Nachricht von Seamus schon ziemlich weit unten gelandet war. Sicher hatte er sich inzwischen gut eingelebt und war viel zu sehr mit seinem neuen Leben beschäftigt, um sie zu vermissen. Sie hoffte, dass er glücklich war – also zumindest ein bisschen glücklich.

Kurz antwortete sie auf Jems Nachricht und bedankte sich für die Nummer. Dann überlegte sie, was sie jemandem schreiben konnte, den sie überhaupt nicht kannte. Aber was hatte sie schon zu verlieren, außer vielleicht ihre Würde, wenn sie allein in großer Robe eine piekfeine Bar aufsuchte?

Hi, hier ist Flo, tippte sie mit einem Finger.

Jems Freundin in Paris. Lust auf einen Drink?

Sie trank ihren Kaffee aus und ließ mit der Rechnung ein bisschen Kleingeld auf der Untertasse liegen. Sie musste irgendwie den Nachmittag totschlagen: Vielleicht würde sie shoppen gehen. Zu den *Galeries Lafayette* war es ein schöner Spaziergang, und sie war schon seit Jahren nicht mehr dort gewesen. Vielleicht würde sie sich einen neuen Lippenstift gönnen.

»Möchtest du noch einen?«

Flo trank ihren Cosmopolitan aus und schob ihm das Glas hinüber. »Warum nicht?« Obwohl allein der Preis von fünfzehn Euro pro Glas eindeutig dagegen sprach. Aber immerhin war es ihr letzter Abend in Paris, und die nächste Runde ging auf ihn. Es wäre unpassend gewesen, einen so netten Abend mit langweiligen Vernunftentscheidungen zu verderben. Entgegen ihren Vorbehalten, sich mit einem Fremden zu verabreden, amüsierte Flo sich bestens. Ben war viel netter, als Jem behauptet hatte, und sie war beinahe geneigt, ihm zu verzeihen, dass er in seinem Anzugjackett und der Jeans aussah wie einem amerikanischen Automagazin entstiegen.

Sie steckte sich eine Handvoll gesalzener Mandeln in den Mund und schaute zu, wie er sich auf seinem Barhocker zum Barkeeper umdrehte und eine weitere Runde bestellte.

»Du bist also ein alter Freund von Jem?«, rief sie in dem Versuch, sich über das Krachen der Eiswürfel hinweg Gehör zu verschaffen. Warum nur hielt sich jeder Mann für Tom Cruise, sobald er einen Cocktailshaker in die Hand bekam?

Ben runzelte die Stirn. »Na ja, ich war vor Jahren mal mit ihrer Schwester Mel zusammen. In einem früheren Leben, du weißt ja, wie das ist«, fügte er schnell hinzu. Aber Flo spürte, dass sich hinter seiner betont lässigen Haltung eine noch immer schmerzende Verletzung verbarg. »Ich habe Jem immer lieber gemocht – ich bin froh, dass wir in Kontakt geblieben sind.«

Flo hatte Melanie ein paarmal getroffen und konnte sich diese müde, übergewichtige Mutter von drei kleinen Kindern schwerlich an der Seite dieses überraschend angenehmen und, ja, tatsächlich hübschen Mannes vorstellen. Ben war eindeutig der jüngeren Mel zuzuordnen, als sie ihre Freunde noch zum Frühstück verputzt hatte. Allem Anschein nach war allerdings Mel die Verliererin dieses Spielchens, nicht Ben.

»Lebst du schon lange in Paris?«, fragte sie und nahm das frisch aufgefüllte Glas mit dunkelroter Flüssigkeit entgegen. Eine hauchdünne Orangenschale ringelte sich um einen Cocktailstick und balancierte auf dem gefrosteten Glasrand.

»Schon ein paar Jahre. Ich brauchte einen Neuanfang, wenn du verstehst, was ich meine.«

Sie nickte und rührte mit dem nadelartigen Cocktailstick in der zähen Flüssigkeit. »Ich bin beeindruckt. Ist sicher nicht einfach, in eine fremde Stadt zu ziehen?«

Ben zuckte mit den Schultern. »Am Anfang war es schwierig, aber ich habe an meinem Französisch gearbeitet, bin ausgegangen, habe neue Freunde gefunden. Ich bin zufrieden. Eigentlich fühle ich mich hier ganz wohl, aber vielleicht ziehe ich auch noch weiter und reise ein bisschen herum. Man wird zu schnell bequem, oder?«

Flo lachte. »Ich glaube, ich habe genug vom Reisen. Na ja, abgesehen von dieser Reise natürlich. Vielleicht erzähle ich dir irgendwann mal von meiner Kindheit.«

Er warf ihr einen hoffnungsvollen Blick zu. »Das wäre schön.«

»Wie ich sehe, hast du dich schon recht gut akklimatisiert.« Sie deutete auf ein Päckchen *Gauloises*, das aus seiner Tasche lugte.

»Andere Länder, andere Sitten.« Er zuckte erneut mit den Schultern. So richtig französisch wirkte die Geste allerdings noch nicht. Mit seinen blonden Haaren und den braunen Augen würde Ben wohl immer herausstechen. »In diesem Kleid gehst du jederzeit als Pariserin durch«, meinte er. »Viel zu chic, um englisch zu sein. Cool und doch verführerisch.« Noch im selben Moment schien er seine Worte zu bereuen. Er lief rot an und hob sein Glas, um es zu kaschieren.

Flo verbiss sich eine reflexartige Abwehr seines Kompliments und beschloss, stattdessen den leichten Schauer zu genießen, den es in ihr auslöste, nach einer gefühlten Ewigkeit endlich wieder als Frau wahrgenommen zu werden. Für diesen einen Abend war sie einmal nicht die betrogene Ehefrau oder die Frau hinter dem Verkaufstresen oder die Frau, die vor dem Windelregal im Drogeriemarkt in Tränen ausbrach. Sie lächelte. »Danke«, sagte sie und freute sich, als sie seine unmittelbare Erleichterung bemerkte.

Verführerisch war vielleicht übertrieben, aber Flo musste selbst zugeben, dass ihr das Kleid gefiel. Es passte wie angegossen und sah toll aus. In den letzten Monaten waren ihre Pfunde geschmolzen, und sie hatte es vermieden, ihrem Körper, der sie so furchtbar im Stich gelassen hatte, größere Aufmerksamkeit zu schenken. An diesem Abend aber, das wurde Flo jetzt klar, genoss sie es tatsächlich, ein solches Kleid zu tragen. Sie mochte es, wie sich der weit ausgeschnittene Kragen, der beim Zuschneiden des Stoffes so merkwürdig gewirkt hatte, in weichen Falten mit dem Oberteil verband. Sie war eigentlich nicht der Typ für Cocktailkleider, deswegen hatte sie es mit ihrer abgestoßenen, alten Lederjacke kombiniert. Auf keinen Fall wollte sie wie eine Audrey-Hepburn-Reminiszenz wirken, obwohl sie nicht wusste, ob ihr die Kategorie verführerische Coolness besser gefiel. Ben dagegen, der mit seinen schulterlangen blonden Haaren und den gepflegten Bartstoppeln an Sting im Jahr 1988 erinnerte, schien sie sehr zu gefallen. Zumindest wenn sie die nervösen Blicke richtig deutete, die er ihr hinter seinem Cosmopolitan zuwarf.

»Was treibst du denn hier so?«, fragte sie, hob vorsichtig das randvolle Glas an die Lippen und trank einen Schluck von der zähen, bittersüßen Flüssigkeit.

»Ich bin Journalist«, erklärte er leichthin. »Ist nicht so aufregend, wie es klingt. Außer, du fragst meine Mutter danach«, fügte er hinzu und verdrehte die Augen. »In ihren Augen bin ich so etwas wie der berühmte BBC-Journalist John Simpson. Wenn man vom Teufel spricht …« Sein Handy piepste, und er zog es aus der Tasche, las die Nachricht und seufzte. »Sorry«, sagte er. »Das ist sie. Mal wieder.«

Flo lächelte. »Es ist nett, dass sie sich für dein Leben interessiert.«

»Glaub mir«, erwiderte er, »ist es nicht.«

»Also, wenn es deiner Mutter nichts ausmacht«, meinte Flo, »könntest du mir dann vielleicht helfen, Mr Simpson?«

Seine Augen fingen an zu strahlen, und sie verstand augenblicklich, wie leicht es für eine Frau war, seine Offenheit und seine welpenhafte Begeisterungsfähigkeit auszunutzen. »Supergern«, rief er, dann runzelte er die Stirn und senkte seine Stimme zu einem geschäftsmäßigen Bariton: »Was kann ich für dich tun?«

»Ich versuche herauszufinden, was aus meiner Großtante geworden ist. Sie war hier im Jahr 1962 – also hier in Paris –, und ich folge ihren Spuren. Du hast sicher eine Menge Kontakte.«

Ben sackte ein bisschen in sich zusammen, und die selbstgefällige Maske schwand augenblicklich. Flo merkte, dass ihr der einigermaßen durchschnittliche Mann, den er hinter seiner selbst gebauten Werbewand versteckte, immer sympathischer wurde. »Ich weiß nicht, ob dir meine Kontakte viel weiterhelfen«, sagte er unsicher. »Ich mache eher so was wie Immobilienjournalismus. Aber ich werde sehen, was ich tun kann.«

Flo lächelte: Sie hatte sich schon fast gedacht, dass er nicht für das Pariser Büro von Reuters arbeitete.

Die Zeit verging, und sie leerten ihre Gläser, während Flo von ihrer Pilgerreise erzählte. Der Barkeeper füllte noch einmal nach. Flo holte aus ihrer Tasche das schon arg mitgenommene Programmheft aus Umschlag Nummer drei und legte es auf den Tresen. In der Mitte fehlten ein paar Seiten, aber es stellte immer noch ein interessantes Zeitdokument dar.

»Wow«, sagte Ben, während er das Büchlein umdrehte und den ausgefransten roten Faden betrachtete, der die Seiten zusammenhielt. Sie lachten über die stilisierten Zeichnungen der Tänzerinnen mit unglaublich langen Beinen und knappen Kostümen, die jeder Schwerkraft zu trotzen schienen, und amüsierten sich über die Schwarzweißfotos von beeindruckenden Tanznummern, bei denen die Tänzerinnen als geometrische Elemente eingesetzt wurden, ganz im Stil von Busby Berkeley, dem großen Hollywood-Regisseur und Choreographen.

»Wann war das?«, fragte Ben.

»Am 5. Juni 1962«, antwortete Flo. »Meine Tante war an diesem Abend dort.«

»Ach ja?« Er zog ein Foto aus dem Büchlein. »Welche davon ist es?«

»Verdammt, ich hatte keine Ahnung, dass ein Foto da drin war.« Flo riss ihm das Bild aus der Hand. Wie hatte sie es übersehen können? Offensichtlich war es von dem offiziellen *Lido*-Fotografen aufgenommen worden: Es zeigte eine Tischrunde von Männern mit Fliege und Damen mit Diamantschmuck. Zum ersten Mal erblickte sie ihr eigenes Kleid, und es wirkte genauso teuer wie jedes andere Outfit in der Runde. Nancy war perfekt zurechtgemacht, mit Hochfrisur, langen weißen Handschuhen und einem feinen Lächeln.

»Ist sie das?« Ben beugte sich näher über das Foto. »Sie sieht hinreißend aus. Das muss in den Genen liegen«, fügte er hinzu und hustete, um seine Verlegenheit zu überspielen.

Links neben Nancy saß ein Mädchen, vielleicht sechzehn oder siebzehn Jahre alt. Flo nahm an, dass es das Mädchen war, das ihre Tante betreuen sollte. Das Gesicht war nicht klar zu zu erkennen. Das Mädchen war zum Teil verdeckt. Es hatte die Ellbogen auf den Tisch gestützt und das Kinn in die Hände gelegt. Es schien sich zu langweilen, und es war offensichtlich, dass Nancy keine leichte Aufgabe übernommen hatte. Links von ihr grinste ein hellhaariger Mann unbeholfen in die Kamera; er sah aus, als würde ihn seine Fliege gleich strangulieren. Neben ihm wiederum saß eine graziöse Schönheit. Sie hatte ihm den Rücken zugewandt und lächelte, während ihr Sitznachbar, dessen pomadige Frisur und Schnurrbart geradewegs aus einem Schwarzweiß-Film der Kriegsjahre zu stammen schienen, ihr etwas ins Ohr flüsterte. Schließlich befand sich noch ein älteres Paar am Tisch, stocksteif und wie einer edlen Dinnerparty der dreißiger Jahre entstiegen.

Flo drehte das Foto um und fand eine Namenslegende, die zur Sitzordnung auf dem Foto passte: Colonel Henderson, Mrs Henderson, Tony, Caro, Peter, Pamela, Nancy.

Pamela. Das war also die Tochter des Künstlers, auf die Nancy aufpassen sollte. Sie war einen großen Schritt weitergekommen. Zwei der anderen Gesichter am Tisch mussten Pamelas Eltern sein, da war sich Flo sicher. Das Foto verriet nur den Nachnamen der Hendersons, und die waren deutlich zu alt, um eine Tochter im Teenageralter zu haben. Blieben noch Tony und Caro, das verliebte Pärchen neben den Hendersons, und der Mann mit den hellen Haaren.

Sie wandte sich an Ben. »Trink aus. Scheint, als müssten wir ins *Lido*.« Sie zögerte. »Also, ich meine, natürlich nur, wenn du Zeit hast. Du hast doch nichts anderes vor?«

Aber noch ehe sie den Satz zu Ende gesprochen hatte, war er bereits aufgesprungen und aufbruchsbereit.

Als das Taxi auf der Champs-Élysées hielt, hatte es angefangen zu regnen. Ben hielt Flo seine Jacke über den Kopf, während sie über den Gehsteig und durch die Türen des Nachtclubs stürzten.

»Die Show hat schon angefangen, tut mir leid«, teilte ihnen ein uniformierter Mann im Foyer mit, als Ben die Regentropfen von seinem dunkelgrauen Nadelstreifenjackett schüttelte. Offenbar hatte der Mann aus ihrer Erscheinung sofort geschlossen, dass sie Engländer waren.

»Gott sei Dank«, sagte Ben, der ein Programm gefunden hatte und Flo die Eintrittspreise zeigte. »Davon kann ich einen Monat lang leben.«

»Ist in Ordnung, wir wollen die Show gar nicht anschauen. Wir möchten nur etwas über eine Show vor ein paar Jahren erfahren.«

Der Mann zuckte mit den Schultern. »Sie könnten sich an der Rezeption erkundigen.«

Flo steuerte auf die Empfangstheke zu. Sie schimmerte von einer Unmenge feiner goldener Blättchen, die in der starken Klimaanlage flatterten.

»*Bonsoir*«, sagte ein Mädchen. Perfekte weiße Zähne kamen zum Vorschein, als es seine Lippen zu einem mechanischen Lächeln verzog.

»Ob sie ein Hologramm ist?«, flüsterte Ben zu Flo gewandt.

»*Bonsoir*. Ich hatte gehofft, Sie könnten uns etwas über eine Show erzählen, die vor einiger Zeit gelaufen ist.«

»Tut mir leid, die Show hat bereits angefangen. Möchten Sie vielleicht für morgen buchen?«, fragte das Mädchen mit hübschem Akzent.

»Nein, ich möchte etwas über eine Show aus dem Jahr 1962 wissen.«

»Wir haben für morgen noch Plätze im Rang, gnädige Frau.« Das Mädchen lächelte immer noch.

»Vielen Dank, aber ich möchte keine Karten für morgen kaufen. Auch nicht für übermorgen. Ich bin auf der Suche nach Informationen.«

»Auch für nächste Woche sieht es noch gut aus. Möchten Sie lieber die Nachmittags- oder die Abendvorstellung besuchen?« Sie legte den Kopf schief, und ihr glänzender dunkler Bobhaarschnitt folgte der Bewegung.

Es war eiskalt in dem leeren Foyer des Nachtclubs, und Flo war inzwischen bis auf die Knochen durchgefroren. Der warme Funken, den Wodka und Cointreau entzündet hatten, verflüchtigte sich endgültig, und in diesem Moment verließ sie die Geduld.

Ben lehnte sich über den Tresen und lächelte die junge Frau an. »Wir würden nur gerne irgendjemandem ein paar Fragen stellen, wenn das möglich wäre, bitte?«, fragte er ruhig.

Augenblicklich hob das Mädchen den Kopf. »Selbstverständlich, *Monsieur*«, erwiderte es, drückte auf eine Klingel und richtete den Blick wieder auf den Eingang.

»Ich hasse das!«, schäumte Flo. Genau das passierte ihr auch immer, wenn sie mit Seamus unterwegs war, sein Charme und das jungenhafte Lächeln machten sie für andere Frauen einfach unsichtbar. Ben spielte nicht in Seamus' Liga, aber selbst er hatte Flo ausgestochen.

»Mach dir nichts draus«, wiegelte er ab. »Immerhin scheinst du Glück zu haben. Der Typ ist wahrscheinlich mindestens so alt wie deine Show.«

Auf der anderen Seite des Empfangstresens hatte sich eine Tür geöffnet, und ein kleiner älterer Herr in Jackett und Fliege war erschienen. »Kann ich Ihnen helfen?«, fragte er mit schwerem Pariser Akzent.

Flo widerstand dem Impuls, sich zu dem Mann hinunterzubeugen. Stattdessen zog sie das Programm und das Foto aus ihrer Handtasche und reichte ihm beides. »Das hier ist meine Großtante«, erklärte sie. »Sie war hier am fünften Juni 1962.«

Der Mann nahm Flo das Foto aus der Hand und betrachtete es stirnrunzelnd. Dabei bewegte er lautlos die Lippen.

»Kennen Sie diese Leute?«, fragte Flo.

Er schüttelte den Kopf. »Ich arbeite hier seit vielen Jahren und habe viele Gäste kommen und gehen sehen. Ich habe als Garderobenjunge angefangen und mich dann zum Manager hochgearbeitet«, fügte er stolz hinzu.

Flo seufzte innerlich. So faszinierend diese Information auch war, das alles brachte sie nicht weiter. Es war wohl eine vergebliche Hoffnung gewesen, dass sich nach so vielen Jahren noch jemand an Nancy erinnern konnte.

»Warten Sie«, meinte der Mann plötzlich und kaute auf seiner Lippe herum. »Fünfter Juni, sagten Sie?«

»Ja, warum?«

Er reichte ihr das Programm zurück und lachte. »Einen Augenblick, *Madame*, *Monsieur.*« Er verschwand wieder durch die Tür.

Ben stieß Flo an. »Siehst du?«

Der Mann erschien wieder mit einem kleinen Notizbuch und legte es auf ein Tischchen im Foyer. »Kommen Sie, setzen Sie sich.« Er vollführte eine einladende Geste zu den dick gepolsterten Lehnsesseln hin. Das Notizbuch war in keinem guten Zustand, aber die gestochene Schrift auf dem Einband war klar zu lesen: 1962.

»Ich habe mit diesem Tagebuch angefangen, als ich noch als Garderobenjunge arbeitete«, erzählte er. Vorsichtig öffnete er das Buch, schmunzelte beim Anblick des einen oder anderen Fotos oder eines signierten Bierdeckels. »1962, da war ich fünfzehn. Können Sie sich das vorstellen?« Plötzlich hielt er inne. »Hier«, sagte er und schob Flo das Notizbuch hin.

Sie betrachtete den vergilbten Zeitungsausschnitt mit dem körnig gepixelten Foto, auf dem ein älterer Mann eine hübsche junge Frau auf die Wange küsste. *Qui est-elle?*, fragte die Überschrift, und mit Bens Hilfe übersetzte Flo den Begleittext:

Die Gäste des Lido de Paris waren begeistert: Als sich Frank Sinatra kurz vor seiner Show einen Weg durch die Menge bahnte, konnten sie den berühmten Sänger hautnah erleben. Und wie es aussieht, konnte eine glückliche junge Dame die Aufmerksamkeit des amerikanischen Stars auf sich ziehen! Old Blue Eyes gab gestern Abend eine großartige Vorstellung, und er zauberte mit den alten Lieblingshits ein Lächeln auf die Gesichter des Publikums. Zum Abschluss sang er eine bewegende Version von Nancy (with the laughing face). War das

Lied seiner Tochter gewidmet oder der geheimnisvollen jungen Dame im Publikum? Wir wissen es nicht. Aber seien Sie auf der Hut, Mrs Sinatra!

Flo und Ben schauten sich an.

»Wow, das haut mich um«, murmelte er schließlich. »Ich glaube, wir haben gerade deine Tante gefunden.«

»Das denke ich auch, Mr Simpson.«

Wo waren diese ersten drei Tage ihrer Reise eigentlich geblieben, fragte sich Flo, als sie ihren Koffer packte. Ihre Füße signalisierten ihr, dass sie die Zeit damit zugebracht hatte, die Pariser Straßen abzulaufen, und ihr schwindendes Reisebudget deutete darauf hin, dass sie die Zügel ein bisschen kürzer nehmen sollte – sie hatte bereits jetzt fast zwei Wochenlöhne ausgegeben. Ihr Herz wiederum sagte ihr, dass es schon drei Monate her war, dass sie Seamus zuletzt gesehen hatte, und ihre Vernunft, dass sie zu viel Zeit mit Ben verbrachte und den nächsten Schritt lieber allein gehen sollte.

Nach einer ausgedehnten Internetrecherche auf Bens Smartphone waren er und Flo zu dem Ergebnis gekommen, dass die Spur des Sängers sie nicht weiterbringen würde. Er war ein unterhaltsamer Mensch und glücklich verheiratet gewesen, und so war Flos Suche hier erst einmal zu Ende. Es gab kein uneheliches Kind von Frank Sinatra, das bisher unentdeckt geblieben war.

Außerdem hatten sie in Erfahrung gebracht, dass Tony und Caro Pamelas Eltern und damit Nancys Arbeitgeber gewesen sein mussten. Der nächste Schritt musste darin bestehen, ihre Nachnamen herauszufinden.

Es war an der Zeit weiterzuziehen, und Flo freute sich darauf, den Gare de Lyon und die Stadt hinter sich zu lassen, um sich weiter auf die Reise Richtung Süden zu machen. Dort wartete die nächste Etappe ihrer Pilgerfahrt auf sie, und zugleich das nächste Outfit in Nancys Kleiderschrank.

Überdies war sie froh, die peinliche Verwirrung hinter sich lassen zu können, die sich eingestellt hatte, nachdem Ben und sie sich am Ende ihres gemeinsamen Abends im Taxi mit einem verunglückten Wangenkuss verabschiedet hatten. Zwar hatte Flo nichts zu verlieren, und vielleicht würde sie auch eines Tages wieder mit dem Gedanken spielen, einen anderen Mann anzuschauen. Aber erst einmal war das unwahrscheinlich, und sie war in keiner Weise bereit, irgendjemandem zu erlauben, Seamus' Platz einzunehmen. Ben war süß, und es war angenehm, mit ihm zusammen zu sein, aber er war beinahe so instabil wie sie selbst, und Flo wollte nicht für seinen nächsten Liebeskummer verantwortlich sein. Dennoch hatte sie zugestimmt, dass Ben zu den anderen Tischgenossen auf dem Foto Nachforschungen anstellte: Es wäre schön, wenn er sich in ein paar Tagen mit seinem jungenhaften Eifer und seiner mitreißenden Art bei ihr melden würde.

Jetzt musste sie sich allerdings erst einmal darauf konzentrieren, Nancy ausfindig zu machen und mehr über den Künstler Tony herauszubekommen. Flo hatte keine Ahnung, worauf sie als Nächstes stoßen würde, aber die

Spur war relativ kurz. Sie begann hier in Paris und endete zwischen den Kanälen von Venedig.

»Gut, Nancy«, sagte Flo, zog den Reißverschluss des Koffers zu und hängte sich die Handtasche über die Schulter. »Mal sehen, wo du dich sonst noch versteckt hast.«

Teil 4

Antibes, Côte d'Azur

15

McCall's 6372: Badeanzug und Strandkleid

Nancy schloss die Augen und ließ die Hitze der Sonne über ihre bloßen Beine fließen. Sie sank tiefer in den niedrigen Liegestuhl und versuchte, mit den Zehen kleine Löcher in den Sand zu bohren. Der Sand war heiß, fein und weiß und hatte nichts gemein mit den kalten, mörderischen Kieselsteinen am Strand von Eastbourne, auf denen man sich den Knöchel verknackste; war man verwegen genug, sich dort auf den Boden zu legen, bohrten sie sich unangenehm in den Rücken. Hier an der Côte d'Azur musste man höchstens befürchten, sich die Fußsohlen zu verbrennen. Nancy wurde klar, warum die Baumwollespadrilles, die man überall so günstig erstehen konnte, ein solcher Verkaufsschlager waren.

Eine leichte Brise raschelte im Saum des Sonnenschirms, der den Rest ihres Körpers vor den sengenden Sonnenstrahlen schützte. Sie öffnete die Augen und beobachtete, wie sich die weißen Quasten vor dem Blau des Himmels schillernd hin und her bewegten. Der Name Côte d'Azur kam nicht von ungefähr: Nancy konnte sich nicht erinnern, in England jemals einen so blauen Himmel erlebt zu haben. Allerdings war es genauso gut möglich, dass sich der Name dieser beeindruckenden Küstenlandschaft mit ihren Strandbuchten und den schroffen Steilküsten vom strahlenden Türkis des Meeres herleitete.

Sie war nahe daran einzunicken, konnte aber das Geplapper der anderen Badegäste, ihr Gelächter und ihre Gespräche, die zusammen mit dem sanften Rauschen der Wellen am Strand auf- und abbrandeten, nicht vollständig ausblenden. Immer wieder rannte ein Kind vorbei und lachte vergnügt, wenn ein Elternteil nicht hinterherkam. Musik aus einem Transistorradio wehte heran und brachte Nancy ein Ständchen von Charles Aznavour oder Ricky Nelson.

»Können wir wieder gehen?«

Nancy hob den Kopf und sah sich um. Pamela saß neben ihr und malte mit einem Stock Kreise in den Sand, die sie sogleich wieder wegwischte.

»Wir sind doch gerade erst gekommen.«

Pamela seufzte. »Ich langweile mich.«

Das konnte heiter werden. Nancy machte sich auf eine Szene gefasst, wie sie auf der Zugfahrt von Paris stattgefunden hatte, als Pamela während der gesamten Strecke quer durch Frankreich alle zehn Minuten gefragt hatte, wann sie endlich da wären. Sie hatte ununterbrochen etwas zu essen verlangt, um die Langeweile zu bekämpfen.

Nancy wäre es am liebsten gewesen, wenn im Abteil der Eltern noch ein Platz für Pamela gewesen wäre, dann hätte sie in Ruhe die endlosen, wunderschönen Sonnenblumenfelder betrachten können, die sich in wogende Lavendelfelder verwandelten, als der Zug durch die Provence Richtung Küste rauschte. Sie hätte sich dann auch nicht dauernd bei ihren Mitreisenden entschuldigen müssen, wenn Pamela wieder aufstand und wie ein Bär hinter Gittern im Abteil auf und ab tigerte.

Ursprünglich hatten die Cavendishs vorgehabt, das Flugzeug zu nehmen, aber nach dem furchtbaren Crash am Flughafen von Orly nur wenige Tage vor Nancys Ankunft in Paris hatte Peter seine Pläne geändert. Zehn Tage danach beherrschten noch immer die schrecklichen Bilder der Absturzstelle die Titelseiten aller Zeitungen. Nancy musste sich eingestehen, dass es im Vergleich zu dem, was den Flugpassagieren passiert war, ein mildes Schicksal darstellte, mit einem gelangweilten Teenager in einem Zugabteil festzusitzen.

»Außerdem ist es viel zu heiß«, maulte Pamela weiter, als Nancy keine Reaktion zeigte. Sie zog sich das Handtuch enger um die Schultern.

Nancy deutete auf den Liegestuhl neben ihr. »Warum setzt du dich nicht zu mir? Im Schatten ist es viel angenehmer.«

»Ich will mich nicht in den Liegestuhl setzen. Ich will wieder zurück.«

»Und was willst du dort machen?«

Pamela zuckte mit den Schultern. »Ein Buch lesen?«

Das erschien Nancy unwahrscheinlich.

»Du musst müde sein. Leg dich hin und ruh dich ein bisschen aus.«

»Ich bin nicht müde.«

Natürlich nicht.

»Nun, warum schnappst du dir dann nicht deine Kamera und siehst dich ein wenig in der Gegend um? Wir könnten einen Strandspaziergang unternehmen.«

»Ich habe keine Lust auf einen Strandspaziergang.«

»Verdammt noch mal, Pamela!« Nancy setzte sich auf und bemerkte, wie Pamela die Kamera auf sie richtete. Mit einem Klick war Nancys Verärgerung für die Ewigkeit festgehalten.

»Sie wollten doch, dass ich ein paar Fotos mache«, meinte Pamela mit einem boshaften Lächeln, als sie den Film weiterspulte.

Nancy funkelte das Mädchen böse an, und für einen Moment lag ein unheilvolles Schweigen in der Luft. Doch schließlich stand Pamela zu Nancys Überraschung ruhig auf und legte sich in den Stuhl neben ihr.

Das war auch gut so, denn Nancy hatte in der Nacht schlecht geschlafen und war mit ihren Nerven am Ende. Sie war mit Pamela im Dienstmädchentrakt der Villa auf dem Hügel einquartiert worden. Und während das Hauptgebäude über eine hochmoderne Klimaanlage verfügte, war ihre kastenförmige Behausung eine teuflische Hitzefalle. Sie hatten die Wahl, von den Mücken aufgefressen zu werden, wenn sie die Fenster offen ließen, oder einen tödlichen Mangel an frischer Luft zu riskieren. Am Ende hatte sich Pamela mit ihrer deutlichen Abneigung gegen die Plagegeister durchgesetzt. In der Folge wäre Nancy beinahe erstickt, während ihre Gefährtin ruhig schlummerte.

Sie musterte die fiesen roten und weißen Beulen, die Pamelas Beine übersäten, und empfand auf einmal Mitleid mit dem Mädchen, das sich da unter ihrem großen Handtuch verkroch: Pamela wollte einfach nur mit ihren Freundinnen vor dem Schulkiosk anstehen und mit ihnen über das Lacrossespielfeld jagen. Nancy spürte, wie fehl am Platz sich das Mädchen fühlen musste, umgeben von großen, schlanken Gestalten, die das Plumpe, Englische seines Teenagerkörpers nur noch deutlicher hervortreten ließen. Nancy selbst war zwar ebenso bleich, aber ihre Beine waren lang und dünn, und damit fiel sie nicht aus dem Rahmen. Die Schürfwunden, die sie sich auf dem Pariser Straßenpflaster zugezogen hatte, waren beinahe vollständig verschwunden.

»Hier, willst du das mal anprobieren?«, fragte sie und reichte Pamela ein hübsches ärmelloses Strandkleid, das sie sich passend zu ihrem Badeanzug genäht hatte. Pamela zögerte, doch dann schlüpfte sie in das leicht ausgestellte, hüftlange Teil mit dem gerafften Saum und knöpfte die vier übergroßen weißen Knöpfe zu, die zum weiß-gelb karierten Stoff passten. Sie blickte an sich herunter. »Das ist wirklich hübsch. Wo haben Sie es gekauft?«

»Ich habe es nicht gekauft. Ich habe es genäht.«

Pamela starrte sie ungläubig an. »Genäht? Wie?«

»Schere, Faden, Nähmaschine, kleine Zauberfeen …«

Pamela warf Nancy eine Handvoll Sand auf die Beine. »Nein, im Ernst.«

»Es ist gar nicht so schwer.« Nancy wischte sich den Sand von den Beinen, wo er sich mit der Sonnencreme vermischt hatte. »Man muss nur wissen, was man tut.«

»Ist der Badeanzug auch selbst genäht?«

Nancy betrachtete ihren weißen Neckholder-Anzug, der auf wundersame Weise auch noch die letzten Pölsterchen am Bauch verschwinden ließ. Das lag an dem eng anliegenden rockartigen Gürtel, er bedeckte gerade noch den oberen Teil ihrer Oberschenkel, versteckte die hässlichen Dehnungsstreifen und gab ihr ihre Model-Taillenmaße zurück. Dafür lohnte es sich, den Bauch einzuziehen. »Ja«, sagte sie. »Ich habe meine gesamte Garderobe für diese Reise selbst genäht.«

Einen Augenblick lang wusste Pamela nicht, was sie erwidern sollte, und musterte Nancy voller Bewunderung. »Würden Sie auch einmal etwas für mich nähen?«

»Wenn du willst?«

Sie nickte. »Danke.«

»Ich kann dir auch zeigen, wie es geht.«

»Wirklich? Ich habe natürlich die Grundlagen in der Schule gelernt. Wir haben Schürzen genäht. Und ein bisschen gestickt. Aber ich war nicht besonders gut darin.«

»Was liegt dir denn?« Nancy schloss die Augen und hoffte, dass ihre vorgegebene Gleichgültigkeit das Mädchen ein bisschen aus der Reserve locken würde.

»Mir? Nicht viel, eigentlich. Ich kann nicht malen, ich kann nicht nähen, und ich kann nicht Klavier spielen.«

»Aber es muss doch etwas geben, was dir Spaß macht. Jeder hat irgendeine Begabung.«

»Als ich klein war, hatte ich ein Pony. Bei meinen Großeltern. Wenn ich sie in den Ferien besuchte, durfte ich den ganzen Tag allein ausreiten, solange ich pünktlich zum

Abendessen zu Hause war. Reiten macht mir Spaß, aber ich habe keine Gelegenheit mehr dazu.«

»Warum nicht?«

»Na ja, meine Großeltern sind gestorben, und Onkel Cecil hat das Gut übernommen. Aber er war ein hoffnungsloser Fall. Und als er starb, mussten wir alles verkaufen, auch Fudge, mein Pony.«

»Das tut mir leid.«

Pamela zuckte mit den Schultern. »Ich mochte Onkel Cecil nie. Er roch ständig nach Whisky.«

»Solche Leute habe ich auch schon kennengelernt«, sagte Nancy, und sie tauschten ein kurzes Lächeln aus. »Also, wenn du nun keine berühmte Springreiterin werden kannst, was willst du dann werden?«

»Ich?«

»Nein, ich spreche von dem Kellner mit dem Tablett dort drüben.«

»Hm.« Pamela spielte an einem losen Faden herum, der vom Bezug des Liegestuhls hing. »Ma findet, ich sollte heiraten, sobald ich alt genug dazu bin.«

»Aber du bist doch erst siebzehn.« Nancy setzte sich auf und drehte sich zu Pamela. »Im Ernst?«

Pamela seufzte. »Warum nicht. Außerdem bin ich schon fast achtzehn. Granny hat mit neunzehn geheiratet. Ich kann ja sonst auch nichts.«

»Sei nicht albern. Jeder kann irgendetwas. Wenn du es dir aussuchen könntest, was würdest du dann werden?«

»Egal, was?« Pamela sah aufs Meer. »Sie halten mich für verrückt, wenn ich Ihnen das verrate.«

»Nein, bestimmt nicht«, erwiderte Nancy, schmierte sich ein wenig Sonnencreme auf die Beine und reichte Pamela die Flasche. Die roch daran und rümpfte die Nase.

»In Ordnung. Aber Sie dürfen es nicht Ma oder Pa erzählen.«

»Versprochen.«

Pamela holte tief Luft. »Ich würde gerne Krankenschwester werden.«

Nun, das kam unerwartet. Und ein ungeeigneteres Verhalten als das von Pamela konnte man sich für diesen Beruf wohl auch nicht vorstellen.

»Sie finden das albern.« Pamela starrte Nancy wütend an.

»Ganz und gar nicht. Ich finde, das ist bewundernswert. Ich bin nur überrascht.« Als Pamela rot wurde, fügte Nancy schnell hinzu: »Ich glaube, dass du eine sehr gute Krankenschwester abgeben würdest.«

»Nein, das glauben Sie nicht. Aber ich bin netter, als Sie denken. Sie kennen mich nur nicht.«

»Ich bin nicht der Meinung, dass du nicht nett bist. Aber ich bezweifle, dass deine Mutter zulassen wird, dass du dich um Bedürftige kümmerst. Hast du schon mal mit ihr darüber geredet?«

»Ein Mal.« Nancy musste nicht weiter fragen: Der Ausdruck auf dem Gesicht des Mädchens sprach Bände. »Ich musste ihr versprechen, dass ich nie mehr davon anfange. Sie werden ihr doch nicht auf die Nase binden, dass ich es Ihnen gesagt habe?«

Plötzlich wurde die Aufmerksamkeit der beiden von einer Szene weiter unten am Strand abgelenkt. Eine zierliche blonde Frau in knappem Bikini und mit einer tiefen Sonnenbräune kam die Stufen herunter und schritt die Reihe der Liegen und seegrasgrünen Sonnenschirme entlang, ihr locker gebundener Pferdeschwanz hüpfte dabei auf und ab. Eine Traube von Fotografen folgte ihr und forderte sie lautstark auf, für sie zu lächeln, zu posieren und einen Schmollmund zu ziehen.

»Habt ihr gesehen, wer das war?«, fragte eine Männerstimme gleich neben ihnen.

Nancy und Pamela drehten sich beide um und erkannten den Umriss einer Gestalt vor der hellen Sonne, er trug ein offenes weißes Hemd über der Badehose.

»Sei nicht so provinziell, Tony.« Caro erschien neben ihm. Ihr schwarzer Bikini mit der hohen Taille erfüllte einzig und allein den Zweck, ihre knochige Figur zu betonen. »Man könnte meinen, du hättest noch nie in deinem Leben eine Schauspielerin zu Gesicht bekommen.« Sie warf Nancy einen Blick zu. »Ich nehme an, Sie werden mir gleich erzählen, dass sie auch eine Freundin von Ihnen ist?«

»Warum bist du hier?« Pamela richtete sich direkt an Tony, dessen Lächeln unter dem bleistiftdünnen Schnurrbart abrupt erlosch. »Eigentlich wollten wir heute Vormittag unter uns sein.«

»Sei nicht grob, Liebling«, zischte Caro sie an.

»Wo ist Pa?«

»Er ist irgendwohin gegangen, um zu malen. Er wollte seine Ruhe haben, also sind wir hierhergekommen, nicht wahr, Tony?«

»Gewiss. So«, rief er dann, rieb sich die Hände und zog sein Hemd aus, »wer geht mit Onkel Tony schwimmen? Nancy? Es wäre doch eine Schande, einen solchen Badeanzug unter einem Sonnenschirm zu verstecken, was?«

»Oh, ich bleibe lieber hier. Danke für das Kompliment.« Irgendetwas an Tony weckte in ihr den Impuls, sich etwas überzuziehen; zudem empfing sie starke, unsichtbare Signale von Caro.

»Pamela?« Caro versuchte, die Aufmerksamkeit ihrer Tochter zu gewinnen. »Warum gehst du nicht schwimmen? Und wirst ein bisschen von deinem Welpenspeck los vor der Party morgen Abend?«

»Ich mache mir nichts aus Schwimmen.«

»Sei nicht albern. Jeder mag schwimmen.«

»Warum gehst du denn dann nicht?«

Eine plötzliche Stille schien sich über den Strand zu senken, als Caro mit sich ausmachte, wie sie auf diese Unverschämtheit ihrer Tochter reagieren sollte. Schließlich entschied sie sich, die Auseinandersetzung auf einen anderen, privateren Rahmen zu verschieben.

Pamela merkte, dass sie eine Grenze überschritten hatte, und ergriff ihre Chance, dem Zorn ihrer Stiefmutter zu entkommen. Sie warf Nancys Strandkleid ab und lief hinter Tony her, der laut rief: »Der Letzte im Wasser ist ein Pummelchen!«

»Dieses Mädchen ist ein hoffnungsloser Fall«, sagte Caro, glitt in Pamelas Sonnenstuhl und bediente sich an der Sonnencreme.

»Sie ist nur ein bisschen müde. Die letzten Tage waren aufregend.«

»Nehmen Sie sie nicht in Schutz, Nancy. Sie kann sich nicht ewig wie ein Kind benehmen.«

Nancy kam der Gedanke, dass Pamela wahrscheinlich in den letzten siebzehn Jahren nicht oft Gelegenheit gehabt hatte, sich wie ein Kind zu benehmen.

»Was ist los mit Ihnen? Sie sehen aus, als wäre Ihnen gerade eine Laus über die Leber gelaufen.«

»Nichts. Ich glaube, ich bin ebenfalls ein wenig müde.«

»Nun, das sind wir alle, meine Liebe.« Caro schloss die Augen und lehnte sich zurück, ein Bein angewinkelt.

Nancy blickte auf die Masten der Segelboote hinaus, die auf dem glitzernden Meer auf und ab wippten. Motorboote brausten vor dem pinienbedeckten Kap hin und her, unterwegs zum nächsten Strand oder zur nächsten Party. Hinter ihnen, entlang der mittelalterlichen Mauer, die das hübsche Städtchen umschloss, raschelten die Palmen in der mediterranen Brise.

»Nun«, fing Caro an, »wir hatten bisher noch gar keine Zeit, uns ein wenig zu unterhalten, von Frau zu Frau, nicht wahr?«

»Mag sein.«

»Sie vermissen sicher Ihr Zuhause.«

Nancy zögerte. Auf keinen Fall würde sie Caro gegenüber zugeben, was für eine grauenhafte Nacht sie hinter sich hatte, während sich ihr Körper nach Wandsworth gesehnt hatte, wie sich ihr Magen zusammengekrampft und ihre Brüste unter dem leichten Baumwollnachthemd geschmerzt hatten. Sie würde auch niemals zugeben, dass sie kurz davor gewesen war, ihre Sachen zu packen und zum nächsten Flughafen zu laufen, egal wie lang der Weg dorthin war und ihrer großen Flugangst zum Trotz.

»Eigentlich nicht«, entgegnete sie.

»Kein junger Mann, der in London auf Sie wartet?«, stichelte Caro. »Ein hübsches Mädchen wie Sie hat doch sicher viele Verehrer.«

»Es gab jemanden, aber das ist vorbei.«

»Auch andere Mütter haben hübsche Söhne«, meinte Caro und tätschelte ihr den Arm.

Nancy erkannte Pamela vor dem schimmernden Horizont, die Arme verschränkt, bis zu den Knien im Wasser. Das Mädchen blickte auf das Meer hinaus, schien weder die Kinder zu bemerken, die um es herumplantschten, noch die braun gebrannten professionellen Strandspaziergänger, die langsam die Uferlinie entlangschlenderten, um ihre perfekte Bräune und ihre Bademode, die niemals nass werden würde, zur Schau zu stellen. Tony war bei ihnen, begrüßte ein paar Damen und plauderte mit den Männern. Er schien immerzu Kontakte knüpfen zu müssen, und Nancy fragte sich, wie jemand, der so forsch auf Leute zuging, mit einem so ruhigen Charakter wie Peter befreundet sein konnte.

»Sie macht uns große Sorgen«, unterbrach Caro ihre Gedanken.

»Pamela? Warum? Sie ist nicht auf den Kopf gefallen.«

»Vielleicht. Ich bin nicht sicher – vielleicht war sie zu oft von uns getrennt, aber hier benimmt sie sich wie ein

Fisch an Land. Ich hatte gehofft, sie würde sich einfügen, Leute treffen, eine Idee davon entwickeln, was sie in ihrem Leben anfangen will …« Caro seufzte. »Sie ist durch und durch wie ihr Vater. Vielleicht müssen wir einen Rancher für sie finden. Einen mit Pferden, dem es egal ist, wenn seine Frau sich wie ein Stallbursche kleidet.«

Nancy lachte, aber sie spürte die Enttäuschung hinter dem Lächeln des Ex-Models. Pamela und Caro hätten verschiedener nicht sein können.

»Haben Sie mal daran gedacht, dass sie einen Beruf ergreifen oder die Universität besuchen könnte?«, fragte Nancy zögernd.

Caro schob ihre Sonnenbrille hinunter und spähte über den Rand zu Nancy. »Pamela? Ein Blaustrumpf?« Sie schüttelte den Kopf. »Niemand von uns, weder in meiner noch in Peters Familie, ist für akademische Kreise geschaffen. Außer vielleicht Peter, wenn man die *Slade School of Fine Art* als Universität durchgehen lassen will. Er ist der erste Cavendish seit Generationen, der sich seinen Lebensunterhalt verdient. Damit hat er seine Eltern ziemlich geschockt.«

»Pamela hat mir erzählt, dass ihre Großeltern gestorben sind. Und das von ihrem Onkel. Es tut mir leid. Es muss sehr hart gewesen sein. Sie hat offensichtlich sehr an ihnen gehangen.«

Caro spitzte die Lippen. »Cecil ist jetzt seit zwei Jahren tot. Er starb nur ein Jahr nach seinen Eltern. Kein blaues Blut der Welt konnte diese Familie retten, auch nicht ihr gottverlassenes, verrottendes Anwesen. Cecil war ein

Säufer und Spieler, um ihn würde ich nicht zu viele Tränen vergießen. Armer Peter: Er ist der einzige normale Mensch in diesem unverbesserlichen Klüngel.« Sie griff nach ihrer Tasche. »Sie haben unsere Verbindung nur akzeptiert, weil sie dachten, dass ich einen ordentlichen Batzen Geld mit über den großen Teich bringen würde. Eine Amerikanerin, die den Sohn eines Barons heiratet? Entsetzlich! Als Nächstes schleichen wir uns noch in ihre edle Königsfamilie ein.« Sie lachte und zündete sich eine Zigarette an, wobei sie die Flamme ihres Feuerzeugs mit der Hand gegen die Meeresbrise schützen musste. »Aber Peter ist anders. Er kann einen Topf voll Geld nicht von einem Topf voll Suppe unterscheiden. Gott segne ihn. Er ist eine treue Seele. Ich hatte Glück.« Sie wandte sich zu Nancy. »Nun, unter uns Außenseiterinnen, wie kommen Sie mit diesem britischen Klassendenken zurecht? Ein Mädchen aus der Arbeiterklasse, Sie wissen schon? Es muss schwierig sein, sich da einzufügen.«

Nancy musterte Caro. Sie war sich nicht sicher, ob ihre Arbeitgeberin sie ärgern wollte oder bloß neugierig war. Bevor Caro es erwähnt hatte, war Nancy gar nicht aufgefallen, dass die Cavendishs einen anderen gesellschaftlichen Hintergrund hatten als sie selbst. Sie war einfach Nancy. Sie fühlte sich immer dort zu Hause, wo sie gerade war, obwohl sie sich durchaus bewusst war, dass sie zu Hause am Küchentisch in der Victoria Street anders redete als jenseits des Flusses. Dad hingegen legte deutlich mehr Wert auf Tradition: Er glaubte fest daran, dass jeder Mensch seinen Platz im Leben hatte und es einen nicht glücklich machte, aus diesem Rahmen ausbrechen zu wollen. Hatte er doch recht gehabt? Nancy wusste es nicht. Auf jeden Fall verfügte Dad über eine Weisheit, die man an keiner Schule lernen konnte, und für gewöhnlich traf er mit seiner Einschätzung genau ins Schwarze. Zweifellos wäre alles anders gekommen, wenn sie sich an »ihresgleichen« gehalten hätte. Vielleicht machte sie sich nur etwas vor und war im Grunde schon immer eine Außenseiterin gewesen.

Aber die Zeiten änderten sich, davon war Nancy zutiefst überzeugt: Jugend und Talent würden bald an die Stelle der Aristokratie treten, die Welt drehte sich unaufhörlich weiter. Mädchen wie ihr würden Möglichkeiten offenstehen, von denen Beryls Generation nur hatte träumen können.

Sie lächelte Caro zurückhaltend an. »Dazu kann ich nicht viel sagen. Aber wenn Mädchen aus der Arbeiterklasse und Amerikanerinnen zusammen in Südfrankreich am Strand sitzen können, dann heißt das wohl, dass sich die Zeiten ändern.«

»Hoffen wir es, Süße.«

Nancy stand auf und streckte sich. »Ich gehe besser mit Pamela zurück, bevor sie sich einen Sonnenbrand holt.«

»Gute Idee«, erwiderte Caro. »Wir wollen schließlich nicht, dass sie bei der Party aussieht wie ein Hummer, nicht wahr?«

Nancy fing an, ihre Sachen in die Strandtasche zu packen, griff nach Pamelas Sandalen und ihrem Handtuch und winkte ihr. Als das Mädchen sie bemerkte, kam es langsam über den Strand zurück. Nancy drehte sich zu Caro um, um sich zu verabschieden, aber die war inzwischen vom Liegestuhl aufgestanden und lag auf einem Handtuch in der prallen Sonne. Ihr eingeöltes Gesicht wurde von dem Aluminiumfächer angestrahlt, den sie unter dem Kinn trug, ihre Augen waren geschlossen. Nancy wusste nur zu gut, dass man schlafende Hunde nicht wecken sollte, noch dazu würde sich dieser hier bei einer Störung wie ein Rottweiler gebärden. Also nahm sie leise ihre Strandtasche und tapste über den heißen, körnigen Sand davon.

16

McCall's 6571: Cocktailkleid für Damen

Als das Auto die gekieste Auffahrt entlangrollte und seine Passagiere unter den dichten Palmenwipfeln absetzte, drang mit der warmen Abendbrise leise Musik und gedämpftes Gelächter zu ihnen und unterbrach das Geräusch der Wellen, die sich unaufhörlich unten an den Klippen brachen.

Die Spannung zwischen Caro und Pamela war auf der Fahrt entlang der engen Küstenstraße noch deutlich zu spüren gewesen, schien aber in dem Moment vergessen, als sie alle stehen blieben, um die Aussicht auf den hübschen Palast zu genießen, der wie aus tausendundeiner Nacht am Cap d'Antibes gestrandet wirkte und von F. Scott Fitzgerald in einem Roman verewigt worden war. Die rötliche Farbe der Stuckfassade mit ihren kleinen Balkonen leuchtete noch intensiver, als die Sonne hinter den Klippen versank und die Zikaden die Nacht begrüßten. Die letzten Sonnenstrahlen fielen durch die weißen Zinnen, die die Dachlinie des kleinen Palastes zierten. Mittsommer war nicht mehr weit, und die Nächte schienen nur einen Wimpernschlag zu dauern. Nancy sehnte sich nach Dunkelheit, sie hatte genug vom blendenden Himmel über der Riviera.

Sie folgte den anderen an einer Reihe von lodernden Fackeln vorbei zu einer Terrasse, die mit funkelnden bonbonfarbenen Laternen geschmückt war.

»Peter, altes Haus«, hörte sie jemanden sagen, als sich die Cavendishs unter die Festgesellschaft mischten. Ein älterer Herr im schwarzen Smoking nahm Peter beim Arm und klopfte ihm auf den Rücken, dann küsste er die Finger von Caros behandschuhter Hand.

Trotz eines beinahe tödlichen Missgeschicks beim Ankleiden übertraf sich Caro an diesem Abend selbst. Sie sah wunderschön aus in ihrem austernfarbenen Chiffonkleid in griechischem Stil, das aus der *Givenchy*-Kollektion vom Vorjahr stammte. Niemand konnte ahnen, dass nur zwei Stunden zuvor eine Krise von internationalem Ausmaß ausgebrochen war, als sie einen großen Riss in ihrem trägerlosen Mieder vorgefunden hatte. Pamela hatte sich heimlich hineingezwängt und den empfindlichen Stoff über die Maßen beansprucht. Das Kleid schien ruiniert. Nancy hatte sich die ewige Dankbarkeit ihrer Arbeitgeberin erworben, als sie in letzter Minute das Oberteil kurzerhand abgetrennt und mithilfe ihres Nähzeugs die lange Schärpe in einen weitgeschnittenen Neckholder verwandelt hatte, der vorn über Kreuz lief, die Taille umhüllte und knapp unterhalb von Caros gebräuntem Rücken in einer Schleife befestigt wurde.

»Gibt's da was zu essen?«, fragte Pamela. Sie war hinter den anderen zurückgeblieben und wartete oben an der Treppe.

»Ich nehme es an«, antwortete Nancy.

Natürlich war Pamela hungrig, denn Caro hatte ihr nach dem Eklat um das ruinierte Kleid das Abendessen gestrichen, und die belegten Brote, die Nancy heimlich zu ihr hinübergeschmuggelt hatte, hatte sie nicht angerührt.

»Lass uns höflich sein und unsere Gastgeber begrüßen, dann suchen wir dir etwas zu essen.«

Pamela seufzte und mischte sich unter die Gäste, wo jeder verwundert ausrief, wie groß sie doch geworden war, wie sehr sie doch ihrer Großmutter ähnelte, und war sie denn wirklich schon siebzehn Jahre alt? Meine Güte, da sei es aber an der Zeit, einmal über die Zukunft nachzudenken. Sie müsse unbedingt ihren Enkel kennenlernen. Ob sie ihn kannte? Sehr gut aussehend und ganz groß im Geschäft in der Stadt. Ja, man würde in London ein Abendessen arrangieren. Das wäre zauberhaft.

Nancy konnte nur den Hut vor Pamela ziehen, wie sie lächelte und über allem zu stehen schien.

»Also, Pamela, ich möchte, dass du dich heute Abend benimmst«, sagte Caro, als sie mit ihnen weiterging. »Es steht zu erwarten, dass Daddy heute Abend einige potentielle Kunden trifft. Und«, fügte sie hinzu, während sie Pamela musterte, »offenbar hat sich hier soeben jemand eine Dinnereinladung verschafft.« Pamela verdrehte die Augen, aber Caro beachtete das nicht weiter und winkte einer Gruppe von Gästen, die sich am Pool aufhielten. »Ich muss die Herrschaften begrüßen. Schafft ihr es einen Augenblick allein?«

»Geh nur«, sagte Peter. Als Caro weg war, wandte er sich an Pamela. »Pea, das tut mir leid. Sie meint es nur gut.«

»Sie will mich bloß loswerden.«

»Offenbar besteht die Chance, dass Sie einen Auftrag ergattern können«, wandte sich Nancy an Peter, bemüht, das Gesprächsthema zu wechseln.

Er seufzte und blinzelte, wie er es – soweit Nancy beobachtet hatte – immer tat, wenn er besorgt war. »Ich wünschte, sie würde einfach aufgeben. Wirklich, heutzutage will doch niemand mehr ein Porträt. Schauen Sie sich doch diesen neuen Freund von Prinzessin Margaret an, diesen Fotografen. Das ist der neueste Schrei: Alle wollen von einem royalen Playboy fotografiert werden, niemand interessiert sich mehr für spießige, alte Ölgemälde.«

»Ich bin sicher, dass das nicht stimmt.«

»Ich wünschte, es wäre anders, Nancy, aber ich muss der Realität ins Auge blicken.«

»Aber du bist wirklich gut, Pa«, warf Pamela ein und lehnte sich an ihn.

Er lächelte. »Danke, Pea, aber du wirst wohl auch kein Porträt bei mir in Auftrag geben, oder?«

»Wenn ich eigenes Geld hätte, würde ich das tun.«

»Und wenn ich eigenes Geld hätte, würde ich es ganz sicher nicht tun!« Er nestelte an seiner Fliege herum und zog eine Grimasse. »Wer ist nur auf die Idee gekommen, dass man bei dieser Hitze diese verdammten Dinger tragen muss? Ich werde mir mal was zu trinken holen. Möchte mich jemand begleiten?«

Pamela ergriff seinen Arm, und es brach Nancy beinahe das Herz, wie sehr das Mädchen die Aufmerksamkeit ihres Vaters genoss und wie gut die beiden miteinander auskamen, wenn sie unter sich waren. Es war der Fluch der besseren Gesellschaft, dass man sich nicht zugestand, die eigenen Kinder selbst aufzuziehen; Nancy hatte den Eindruck, dass Peter gerne mehr an der Entwicklung seiner Tochter teilgehabt hätte.

»Ich bleibe hier«, verkündete sie, damit die beiden ein wenig allein sein konnten. »Ein bisschen frische Luft tut mir gut. Ich komme nach.«

»Sind Sie sicher?« Aber Pamela zog ihren Vater schon fort. Der hübsche gepunktete Unterrock wippte unter ihrem taubenblauen Spaghettiträgerkleid auf und ab, während sie neben Peter herhüpfte. Ihre Hochsteckfrisur, für die Nancy eine halbe Stunde gebraucht hatte, löste sich bereits auf, und die Haare fielen ihr auf die Schultern.

Nancy war ganz und gar nicht in Partystimmung, und die Unterhaltung mit Caro am Strand hatte ihr noch zusätzlich aufs Gemüt geschlagen. Sie gab einen wirklich schlechten Gast ab. Sie hatte sich eingebildet, dass Caro sie deswegen eingestellt hatte, weil sie dachte, Nancy würde in diese Rolle passen. Aber vielleicht war es auch einfach so, wie Pamela es eines Morgens trotzig formuliert hatte, als Nancy ihr gerade die Haare bürstete: Niemand sonst war verzweifelt genug gewesen, das dürftige Gehalt anzunehmen. Sie war billig, das war alles.

Nancy beschloss, dem Partytrubel aus dem Weg zu gehen; im Gegensatz zu ihrer Gastfamilie kannte sie hier niemanden. Als ein Kellner an ihr vorbeikam, nahm sie sich ein Glas Champagner vom Tablett und spazierte, ohne die anderen Gäste weiter zu beachten, am Pool entlang zur unteren Terrasse, von wo aus man einen uneingeschränkten Blick über die Klippen und auf das rot gesäumte Meer hatte.

Sie lehnte sich an die niedrige Balustrade und nippte an dem kühlen Champagner. Auf einmal fiel ihr der Brief von zu Hause ein, der sie am Vormittag erreicht hatte. Dorothy schaffte es irgendwie immer, noch die unmöglichste Situation normal und unkompliziert erscheinen zu lassen. Für eine junge Frau, die nach eigener Aussage in der Schule immer das Schlusslicht gewesen war, stellte die Freundin es unglaublich klug an, Nancy glauben zu lassen, dass zu Hause alles in Ordnung war. Einzelheiten, von denen sie wusste, dass sie Nancy quälen würden, ließ sie einfach weg. Bei ihren Schilderungen, wie Phyllis sich mit dem Lehrjungen aus dem Kaufmannsladen verabredet hatte und wie ihre Mutter ausgerastet war, als sie davon erfuhr, musste Nancy lachen. Die arme Phyllis – ihr war es egal, wo ihr Ehemann herkam, Hauptsache, er steckte ihr einen Ring an den Finger und schenkte ihr Babys.

Nancy hatte Heimweh. Das war das eigentliche Problem. Ein mürrischer Teenager konnte ihr die Freundinnen nicht ersetzen, sosehr ihr Pamela auch mit der Zeit ans Herz gewachsen war. Wie schön wäre es, wenn Dorothy in diesem Augenblick bei ihr wäre und mit ihr zusammen über die langweiligen Leute mit ihren schicken Autos und ihren Juwelen lachen könnte. All diese Männer, die

Nancy von oben bis unten musterten, und die Damen, die in ihr sofort einen Eindringling witterten. Dorothy hätte sie alle entlarvt. Nancy vermisste auch Phyllis mit ihrem Geschnatter und Gejammer. Die gute Phyllis, die immer unfreiwillig zu Dorothys Prügelknaben wurde. Und sie vermisste Peggy. Wie gerne hätte sie mit ihr am Küchentisch eine Tasse Tee getrunken oder zusammen mit ihr Marmeladentörtchen gebacken; wie gerne würde sie jetzt bei Daddy in seinem alten Schuppen auf dem Hocker sitzen, während er an einer alten Uhr oder dem großen Bakelitradio herumschraubte und sie zwischendurch immer wieder aufforderte, ihm aus der Reihe ordentlich aufgereihter Werkzeuge den Schraubenzieher zu reichen. Die einfachen Dinge des Lebens. Dinge, die Nancy vielleicht nie wieder erleben durfte. Und sie vermisste Maddie: die kleine rotbackige Maddie, die nach Milch duftete.

Hinter ihr setzte die Band ein, eine sanfte Jazznummer, zu der sie sicher in früheren Zeiten schon getanzt hatte. Damals hatte sie gedacht, es würde immer so weitergehen. Die bittersüße Melodie schwebte durch die Zypressen und über die felsigen Klippen. Ob man die Musik bis zu den Yachten in der Ferne hören konnte, die mit ihren Lichtern das nachtblaue Meer sprenkelten? Vielleicht bat ein Mann an Deck eines dieser Boote gerade eine Frau um einen Tanz und legte ihr einen Arm um die Taille. Und dann wiegten sie sich zum verklingenden Refrain des alten Liebesliedes.

Nancy schloss die Augen und summte leise vor sich hin. *I've got you under my skin …*

Die Musik wurde lebhafter und riss sie aus ihrer Träumerei. Sie konnte sich hier nicht länger verstecken, also nahm sie sich widerstrebend zusammen und schlenderte zurück zur Party. Kurz blieb sie stehen, um den Duft des Oleanders zu genießen und den letzten Vögeln in der Dämmerung zu lauschen. Nancy betrachtete die Gesellschaft auf der Terrasse. Wer von den Gästen war wohl Banker, Schriftsteller, Gräfin, Ölmagnat, Strippenzieher oder Trittbrettfahrer? Eigentlich interessierte sie nur die Garderobe der Leute. Sie verglich Brokatstoffe mit Schrägschnitten, toupierte Haare mit Bobfrisuren. Die Damen konkurrierten um die Aufmerksamkeit einiger braun gebrannter Herren in allen Größen und Altersstufen, deren Anziehungskraft Nancys Vermutung nach von ihren Verbindungen und ihren Bankkonten abhing.

»Hey, Nancy«, rief eine Stimme, »komm doch her zu uns.«

Sie drehte sich um und entdeckte Tony. Er stand neben einer älteren Frau in einem ärmellosen schwarzen Etuikleid. Um ihren faltigen Hals hing ein Diamantsamtband, und das passende, mit protzigen Steinen besetzte Armband ließ sie aussehen wie Holly Golightlys Großmutter. Sie musterte Nancy vom Scheitel bis zur Sohle und verlieh mit einem beinahe unmerklichen Zucken ihrer nachgezogenen Augenbraue ihrem Ärger über die Störung Ausdruck. Offensichtlich war sie enttäuscht, dass es an Nancy in ihrem knielangen, an den Stil der großen Modedesignerin Elsa Schiaparelli angelehnten rosa Seidenkleid mit Glockenrock, tiefem Ausschnitt und schmalen Schulterriemen nichts auszusetzen gab. Daneben entdeckte Nancy die knitterfreie, jüngere Version dieser Frau; sie trug ein ausgestelltes elfenbeinfarbenes Kleid, das so kurz war, dass man ihre gebräunten, fohlenhaften Beine erkennen konnte. Anders als ihre Mutter beachtete sie Nancy gar nicht. Ihr Blick hing an Tony, sodass Nancy unbehelligt das komplizierte Muster von sorgfältig hochgesteckten weißblonden Locken und Zöpfen auf ihrem Kopf betrachten konnte.

Tony legte Nancy einen Arm um die Taille. »Nancy, darf ich dir Mrs Devere und ihre Tochter Barbara vorstellen? Diese junge Dame hilft Caro und Peter diesen Sommer aus«, erklärte er, was Mrs Devere nicht im Geringsten zu interessieren schien und bei ihrer Tochter eine leichte Verärgerung hervorrief. Sie löste ihren Blick von Tony und wandte sich langsam Nancy zu. »Sie ist wirklich ein absoluter Schatz«, fügte Tony hinzu.

»Tatsächlich. Wie reizend«, erwiderte die ältere Dame mit rauem texanischem Tonfall und aschte wie zufällig ihre Zigarette vor Nancys Füßen ab. Ihre Tochter starrte Nancy nur ausdruckslos an. Sie sah in ihr wohl lediglich einen ungebetenen Gast.

»Ist sie nicht ein tolles Püppchen?« Tony kitzelte Nancy an der Taille und es gelang ihr, sich mit einem höflichen Lachen von ihm zu lösen.

Mrs Devere verzog die dünnen, dunkelrot nachgezogenen Lippen zu so etwas Ähnlichem wie einem Lächeln. »Ganz die kleine Barbie«, sagte sie.

»Ganz die Barbie, Mutter«, echote das Mädchen neben ihr.

Die ältere Dame drehte sich kurz zu ihr um und lächelte dünn. »Nenn mich nicht so, Liebling.«

»Mrs Devere und ich haben uns gerade über Geschäftliches unterhalten. Ich versuche sie zu überreden, sich an meinem neuen Filmprojekt zu beteiligen. Man sollte Arbeit und Vergnügen nicht vermischen, ich weiß, aber wir sind schließlich alte Kumpel, nicht wahr?«

Zu Nancys Verwunderung wurde der Gesichtsausdruck der Frau ein wenig weicher. »Bitte, nennen Sie mich Dolores, Tony«, erwiderte sie mit einem beinahe koketten Lächeln. »Sonst komme ich mir noch vor wie meine arme tote dritte Schwiegermutter. Gott sei ihrer verdorbenen kleinen Seele gnädig.« Und damit strich Mrs Devere Tony über den Arm, und Nancy überlegte, wie die beiden wohl zueinander standen: Tony war sicher um die vierzig, und diese Amerikanerin hätte seine Mutter sein können. Auch Barbara schien die Szene unangenehm zu sein, doch sie zuckte nicht einmal mit einer dick getuschten Wimper, als Nancy ihr einen verschwörerischen Blick zuwarf.

»Ich darf im Moment noch nicht zu viel verraten, aber wir haben einen ziemlich berühmten Namen an Bord.« Tony lächelte und schaute in die Runde.

»Sie sind clever, Tony. Sie kennen praktisch jeden.«

Er deutete eine Verbeugung an. »Sie arbeiten mit dem richtigen Partner zusammen, meine liebe Dolores.«

Plötzlich erschien der Partyfotograf neben ihnen, um eine Aufnahme zu machen. Alle zuckten vor Schreck zusammen. Dann setzte Barbara ein offenbar eingeübtes Lächeln auf, und Tony zog Nancy für das Foto zu sich heran.

Kurz darauf holte der Mann eine Aufnahme aus seiner Polaroidkamera und reichte sie ihnen. Mutter und Tochter Devere warfen einen kurzen Blick darauf, aber anscheinend war das Foto nicht zu ihrer Zufriedenheit ausgefallen. Sie gaben es Tony weiter.

»Hier, Nancy, für dich«, meinte er, »als hübsche kleine Erinnerung.«

»Oh, ich weiß nicht …«, sagte sie, als sie Tonys vertrauliche Geste auf dem Foto bemerkte.

Er zog eine Zigarette aus seiner Brusttasche und klopfte vergeblich die übrigen Taschen seines Jacketts ab, da hielt Dolores ihm schon ein kleines goldenes Feuerzeug hin. Die Flamme flackerte in der Abendbrise. Tony schloss seine Hände darum, beugte sich über die Flamme und zündete seine Zigarette an.

Mit einem Seufzer schob Nancy das Foto in ihre Clutch. »Nun, es war mir ein Vergnügen, Sie beide kennenzulernen, aber nun muss ich nach Pamela sehen«, verkündete sie. Das stimmte zwar nicht, aber sie brauchte eine Ausrede, um dieser merkwürdigen Szene zu entkommen.

»Ich werde Sie später zum Tanzen auffordern«, rief Tony ihr nach, doch sie tat, als hätte sie ihn nicht gehört.

»Nancy! Nancy!«

Pamela winkte ihr von der Veranda aus zu. Vor dem Haus drängte sich das Partyvolk noch viel dichter, und Nancy musste sich mühsam durch die Menge schlängeln. Endlich kam sie bei Pamela an, die mit Peter und Caro zusammenstand und offensichtlich darauf brannte, ihr eine große Neuigkeit mitzuteilen.

»Sie werden es nie erraten!«

»Du hast recht, das werde ich nicht.«

»Nun, eigentlich sind es zwei Dinge. Pa, du musst deins zuerst erzählen.«

Peter legte bescheiden den Kopf schief. »Nun, man soll den Tag nicht vor dem Abend loben, heißt es nicht so?«

»Um Himmels willen, Peter, nun glaub doch mal an dich!« Caro zündete sich eine Zigarette an und sog den Qualm tief ein. Dann blies sie eine Rauchwolke aus, die kurz im Schein der Lampions aufleuchtete und sich schließlich in der Abendluft verflüchtigte. »Ich gehe mal Tony suchen«, meinte sie. »Ihr schafft das auch ohne mich.«

Pamela schaute zur Einfahrt hinüber, wo ein glänzendes schwarzes Auto gerade wendete und dann aus dem Sichtfeld verschwand. »Er hat ja gesagt.«

»Er hat ›vielleicht‹ gesagt«, korrigierte Peter.

»Er ist ein Freund von Onkel Douglas«, meinte Pamela. »Außerdem ist er Botschafter in Paris und macht hier Urlaub.«

»Na, da kann doch nichts mehr schiefgehen«, erwiderte Nancy, als Peter verärgert den Kopf über seine Tochter schüttelte. »Ich freue mich so für Sie! Was ist die andere Neuigkeit?«

»Oh, die ist noch besser als die erste!«, rief Pamela eifrig.

»Hat Prinzessin Grace dich etwa zum Tee eingeladen?«

Pamela lachte, ihre Wangen waren leicht gerötet. Nancy fragte sich, wie viel Champagner sie getrunken hatte. Immerhin hatte das Mädchen seit Stunden nichts mehr gegessen. Hoffentlich stand ihr nicht eine weitere schlimme Nacht bevor.

»Seien Sie nicht albern. Viel besser! Mein Cousin Charlie wird uns in Capri besuchen!«

»Nun, das wird sicher nett!«

»Ich werde es den anderen erzählen«, rief Pamela ausgelassen und verschwand in der Menge Richtung Tony und Caro, die beinahe außer Sichtweite am anderen Ende des Pools dicht beieinanderstanden.

Peter warf ihr einen wehmütigen Blick hinterher. »Meine liebe Pamela. Sie vergöttert Charlie. Er war immer sehr freundlich und nachsichtig zu ihr, als sie noch ein ungezogenes kleines Kind war. Er ist wie ein großer Bruder für sie.«

Nancy vermutete, dass Pamela nicht ungezogen gewesen war, sondern einfach um Aufmerksamkeit gekämpft hatte, aber sie lächelte nur. »Er ist also um einiges älter als Ihre Tochter?«

Peter runzelte die Stirn, nahm seine Pfeife aus der Tasche, klopfte sie aus und stopfte sie dann mit süß duftendem Tabak. »Ich weiß es nicht mehr genau, aber er ist vermutlich ungefähr in Ihrem Alter, Nancy. Bestimmt werden Sie sich gut mit ihm verstehen. Dann haben Sie endlich Gesellschaft und müssen nicht immer mit uns alten Herrschaften vorliebnehmen.«

Nancy bemerkte, wie er durch den Pfeifenrauch und den Schein der Laternen hindurch nach seiner Frau Ausschau hielt.

»Was macht er denn so, dieser Cousin Charlie?«, fragte sie und nippte an ihrem inzwischen warm gewordenen Champagner.

Peter wandte sich wieder zu ihr um. »Charlie? Oh, er ist eigentlich kein richtiger Cousin. Der Sohn eines Freundes – sein Vater ist Anwalt. Ich glaube, man hofft, dass er ins Familienunternehmen einsteigt, aber er hat andere Pläne. Er möchte Schriftsteller werden«, antwortete er lachend. »Der arme Kerl. Das verwächst sich sicher noch.«

Nancy spürte, wie der Champagner in ihrer Kehle auf ein Hindernis traf, und brachte mühsam, aber gefasst die Worte hervor: »Wirklich? Wie heißt seine Familie? Vielleicht kenne ich ihn.«

Und als Peter den vertrauten Namen aussprach, fühlte Nancy, wie ihre Knie nachgaben und ihre sorgsam aufgebauten Mauern um sie herum einstürzten.

17

London, 1960

Es war Dianas Geburtstag. Sie hatten vor, nach der Arbeit in ihre Wohnung am Cheyne Walk zu fahren und dort Champagner zu trinken, Spaghetti zu kochen und sich dann mit einer Gesichtsmaske vor den Fernseher zu setzen und *The Avengers* anzuschauen. »Mädelsabend!«, hatte Diana gesagt, als sie das Atelier verließen und in das Auto stiegen, das vor *Belgrave's* geparkt war. Der Wagen war ein vorzeitiges Geburtstagsgeschenk von Dianas Eltern.

Nancy war mit dem Plan mehr als einverstanden. Sie waren diese Woche bereits zweimal mit Dianas Bruder und seinen Freunden ausgegangen, und sosehr sie diese Partynächte in der Stadt genoss, brauchte sie einen ruhigen Abend. Es würde Spaß machen, nur sie beide: Diana war witzig, wenn auch manchmal zickig. Sie konnte alles und jeden in der Arbeit wunderbar nachahmen. Ihre beste Rolle war die von Monsieur Jacques. Sie war darin so überzeugend, dass eines der neuen Mädchen bei *Belgrave's* tatsächlich gedacht hatte, es wäre Jacques selbst, der hinter dem Raumteiler stand und sie anwies, loszugehen und karierten Zwirn für das Atelier zu kaufen.

Nancy wusste, dass sie den Abend eigentlich zu Hause verbringen sollte. In dieser Woche hatte sie öfter auf Dianas Ausziehcouch übernachtet als in ihrem eigenen Zimmer. Dads Witze, wo sie schon wieder geblieben war, schienen mit jedem Mal weniger spaßig zu sein, wenn sie ihren Schlüssel ins Schloss von Haus Nummer 75 schob. Mum hingegen hatte ihre Schimpftiraden und sarkastischen Hinweise, dass Nancy dieses Haus nur noch als Hotel benutze, aufgegeben und durch eisiges Schweigen ersetzt.

Am nächsten Tag würde sie nach Hause fahren. Vielleicht würde sie für alle Fish & Chips mitbringen und ein paar Flaschen von Dads Lieblingsbier. Vielleicht würden auch Peggy und Donald rüberkommen, wenn ihre Schwester nicht zu müde war. Sollte sie mehr Zeit mit Peggy verbringen?, fragte sie sich im Stillen. Es war manchmal schwer zu sagen, wann man eine Hilfe war und wann man eher im Weg stand, und Nancy hatte keine Ahnung, wie sie ihre am Boden zerstörte Schwester und ihren stoischen, ruhigen Schwager aufmuntern sollte. Niemand konnte wirklich ermessen, was sie durchmachten. Sie nahm sich vor, Blumen für Peggy zu kaufen. Bevor sie zur Frittenbude und zum Schnapsladen ging.

Nancy und Diana stiegen die Treppe zur Wohnung hinauf, warfen ihre Mäntel aufs Sofa und ihre Schuhe auf den Boden, dann verschwand Diana in der Küche, wo sie zwei schmierige Weingläser mit Champagner aus dem Kühlschrank befüllte. Dabei wäre ihr die eiskalte, vom Kondenswasser beschlagene, schwere Flasche beinahe aus der Hand gerutscht. Nancy war jedes Mal erstaunt, was sich alles in Dianas kleinem Kühlschrank finden ließ. Das Verhältnis Champagner zu saurer Milch war mindestens sechs zu eins, das einzig Essbare waren eine ausgetrocknete Zitronenhälfte und ein Glas Anchovispaste.

»Zum Wohl.« Diana reichte Nancy ein Glas. »Hast du Hunger? Wir könnten einfach schnell ins *Stockpot* runterlaufen.«

»Das hat wahrscheinlich schon zu.«

»Stimmt. Ist sowieso ein bisschen zu bodenständig, oder? Diese ganzen *Shepherd's Pies.* Wie früher im Internat.« Diana schüttelte sich. »Ich habe vergessen einzukaufen, ich fürchte, es ist nicht viel da.«

Nancy überlegte kurz, ob Diana jemals etwas zu sich nahm. Sie hatte noch nie miterlebt, dass ihre Freundin etwas anderes gegessen hätte als das Salatblatt auf ihrem Sandwich oder die Zitrone in ihrem Gin Tonic.

»Ich könnte uns irgendwo Pommes holen«, schlug sie vor, obwohl sie bezweifelte, dass es in Chelsea irgendwo eine Frittenbude gab.

»Pommes?« Diana lachte und stieß ihre Freundin liebevoll an. »Du bist manchmal so drollig, ich vergöttere dich.«

Nancy lächelte und widerstand der Versuchung, ihrer Freundin ebenfalls einen Knuff zu verpassen. Manchmal hatte sie das Gefühl, dass sie für Diana ein putziges Maskottchen aus der Arbeiterklasse war. Sie war sich auch sicher, schon einmal mitangehört zu haben, wie Diana ihren Südlondoner Akzent nachäffte. War sie im Grunde nur dazu da, Dianas sozialen Status aufzuhübschen und sie vergessen zu lassen, dass das riesige Familienvermögen eigentlich auf bescheidenen Verhältnissen gründete? Klasse konnte man sich nicht kaufen, das wusste Nancy, aber wie viele Generationen brauchte es, bis der soziale Aufstieg wirklich in den Köpfen angekommen war?

Auf der Straße hupte ein Auto. Die beiden Mädchen sprangen auf und schoben das klebrige alte Schiebefenster hoch.

Unten standen zwei junge Männer im Anzug und blickten zu ihnen hinauf. *»Happy birthday!«*, rief einer der beiden, und Nancy erkannte in ihm einen Freund von Dianas Bruder.

Diana glättete rasch ihren schimmernden hellbraunen Bob und rief, dass sie wieder fahren sollten.

»Komm schon. Darf ich dir an deinem Geburtstag zumindest einen Drink spendieren?«, jammerte er.

Diana zog sich vom Fenster zurück. »Was meinst du, Nancy? Hast du Lust?«

Nancy war unentschlossen. Vielleicht sollte sie Diana allein gehen lassen und nach Wandsworth zurückfahren. Sie könnte später bei Dorothy vorbeischauen und fragen, wie ihr der neue Job bei den Verkehrsbetrieben gefiel. Oder sie half Mum beim Sockenstopfen.

Diana warf ihr einen schokoladenbraunen Welpenblick zu. »Na los, das wird lustig. Heute ist mein Geburtstag. Außerdem kann ich nicht allein los. Henry hat Charlie mitgebracht, und er wäre dann das fünfte Rad am Wagen.«

Nancy sah ein, dass sie aus der Sache nicht herauskommen würde, auch wenn sie überhaupt keine Lust hatte, sich mit irgendeinem langweiligen Kerl von der Privatschule zu unterhalten, der den ganzen Abend nur von Mummy redete. »Na gut. Aber ich habe nichts anzuziehen.«

»Doch, hast du. Du hast neulich dieses Goldkleid hiergelassen. Und du kannst dir ein Paar Schuhe von mir ausleihen.« Diana verschwand im Schlafzimmer, und Nancy beobachtete, wie sie Kleider von einem Stapel auf dem Boden auf einen anderen warf.

Hier war das Kleid also geblieben. Nancy liebte es: Monsieur Jacques hatte ihr mehrere Restmeter sündhaft teuren, schweren Goldsatinstoff überlassen, und sie hatte daraus eine perfekte Kopie des *Givenchy*-Kleides gezaubert, das Audrey Hepburn ein paar Monate zuvor getragen hatte. Nancy hoffte nur, dass es nicht zwei Wochen in einem Haufen alter Socken gelegen hatte.

Diana kam mit dem Kleid und einem Paar hellbeiger Riemchenschuhe zurück. »Hier«, sagte sie. »Jetzt gibt es keine Ausrede mehr.«

»Danke.« Nancy nahm ihr das zerknitterte Kleid ab und entdeckte ein paar Flecken, die definitiv noch nicht dagewesen waren, als sie das Kleid zuletzt getragen hatte.

»Wer zuletzt fertig ist, muss eine Runde ausgeben«, verkündete Diana fröhlich und schloss sich augenblicklich im Badezimmer ein.

Nancy hatte den Eindruck, dass sie seltsamerweise immer die Letzte zu sein schien. Wer die tiefsten Taschen hatte, griff niemals hinein.

Sie saß auf der Rundbank und beobachtete Diana und Henry auf der gegenüberliegenden Seite bei ihrem verliebten Vorspiel. Währenddessen brachte die Bedienung eine Flasche nach der anderen, und die Musik ging von lebhaften Nummern allmählich zu Rausschmeißern über. Nancy stöhnte innerlich auf. Wenn Diana noch ein einziges Mal mit Henrys Fliege herumspielte, würde sie das Ding abreißen und ihrer Freundin um den langen, schlanken Hals wickeln. Zugegeben, Henry sah gut aus – aber selbst der hässlichste Typ sah in einem Smoking gut aus. Dafür strahlte er eine geistige Leere aus, die Nancy zu Tode langweilte. Wie Diana ein so begeistertes Interesse für seine Rudererfolge und Jagdausflüge an den Tag legen konnte, war ihr schleierhaft. Sie war beinahe dankbar für die Unterbrechung, als sie zum hundertsten Mal die Champagnergläser erhoben und munter auf Dianas Geburtstag anstießen.

»Ich glaube, Sie langweilen sich furchtbar, oder?«

So selbstversunken war sie gewesen, dass sie Charlie, die Nummer vier in der Runde, beinahe vergessen hatte. Die Nische war zudem so schwach beleuchtet, dass man kaum erkennen konnte, wer mit am Tisch saß.

Nancy drehte sich zu ihm um. »Ist das so offensichtlich?«

Charlie zuckte mit den Schultern. »Wenn es Sie tröstet: Ich habe eben daran gedacht, an meinem Bein zu nagen, um mich ein wenig abzureagieren.«

Sie lachte und hatte auf einmal ein schlechtes Gewissen, weil sie ihn praktisch ignoriert hatte, seit sie in dem kleinen Privatclub in Soho angekommen waren. »Ich weiß genau, was Sie meinen. Ich habe gerade meinen Arm dahingehend betrachtet.«

Er lächelte sie an, während die Bedienung mit neuen Kerzen erschien. Sobald sie zum Leben erwachten, musterte sie Charlie genauer. Jetzt erst bemerkte sie, dass er die blassgrauesten Augen hatte, die sie jemals erblickt hatte. Sie standen in dramatischem Kontrast zu seinen schwarzen Haaren, die sich nach Kräften gegen die Frisiercreme sträubten. Nancy hatte das Gefühl, Tony Curtis' jüngeren Bruder vor sich zu haben: Beinahe rechnete sie damit, dass jeden Moment Jack Lemmon als Dame verkleidet um die Ecke kam.

»Nancy?«, fragte Charlie. »Was halten Sie davon, dass wir die Turteltauben hierlassen und woanders etwas trinken gehen? Die beiden werden es sicher gar nicht mitbekommen.«

Nancy beobachtete, wie Henry an Dianas Fingerspitzen knabberte, und nahm rasch ihre Handtasche. »Worauf warten wir noch?«, meinte sie, und die beiden schoben sich am Tisch vorbei, ohne dass ihre Freunde den Blick hoben.

Sie spazierten durch die Straßen von Soho. Es war November, und die Nacht war kalt. Nancy zitterte in ihrem ärmellosen Kleid, bis Charlie ihr seine Jacke um die Schultern legte. Sie unterhielten sich über dies und das, und Nancy lachte, als er beschrieb, wie Diana der Reihe nach mit beinahe jedem aus der Clique ihres Bruders etwas angefangen hatte.

Charlie war vor ein paar Jahren aus Oxford nach London gekommen und hatte vor, Schriftsteller zu werden. Allerdings musste er erst seine Eltern überzeugen, dass sie ihn nicht zu einem Jurastudium zwangen. Nancy hatte noch nie einen Schriftsteller getroffen. Dort, wo sie herkam, arbeiteten die Männer mit den Händen. Die jungen Herren, die sie in Dianas Umfeld getroffen hatte, schienen dagegen gar keiner Arbeit nachzugehen, und sie schienen es auch gar nicht nötig zu haben. Nancy war neugierig, und ein paar Straßen weiter hatte sie bereits vergessen, dass sie gerade eben noch vorgehabt hatte, mit dem Bus quer durch London zu fahren, nur um irgendwie nach Hause zu kommen.

»Erzählen Sie mir von sich, Nancy«, sagte Charlie, als eine müde aussehende Kellnerin ihnen zwei Tassen mit heißer Schokolade vorsetzte, nicht ohne dabei abgrundtief zu seufzen und ihren Gästen damit deutlich zu verstehen zu geben, dass sie es als Zumutung empfand, um diese Uhrzeit noch jemanden bedienen zu müssen.

»Ich?«, fragte sie und rührte in dem dickflüssigen braunen Getränk. »Über mich gibt es nicht viel Interessantes zu erzählen.«

Er lächelte sie an, ein jungenhaftes, strahlendes Lächeln, das sie innehalten ließ. Natürlich hatte Nancy schon jede Menge junge Männer getroffen, und sie hatte auch schon viele weiterziehen sehen, wenn sie sich anderweitig verliebt hatten. Aber keiner hatte sie je so fasziniert oder ihr die Röte ins Gesicht steigen lassen, so wie jetzt Charlie, als er sie mit diesen großen eisgrauen Augen musterte. Lag es an dem heißen Getränk, dass ihr Herz ein wenig schneller schlug? Oder an dem Frankie-Vaughan-Song, der in dem kleinen Café gerade im Radio lief?

»Das glaube ich Ihnen nicht«, sagte er ruhig. »Tatsächlich finde ich Sie sehr interessant. Und wenn Sie festgestellt haben, dass ich weder ein sexsüchtiger Irrer noch ein grässlicher Schuft bin, darf ich Sie vielleicht einmal zum Abendessen ausführen, und Sie erzählen mir mehr über sich?«

Als er sie später in der Victoria Street absetzte, überlegte Nancy, ob sie ihn jemals wiedertreffen würde. Junge Männer wie Charlie gingen nicht mit Mädchen aus Wandsworth aus, und die Tatsache, dass die halbe Straße hinter den Gardinen stand und beobachtete, wie sie aus seinem Auto stieg, bewies, wie unterschiedlich ihre Lebenswelten waren. Gerade als Nancy sich umdrehen und verschwinden wollte, nahm Charlie ihre Hand und strich über ihren ellbogenlangen weißen Handschuh, dann ließ er sie los und fuhr mit heulendem Motor in die Nacht davon. Nancy bildete sich ein, die letzten Klänge von Big Ben zu hören, der Mitternacht schlug. Als sie aufblickte, sah sie gerade noch Dad vom Fenster oben zurücktreten. Am nächsten Morgen würde sie hierfür den Preis zahlen.

Sie zog den Schlüssel aus ihrer Tasche und summte leise vor sich hin, als sie plötzlich innehielt. Sie hatte das Gefühl, dass sie jemand von der anderen Straßenseite aus beobachtete. Sie wartete einen Moment ab, aber alles lag in dunklen Schatten. Langsam drehte sie den Schlüssel im Schloss und schlüpfte leise durch die Haustür.

Zwei Tage später wartete er vor Haus Nummer 75 auf sie, mit laufendem Motor, das Autoradio spielte Petula Clark. Charlie plauderte mit Geoff aus Nummer 56 und Doug aus Nummer 71, die um den Wagen herumtigerten, die Räder begutachteten und die dunkelrote Lackierung prüften, bis ihre Frauen sie ins Haus riefen und Nancy die wenigen Meter zwischen Haustür und Beifahrertür hinunterhüpfte.

Vier Tage später war er wieder da. Dann fünf.

»Das ist schon in Ordnung, Dad, keine Angst«, sagte Nancy, während sie vor dem großen Spiegel in der Diele ihre Haare glättete und Stanley einen Kuss auf die Wange drückte. »Du solltest mit rauskommen und ihn kennenlernen. Er beißt nicht.«

»Ich habe keine Angst vor ihm, mein Mädchen. Ich mache mir Sorgen um dich.«

»Aber das musst du nicht. Er ist ein Gentleman, und du würdest ihn auch mögen, wenn du ihm nur eine Chance gibst.«

Stanley schüttelte den Kopf, und Nancy hatte auf einmal ein schrecklich schlechtes Gewissen, als sie den Schmerz in Stanleys Augen bemerkte. »Es geht mir gut, Dad. Wirklich«, meinte sie und gab ihm noch einen Kuss.

Und das stimmte auch: Sie genoss die Zeit ihres Lebens. Charlie und sie waren wie siamesische Zwillinge, ob sie nun durch die *National Gallery* wanderten oder zum Tanzen gingen, oder ob sie im Green Park unter einem Baum lagen und er ihr seine neuesten Texte vorlas.

Nie war Nancy glücklicher gewesen: Sie hatte ihre Arbeit, ihre Familie, ihre Freunde und einen Mann, den sie anbetete.

Nancy lauschte dem rhythmischen Rauschen der Wellen draußen. Sie hatte die Tür zwischen ihrem und Pamelas Zimmer offen gelassen und hörte ihren Schützling leise schnarchen. Pamelas Gutmütigkeit am Abend war schnell in Trotz und schlechte Stimmung umgeschlagen, als der Champagner seine Wirkung zeigte. Das Mädchen hatte unbedingt in Nancys Bett schlafen wollen, und Nancy hatte Mühe gehabt, es in ihr eigenes zu verfrachten. Wie ein junger Hund, der nach dem Toben augenblicklich einschläft, war Pamela sofort in einen bewusstlosen Schlaf gefallen, sobald ihr Kopf das Kissen berührte. Nancy war noch eine Weile bei ihr sitzen geblieben und hatte ihr die Haare von den sommersprossigen Wangen gestrichen, während sie lauschte, wie die Atemzüge des Mädchens immer tiefer und regelmäßiger wurden. Schließlich hatten sich Pamelas Augen sanft unter den geschlossenen Lidern bewegt.

Morgen würden sie also abreisen. Wieder einmal war es an der Zeit, die Sachen zusammenzupacken. Nancy zog ihren Koffer unter dem Bett hervor. Wenn sie jetzt schon anfing, könnte sie am Morgen Pamela helfen.

Capri. Sie hätte außer sich sein müssen vor Aufregung: Die Insel war ein Tummelplatz für Millionäre, Filmstars und Präsidenten. Peter und Caro spielten definitiv nicht in dieser Liga, aber sie schienen einfach jeden zu kennen, und wenn das einmal nicht der Fall war, konnte Tony eine Verbindung herstellen.

Die Beziehung der drei verwirrte Nancy. Tony und Peter waren so grundverschieden, sie konnte sich einfach nicht vorstellen, wie die beiden Männer Freunde geworden waren. Aber solche Leute wussten, wo sie herkamen, und blieben ihrem familiären Hintergrund treu. Vielleicht tat sie Tony unrecht, weil sie ihn noch nicht gut genug kannte. Bisher allerdings hatte er für sie kaum mehr Charme als ein dahergelaufener Straßenhändler aus dem East End, und es kam Nancy so vor, als wäre es Peter peinlich, wenn sein Freund ununterbrochen versuchte, Sponsoren für sein Filmprojekt zu rekrutieren. Und dann war da noch Caro, die mehr Zeit mit Tony zu verbringen schien als mit ihrem Mann. Dabei hatte Tony etwas Reptilienartiges an sich, und Nancy konnte nicht verstehen, dass Caro ihm auch nur irgendwie näherkommen wollte als unbedingt nötig. Machte es Peter etwas aus? Bemerkte er es überhaupt? Vermutlich schon; Nancy hatte beobachtet, dass er die beiden von Zeit zu Zeit mit traurigem Gesichtsausdruck musterte. Ob sie aus diesen Leuten jemals schlau werden würde? Bei allem Glamour vertraten sie doch recht seltsame Moralvorstellungen.

Und jetzt ging es nach Capri.

Sie würde Charlie wiedersehen.

Nancy öffnete ihren Koffer und zog einen kleinen Kordelbeutel heraus. Sie lockerte die Schnur und holte das seidene Schmuckmäppchen hervor. Ihre Finger zitterten leicht, als sie die Schleife löste und den Stoff aufrollte.

Zum ersten Mal seit fünf Monaten warf sie einen Blick auf ihren Schatz, und ihr Herz machte einen Sprung, als sie den Inhalt vorsichtig herausnahm und erst an ihre Nase, dann an die Brust presste. Sie wusste, dass sie mit alldem abschließen musste, aber sie würde sich wohl niemals davon trennen können. Das hier war alles, was ihr noch geblieben war.

Der Mond trat hinter einer Wolke hervor, und plötzlich fiel strahlend blaues Licht durch das offene Fenster auf Nancy. Sie kauerte sich wie ein Kind auf dem kalten Fliesenboden zusammen, den Kopf an der Brust vergraben.

18

Okay, das war schon mal ein Reinfall gewesen. Aber eigentlich war das Projekt von Anfang an zum Scheitern verurteilt gewesen, denn wenn Flo ehrlich war, hatte sie nie wirklich vorgehabt, einen Badeanzug zu nähen. Um einen Badeanzug nähen zu können, musste man ihn auch tragen wollen. Und genau da lag das Problem.

»Aber du kannst doch nicht ohne Badeanzug nach Südfrankreich fahren«, hatte Jem gesagt. »Bist du verrückt? Willst du etwa in einem Zweiteiler am Strand sitzen? Warum ziehst du nicht gleich einen Tweedmantel an?«

Tatsächlich war Flo die meiste Zeit ihres Lebens gut ohne Badeanzug ausgekommen. Natürlich konnte sie schwimmen, das war nicht der Punkt. Sie hatte es als kleines Kind gelernt, als einer der jungen Männer in ihrer Unterkunft sich die Mühe gemacht hatte, es ihr beizubringen. Unter den Augen ihrer Mutter hatte er sie immer wieder in den Fluss geworfen und sie jedes Mal wieder herausgezogen, wenn sie in dem dreckigen, von Blutegeln bevölkerten Wasser zu ertrinken drohte. Das ging so weiter, bis sie sich schließlich über Wasser halten konnte und es müde und vollkommen verängstigt ohne Hilfe ans Ufer schaffte – unter dem Johlen und dem Beifall der Zuschauer. Das war wahrscheinlich das letzte Mal gewesen, dass sie in irgendetwas anderes eingetaucht war als in ein heißes Bad in ihrer Badewanne. Peggy und Donald hatten versucht, sie in das klirrend kalte Wasser des Ärmelkanals zu locken, aber Flo hatte sich strikt geweigert, den Kopf geschüttelt und nicht einmal die kleine Zehe ins seichte Wasser gestreckt. Ihre Großeltern hatten daraufhin jedes Mal nachgegeben und waren stattdessen mit ihr ein Eis essen gegangen.

Zum Glück konnte Seamus nicht schwimmen. Sie lächelte, als sie daran dachte, wie sie ihn dazu herausgefordert hatte, es ihr zu beweisen. Er war immer weiter in das kalte graue Wasser hinausgewatet, wie ein brüllendes bleiches Walross, bis sie schließlich Mitleid hatte und ihm erlaubte, wieder an Land zu kommen. Es hatte sie ein heißes Aromabad, eine Flasche Rioja und eine Massage gekostet, bis er ihr verziehen hatte.

Im Übrigen brauchte man schon furchtbar viel Liebe zum eigenen Körper, um in der Lage zu sein, einen Badeanzug anzuziehen. Und, nun, Flo war mit ihrem Körper noch nicht wieder ganz im Reinen. Die beiden schafften es, zusammen einen Kaffee zu trinken und jeden Tag die Zeit totzuschlagen, aber das war auch schon alles. Flos Körper hatte mehr mitmachen müssen als die meisten anderen. Sie hatte jedes Recht der Welt, dieses Gebilde aus Fleisch und Knochen abzulehnen, das beständig daran gearbeitet hatte, ihr ihren allergrößten Wunsch zu verweigern.

Also nein, sie würde keinen Badeanzug anziehen. Sie würde in voller Montur auf diesem Sonnenstuhl sitzen und langsam zu Tode kochen, selbst wenn sie für dieses Privileg soeben siebzehn Euro bezahlt hatte.

Sie war müde. Letzte Nacht hatte sie unruhig geschlafen, was teils wohl dem Muschelgericht zu verdanken war, das sie in dem kleinen Restaurant mit Blick über den alten Hafen gegessen hatte, teils den vielen Bildern, die ihr im Kopf herumschwirrten, nachdem sie in ihrer Airbnb-Wohnung einen Bildband über die Côte d'Azur gefunden hatte: glanzvolle Aufnahmen von Politikern, Prinzen, Hollywoodstars und Präsidenten bei rauschenden Festen in diesem schmalen Landstreifen, den Nancy vor all den Jahren besucht hatte. Einmal schreckte Flo aus einem Traum hoch, in dem Wallis Simpson ihr ein fest verschnürtes Bündel gereicht hatte, und als sie es auswickelte, fand sie darin ein riesengroßes Croissant.

Auch wenn viele der berühmten Persönlichkeiten schon lange das Zeitliche gesegnet hatten, als Nancy und Pamela dort ankamen, hatten sie doch ein Vermächtnis hinterlassen. Als Flo in Nizza in den zweistöckigen Zug stieg, setzte sie sich im Wagon bewusst oben auf die Meerseite. Als der Zug sich die Küste entlangwand, konnte sie einen Blick auf die kalkweißen Villen werfen, die in die Felsen gemeißelt waren und deren Pools man einst mit Parfum und Champagner aufgefüllt hatte. Jahrzehntelang war dort gefeiert worden, als gäbe es kein Morgen. Wem mochten die Villen jetzt wohl gehören, da Prinzen aus dem Mittleren Osten, russische Oligarchen und chinesische Geschäftsleute die Bohemiens und Baronets vertrieben hatten?

Plötzlich fiel ihr wieder der kleine Eisbecher ein, den sie noch immer in der Hand hielt. Er hatte sie so viel gekostet wie eine Flasche Wein bei *Tesco* und schmolz zusehends zu einer gallertartigen orangefarbenen Masse zusammen. Aber sie war von der langen Zugfahrt müde und hungrig, also zwang sie das Eis hinunter. Dabei fühlte sie sich ohnehin schon schrecklich aufgebläht, nachdem sie fünf Tage lang eigentlich nur Kohlenhydrate zu sich genommen hatte. In Ermangelung eines Badeanzugs trug sie wieder Kleid Nummer eins. Hoffentlich würde Nancy das verstehen. Und hoffentlich würde diese kleine Mogelei ihrem Vorhaben kein Unglück bringen. Flo hatte sich das Kleid maßgeschneidert, aber die Croissantdiät der letzten Tage forderte ihren Tribut, und die Nähte spannten ein wenig.

Sie war erschöpft und überhitzt, ihr Stoffwechsel war vollkommen durcheinander. Die Aufregungen von Paris waren zu einem überreizten Katerzustand verblasst, und sie kämpfte gegen den Impuls, Seamus anzurufen. Wie sein neues Leben wohl aussah? Dieser Gedanke quälte sie. Großer Gott, die Leute dort drüben würden ihn lieben. Ein Ire durch und durch, intelligent und attraktiv, die Frauen würden ihm nachlaufen. Flo wäre nur noch eine Episode aus seiner Vergangenheit – jemand, an den er sich kaum mehr erinnerte. Sie hatte ihre Spuren bei ihm hinterlassen, aber sie war nicht mehr Teil seiner Zukunft.

Sie schloss die Augen und versuchte, nicht an Seamus zu denken. Sie wollte den Klang seiner Stimme vergessen, wie es war, wenn er leise mit ihr redete. Stattdessen lauschte sie dem Gekreische und Gelächter der Menschen am Strand, den lauten Rufen der langbeinigen Teenagerjungs, die kastanienbraune Mädchen ins Wasser jagten, dem Musikgewirr der verschiedenen Transistorradios und natürlich dem endlosen Plätschern der Ozeanwellen auf dem weichen weißen Sand.

Allmählich kam ihr Geist zur Ruhe, sie genoss es, unter dem breiten Bastschirm zu liegen, während die sanfte Brise an ihrem Rocksaum zupfte. Sie spürte, dass sie auf diesem Teil der Reise wieder zu Kräften kommen konnte. Sie würde sich von den fünf Tagen in der Stadt erholen und dabei ein paar Nachforschungen anstellen.

Doch was hoffte sie hier in Antibes zu finden? Flo wusste es nicht genau. Der Inhalt des nächsten Umschlags war dürftig: die übliche Postkarte, diesmal mit einer Aufnahme von einem Hafen, in dem elegante Segelboote ankerten. Wie sehr sie sich von den mehrstöckigen, schwimmenden Hotels unterschieden, die heute den Blick über den Strand zu den Bergen von Monaco versperrten. Neben der Postkarte steckte noch ein Foto in dem Umschlag. Flo wunderte sich, dass ihre Großtante es aufbewahrt hatte. Die Aufnahme zeigte Nancy, wie sie sich in einem gestreiften Liegestuhl aufrichtete. Selbst auf der Schwarzweißfotografie war die leichte Bräunung erkennbar, die sich gegen den weißen Badeanzug mit Spaghettiträgern absetzte. Ihr blondes Haar hatte Nancy zu einem losen Knoten aufgesteckt. Es war ein reizender Schnappschuss, auf dem die sonst so unerschütterliche Nancy kurz die Contenance verloren hatte. Ihr ärgerlicher Gesichtsausdruck war für immer festgehalten, auch wenn man Jahrzehnte später noch die Kameradschaft mit dem Fotografen erkennen konnte.

Flo drehte das Foto um.

Am Strand von Antibes: Pea treibt mich in den Wahnsinn!

Wer war Pea? Flo dachte an das Foto aus dem *Lido* und an die Namensliste auf der Rückseite.

Pea … Das musste ein Spitzname sein. Flo zog ihr Handy aus der Tasche und fand eine weitere Nachricht von Ben; wieder eine liebenswerte Versicherung, dass er ihr bald Informationen liefern könne. Er war wirklich süß, aber sie musste vorsichtig sein: Jem hatte ihr scherzhaft gesimst, dass ihr alter Freund hin und weg sei; was Flo mit ihm angestellt habe? Das war nun ganz und gar nicht der Sinn ihrer Reise. Sie durfte ihr Ziel nicht aus den Augen verlieren. Ihren Gefühlen für Seamus zum Trotz, dem ihr erster Gedanke nach dem Aufwachen und ihr letzter vor dem Einschlafen galt, spürte sie jedes Mal ein unmissverständliches Flattern im Bauch, wenn sie eine Nachricht von Ben bekam. Vielleicht war es ihr angeschlagenes Selbstbewusstsein, das mit Aufregung auf sein zunehmend offensichtliches Interesse reagierte, vielleicht war es sogar eine winzige Spur von erwiderten Gefühlen auf ihrer Seite, aber egal. Sie durfte sich jetzt nicht ablenken lassen. Hier ging es um Nancy, nicht um Seamus oder Ben oder sonst irgendjemand. Sie musste selbstsüchtig sein.

Mühsam verbannte Flo jeden weiteren Gedanken an Ben aus ihrem Kopf und scrollte durch ihre Bilder, bis sie die abfotografierte Schwarzweißaufnahme aus dem *Lido* fand. Sie blinzelte, während sie ihr Display mit der Hand gegen die Sonne abschirmte:

Colonel Henderson, Mrs Henderson, Tony, Caro, Peter, Pamela, Nancy.

Pea … vielleicht Peter? Flo zoomte auf den Mann in der Mitte des Bildes. Er wirkte freundlich, ein wenig wie ein Künstler oder Aristokrat. Auf der Aufnahme mochte er vielleicht Ende vierzig sein. Allerdings hatte Flo genug Schwarzweißfilme aus dieser Zeit gesehen, um zu wissen, dass man darin oft einen Zwanzigjährigen kaum von einem Vierzigjährigen unterscheiden konnte. Aber er sah definitiv nicht nach »Pea« aus. Flo hielt es auch nicht für wahrscheinlich, dass Nancy ihn nach nur einer Woche gemeinsamer Reise bei seinem Spitznamen nannte.

Sie betrachtete das Mädchen neben Nancy.

Pamela.

P für Pamela. Pea. Das musste es sein.

Ihr Magen vollführte einen Satz, als sie wieder Nancys ärgerliche Miene auf dem anderen Foto betrachtete und sich vorstellte, wie Pamela gelacht hatte, als sie den Schnappschuss machte. Zum ersten Mal spürte Flo eine Verbindung zwischen Nancy und ihrem Schützling. Das war die Nancy von Peggys Foto: Nicht das Grace-Kelly-artige Mannequin von den Aufnahmen aus den ersten Umschlägen. Das hier war ein echter Mensch, der lachen und ärgerlich sein konnte. Das war das Mädchen, das am Hochzeitstag der Schwester Wange an Wange mit ihr in die Kamera gelächelt hatte und das seinen Vater mit seiner nächtelangen Näherei in den Wahnsinn trieb. Dieses

Mädchen war das Herzstück des vierblättrigen Freundinnen-Kleeblatts gewesen. Dorothy, Phyllis und Peggy hatten Nancy wohl nie wiedergesehen, nachdem sie sie zum Zug nach Frankreich gebracht hatten.

Flo ahnte jetzt, dass Pamela und Tony, der Künstler, der Schlüssel zu Nancys Geheimnis waren. Sie musste mehr über die beiden herausfinden, dann würde sie auch erfahren, was mit ihrer Großtante geschehen war.

Es war sinnlos, noch länger am Strand auszuharren, nur um die siebzehn Euro Gebühr auszukosten. Also beschloss Flo, ihre Sachen zu packen und sich auf dem belebten Platz am Hafen einen überteuerten Eistee zu kaufen. Von dort konnte sie die braun gebrannten Schiffsjungen und die routinierten Segler beobachten, die sich an Land die Beine vertraten. Morgen war ein neuer Tag, mit einem neuen Umschlag und neuen Hinweisen.

Am Nachmittag ließ Flo es ruhig angehen. Später wollte sie den Hügel hinauf zur Villa du Cap Bleu wandern, wo Nancy einst eine Party besucht hatte, für immer festgehalten auf dem Foto, das Flo jetzt wieder in Händen hielt. In ihrer gestochenen Schrift hatte Nancy auf der Rückseite vermerkt, wann und wo sie das hübsche rosa Kleid zum ersten Mal getragen hatte. Heutzutage war die Villa ein Hotel. In den Sechzigern jedoch hatte sie dem Pärchen Douglas und Cynthia Aston gehört, Einwanderer, die dort rauschende Champagnerfeste gefeiert hatten. Flo hatte die beiden natürlich gegoogelt und war auf eine halbadelige Familie mit künstlerischer Ader gestoßen. Die Astons hatten Kontakte zu Westminster und Hollywood gepflegt, ihr Adressbuch las sich wie ein genealogisches Handbuch des Adels.

Zumindest konnte sie endlich das knallrosa Kleid aus changierender Seide anziehen, das sie vorsichtig aus der Kleiderhülle befreit und in den kleinen Schrank in ihrer Airbnb-Wohnung gehängt hatte. Flo freute sich schon darauf. Das raffiniert geschnittene Kleidungsstück war ihr nämlich gut gelungen: Das farblich passende, rosa Innenfutter schmiegte sich ohne jede Falte in das Oberteil, und die schmalen Träger verjüngten sich vom herzförmigen Ausschnitt zu den Schultern hin zu exakt derselben Breite. Die Raffung an der Taille war vollkommen regelmäßig, und Flo hatte einen Petticoat aus Netzstoff mit aufgerautem Saum entworfen, sodass der Ballerinarock darüber sich wie eine reife Fuchsienblüte bauschte. Ein solches Kleid trug man zu einem Date, man trug es, um bewundert zu werden und sich geliebt zu fühlen.

Hör auf damit, Flo, schalt sie sich, als sie merkte, dass sie in Selbstmitleid zu versinken drohte. Sie nahm ihr Handy und überflog ihre Facebook-Seite. Konnte es ihr als Stalking ausgelegt werden, wenn sie nur prüfte, ob es ihm gut ging? Immerhin besaß sie genug Würde, um ihm nicht auf sein digitales Schweigen hin zu schreiben. Da musste sie doch andere Wege finden dürfen, um sicherzustellen, dass bei ihm alles in Ordnung war. Oder etwa nicht?

Ihr Herz schlug schneller, weil sie fürchtete, etwas zu entdecken, was sie nicht wissen wollte. Insgeheim hoffte sie, dass sie auf seinem Profil Hinweise auf einen traurigen, heimwehkranken Seamus vorfinden würde. Aber als sie es rasch anklickte, war die Seite blockiert und sie selbst *als Freund entfernt.* Was auch immer das heißen sollte. Er benutzte doch Facebook so gut wie nie, wie hatte er herausgefunden, dass er sie fallen lassen konnte?

Flo schäumte vor Wut. Aber was genau war eigentlich ihr Problem? Immerhin hatte sie sich ja von ihm getrennt. Sie sollte froh sein, dass Seamus es ihr leicht machte, die Brücken hinter sich abzubrechen.

Ihr Handy piepte, und sie griff sofort danach. Eine Nachricht war eingetroffen. Sie lächelte, als sie den Absender las.

Hey, hier ist Ben.

Er schrieb, dass er ein paar Tage freihätte und noch für heute Abend einen Flug an die Küste buchen könne, wenn sie das wollte. Natürlich wäre es kein Problem, wenn sie das nicht wollte. Aber er könnte. Oder sie könnten sich in Capri treffen. Oder in Venedig. Was würde ihr besser passen? Übrigens hätte er ein paar Informationen, die Flo vielleicht interessierten. Aber er würde sie ihr lieber persönlich mitteilen …

Oh Ben. Sie zwang sich, die nächsten vier Abschnitte auch noch durchzulesen. Wie konnte ein Journalist nur so wenig Begabung für Textgestaltung haben? Sie zögerte mit der Antwort. Es wäre schön, Ben bei sich zu haben, aber Jems Worte hatten sie verunsichert. Sie wollte ihm auf keinen Fall falsche Hoffnungen machen. Im Moment konnte sie ihm nicht mehr anbieten als gemeinsame Zeit. Aber wenn sie das von Anfang an klarstellte, wäre es doch in

Ordnung, wenn sie ein paar Tage zusammen verbrachten? Sie war immer noch eine verheiratete Frau, und er war nur ein Freund einer Freundin. Und sie hatten in Paris ohne Zweifel eine schöne Zeit zusammen gehabt. *Mach das.*

Mach was?, schrieb er im selben Augenblick zurück.

Capri. Canzone del Mare, in drei Tagen. Bis dann, Mr Simpson.

So. Sie hatte es getan. Kein Grund mehr, weiter zu grübeln.

Die kleinen Bars in den engen Straßen der Altstadt waren furchtbar teuer, und Flo wollte sich zudem nicht in einem unübersehbaren rosa Kleid allein in ein Restaurant setzen. Also aß sie in ihrer Wohnung zu Abend, wo sie eine atemberaubende Aussicht auf die schroffe Felsküste und den Leuchtturm oberhalb der bewaldeten Abhänge hatte. Hungrig verputzte sie einen Teller voll Baguette, duftenden Pfirsichen, süßem Bergkäse und rohem Schinken. Sie hatte die Sachen am Morgen auf dem provenzalischen Markt gekauft.

Nach englischen Maßstäben war es schon ziemlich spät, aber die kleine Stadt erwachte gerade erst aus ihrer frühabendlichen Stille. Nach und nach leerten sich die Yachten im Hafen, und die Bars und Restaurants füllten sich mit auffällig teuren Handtaschen, Pennyloafern und Gesichtsliftings. Die engen Gassen rund um die Kaimauern und den Hauptplatz glichen einer unaufhörlichen Prozession von langsam dahinschlendernden Familien und Pärchen, alle von Kopf bis Fuß ausstaffiert. Die ganze Stadt badete in einer süßlichen Parfumwolke.

Flo würde sich am Hafen ein Taxi nehmen müssen. Ihre cremefarbenen Riemchensandalen würden den vierzigminütigen Spaziergang zum Hotel an der Küste entlang nicht überstehen. Jemima hatte ihr die Schuhe zum Abschied geschenkt, unter der Bedingung, dass Flo ein entsprechendes Foto – was auch immer Jem sich darunter vorstellte – auf Instagram postete.

Das Feiervolk von den Yachten trug Turnschuhe, T-Shirts und verspiegelte Sonnenbrillen, und Flo kam sich in ihrem Kleid vor wie ein bunter Hund, als sie sich ein Taxi heranwinkte.

Das Auto fuhr die enge, zugige Straße hinauf, die zwischendurch unter dichten Platanenwipfeln verschwand, ehe sich plötzlich die Aussicht auf einen strahlenden Sonnenuntergang eröffnete, der über dem ruhigen Meer glitzerte. Auf einmal war sie der Star aus jedem einzelnen Riviera-Film, den sie jemals gesehen hatte: Grace Kelly, Audrey Hepburn, Jean Seberg – auch wenn ihr Taxifahrer rein gar nichts mit Cary Grant gemein hatte, so wie er pavianartig in seinem Sitz hockte und im Takt der blechernen Popmusik, die aus seinem Autoradio dudelte, auf seinem Gebiss herumkaute.

Schließlich steuerten sie durch ein schmiedeeisernes Tor und eine gekieste, von Bäumen gesäumte Einfahrt entlang. Flo verschlug es beinahe den Atem, als das Blätterdach nach und nach den Blick auf eine wunderschöne rosafarbene Villa mit hübschen Säulen und Zinnen freigab. Die feinen Schmuckelemente der Fassade wurden von unauffälligen Lichtquellen betont. Noch nie hatte sie etwas Vergleichbares zu Gesicht bekommen. Wie das Ganze wohl vor all den Jahren auf Nancy gewirkt hatte? Sie musste gedacht haben, geradewegs auf den Filmset von *1001 Nacht* spaziert zu sein.

Der Taxifahrer hielt an, um Flo hinauszulassen, nahm die zwanzig Euro, die sie ihm hinhielt, und brauste davon, ehe sie Zeit hatte, nach ihrem Wechselgeld zu fragen.

Im selben Moment sprang auch schon ein junger Mann auf sie zu, um sie in Empfang zu nehmen. Er trug ein tadelloses weißes Poloshirt samt passender Hose mit messerscharfen Bügelfalten. Er zeigte sich höflich unbeeindruckt, als sie erklärte, dass sie lediglich einen Drink nehmen wollte.

»Selbstverständlich, Madame. Wünschen Sie einen Platz in der Bar oder auf der Terrasse?«

Sie schaute sich um. Sosehr sie auch das Innere des Hotels sehen wollte, war es doch ein wunderschöner Abend, viel zu schön, um drinnen zu sitzen. Die brütende Hitze war einer milden Wärme gewichen, und es wehte eine angenehme Brise. »Auf der Terrasse, bitte.«

»Darf ich bitten, der Tisch dort drüben, Madame. Er bietet eine perfekte Aussicht auf den Hafen.«

Sie bedankte sich und bestellte einen Aperol Spritz. Der junge Mann verschwand, und Flo spazierte langsam über die Terrasse. Die duftende Luft war erfüllt vom Zirpen der Zikaden und leiser Unterhaltung; die Gäste saßen ruhig im Schatten um kleine Tische, die nur von flackernden

Sturmlaternchen erhellt wurden. Teelichter markierten die Wege. Hier war das große Geld zu Hause, wirklich reiche Menschen, die sich bedeckt hielten und ohne Zögern das Wochenbudget einer ganzen Familie für eine gute Flasche Wein ausgaben.

Flo blieb kurz stehen und lehnte sich über ein schmales, hüfthohes Geländer. Von hier aus blickte man direkt auf den smaragdgrünen Swimmingpool. Unter seiner glasglatten Oberfläche tanzten Schatten, dort, wo die Strahlen der Unterwasserbeleuchtung mit dem Wasser spielten.

Warum war Nancys Gastfamilie in diese Villa gekommen? Waren sie mit den Astons befreundet? Das schien möglich, auch wenn Flo gelesen hatte, dass viele Gastgeber entlang dieses Küstenabschnitts die glanzvollen Gäste gar nicht kannten, die ihre Partys schmückten. Zu so einer Lunchparty – oder nur auf einen Drink – konnte jeder vorbeikommen, sei es ein Prinz, eine Schauspielerin oder ein Banker von der Wall Street. Niemand fragte nach, solange die Konversation brillant und die Begleitung schön war.

Bestimmt waren Caro und Tony, die sicher eine blendende Erscheinung gewesen waren, mit den Astons befreundet. Wahrscheinlich hatte Tony sogar ein Porträt von Lady Aston, oder auch von ihrem Gatten, gemalt. Flo hatte im Internet ein merkwürdiges Bildnis der Cynthia Aston gefunden. Die großzügigen Pinselstriche wirkten beinahe impressionistisch. In der Darstellung ihrer markanten Nase und ihrer hohen Wangenknochen hatte sich der Künstler jede Freiheit genommen, aber er hatte sein Werk nicht signiert, und deswegen war Flo so klug wie zuvor. Vielleicht hatte Tony an jenem Abend gehofft, einem potentiellen Kunden aus den Reihen der sicherlich illustren Gäste vorgestellt zu werden.

Das sanfte Klirren von Eiswürfeln kündigte ihren Drink an. Der Kellner servierte ihn zusammen mit einer Schale dicker hellgrüner Oliven und einem Lederetui samt Rechnung.

»*Excusez-moi*«, rief sie dem Mann nach, der sogleich auf weichen Mokassins zu ihr zurückkehrte. Himmel, manche ihrer T-Shirts waren älter als dieser junge Adonis.

»*Oui, Madame?*«

In gebrochenem Französisch versuchte Flo zu fragen, ob in dem Hotel irgendjemand arbeitete, der ihr etwas über das Haus im Jahr 1962 erzählen konnte. Sie folge den Spuren einer Verwandten, die hier zu Gast gewesen war, erklärte sie.

»Schon in Ordnung, ich bin Schwede«, sagte der Kellner. »Wir können uns auf Englisch unterhalten. Ich bin allerdings nicht sicher, ob ich Ihnen weiterhelfen kann. Ich arbeite erst seit ein paar Wochen hier.«

»Oh.« Flo kam sich lächerlich vor. Wie hatte sie bloß denken können, dass es so einfach werden würde? Im *Lido* hatte sie vielleicht Glück gehabt, aber immerhin war seit damals mehr als ein halbes Jahrhundert vergangen, und viele Menschen, die ihr vielleicht weiterhelfen und ihr etwas zu dem schönen englischen Mädchen hätten sagen können, das hier mit den Reichen und Berühmten gefeiert hatte, hatten inzwischen das Zeitliche gesegnet.

Der Kellner merkte, dass sie enttäuscht war, und fuhr fort: »Wenn Sie es wünschen, kann ich meinen Vorgesetzten fragen. Er ist zwar noch nicht so alt, als dass er damals schon hier gearbeitet hätte, aber vielleicht weiß er etwas, was Ihnen weiterhilft. Er kennt alles und jeden in dieser Gegend.«

Sie lächelte. »Das wäre unglaublich nett. Danke.«

Er neigte den Kopf. »Sie muss Ihnen viel bedeutet haben, wenn Sie die weite Reise hierher unternommen haben, um nach so langer Zeit etwas über sie in Erfahrung zu bringen.«

Flo nickte langsam. »Ich begreife nach und nach, wie wichtig sie für mich war.«

Er wandte sich zum Gehen, das Tablett unter den Arm geklemmt, dann drehte er sich noch einmal zu ihr um. »Übrigens ist das ein wunderschönes Kleid«, sagte er. »Ich wünschte, mehr Frauen wüssten sich heutzutage noch zu kleiden.«

Flo murmelte ein verlegenes Dankeschön und sah verstohlen an sich herunter. Das Kleid war tatsächlich wunderschön, der kesse Seidenrock bauschte sich um ihre Beine, und das Oberteil saß perfekt. Sie fühlte sich zweifelsohne so feminin wie lange nicht mehr. Vielleicht würde sie, wenn sie erst wieder zu Hause war, öfter mal eine Entschuldigung finden, um schöne Kleider zu tragen – es fühlte sich gut an, und sie brauchte definitiv mehr solcher Wohlfühlmomente.

Während sie wartete, holte Flo das Polaroidfoto aus ihrer Handtasche. Nancy hatte die Augen wegen des Blitzlichts ein wenig zusammengekniffen, aber dennoch war das Lächeln auf ihrem Gesicht nicht dasselbe wie auf dem Foto vom Hochzeitstag ihrer Schwester, als sie Wange an Wange mit Peggy in die Kamera gestrahlt hatte, oder wie auf der Aufnahme, die sie auf dem Pont des Arts zeigte. Ganz im Gegenteil, Nancy schien es unangenehm zu sein, dass jemand den Arm um sie gelegt hatte – und wer hätte ihr das verdenken können, angesichts der lüsternen Miene des Mannes, dem der Arm gehörte? Das war eindeutig der Tausendfüßlerschnurrbart von Tony, und diesmal waren die beiden in Begleitung zweier Damen mit einem ganz und gar merkwürdigen Lächeln. Die beiden sahen aus wie zwei vierzig Jahre auseinanderliegende Versionen ein und derselben Frau. Wahrscheinlich weitere Gäste der Party. Caro war nirgends zu entdecken, auch Pamela nicht. Ebenso wenig der rotblonde Mann namens Peter. Vielleicht war er auch nur für jenen einen Abend in Paris zu ihnen gestoßen. Auch die Hendersons fehlten, wer auch immer sie waren. Hinter Nancys Grüppchen standen eine Menge Leute, aber Flo konnte auf dem verblichenen Foto kein Gesicht erkennen.

»Kann ich Ihnen behilflich sein, Madame?«

Als sie die sanfte französische Stimme hörte, blickte sie auf. Neben ihr stand ein großer Mann in ihrem Alter, er trug ein makelloses weißes Hemd mit Blazer und hatte die schulterlangen schwarzen Haare lässig zurückgekämmt. Sie seufzte. Jemand sollte eine Stilschule für englische

Männer eröffnen – und dieser Mann wäre der perfekte Lehrer. »Ich hoffe«, sagte sie und reichte ihm das Foto. »Ich möchte herausfinden, was mit einer der Damen auf dem Foto passiert ist.«

»Darf ich?«, fragte er und deutete auf den Stuhl neben ihr. Sie machte eine einladende Geste, und er betrachtete das Foto eingehend. »Diese Aufnahme ist hier im Hotel entstanden?«, fragte er.

»Ja, im Juni 1962.« Flo beugte sich näher zu ihm und atmete den einladenden Duft eines teuren Aftershaves ein. »Das ist meine Großtante«, erklärte sie und deutete auf Nancy. »Und das ist der Mann, für den sie gearbeitet hat. Ein Künstler namens Tony. Erkennen Sie die beiden? Oder wissen Sie vielleicht Genaueres über eine Party, die die Astons hier an jenem Abend gegeben haben?«

Er schüttelte nachdenklich den Kopf. »Ich habe natürlich von den Astons gehört – jeder, der wie ich in Antibes aufgewachsen ist, kennt sie; sie haben lange in dieser Stadt gewohnt. Aber die beiden auf dem Foto habe ich noch nie gesehen. Tut mir leid. Ihre Großtante war eine sehr schöne Frau – wenn ich sie jemals kennengelernt hätte, würde ich mich sicher an sie erinnern.«

Flo seufzte. Das hier würde definitiv eine sehr teure Sackgasse werden, wenn sie noch das Taxi für die Heimfahrt einrechnete. »Es war einen Versuch wert. Vielen Dank für Ihre Zeit.«

Sie wollte ihm das Foto wieder abnehmen, aber er hielt es fest. »Warten Sie«, sagte er.

»Was ist? Ist Ihnen noch etwas zu den beiden eingefallen?«

Der Hotelmanager schüttelte den Kopf. »Nein, aber ich glaube, ich ahne, wer das hier ist.«

Er lächelte und deutete auf die jüngere der beiden Frauen neben Nancy. Flo betrachtete das Foto genauer. »Wirklich? Wer denn?«

Jetzt lachte er. »Falls mich nicht alles täuscht, dann ist das Madame Devere. Barbara, wenn ich mich recht entsinne. Natürlich sieht sie heute nicht mehr so aus, aber sie ist in der Gegend von Antibes sehr bekannt und kam oft hierher. Sie muss einmal eine sehr beeindruckende Frau gewesen sein. Sie ist Amerikanerin und hat ein Vermögen geerbt. Nachdem sie sich von ihren zahlreichen Ehemännern hat scheiden lassen, hat sie wieder ihren Mädchennamen angenommen, um Verwirrung zu vermeiden. Die meisten meiner Angestellten hatten schreckliche Angst vor ihr. Sie hatte ein Auge für junge Männer, wenn Sie verstehen?«

»Sie sagen, sie kam oft hierher? Jetzt nicht mehr?«

»Schon eine ganze Weile nicht. Sie ist nicht mehr die Jüngste.«

»Aber sie lebt noch?« Flo spürte einen Funken Hoffnung: Vielleicht konnte dieser anonyme Gast von einer längst vergangenen Party Licht auf Nancys Geschichte werfen.

»Ich weiß es nicht sicher, aber ich denke schon. Ich habe gehört, dass sie in einem privaten *maison de retraite* wohnt, einer Art Pflegeheim für Senioren. Leider hat ein früherer

Mitarbeiter von mir versucht, sich an sie ranzumachen, wir mussten ihn entlassen. Es war eine unerfreuliche Geschichte: eine alte Dame so auszunutzen, noch dazu einen so langjährigen Stammgast. Aber so etwas kommt nun einmal vor – vor allem hier. In Antibes gibt es nur ein oder zwei solche Heime, es dürfte also nicht allzu schwer sein, es zu finden.« Er zuckte mit den Schultern. »Ich weiß nicht recht. Vielleicht lebt sie auch gar nicht mehr. Sie hat immer gesagt, wenn sie es nicht mehr auf einen Drink hierherschafft, dann würde sie das Leben aufgeben.«

»Haben Sie eine Ahnung, warum sie hier in Frankreich geblieben ist? Sie sagten ja, sie sei Amerikanerin?«

»Ja, aus Texas, wenn ich nicht irre.« Der Hotelmanager lächelte, und um seine Augen tauchten feine Fältchen auf. »Ich denke, viele Frauen, die einmal schön waren, wollen an ihren besten Zeiten festhalten. Bei Madame Barbara ist das vermutlich nicht anders.« Er klopfte mit dem Finger auf das Foto. »Und niemand kann leugnen, dass sie damals eine Schönheit war.«

Flo fragte sich, ob es irgendwo auch eine gealterte Nancy gab, die sich an den Geist der schönen jungen Frau auf ihren Fotografien klammerte. Sie konnte es nur hoffen. »Sie haben mir so sehr weitergeholfen«, sagte sie. »Vielen Dank.«

Der Hotelmanager stand auf und nickte bedächtig. »Es war mir ein Vergnügen. Ich wünschte nur, ich hätte Ihnen Genaueres erzählen können.«

»Sie haben mir mehr Informationen gegeben, als ich mir erhofft hatte. Vielen Dank. Ich möchte gleich zahlen.«

Flo nahm ihre Geldbörse, faltete einen Zwanzig-Euro-Schein zusammen und wollte ihn in das Lederetui schieben, aber er hob die Hand.

»Nein, Madame. Es ist schön, dass Sie den weiten Weg hierhergekommen sind, um Ihre Verwandte zu finden. Genießen Sie Ihren Drink mit Empfehlung des Hauses.«

Flo bedankte sich lächelnd und nahm einen Schluck aus ihrem Glas, während der Hotelmanager sich zurückzog. Wie viel süßer der Aperol jetzt schmeckte!

Es war später Vormittag, als Flo den steilen Anstieg von der Altstadt endlich bewältigt hatte. Mit jedem Schritt eröffnete sich ihr eine unglaubliche Aussicht auf die Küste von Monaco, bis sie schließlich in der Ferne die schneebedeckten Berge erkennen konnte und den vollen Blick auf den weiten Bogen der von Yachten wimmelnden Bucht hatte. Der Hotelmanager hatte recht gehabt: Es gab in dieser Gegend nur zwei private Pflegeheime, und nach ein paar komplizierten Telefonaten hatte sie schließlich die alte Dame aus Amerika ausfindig gemacht. Flo hatte ihr eine kurze Nachricht geschrieben und erklärt, dass sie hoffte, sie treffen und mit ihr über den Sommer 1962 sprechen zu können. Darauf erhielt sie die Einladung, die alte Dame in dem eleganten Le-Corbusier-Bau aus weiß gestrichenem Beton zu besuchen, der auf der Kuppe des Hügels zwischen Antibes und Juan-les-Pins gelegen war.

Die spiegelblanken Glastüren öffneten sich mit einem fast unhörbaren Zischen, und Flo war sich nicht sicher, ob sie soeben eine französische Niederlassung der NASA oder das Filmset einer Werbesendung für Schweizer Hautpflegeprodukte betreten hatte. Im Hintergrund spielte leise Musik, während weiß gewandetes Pflegepersonal makellos zurechtgemachte Heimbewohner in Rollstühlen über den polierten Betonboden schob. Sitzgruppen aus eleganten Vintage-Ledersofas standen um Glastische herum, die sich unter üppigen Blumenarrangements bogen.

Flo erklärte der erschreckend adretten Rezeptionistin, dass sie hier war, um Madame Devere zu treffen. Daraufhin geleitete man sie in einen Aufenthaltsraum am anderen Ende des Foyers, wo die alte Dame sie bereits erwartete.

Der Raum nahm eine ganze Ecke des Gebäudes ein. Zwei Wände bestanden aus riesigen Panoramafenstern; strahlende Chagall-artige Wandbilder nahmen die lebhaften Blau- und Grüntöne der Landschaft draußen auf. Um kleine Tische, auf denen noch mehr Blumen standen, waren Sesselgrüppchen verteilt, und die ausliegenden Bücher und Magazine deckten jedes Interessengebiet der Bewohner ab – vom pensionierten Segler bis zum ehemaligen Innenarchitekten konnte sich jeder thematisch angesprochen fühlen. Auffallend war, dass es hier keinen Fernseher gab, ganz anders als in dem Pflegeheim, wo sie Donald in seinen letzten Wochen regelmäßig besucht hatte. Aber wer brauchte schon künstlich bewegte Bilder, wenn die Côte d'Azur sich vor einem erstreckte?

Eine einzige Person saß in einem Rollstuhl am Fenster, und die klimatisierte Stille wurde nur vom Pfeifen und Klicken der Sauerstoffmaschine neben ihr unterbrochen.

»Mrs Devere?« Flo senkte die Stimme, weil sie fürchtete, die alte Dame bei einem Vormittagsschläfchen zu stören.

»Wer ist da?«, fragte die Frau mit heiserem texanischem Akzent, ohne sich zu Flo umzudrehen.

Flo trat näher. »Ich bin Florence. Ich habe Ihnen geschrieben, und Sie haben mir freundlicherweise erlaubt, Sie zu besuchen.«

Ein krummer Finger drückte auf einen Knopf an der Armlehne des Rollstuhls, und die Person darin wurde langsam herumgedreht, bis sie Flo direkt ansehen konnte. »Ah, die Engländerin«, sagte sie langsam. Sie atmete flach. Von ihrer Nase führten dünne Schläuche zu einer Maschine neben ihr.

Eine Wolke aus *Dior Poison* traf Flo, als sie näherkam, um die dargebotene papierene Hand zu schütteln. Sie versuchte, sich ihre Überraschung über den Aufzug der alten Dame nicht allzu sehr anmerken zu lassen: Barbara Devere trug einen kräftig gemusterten Chiffonkaftan, der direkt aus Elisabeth Taylors Kleiderschrank aus den Siebzigern zu stammen schien, dazu eine aufgebauschte blonde Perücke. »Flo«, stellte sie sich vor. »Vielen Dank, dass Sie bereit sind, mich zu empfangen.« Sie hatte sich das Foto von Barbara genau eingeprägt, fand es aber beinahe unmöglich, das Bild der langbeinigen Erbin mit dieser alten Dame, die zusammengesunken in ihrem Rollstuhl saß, in Einklang zu bringen.

»Setzen Sie sich.« Barbara deutete auf einen der Sessel. »Sie tun ja gerade so, als wäre ich die Queen.«

Flo zog sich einen Sessel heran und bemühte sich, die schiefen Gesichtszüge der Frau nicht zu beachten. Offenbar hatte ein Schlaganfall das jahrzehntelange teure Bemühen der Schönheitschirurgen, die Jugendlichkeit zu bewahren, zunichtegemacht.

»Also, was möchten Sie wissen?«, fragte Barbara, während ihre rot lackierten Nägel unruhig auf ihrem Schoß herumzappelten.

Flo erzählte von ihrer Großtante und dass diese 1962 in der Villa du Cap Bleu zu Gast gewesen war. Das Gesicht der alten Dame entspannte sich augenblicklich, als ihre Erinnerungen ein halbes Jahrhundert zurückwanderten.

»1962, meine Liebe, das waren noch Zeiten.« Ein rhythmisches Krächzen entrang sich ihrer Kehle, irgendetwas zwischen einem Todesröcheln und einem Lachen. Flo staunte, dass sich ironischerweise die gesunde Hälfte ihres seltsam glatten Gesichts kaum bewegte: Fortgesetzte chirurgische Eingriffe hatten es der Frau unmöglich gemacht, ihren Mund richtig zu öffnen, und ihre fahlen, stark mit Rouge geschminkten Wangen blieben regungslos. Der Hustenanfall ebbte langsam ab, und sie fuhr fort: »Das war mein erster Sommer hier unten. Mutter hatte mich hierher mitgenommen. Wahrscheinlich wollte sie einen Millionär für mich finden.«

»Und hat sie einen gefunden?«, fragte Flo.

»Nein, hat sie nicht. Ich habe ihn selbst gefunden, ein paar Jahre später, in Texas.« Sie versuchte, Flo unter einem schillernd blauen Lidschatten zuzuzwinkern. »Den ersten in einer langen Reihe, sollte ich sagen«, kicherte sie in sich hinein. »Nein, in jenem Sommer habe ich selbst für meine Unterhaltung gesorgt. Mein Gott, Mutter hätte mich umgebracht, wenn sie davon gewusst hätte.«

Flo beugte sich näher zu ihr, sodass sie den dicken Eyeliner und die spärlichen, silber-gelblichen Haarbüschel unter der leicht schief gewebten Perücke erkennen konnte. »War er denn keine gute Partie?«, erkundigte sie sich mit einem verschwörerischen Lächeln.

Die ältere Dame winkte verächtlich ab. »Er war von der schlimmsten Sorte. Hätte seiner eigenen Mutter den Notgroschen geklaut. Aber jeder fängt mal klein an, was? Wir hatten Glück, dass Mutter es nie erfahren hat: Ich vermute, sie hatte selbst eine kleine Schwäche für ihn. Das ist natürlich für sie nicht gut ausgegangen.« Barbara lehnte sich zurück und musterte Flo aus wässrigen Augen. »Also«, fuhr sie fort, »fragen Sie mich, was Sie wissen wollen. Vielleicht kann ich Ihnen Antworten geben.«

Flo erzählte von der Party und nannte das Datum, erklärte auch, dass Nancy mit der Familie eines Künstlers dort gewesen war.

Barbaras Augen wurden schmal. »Zehnter Juni, sagen Sie? Nun, das ist mein Geburtstag, also sollte ich mich eigentlich erinnern. Ja, ich war dort. Mutter hatte mir ein hübsches neues weißes Kleid gekauft – hat ein Vermögen gekostet. Yves Saint Laurent, glaube ich. Himmel, ich wünschte, ich hätte dieses Kleid noch. Ich sah darin zum Anbeißen aus.« Sie schüttelte den Kopf, als würde sie erfolglos nach einer Erinnerung suchen. »Wissen Sie, Sie erinnern mich an jemanden von damals.« Wieder musterte sie Flo eingehend. Dann dämmerte sie in ihre eigene Welt hinüber, sodass Flo sie auffordern musste fortzufahren.

»Sie haben also den Künstler getroffen, der an jenem Abend auch dort zu Gast war?«

»Künstler?« Die alte Dame runzelte die Stirn.

»Ja, meine Großtante hat für ihn gearbeitet.«

Barbara fing erneut an zu husten, und Flo goss ihr aus einer Karaffe auf dem Tisch ein Glas Wasser ein. Dann hielt sie es ihr vorsichtig an die Lippen. Die alte Dame trank in kleinen Schlucken, und Flo tupfte ihr diskret das Kinn mit einem Taschentuch ab.

»Haben Sie ihn getroffen? Den Künstler?«, wiederholte Flo, als Barbara offenbar wieder sprechen konnte. »Oder seine Familie? Sein Name war Tony.«

Barbara runzelte die tätowierten Augenbrauen. »Sind Sie sich da sicher?«

»Ja, natürlich. Warum?«

Barbara schüttelte den Kopf. »Da war ein Tony auf der Party, aber das ist nicht der, nach dem Sie suchen. Er war mein – wie soll ich es nennen? –, meine Ablenkung. Er hat mich öfter ins Kasino mitgenommen oder auf sein kleines Boot eingeladen, und, nun …«

Flo lächelte. »Ist schon in Ordnung, Sie müssen mir nicht Ihre Geheimnisse verraten.« Sie griff in ihre Handtasche. »Schauen Sie, ich habe ein Foto von jenem Abend. Und ich glaube, Sie sind auch abgelichtet.«

»Ich, Liebes?« Barbara kicherte.

»Hier, ich habe es dabei. Vielleicht hilft das weiter?« Flo

zog das Polaroid hervor und hielt es der alten Dame hin, immer näher vor die Augen, bis Barbara schließlich etwas erkennen konnte.

»Nun, da soll mich doch der Schlag treffen, wenn das nicht ich bin!«, sagte Barbara schließlich und deutete auf das Mädchen in Weiß auf der rechten Seite der Gruppe. Ihre Augen bekamen einen traurigen Ausdruck. »Und da ist Mama, sie sieht aus, als hätte sie gerade ein Wespennest verschluckt.« Sie seufzte. »Ich hoffe, es gibt in der Hölle Silberbesteck«, seufzte sie. »Beinahe tut sie mir leid: In jenem Sommer hat sie ihr Vermögen und ihre Tochter verloren, alles an denselben Mann.« Dann wandte sie sich der nächsten Person auf dem Foto zu: Nancy. »Das muss Ihre Großtante sein. Himmel, wie ähnlich Sie ihr sind. Allerdings ist sie da noch etwas jünger, wenn ich das so sagen darf. Und dünner.«

Flo beschloss, nicht darauf einzugehen, und deutete auf Tony, der seinen Arm um Nancy gelegt hatte. »Und das ist der Künstler. Tony. Erinnern Sie sich an ihn?«

Barbara bat Flo, das Foto wieder höher zu halten. Sie studierte es genau, murmelte leise vor sich hin und schüttelte den Kopf. »Tja, entweder es ist der Teufel höchstpersönlich, oder es ist Tony, jawohl«, meinte sie. »Mein Tony. Aber er war ganz sicher kein Künstler – zumindest nicht so einer, wie Sie denken. Da fragen Sie mal die Bank meiner alten Mutter.« Sie schaute zu Flo auf. »Ich hoffe, Sie erwarten nicht, ihn ausfindig machen zu können«, setzte sie hinzu und schüttelte langsam den Kopf, sodass ihre langen Diamantohrringe klirrten.

»Nun«, erwiderte Flo, »das ist alles lange her. Er ist inzwischen wahrscheinlich tot.«

Barbara lachte. »Inzwischen tot? Mein liebes Mädchen, Tony war zwei Wochen, nachdem dieses Foto geschossen wurde, tot.« Als sie merkte, dass es Flo die Sprache verschlagen hatte, fuhr sie fort: »Flugzeugabsturz, wie alle vornehmen Leute damals.«

»Sie erinnern sich nicht an den Nachnamen, oder? Das wäre unglaublich hilfreich.« Flo warf der alten Dame einen Blick zu und stellte fest, dass sie wieder wegdämmerte.

»Devere. Mein Nachname ist Devere«, sagte sie gereizt.

»Nein, ich meine Tonys Nachnamen? Von der Party in der Villa?«

»Wer sind Sie?«, fragte Barbara in scharfem Ton, als würde sie Flo zum ersten Mal sehen.

»Ich bin Florence. Sie wollten mir gerade Tonys Nachnamen verraten. Auf der Party in der Villa?«

Die alte Dame begann nervös die Hände zu wringen. »Ich kenne Sie nicht. Und ich kenne keinen Tony.«

Auf ihren Wangen erschienen nervöse Flecken, und Flo wusste, dass ihre Chance vorbei war. Wenn sie nicht einlenkte, würde das Sicherheitspersonal sie hinauswerfen, da Barbara immer wieder auf einen Knopf an ihrem Rollstuhl drückte.

»Es tut mir leid«, antwortete sie. »Danke, dass Sie mich empfangen haben.«

Aber Barbara drehte sich schon nach der Hilfe um, die sie eben angefordert hatte. Das Gespräch hatte sie erschöpft und aufgeregt. Noch einmal starrte sie Flo an, als wollte sie noch etwas sagen, dann sackte sie in sich zusammen. Im selben Moment erschien ein junger Pfleger.

»Soll ich Sie in Ihr Zimmer zurückbegleiten, Madame?«, fragte er, und sofort hellte sich ihre Miene auf.

»Sehen Sie, die jungen Männer versuchen immer noch, mich ins Bett zu kriegen«, sagte sie matt, und er lächelte sie nachsichtig an, hakte die Sauerstoffmaschine am Rollstuhl fest und schob sie davon.

Flo schaute ihnen nach, als sie langsam den Raum durchquerten, und amüsierte sich darüber, dass Barbara es trotz ihres hohen Alters nicht lassen konnte, zu dem hübschen jungen Mann aufzublicken und kokett den Kopf zu neigen.

Wie es schien, war sie auf der völlig falschen Spur gewesen, irregeführt von dem Foto aus Paris, auf dem es so gewirkt hatte, als wäre der arme todgeweihte Tony Caros Ehemann und nicht der Mann daneben, der sich sichtlich unbehaglich fühlte. Dabei war bei näherer Betrachtung, wie Flo jetzt feststellte, dessen Ähnlichkeit mit Pamela nicht zu übersehen. Beide hatten helles Haar und einen blassen Teint. Flo warf einen letzten Blick auf das Polaroidbild, auf dem Tony wie der Hahn im Korb in die Kamera grinste, umgeben von drei Frauen, die unterschiedlicher nicht hätten sein können. Er konnte nicht ahnen, dass er nur noch zwei Wochen zu leben hatte. Flo war sich über seine Rolle in dieser kleinen Runde nicht im Klaren, aber Nancys Gesichtsausdruck nach zu urteilen war sie kein großer Fan von ihm. Oder in den Worten von Scott Fitzgerald: *Die Schöne und der Verdammte*. Offenbar war Tony der Verdammte gewesen; Flo konnte nur hoffen, dass Nancy lediglich schön gewesen war.

Als sie in die Mittagssonne hinaustrat, kam eine kühle Brise vom Meer herüber und ließ die Kiefern rauschen. Zum ersten Mal seit Tagen fröstelte Flo. Ihre Reise hatte eine traurige Wendung genommen, und sie war bereit weiterzuziehen. Nächste Station war Capri. Langsam fügten sich die Puzzleteile, und Ben würde ihr beim Zusammensetzen helfen. Zumindest würde sie den Nachnamen des Künstlers herausfinden, der Nancy mitgenommen und nie mehr zurückgebracht hatte; auf weitere Enthüllungen wagte sie nicht mehr zu hoffen.

Teil 5

Capri

19

McCall's 6291: zweiteiliger Badeanzug für Damen und kurzes Strandkleid

Wie sollte sie jemals wieder nach Hause zurückkehren, nach allem, was sie hier erlebt hatte? Diese Frage hatte Nancy sich in den letzten zwei Wochen oft gestellt, und als sie sich mehr und mehr an die Hitze gewöhnte, an die Cocktails und daran, die Leute zu beobachten, wusste sie, dass es für sie in Wandsworth nie wieder so sein würde wie früher. Ungefragt brachte der Kellner mehr Eiswasser und stellte es auf dem niedrigen Tischchen neben ihrem Liegestuhl ab. Damit war es endgültig nicht mehr denkbar, dass sie sich je wieder freiwillig in einem trostlosen Café von einer mürrischen Bedienung eine Tasse bitteren Tee servieren lassen würde.

Wohin sollte sie also gehen? Bestimmt gab es in England einen Ort für sie. Vielleicht nicht in der Victoria Street, so wie die Dinge standen, tatsächlich kam der ganze Süden Londons nicht mehr infrage, und auch das West End war nichts mehr für sie. Der Südwesten Englands stand nach dem, was in Somerset passiert war, ebenfalls nicht zur Debatte, und jede englische Küstenstadt wäre unweigerlich eine Enttäuschung im Vergleich zu dieser Reise. Den Norden Englands kannte Nancy nicht, nur die Filme von Albert Finney und Alan Bates, die dort spielten und die die Runde gemacht hatten. Darin wurde eine trostlose Industriegesellschaft dargestellt, die sie kein bisschen reizvoll fand.

Das Einzige, was Nancy nach Hause zog, war zugleich das Einzige, was sie auch von dort fernhielt, und obwohl es sie entzweiriss, war ihr klar, dass sie sich eines Tages entscheiden musste.

Eines aber stand fest: Sie liebte das mediterrane Klima. Keine Hitzewelle in England hatte sie ahnen lassen, wie belebend sie die Wärme hier empfand, wie sehr sie es liebte, dass ihre Haut braun und ihre Haare heller wurden. Dabei waren die schwülen Nächte unerträglich und schienen sich mit Nancys grüblerischen Gedanken verschworen zu haben, um sie nicht schlafen zu lassen. Aber was spielte das schon für eine Rolle, wenn man den nächsten Tag damit verbringen konnte, in der Sonne zu liegen, dem Dröhnen entfernter Motorboote zu lauschen und sich vom Duft nach Kokosnussöl und Zitronenhainen einlullen zu lassen?

Abgesehen von den Menschen zu Hause vermisste Nancy vor allem ihre Nähmaschine, das Gefühl von Sinnhaftigkeit, wenn sie ein Stück Stoff abmaß, um es wenige Stunden später tragen zu können. Sie vermisste die völlige Versunkenheit in die Herstellung von etwas, was es zuvor noch nicht gegeben hatte, und am Ende des Tages noch etwas anderes vorweisen zu können außer einem leidlich milde gestimmten Teenager. Ihre nächste Station nach Capri würde Venedig sein, wo sie einen ganzen Monat bleiben würden. Ob sie dort vielleicht eine Nähmaschine auftreiben konnte? Dann könnte sie ihre Zeit sinnvoll nutzen und vielleicht auch Pamela etwas beibringen, wie sie es versprochen hatte. Dann wäre sie endlich wieder sie selbst.

Aber zuerst galt es, die Insel zu genießen, auch wenn Nancy sich in andauernder Alarmbereitschaft befand, falls Charlie auftauchen sollte. Na gut, damit würde sie sich auseinandersetzen, wenn es so weit war.

Sie genoss einen seltenen Augenblick der Einsamkeit, trotz der Gesellschaft hunderter anderer Badegäste, die herumplantschten, am Strand entlangstolzierten oder braun gebrannten Italienern bei ihren Hechtsprüngen in den tiefen Pool zusahen. Pamela war mit Caro zum Mittagessen in das von einem Sonnensegel geschützte Café am anderen Ende des Pools verschwunden und hatte Nancy ihrem Sonnenbad überlassen, während Peter gleich in der Nähe im Meer schwamm. Nancy hob die Hände an die Augen und versuchte zu erkennen, ob Pamela oder Caro sich vielleicht nach ihr umblickten, aber am Wasser war nur fröhlicher Trubel auszumachen und das umwerfende Panorama der drei riesigen Felsen, die aus dem aquamarinblauen Wasser ragten, umkreist von kleinen weißen Motorbooten.

Nancy rückte ihr Bikinioberteil zurecht, damit die grazilen Knöpfe, die es am Rücken zusammenhielten, nicht drückten, und verschob den Taillengürtel der passenden türkisblauen Shorts. Sie wollte sich nicht an dem in der

Sonne heiß gewordenen Reißverschluss verbrennen. Ihre Sonnenbrille war groß genug, um die gröbsten Strahlen abzuhalten, und sie band sich ein Tuch über den weichen Sonnenhut und befestigte es unter ihrem Kinn. Das würde sie vor der starken Mittagssonne schützen.

Friedlich döste sie vor sich hin. Der Lärm vom Pool half ihr dabei abzuschalten. Nur das gelegentliche Plätschern des kalten Wassers weckte sie immer wieder ein bisschen auf, während das auf- und abbrandende Gelächter sie wieder einlullte.

Als ein Schatten vor die Sonne trat und ihre Haut augenblicklich abkühlte, überlegte Nancy, ob sie ihr Gegenüber beachten oder lieber weiterdösen sollte. Sie hörte, wie er mit seinen Taschen herumnestelte und leise vor sich hin murmelte, dann wehte der Duft einer englischen Zigarette herüber. Plötzlich war Nancy wehmütig zumute. Sie wollte sich gerade aufsetzen und ihn um eine Zigarette bitten, da rief er laut nach jemandem auf der anderen Seite des Beckens.

»Peter, hier drüben, altes Haus.«

Es war ihnen recht gut gelungen, Tony aus dem Weg zu gehen. Er war noch ein paar Tage länger in Antibes geblieben, um sich mit einer Reihe von Leuten zu treffen und letzte Details seines Filmprojekts zu klären. Erfreut hatte Nancy zur Kenntnis genommen, dass er in einem Hotel ein Stück entfernt von ihrem Apartment wohnte, sodass sie seiner Aufdringlichkeit besser ausweichen konnte. Ihr war aufgefallen, dass auch Pamela viel entspannter war, wenn Tony nicht in der Nähe weilte.

Und nun war Nancy hin- und hergerissen zwischen dem Drang, ihre bloße Haut zu bedecken, und dem Wunsch, sich tot zu stellen und keine Aufmerksamkeit zu erregen.

»Tony! Wie steht's? Ich habe seit Tagen nichts von dir gehört.« Peter schüttelte vernehmlich Meerwasser aus seinen Ohren und rieb sich kräftig mit einem Handtuch ab.

»Nicht schlecht. Es gibt noch ein paar letzte Details, die geklärt werden müssen, aber im Großen und Ganzen sind wir so weit. In ein paar Monaten ist Drehbeginn.«

»Das sind großartige Neuigkeiten. Caro wird sich freuen, dich zu sehen.«

»Es ist mir immer ein Vergnügen, deine Damen zu treffen, Peter.« Es entstand eine kleine Pause, dann fügte Tony hinzu: »Nancy schläft tief und fest.«

Das wechselnde Licht sagte ihr, dass sich die beiden Männer über sie beugten.

»Wie ein Stein«, meinte Peter. »Kein Wunder, dass sie müde ist. Es war alles ein bisschen viel in den letzten Tagen.«

»Schön, sie um sich zu haben, oder? Nicht nur für Pamela.« Tony zog an seiner Zigarette und drückte sie dann offenbar im Aschenbecher neben ihrem Stuhl aus. »So, alter Freund, erzähl es Onkel Tony: Bringt sie dich nicht, du weißt schon, in Versuchung? Sie ist ein echtes Sahnestückchen.«

Jetzt gab es keinen Ausweg mehr. Wenn sie sich aufsetzte, würden sie annehmen, dass sie alles mitangehört hatte, und wenn sie liegen blieb, müsste sie wohl oder übel weiter zuhören.

Peter versuchte, Tonys Kommentar mit einem verlegenen Lachen abzutun. »Du kennst mich doch: Mir reicht eine Frau. Aber sie ist reizend mit Pea, und es ist schön, sie dabeizuhaben.«

Tony lachte. »Ha! Ich ahnte es!« Nancy hörte, wie ein Stuhl herangezogen wurde. »Komm, setz dich kurz zu mir, Peter. Ich möchte etwas mit dir besprechen.«

»Ich sollte lieber mal nachschauen, ob die Mädchen mit dem Essen fertig sind …«

Tony klopfte auf den Stuhl. »Es dauert nicht lange.«

Mit einem Seufzen setzte sich Peter auf den Stuhl. »Was ist, Tony?«

Wieder entstand eine Pause, und Nancy spürte, wie Tony sich versicherte, dass sie immer noch schlief, ehe er mit viel leiserer Stimme fortfuhr: »Also, die Sache ist die, es geht um diesen Film.«

Peter lachte. »Wer hätte das gedacht! Ich hätte es nie für möglich gehalten, dass du es mal zum Hollywood-Millionär bringst.«

»Nun, ich bin kein Millionär. Aber wir haben ein Drehbuch, wir haben ein Filmstudio gebucht, einen Regisseur, eine süße kleine Schauspielerin, alles vorhanden.«

»Klingt furchtbar aufregend. Gib mir Bescheid, wenn ihr einen Kulissenmaler braucht.«

Tony lachte. »Da bist du die erste Wahl, versprochen.«

Die beiden Männer schwiegen einen Moment. »Aber …?«, fragte Peter schließlich nach.

»Es ist mir ein wenig unangenehm, aber uns fehlen noch ein paar Cent im Budget. Ich habe schon ein paar verdammt tolle Investoren: Alles Leute, die eine Goldgrube erkennen, wenn sie sie sehen, und die wissen, dass sie ihr Geld doppelt und dreifach zurückkriegen.«

In der folgenden Stille hörte sie Peter tief durchatmen. »Wie viel, Tony?«

»Zwanzig.«

»Zwanzigtausend Pfund?«

»Um den doppelten Gewinn einzustreichen.«

»Tony, alter Kumpel, dir ist doch klar, dass wir in letzter Zeit knapp bei Kasse sind. Wir haben alles für diese Reise ausgegeben, weil wir uns in der Illusion gewiegt haben, dass ich hier ein paar Aufträge an Land ziehen könnte. Die Wahrheit ist aber, dass das alles gar nichts gebracht hat. Wir sollten überhaupt nicht hier sein, es ist Wahnsinn.«

»Aber was ist mit dem Geld von Sunberry Park? Du bist doch sicher der Alleinerbe von Cecil ...« Tony hielt inne.

Peter lachte. »Welches Geld denn? Mein armer toter Bruder war ein Säufer und ein Spieler und hat das Haus nach dem Tod unserer Eltern gegen eine Riesensumme versetzt.«

»Aber es muss doch noch etwas vom Verkauf übrig sein?«

»Nicht einmal der sprichwörtliche letzte Groschen. Der Rest ist für die Beerdigung draufgegangen. Wir haben lediglich einen sinnlosen Titel und das Haus in Kensington, das ich Gott sei Dank selbst gekauft habe. Aber es ist bis unter das Dach mit Hypotheken belastet.« Er seufzte. »Zumindest an unser Heim ist Cecil nicht rangekommen, ehe er sich das Hirn rausgepustet hat. Wir mussten sogar Pamela aus der Schule nehmen, verstehst du? Keine Ahnung, was wir jetzt mit ihr anstellen, wenn es Caro nicht gelingt, sie mit einem scheußlichen Ölbaron zu verkuppeln. Sie muss sich eine Arbeit suchen.«

Nancy hörte, wie Tony eine weitere Zigarette aus dem Etui holte. »Nun, dann ist das vielleicht genau die Lösung. Komm schon, zwei alte Kumpel, die sich gegenseitig aus der Patsche helfen. Du leihst mir so viel, wie du kannst, und ich verspreche dir, dass ich das Doppelte daraus mache.«

Peter seufzte. »Caro würde mich umbringen.«

»Caro muss davon gar nichts erfahren.«

»Ich weiß nicht recht, Tony. Es fühlt sich nicht richtig an.«

»Hör mal, alter Freund, ich sag dir was. In der Filmbranche liegt das ganz große Geld. Schau dich doch hier um: Filmstar, Filmstar, der Ehemann eines Filmstars, Filmproduzent, Drehbuchautor …«

»Schon gut, ich verstehe ja, was du meinst. Ich werde darüber nachdenken.«

Nancy vernahm ein Geräusch, es klang, als würde eine Hand auf eine Schulter schlagen. »Guter Junge. Nun, was hältst du davon, wenn wir jetzt mit deinen Mädels was trinken gehen und unser Dornröschen hier weiterschlafen lassen?«

Sie hörte, wie sich bloße Fußsohlen auf dem nassen Beton entfernten, und hob dann den Kopf, um den beiden Männern nachzusehen: der eine groß, bleich und mit seinen weißen Streichholzbeinen unverkennbar ein Engländer, der andere ein braun gebrannter Draufgänger, der sich in der Partyszene von Capri wohlfühlte wie ein Fisch im Wasser.

»Nancy, pack deine Sachen, wir gehen segeln! Und wenn du schon mal dabei bist, bring Pamelas Zeug gleich mit.«

Nancy, die gerade aus dem Pool steigen wollte, hielt auf der Leiter inne. Im Gegenlicht konnte sie nur Caros Silhouette erkennen, das Gesicht des Ex-Models lag im Schatten eines riesigen schwarzen Strohhuts.

Sie trocknete sich rasch ab und zog ihr kleines Strandkleid über den Zweiteiler. Sofort zeichneten sich die nassen Umrisse ihres Bikinis auf dem steifen Popelinestoff ab und färbten das helle Türkis und die rosa Blüten dunkler.

Sie packte ihre wenigen Habseligkeiten in eine große Strandtasche und schaute sich um. Am anderen Ende des Pools entdeckte sie Caro, die ihr ungeduldig vom steinernen Anlegesteg aus zuwinkte. Bis sie in die Ledersandalen geschlüpft war, die sie auf dem Markt gekauft hatte, war der Rest der Gruppe schon auf das alte, blau angestrichene Boot geklettert. Sie drängten sich alle auf den engen Holzbänken auf beiden Seiten des Bootes zusammen, während ein braun gebrannter Kapitän mit bloßem Oberkörper am Heck stand, die Hand auf dem Ruder. Der kleine Motor stieß eine schmutzige Dieselwolke aus.

Pamela rutschte ein Stück und klopfte auf den Platz neben sich, sodass Nancy sich dort ans Ende der Bank quetschen konnte. Als sie merkte, dass das Mädchen auf die hellen Streifen an ihren Hüften starrte, zog sie rasch das Kleid darüber.

Der Kapitän tippte zum Gruß an seine leuchtend weiße Mütze, und mit aufheulendem Motor schoss das Boot davon, den Bug hoch erhoben.

»Lassen Sie mich nicht allein, wenn wir dort sind«, flüsterte Pamela Nancy ins Ohr, musste aber schließlich schreien, damit sie sie über das Dröhnen des Motors und das Klatschen der sanften Wellen gegen die Bordwand hinweg verstehen konnte.

»Und warum nicht?«, schrie Nancy zurück.

Zur Antwort nickte Pamela in Richtung des jungen Italieners neben Caro, in dessen Sonnenbrille sie sich beide spiegelten. Es war nicht auszumachen, ob er sie ansah oder nicht. In jedem Fall schien er Caro wenig Aufmerksamkeit zu schenken, die ihm etwas ins Ohr rief. Dabei war ihr riesiger Hut durchaus hinderlich, und der junge Mann schlug danach wie nach einer lästigen Stechmücke.

Der Motor wurde ein wenig leiser, und das Boot wurde langsamer, als sie sich einer riesigen weißen Yacht näherten, die ein Stück weiter draußen auf dem Meer vor Anker lag: ein langes, schlankes Gefährt, das für eine Raumfahrtmission ebenso geeignet schien wie für eine Kreuzfahrt in der Bucht vor Neapel. Waren denn hier alle Männer so attraktiv?, fragte sich Nancy, als sie zusah, wie sich ein Decksmann in Stellung brachte, um die kleine Gesellschaft in Empfang zu nehmen. Seine gebräunten, muskulösen Schenkel steckten in strahlend weißen Shorts. Er fing das Tau, das ihm der Kapitän zuwarf, dann hielt er den Passagieren eine Hand hin, um ihnen auf die schmale Gangway zu helfen, die an Deck der *Alessandra* führte.

Nancy stieg zuletzt aus, sie hatte das Gepäck der Familie bei sich. »*Signorina?*«, sagte der Decksmann. Die erhabenen Knöpfe an seiner livrierten hemdartigen Jacke schimmerten ebenso wie sein Zahnpastalächeln. Er nahm ihr die Taschen ab und zog sie an Deck der Yacht. Als Nancy sich aufrichtete, entdeckte sie in einer Ecke auf dem Boden einen Knopf, der genauso aussah wie die an der Uniform des Mannes. Wie eine Elster sammelte sie ihn auf und steckte ihn in die Tasche. Einen Knopf würde sicherlich niemand vermissen.

Das Boot fuhr zurück zum Strandclub, und der kleine Motor veranstaltete dabei einen solchen Lärm, dass der Decksmann Nancy durch Gesten zum vorderen Teil der Yacht geleiten musste, wo eine Gruppe von Gästen in Badekleidung an der polierten Reling lehnte, sich mit Champagnerflöten zuprostete oder sich gegenseitig den Rücken eincremte. In ihrer Mitte auf einer weißen Lederbank saß eine todunglückliche Pamela neben dem jungen Italiener, der sie hierher begleitet hatte. Sie hatte sich Nancys kariertes Strandkleid eng über die Brust gezogen und ihre sommersprossigen, bleichen Beine unter die Bank geschoben.

Nancy winkte ihr zu, und Pamela schaute erschöpft zurück, ihr ohnehin bleicher Teint hatte einen leicht grünlichen Ton angenommen.

»Gianni und Pamela scheinen sich gut zu verstehen, meinen Sie nicht auch?«, sagte Caro und trat hinter Nancy.

Nancy hatte die Vermutung, dass Jack Kennedy und Fidel Castro besser miteinander auskämen, wenn sie zusammen auf einer Bank landen würden, aber sie zuckte nur mit den Schultern.

»Giannis Vater Giacomo und ich kennen uns schon eine Ewigkeit. Ihm gehört ein Modemagazin in Italien. Genauso wie diese Yacht. Ich habe ihn vor vielen Jahren bei einem Shooting für *Balenciaga* in Venedig kennengelernt. Die Familie kam immer nach Sunberry zu Besuch, ehe Peters Bruder den Landsitz verspielte.« Sie seufzte. »Schöne Zeiten waren das. Und jetzt schauen Sie sich die beiden an: Als sie ein kleines Kind war und er ein Teenager, haben sie immer zusammen Verstecken gespielt. Sie beten einander an.«

»Das kann man sehen«, erwiderte Nancy und beobachtete, wie Gianni sein Spiegelbild in der Fensterscheibe neben sich begutachtete. »Aber ist er nicht ein wenig …«

»Ein wenig was?« Caro nahm ihre riesige Sonnenbrille ab, um Nancy anzufunkeln.

»Nun, ein bisschen alt für Pamela?«

»Um Himmels willen, Nancy, sie unterhalten sich ja nur. Niemand will hier eine Ehe arrangieren oder Ähnliches.« Caro musterte ihre Stieftochter noch einen Moment, ehe sie ihre Sonnenbrille wieder aufsetzte. »Allerdings ist er ziemlich attraktiv, nicht wahr? Und die Familie ist stinkreich. Es wäre schön, wenn Pamela versorgt wäre, falls irgendetwas …« Sie hielt inne, und ein seltener Moment der Schwäche ließ kurz ihre Maske schmelzen.

»Falls was?«, fragte Nancy.

»Nichts. Man sollte nur den Aspekt der finanziellen Absicherung nicht unterschätzen. Das wissen wir doch beide nur zu gut, nicht wahr? Wir Mädchen von der falschen Seite der Straße, Sie verstehen schon.«

Nancy war sich nicht sicher, was sie darauf erwidern sollte. Manchmal war Caro schwer einzuschätzen.

»Wie auch immer, Sie müssen mich jetzt entschuldigen. Ich muss mich hinlegen. Ich habe wieder einen meiner Migräneanfälle. Diese Sonne ist einfach zu viel. Passen Sie auf Pamela auf, vielleicht sollten Sie mit ihr zurückfahren, so grün, wie sie im Gesicht ist. Nicht dass ihr hier auf Giacomos Boot schlecht wird, ich würde sterben!« Caro schenkte Nancy ein sparsames Lächeln, dann rückte sie ihr Chiffon-Hüfttuch zurecht, tupfte sich den mohnroten Lippenstift ab und verschwand durch die niedrige Tür unter Deck.

»Oh, bitte, helfen Sie mir«, stöhnte Pamela. Sie schwankte zu Nancy herüber und griff nach ihrem Arm. »Er ist einfach grauenhaft.« Gianni hatte sein Shirt ausgezogen und sich unter die Trinkgemeinde an Deck gemischt, dabei betrachtete er immer wieder seine gut definierten Bauchmuskeln. »Er war immer so gemein zu mir. Als ich klein war, ist seine Familie zu Granny und Granpa zu Besuch gekommen, und er hat mich zwei Stunden lang mit einer toten Maus in einen Schrank gesperrt. Ich hasse ihn.« Pamela blies die Backen auf und stieß die Luft langsam wieder aus. »Es geht mir nicht besonders gut«, fügte sie dann hinzu. »Was meinen Sie, wann können wir verschwinden?«

»Alles in Ordnung, Pummelchen?«, fragte Tony im Vorbeigehen. »Du wirkst ein bisschen grün um die Kiemen, wenn ich das so sagen darf. Da hilft am besten ein Sprung ins Meer.« Er fasste Pamela um die Taille und tat so, als würde er sie über Bord werfen wollen. Nancy hatte in ihrem Leben schon genug entsprechende Szenen mitbekommen, um den Unterschied zwischen ermunterndem Gequietsche und solchem, das anzeigte, dass der Spaß nun endgültig vorbei war, zu kennen. Pamela hatte eindeutig keine Lust auf Spielchen. Unbeeindruckt von der Abfuhr, die sie ihm erteilt hatte, klopfte er gegen das Champagnerglas in seiner Hand. »Ich hol mir mal Nachschub. Kann ich euch was mitbringen?«

Sie schüttelten beide den Kopf und ließen ihn vorbei, woraufhin er unten in der Kajüte verschwand.

An Deck hatte jemand ein Radio angestellt, und der lebhafte Beat typisch europäischer Tanzmusik löste eine kleine pulsierende Bewegungswelle bei einigen weiblichen Gästen aus. Ein paar braun gebrannte Mädchen fingen an, in ihren knappen Bikinis den Shimmy zu tanzen. Ältere Männer mit gegerbtem Gesicht, zurückweichendem Haaransatz und dichtem grauem Brusthaar lehnten sich in den weißen Ledersesseln zurück, die verstreut herumstanden, und schauten zu. Dabei pafften sie riesige Zigarren.

»Hier sind eine Menge Gäste«, sagte Nancy. »Kennst du viele von ihnen?«

»Eigentlich nicht. Sehen Sie, da drüben ist Pa. Vielleicht können wir ihn überreden, bald nach Hause zurückzukehren.« Pamela warf einen sehnsuchtsvollen Blick zum Ufer. »Was meinen Sie, wie lange würde ich brauchen, um zurückzuschwimmen?«

»Zu lange«, erwiderte Nancy und schubste sie Richtung Peter. Pamelas Idee, einfach über Bord zu springen, war vielleicht gar nicht so schlecht.

»*Formaggio!*«, hörten sie eine Stimme hinter sich, und als sie sich umdrehten, hielt Gianni eine brandneue schwarz verchromte Kamera auf sie gerichtet. Pamela schaffte es gerade noch, ihm die Zunge herauszustrecken, ehe der Blendenverschluss klickte und Gianni weiterwanderte.

»Hallo, Pea«, begrüßte Peter seine Tochter, legte ihr den Arm um die Schulter und zog sie an sich. »Du wirkst ein bisschen blass. Ist alles in Ordnung?«

»Mir geht es gut«, antwortete Pamela und lehnte den Kopf an seine Brust, während er ihr übers Haar streichelte.

»Willst du nicht Giacomo begrüßen?«, fragte er und machte mit seinem Whiskyglas eine Geste zu einem der Männer hin, mit denen er sich gerade unterhalten hatte.

Nancy bemerkte, wie Pamelas Gesicht noch einen Stich grüner wurde, als sich der alte Mann vorbeugte und ihr die Hand küsste. »*La nostra rosa inglese*«, sagte er, als er einen Schritt zurücktrat und das Mädchen anlächelte. »Und wer ist das?«, fragte er Peter, als sein Blick an Nancy hängen blieb.

»Das ist Nancy. Sie greift uns diesen Sommer ein bisschen unter die Arme.«

Der Italiener lachte und stieß Peter an. »*Bellissima, non?*«

Peter starrte auf seine schäbigen alten Turnschuhe hinunter. »Ähm, ja, absolut. Nun, wie auch immer, Giacomo möchte, dass ich ein Porträt von ihm anfertige. Nicht wahr?«

»*Si, si*. Es wäre mir eine Ehre, von so einem begabten Künstler wie dir gemalt zu werden.«

Pamela schaffte es, sich ein wenig gerader aufzurichten. »Ja, Pa ist wirklich brillant. Er ist absolut …« Alle sahen zu, wie sie leicht schwankte. »Er ist absolut …«

Und plötzlich landete der Capresesalat, den sie zum Mittagessen gehabt hatte, auf Giacomos makellosen cremefarbenen Kalbfellschuhen.

Peter brachte Pamela unter ein Sonnensegel. Wie aus dem Nichts tauchten auf einmal in eingeübter Routine Decksmänner mit Eimer und Wischmopp auf. Nancy lief nach unten, um ein Glas Wasser zu holen. Das Boot war größer, als es von oben wirkte, und sie konnte die Bordküche nicht finden. Sie vermutete, dass sie weiter innen gelegen war, aber irgendwo in der Nähe musste es doch ein Badezimmer mit einem Wasserhahn geben. Vom großzügigen Essbereich unten an der Treppe führte ein schmaler Flur zum Bug des Schiffes. Links und rechts gingen blank geputzte Mahagonitüren mit glänzenden Messingklinken ab. Bestimmt liegt hinter einer dieser Türen ein Badezimmer, dachte Nancy, als sie der saure Geruch des Erbrochenen, das auf ihren Beinen gelandet war, würgen ließ. Sie versuchte, die nächstbesten Türen zu öffnen, aber hinter der einen befand sich ein holzverkleidetes Arbeitszimmer und hinter der zweiten ein Ankleideraum. Die nächste Tür schien zu klemmen, als ob etwas von innen im Weg stand, aber Nancy drückte fest, bis die Tür schließlich nachgab und sie sich auf der Schwelle eines stickigen, heißen Schlafzimmers wiederfand. Das Bett war ein sich windendes Durcheinander von Leintüchern, Kleidung und gebräunten Körperteilen. Wie gelähmt stand Nancy da, als sich zwei Körper voneinander lösten und sie in die derangierten Gesichter von Tony und Caro blickte.

Schnell trat sie zurück auf den Flur und stolperte beinahe, während sie die Tür hinter sich zuwarf. »Tu so, als wäre das nie passiert«, sagte sie leise zu sich selbst, während sie sich rückwärts von der Tür entfernte. »Du wusstest es doch.«

»Was wusstest du?«

Sie schnappte nach Luft. Sie war mit jemandem zusammengestoßen. Als sie herumfuhr und die Person direkt anblickte, wäre sie beinahe in Ohnmacht gefallen.

Einen unendlichen Augenblick lang starrten sie sich an.

»Wie geht's, Nancy?«, fragte er schließlich und lächelte. »Du wirkst, als hättest du einen Geist gesehen.«

20

McCall's 6653: Caprihosen für Damen

Das Frühstück war merkwürdig verlaufen. Pamela hatte sich stillschweigend über das Büfett hergemacht. Sie hatte einen Bärenhunger, nachdem sie am Vortag alles losgeworden war, was sie in sich hatte. Diesmal musste sie sich keine Kommentare von Caro anhören, die eine Tasse Kaffee nach der anderen trank und rauchte, während sie mit den Zehen ihres rechten Fußes rhythmisch gegen das Tischbein klopfte und dabei einen Punkt jenseits der Terrasse fixierte. Ihr Unterkiefer war so angespannt, dass die Sehnen an ihrem langen Hals hervortraten.

Nancy mochte nicht einmal an Frühstück denken. Unschlüssig, über welchen der beiden Vorfälle gestern sie zuerst nachgrübeln sollte, starrte sie auf die Schüssel mit wächsern aussehenden Zitronen, die in der Tischmitte stand. Die frische warme Semmel auf ihrem Teller rührte sie nicht an. Die Käsestückchen und Speckstreifen, die daneben lagen, fingen langsam an zu schwitzen, während es immer wärmer wurde und die Sonnenstrahlen durch die dichten Ranken der Pergola über ihnen drangen.

Peter hingegen hatte zu seiner Freude eine Ausgabe der *Times* ergattert und murmelte immer wieder etwas von Cuba und Kricket. Es war schwer zu bestimmen, was ihn mehr aufregte. Schließlich legte er die zerknüllten Seiten auf den Tisch und schaute sich um, als wäre er erstaunt, dass noch andere Personen anwesend waren.

»So«, sagte er, »was steht heute an?«

Caro wandte sich ihm zu. Sie seufzte und überkreuzte ihre langen Beine andersherum. »Essen mit Giacomo und Alessandra und ein paar Freunden von ihnen«, antwortete sie und verscheuchte eine Fliege, die auf ihrem weißen Leinenkleid gelandet war.

Pamela stöhnte. »Muss ich mit?«

»Selbstverständlich«, blaffte Caro, und ausnahmsweise merkte Pamela, dass die Diskussion damit beendet war.

Peter zog ein enttäuschtes Gesicht. »Oh, nun, das wird vermutlich nett.«

»Was meinst du damit?« Caro füllte sich Kaffee aus der angeschlagenen blauen Kanne nach.

»Ich dachte nur, es wäre auch schön gewesen, wenn wir den Tag einmal für uns gehabt hätten, nur wir vier.«

Caro warf ihm einen Blick zu, als hätte er vorgeschlagen, den Tag bettelnd auf der Piazzetta zu verbringen. »Wozu sollte das denn bitte gut sein?« Sie zündete sich eine neue Zigarette an der alten an, die sie beinahe zu Ende geraucht hatte.

»Nun, damit wir mal ein bisschen Familienzeit miteinander verbringen können?«

Pamela hörte auf zu essen und beobachtete die Szene

gespannt. Eine große Scheibe Brot mit Marmelade verharrte in der Luft.

Caro lachte.

»Was ist los mit dir? Das ist nicht lustig, Caro. Ich könnte Pea zum Zeichnen mitnehmen. Und Nancy auch, wenn sie möchte. Oder ihr könntet zusammen eine Runde durch die Geschäfte drehen, und wir treffen uns danach zum Mittagessen? Unten am Platz sind ein paar hübsche kleine Läden.«

»Mit hübschen kleinen Preisen. Wie auch immer, wir haben bereits eine Essensverabredung. Bei den Cavellis, du erinnerst dich?«

Peter seufzte. »Ich bin nicht sicher, ob ich dazu Lust habe, Caro. Ich könnte gut mal einen Tag Pause von all dem Trubel gebrauchen.«

Sie stand auf und lehnte sich gegen den Tisch, sodass er wackelte. »Nun, Peter, ich bin auch nicht sicher, ob ich dazu Lust habe, aber so ist es nun einmal. Wir werden hingehen. Und du wirst zu beiden sehr charmant sein, bis sie endgültig ein Bild bei dir in Auftrag gegeben haben.«

»Was ist mit Onkel Tony? Kommt er auch mit?«, erkundigte sich Pamela.

Nancy wandte sich schnell ab und versuchte, das Bild von Caros und Tonys verschlungenen Körpern in ihrem Kopf loszuwerden. Sie war nicht verwundert gewesen, als es gestern Nacht leise an ihrer Tür geklopft hatte. Als sie aufgestanden und zur Tür getapst war, entdeckte sie Caro im Flur, in jeder Hand ein Glas Brandy. Nancy lehnte höflich ab und beeilte sich zu versichern, dass sie ja eigentlich gar nichts gesehen hätte und es sie im Übrigen ja auch gar nichts anginge. Sie hatte gespürt, dass Caro reden wollte und ihre spröde Rüstung anfing zu bröckeln, aber Nancy hatte kein gesteigertes Interesse daran, mehr zu erfahren, als sie unfreiwillig ohnehin schon wusste. Also hatte sie sich höflich entschuldigt, um sich wieder hinlegen und an die Decke starren zu können. Danach hatte sie versucht, den zweiten Schock von jenem Nachmittag zu verarbeiten.

Pamela wartete noch immer auf eine Antwort auf ihre Frage, aber außer dem Gezwitscher der kleinen Spatzen, die zu ihren Füßen die Krümel aufpickten, und dem Dröhnen der ersten Motorboote, die den Hafen verließen, war nichts zu hören.

»Tony musste nach Paris zurück«, verkündete Caro schließlich, und Nancy meinte ein leichtes Zittern in ihrer Stimme auszumachen. Ob sie ihr letzte Nacht nicht doch die Chance hätte geben sollen, sich zu erklären?

»Paris?«, fragte Peter. »Warum das denn?«

»Er steigt dort in einen Flieger nach Südamerika. Chile oder so … Ich weiß es nicht mehr. Ich glaube, es hat mit dem Film zu tun.«

Nancy wagte es, den Blick zu heben, und stellte fest, dass plötzlich jede Spur von Sonnenbräune aus Peters Gesicht gewichen war. »Er reist ab? Wann hat er dir das gesagt?«

»Oh, ich kann mich nicht mehr erinnern. Vielleicht gestern Abend? Was spielt das für eine Rolle?«

Peter räusperte sich. »Und wann kommt er zurück?«

»Pamela«, flüsterte Nancy, »lass uns deine Sachen für heute zusammenpacken, in Ordnung?« Aber das Mädchen saß da wie versteinert und reagierte nicht, als Nancy es sanft am Arm zog.

»Woher soll ich das wissen? Ich bin schließlich nicht seine Ehefrau, oder?«, blaffte Caro, dann griff sie sich ihre Sonnenbrille vom Tisch und hinterließ eine Duftwolke aus Rosmarin, als sie an den Kräuterbeeten vorbei zurück ins Haus rauschte.

»Nun, da hat wohl jemand seine Tage«, meinte Pamela leise und nahm sich ein weiteres Glas frische Limonade.

Endlich war Nancy allein. Sie hatte sich unter dem Vorwand, sie litte an Kopfschmerzen, von der Essenseinladung entschuldigt. Es war nur eine halbe Ausrede gewesen. Pamela hatte beinahe darauf bestanden, bei ihr zu bleiben, aber dann war ihr eingefallen, dass sie ja Charlie treffen würden. »Sie sollten auch kommen, Nancy«, hatte Pamela gesagt. »Sie könnten sich mit Charlie unterhalten. Wie lustig, dass Sie ihn kennen!«

Wie lustig, in der Tat.

Nancy hatte es sich im Schaukelstuhl gemütlich gemacht und blätterte Caros Zeitschrift durch. Ein Bein hatte sie untergeschoben, mit dem anderen stieß sie sich dann und wann vom Boden ab, um weiter zu schaukeln. Verglichen mit Peters Zeitung beschrieb die Zeitschrift ein Paralleluniversum. Die Angst vor russischen Raketen wurde hier von Gerüchten über ein Techtelmechtel zwischen diversen Präsidenten und Schauspielerinnen verdrängt. Außerdem beherrschten Schnappschüsse von einer Yacht, die ein Stück weiter nördlich von Capri lag, die Titelseite. Ein Paparazzo hatte dort die beiden Stars aus dem Film *Cleopatra* beim Knutschen erwischt und damit eine Welle der Aufregung in der Bucht von Neapel ausgelöst.

Irgendwann tauschte sie die Zeitschrift gegen ein kleines Stück Stoff, das sie bestickte, und spürte sofort eine beruhigende Wirkung, als die Nadel in den Stoff und wieder herausfuhr und der dicke Seidenfaden sich durch das dünne Leinen webte. Es machte Nancy nichts aus, dass ihre Finger in der morgendlichen Hitze feucht wurden. Sie hatte die komplizierten hellrosa Initialen fertig gestickt und verzierte sie nun noch mit verschlungenen Rosenknospen und zartgrünen Ranken. Dann vernähte sie das Fadenende, wobei sie es beim Festziehen leicht zwischen Daumen und Stoff flach drückte. Schließlich schnitt sie den Faden mit ihrer kleinen Reiseschere ab und führte die Nadel ein paarmal durch den Stoff, damit sie nicht verloren ging. Zufrieden betrachtete Nancy ihr Werk. Vielleicht würde sie einen Spaziergang ins Dorf unternehmen und ein Postamt suchen. Peggy würde es sicher sehr aufregend finden, ein Paket aus dem fernen Capri zu bekommen!

Sie faltete den Stoff zusammen und legte ihn zur Seite. Wem machte sie hier etwas vor? Sie würde es niemals verschicken. Genauso wenig wie all die Postkarten, die sie gekauft hatte. Nur die erste aus Paris hatte sie beschrieben. Wie hätte sie auch Worte finden sollen?

Nancy stand auf, um sich zu strecken und die Bänder am Saum ihres ärmellosen Shirts wieder zu schnüren, die sich gelöst hatten. Dann strich sie ihre Hose glatt. Die weiße Caprihose war ein Triumph; sie war das sorgfältige Maßnehmen und dauernde Anprobieren wert. Sie schmeichelte ihrer schmalen Taille, dem flachen Bauch und den langen Beinen. Ihre gebräunten Knöchel schauten aus den halblangen Hosenbeinen heraus. Immerhin hatte sie inzwischen ihre Figur zurück.

Der streunende Hund, der auf der schmutzigen Straße herumlungerte, die zu dem kleinen Haus auf dem Hügel führte, fing an zu bellen. Nancy hörte, wie das Gatter geöffnet und wieder geschlossen wurde. Eine leise Männerstimme schimpfte sanft mit dem Tier.

»Wer ist da?«, fragte sie.

Er stand unsicher am anderen Ende der Terrasse und hielt einen Strauß in Papier eingeschlagener blutroter Hibiskusblüten im Arm.

»Ich dachte, du wärst mit den anderen beim Essen«, sagte sie.

»Und ich dachte, du würdest auch dabei sein. Sonst hätte ich nie zugesagt.«

»Aber wie kommt es, dass du jetzt hier bist?«

Er zuckte mit den Schultern. »Ich habe ihnen erzählt, dass ich etwas anderes vorhätte.«

»Und stimmt das?«

Er stieß mit seinem hellen Wildlederschuh gegen einen Kiefernzapfen, der auf dem Boden lag, dann sah er sie mit seinen grauen Augen an.

Warum war er hier? Vor einem Jahr hatten sie sich alles gesagt, was es zu sagen gab, und obwohl es damals nicht wahrscheinlich gewesen war, so hatte Nancy doch überlebt. Die Welt war nicht untergegangen, als Charlie Blake sie verlassen hatte.

»Charlie …«

Er hielt ihr den Blumenstrauß hin, aber sie verschränkte die Arme, sodass er die Blumen auf den Tisch legen musste. »Bitte, Nancy. Können wir reden? Du hast mir gefehlt.«

Und dabei hatte sie seit zwölf Monaten kein Sterbenswort von ihm gehört.

»Du hast mir nicht gefehlt.«

Er legte den Kopf schief und schenkte ihr ein jungenhaftes Lächeln, mit dem er immer seinen Willen bekommen hatte. »Kein bisschen?«

»Nachdem du mich so behandelt hast?«

»Das ist mir klar, und es tut mir leid. Meine Eltern … nun, du weißt, wie das ist.«

»Ach ja? Ich habe auch Eltern, verstehst du, aber sie würden niemals zulassen, dass ich irgendjemanden so behandle, wie du mich behandelt hast. Was glaubst du, wie sie sich gefühlt haben?«

»Bitte, es tut mir leid.«

Er wirkte ehrlich zerknirscht, und Nancy spürte, wie sie einknickte, nur ein kleines bisschen. »Ich weiß nicht recht. Ich habe Kopfschmerzen.«

»Nein, hast du nicht.«

»Hab ich schon.«

»Hast du nicht.«

Ohne es zu wollen, verfiel sie in alte Muster. Sie hielt sich die Hand vor den Mund, um ein verräterisches Lächeln zu verbergen.

Er wagte sich einen Schritt vor. »Geh mit mir essen. Und ich erzähle dir, wie Diana mit dem Gärtner ihrer Mutter durchgebrannt ist, versprochen.«

Nancy riss die Augen auf. »Nein!«, rief sie und vergaß für einen kurzen Moment, dass sie ihn abblitzen lassen sollte.

Charlie holte seine Autoschlüssel aus der Tasche und klimperte vor ihr damit herum. »Kann ich dich danach noch auf eine Spritztour entführen?«

Was hatte sie schon zu verlieren? Es war nur ein Mittagessen.

Verdammt, Nancy, sag nein. Sag ihm, dass er verschwinden soll. Nein, nein, nein.

»Also gut«, meinte sie.

Es war einfach, jede Vernunft auszuschalten, wenn man hoch über dem glitzernden Mittelmeer mit offenem Verdeck eine kurvige Küstenstraße entlangbrauste. Nancy schloss die Augen, lehnte den Kopf zurück und dachte darüber nach, wie seltsam und doch selbstverständlich es sich anfühlte, hier auf dem Beifahrersitz zu sitzen, mit Charlie am Steuer.

Sie lauschte, wie er eine Melodie aus dem Autoradio mitsummte und dabei wie üblich keinen einzigen Ton traf. Darüber hatte sie immer lächeln müssen, und mit einem Mal fühlte sie sich zurückversetzt in ihre glückliche gemeinsame Zeit, als alles noch vor ihnen lag.

»Nancy?«, hatte er an einem Tag im April letzten Jahres zu ihr gesagt, als sie in ihrer Mittagspause auf einer Bank im Green Park saßen.

»Hm?«, hatte sie gemurmelt, den Kopf zurückgelehnt, um die Frühlingssonne im Gesicht zu spüren.

Er hatte gezögert, und plötzlich hatte sie Panik bekommen und sich gefragt, ob dies nun der Augenblick war, in dem ihm klar wurde, dass sie gar nicht so furchtbar interessant war, und er ihr erklären würde, dass er sie verlassen wollte.

»Was ist?« Sie hatte sich aufgesetzt und geblinzelt, um ihre Augen an das helle Sonnenlicht zu gewöhnen. Dann hatte sie ihn angeschaut.

Er hatte begonnen, mit ihrem Armband herumzuspielen, drehte es in die eine Richtung, dann in die andere. »Also, wir gehen ja schon eine ganze Weile miteinander aus, nicht wahr?«

Es war kaum zu glauben, aber tatsächlich waren schon ein paar Monate seit Dianas Geburtstag verstrichen, und Nancy konnte sich ein Leben ohne Charlie gar nicht mehr vorstellen. »Stimmt. Warum?«

Er wurde rot, und sie lachte.

»Okay, ich frage dich jetzt einfach …«

»Was, Charlie?« Ungeduldig wartete sie, bis ein älteres Paar an ihnen vorbeispaziert war.

»Nancy … würdest du die Nacht mit mir verbringen?«

Sie war sich nicht sicher, was sie antworten sollte. Natürlich war ihr klar gewesen, dass ihre Beziehung irgendwann eine neue Wendung nehmen würde, und sie hatte eigentlich auch nicht vorgehabt, ihn vorher um einen Ring zu bitten. Aber dennoch war es ein riesiger Schritt.

»Es tut mir leid. Ich habe alles verdorben. Nun bist du mir böse.«

Sie drückte seine Hand. »Natürlich bin ich dir nicht böse.«

»Aber du musst wissen, wie sehr ich dich begehre. Du bist perfekt, Nance. Und das sage ich nicht, um dich ins Bett zu kriegen.«

Sie musste über seine Verlegenheit lächeln. »Für mich bist du auch perfekt.«

»Du wirkst nicht überzeugt. Bist du eines dieser Mädchen, die damit warten wollen, bis sie verheiratet sind? Ich meine, es wäre in Ordnung, wenn es so wäre.« Schüchtern brach er ab, dann fügte er hinzu: »Nicht dass ich heiraten will. Also zumindest noch nicht. Du siehst das doch genauso, oder?«

Ans Heiraten hatte Nancy noch nie gedacht, auch wenn Phyllis sie dauernd deswegen mit Fragen löcherte. Sie hatte ein Leben zu leben und eine Karriere aufzubauen. Sie hatte wirklich nicht vor, sich jetzt an einen Ehemann und Babys zu binden. Nein, Charlie hatte recht. Außerdem, sie hatten das Jahr 1961, nicht 1921: Warum sollten sie es nicht tun, solange sie sich liebten und vorsichtig waren? Dorothy kannte vielerlei Tricks, wie sich ein Mädchen vor einer Schwangerschaft schützen konnte; es würde schon gut gehen.

»Und?«, hatte er gefragt und sich zu ihr gebeugt.

»Und … ja.«

Ja. Wie leicht war ihr dieses kleine Wort über die Lippen gekommen.

Sie aßen in einem kleinen Café an der belebten Piazzetta zu Mittag, und bei öltriefenden Pizzastückchen sprach er über seine Schreibversuche und über ihre Freunde. Über alles, nur nicht über die eine Sache, die zwischen ihnen stand. Währenddessen zeigte die blauweiße Keramikuhr hoch über dem Marktplatz die Zeit an, die sie schon zusammensaßen. Nancy musterte Charlies Gesicht, seine Mimik, wenn er aufgeregt von etwas erzählte oder wenn er die gelbliche *Limoncello* trank, und sie musste daran denken, wie sein leichtes Stottern ihr Herz mit Sehnsucht nach ihm erfüllt hatte. Sie suchte in diesen grauen Augen nach einer Erinnerung daran, was sie für ihn empfunden hatte, aber es war, als würde sie durch einen Schleier blicken.

Später brausten sie die Küstenstraße entlang, sein gebräunter Arm ruhte auf der Autotür. Irgendwann erreichten sie eine kleine Haltebucht und stiegen aus. Sie hockten sich auf das Metallgeländer, das die Straße von dem steil abfallenden Hang trennte. Unten an den Felsen brachen sich die Wellen.

Er schaute zu ihr hinüber. »Es tut mir leid, Nancy.«

Sie wollte seinen Gesichtsausdruck gar nicht sehen. Er kam ein ganzes Jahr zu spät und diente jetzt nur noch dazu, die Schrecklichkeit dessen, was damals passiert war, zu unterstreichen.

»Ich habe dich im Stich gelassen.«

Sie wandte sich zu ihm um. »Du hast uns alle im Stich gelassen, Charlie.«

»Ich weiß. Ich habe mich erbärmlich benommen.«

»Wie konntest du mir einfach so den Rücken kehren? Du hast gesagt, du liebst mich.«

Er wollte ihre Hand nehmen, aber sie faltete die Hände in ihrem Schoß. »Ich habe dich geliebt, Nancy.«

»Nur eben nicht genug.«

»Du verstehst das nicht. Es war sehr schwierig. Vater war …«

»Und was glaubst du, was mein Vater davon gehalten hat, Charlie?«, fragte sie und rückte von ihm ab. »Aber meine Familie konnte sich nicht so einfach aus der Affäre ziehen wie deine.«

Eine Weile saßen sie schweigend da. Die verlorenen Monate bildeten einen tiefen Riss zwischen ihnen, erfüllt vom Schrei der Kormorane, die in den Klippen unter ihnen nisteten.

»Was ist denn danach …? Hast du …?«

»Jetzt willst du es also hören?« Sie schüttelte den Kopf. »Du bist wirklich etwas ganz Besonderes, Charlie Blake.«

Er drehte sich zu ihr, und bestürzt bemerkte sie, dass ihm die Tränen in die Augen stiegen. »Nein, du bist etwas ganz Besonderes, Nancy. Ich war ein Idiot.«

Er beugte sich weiter zu ihr, und sie wandte gerade noch rechtzeitig ihr Gesicht ab, sodass seine Lippen nur ihre Wange streiften. Dennoch waren sie sich nah genug, dass sein Duft durch Nancys Blut rauschte.

Er zog seinen Geldbeutel aus der Tasche, nahm ein Foto heraus und reichte es ihr. »Hier. Das habe ich gefunden«, sagte er.

Sie nahm das Foto aus seiner Hand. Es zeigte sie beide an einem Strand, ihre Gesichter leuchteten in der frischen Frühlingsluft. Er stand hinter ihr, schlang die Arme um ihre Brust und drückte seine Wange an ihre.

»Eastbourne«, erwiderte sie leise und wollte ihm die Aufnahme zurückgeben, aber er schüttelte den Kopf. »Behalt es. Oder wirf es fort. Das ist deine Entscheidung.«

Sie schob das Foto in ihre Handtasche und stand auf, dann bürstete sie sich den Staub von der Hose. »Ich muss zurück«, erklärte sie. »Sie werden sich schon fragen, wo ich bleibe.«

Charlie öffnete ihr die Autotür, dann hielt er sie am Arm fest, als sie einsteigen wollte. »Nancy, kann ich dich wiedersehen?«

Sie musterte ihn ungläubig. »Hast du denn gar keine Vorstellung davon, was ich durchgemacht habe, nachdem du mich verlassen hast? Du hast damals nicht einmal gefragt, welche Entscheidung ich getroffen habe.« Sie setzte ihre Sonnenbrille auf und wandte sich von ihm ab. »Fahr mich nach Hause, Charlie.«

Er seufzte, und sie stiegen ein. »Ich werde dich immer lieben, Nancy«, sagte er, den Blick fest auf die sich windende Küstenstraße vor ihnen gerichtet.

Sie ließ den Arm aus dem Auto hängen und fing den Fahrtwind in ihrer Handfläche. Als er fort gewesen war, hatte sie geglaubt, dass sie ihn immer lieben würde. Aber die letzten zwölf Monate hatten ihn von seinem Podest gehoben, und als sie ihn nun ansah, wusste, sie, dass sie endlich frei war.

Nancy saß immer noch im Schaukelstuhl, als die anderen an diesem Abend nach Hause kamen. Sie hatte lediglich die Laternen angezündet und auf den Tisch gestellt. Der Strauß mit den verwelkten Hibiskusblüten lag auf dem Boden neben ihr, bis auf eine Blüte, die sie in ihr Buch gelegt hatte.

»Hallo«, rief sie, aber Caro und Pamela marschierten an ihr vorbei ins Haus, wobei eine auf ihre Kopfschmerzen verwies und die andere verkündete, sie werde ihr Zimmer aufsuchen und nicht wieder herauskommen. Niemals.

»Wie steht's?«, fragte Peter, als er mit seinem Leinenjackett über der Schulter vor ihr stand.

»Besser, danke.«

»Gut genug für einen Absacker? Whisky, richtig?«

Sie sollte ins Bett gehen, aber sie hatte in letzter Zeit schlecht geschlafen. Ein Whisky würde vielleicht helfen. »Bevor ich mich schlagen lasse …«, sagte Nancy und lächelte seine Silhouette im Kerzenlicht an.

Das Türenknallen im Haus verebbte allmählich, und als Peter mit zwei klobigen bläulichen Whiskygläsern zurückkehrte, war die Nachtluft vom Zirpen der Zikaden und dem Schreien der streunenden Katzen erfüllt.

»Zum Wohl!« Peter stieß mit ihr an. Dann griff er

nach seiner Jacke und holte aus der Brusttasche Pfeife und Tabak hervor. »Macht es Ihnen etwas aus, wenn ich …«

»Ganz und gar nicht«, antwortete Nancy und beobachtete ihn bei seinem komplizierten Ritual aus Klopfen, Stopfen und Paffen, ehe er den ersten tiefen Zug inhalierte. »Was ist los mit den beiden?«, fragte sie.

»Oh, Caro hatte schon den ganzen Tag furchtbare Laune, und Pamela ist beleidigt, weil sie lieber die Blaue Grotte besichtigt hätte, als zu einem langweiligen Mittagessen zu gehen. Was ich durchaus nachvollziehen kann. Oh, und dann ist Charlie Gott weiß wohin verschwunden.« Er rutschte auf seinem Stuhl hin und her, dann rief er plötzlich: »Verdammt, irgendwas hat mich gestochen.« Er bürstete sich die Hose ab, dann entdeckte er das empfindliche Stück Stoff auf seinem Stuhl, in dem noch die lange, spitze Nadel steckte.

»Tut mir leid«, meinte Nancy schnell, »ich hätte das wegräumen müssen.«

»Haben Sie das gemacht?« Peter betrachtete die komplizierte Näharbeit. »Sieht aus wie ein Babylätzchen.«

Sie nahm es ihm sanft aus der Hand, faltete es zusammen und schob es neben sich. »Das ist für meine Nichte. Maddie. Sie wird nächste Woche ein halbes Jahr alt.«

»Die Kleine kann sich glücklich schätzen, so eine geschickte Tante zu haben.«

»Das kann ich nicht beurteilen«, erwiderte Nancy und nahm sich vor, das Lätzchen in ihrem Koffer bei ihren anderen Schätzen zu verstauen.

»Ich kann mich daran erinnern, als Pea klein war. Meine Güte, das Mädchen konnte brüllen.«

Eine Weile saßen sie schweigend da, nippten an dem brennenden Whisky und schaukelten auf ihren Stühlen, beide tief in Gedanken an ihre eigenen Verluste.

»Hatten Sie je das Gefühl, dass jemand nichts Gutes im Schilde führt?«, fragte er plötzlich.

»Wie meinen Sie das?«

»Oh, ich weiß nicht. Tut mir leid. Ich sollte nicht so vertraulich mit Ihnen sprechen.« Er schwenkte sein Glas, und die Eiswürfel wirbelten im Whisky herum.

»Das macht mir nichts aus. Ich bin sehr diskret.«

Er seufzte. »Ich sollte das wohl lieber nicht sagen, aber ich mache mir Sorgen wegen Tony.«

»Tony?« Nancy versuchte überrascht zu klingen. Dabei hatte Charlie ihr am Nachmittag erzählt, dass Tony sein gesamtes Adressbuch durchgeackert hatte auf der Suche nach Investoren, die sich an seinem Filmprojekt beteiligten. In London wurde das Vorhaben mit großer Skepsis betrachtet. Einen unverbesserlichen Phantasten hatte Charlie ihn genannt.

»Wahrscheinlich ist alles halb so wild. Heute Abend machten Gerüchte die Runde, dass er getürmt sei. Offenbar war die Polizei in seinem Hotel. Das ist natürlich alles Unsinn.«

»Aber ich dachte, er sei geschäftlich irgendwohin geflogen?«

»Nach Südamerika?« Peter schüttelte den Kopf. »Es gibt nur zwei Gründe, warum man nach Südamerika ausreist.

Entweder man ist ein alter Nazi oder man muss untertauchen. Nun, Tony ist sicher kein Nazi.«

»Ich bin sicher, dass sich eine Erklärung dafür findet.«

»Das kann man nur hoffen.«

»Sie haben doch nicht …«, Nancy war sich nicht sicher, wie sie es formulieren sollte, ohne ihm zu nahe zu treten, redete aber trotzdem weiter: »… also, irgendetwas investiert, oder?«

Peter musterte sie. »Nein. Gott sei Dank. Obwohl ich schon drauf und dran war. Ich musste bei der Bank anrufen, um den Scheck zu sperren. Erzählen Sie auf keinen Fall Caro etwas davon. Verdammter Tony. Was für ein Dummkopf.« Er schüttelte den Kopf. »Lassen wir das. Wie war denn Ihr Tag? Bestimmt waren Sie froh, mal Ruhe vor uns zu haben.«

»Keineswegs.«

Er seufzte. »Nancy …« Sie konnte die Verlegenheit in seiner Stimme hören, als er widerstrebend weiterredete. »Es geht mich ja nichts an, aber der junge Charlie … nun, wenn ich es richtig erfasst habe, dann kennen Sie sich.«

»Es gab mal eine Zeit, ja.« War das ihre Stimme? Es klang, als hätte jemand eine Schlinge um ihren Hals zugezogen.

»Es ist nur … man soll nichts Schlechtes über jemanden sagen, und immerhin ist der Junge mein Patensohn, aber … im Vertrauen, ich würde mich von ihm fernhalten.«

Statt etwas zu erwidern, nahm sie einen großen Schluck Whisky.

»Wissen Sie, er hat ein junges Mädchen böse im Stich gelassen. Wie gesagt, es geht mich nichts an. Wenn er mein Sohn gewesen wäre, wäre die Sache anders gelaufen, aber Charlies Vater … Nun, wie auch immer, es hat mich nicht zu interessieren, aber ich möchte nicht, dass noch jemand verletzt wird. Zumindest möchte ich nicht dabei zuschauen.«

Sie hatte keine Ahnung, wie sie das Lächeln zustande brachte. Aber Peter gab sich damit zufrieden, als sie ihm versicherte, Charlie nicht näher zu kennen und ihn wahrscheinlich auch gar nicht wiederzusehen. Und als sie das aussprach, wusste sie, dass es die Wahrheit war: Charlie war nicht mehr in ihrem Herzen, auch wenn sein Vermächtnis sie für den Rest ihres Lebens verfolgen würde.

Am nächsten Tag zwängte sich die kleine Gesellschaft auf das Motorboot, das zum Festland fuhr, wo sie in einen Zug steigen und den italienischen Stiefel durchqueren würden, hinüber zu den Lagunen von Venedig. Dort wartete eine Wohnung auf sie, die der Familie des alten Kunstprofessors von Peter gehörte. Niemand sprach, während sie über das Wasser brausten, und weder Nancy noch einer der anderen warf einen Blick zurück zu der schönen Insel, wo einst die Sirenen Odysseus verzaubert und große Eroberer ein Bad genommen hatten und wo Rennfahrer und steinreiche Lebemänner sich entlang der wunderschönen, aber gefährlichen Küste austobten.

21

Erleichtert atmete Flo die frische Meeresbrise ein, während sie am Bug des Tragflächenboots stand, das über die Bucht von Neapel dem riesigen Felssplitter entgegenjagte, der dem weichen blauen Wasser trotzte. Bisher hatte sie von Italien nur Mailand kennengelernt, das ihr wie eine wärmere, verfeinerte Version von London vorgekommen war, ganz anders als das geballte Chaos in Neapel mit seinen Wandschmierereien in den Straßen, den streunenden Hunden und dem wochenlang vor sich hin gammelnden Müll.

Erschöpft vom kurzen Anstieg von der Fähranlegestelle erreichte Flo ihr gemietetes Apartment. Es lag an einem kleinen Platz, wo es schon um diese Tageszeit von Tagestouristen wimmelte. Sie nahm sich eine wässrige Tasse Lipton-Tee mit an den kleinen weißen Tisch auf ihrer Terrasse. Hier oben war es so friedlich. Über die Geräusche der Boote, die unten in der Bucht hin- und hertuckerten, legte sich das Zirpen der Grillen. Libellen sausten pfeilschnell durch die Luft. Ein Baldachin aus Drillingsblumen hielt die starken Sonnenstrahlen ab.

Flo betrachtete die beiden Umschläge, die vor ihr auf dem Tisch lagen. Inzwischen kannte sie die darin enthaltenen Schnittmuster in- und auswendig; den restlichen Inhalt von Nancys Kiste hatte sie seit jener Nacht, in der sie sie entdeckt hatte, nicht angesehen, da sie der Reise ihrer Großtante nicht vorgreifen wollte. Was hätte es für einen Sinn, auf Nancys Spuren zu wandeln, wenn sie gleich alle Informationen auf einmal sammeln und die Antwort darauf googeln würde?

Sie schob die Schale mit den riesigen narbigen Zitronen zur Seite und leerte den ersten Umschlag auf dem Tisch aus. Mit diesem Badedress hatte Flo sich versöhnt: Es handelte sich um ein Paar Shorts mit passendem Bikinioberteil und eine hübsche hüftlange Tunika. Sie hatte sich buchstäblich ins kalte Wasser gestürzt und war Nancy gefolgt, wenn auch mit einer Körbchengröße mehr als ihre Großtante. Während Nancy einen schönen türkisfarbenen Leinenstoff verwendet hatte und für das Kleid einen Popelinestoff mit rosa und türkisfarbenen Blumen auf weißem Hintergrund, hatte Flo einen taubengrauen Leinenstoff gewählt und dazu eine Tunika mit kräftigem Gänseblümchenmuster kombiniert, die einen Hauch Sechziger-Jahre-Atmosphäre versprühte.

Neben Nancys Stoffproben und den Schnittmustern entdeckte Flo die Postkarte, die sie schon erwartet hatte, daneben ein Foto und einen angelaufenen Messingknopf. Die Postkarte stammte aus dem Strandclub mit Hotel, das damals der Sängerin Gracie Fields gehörte, die sich in Capri niedergelassen hatte. Nancy hatte entweder dort gewohnt oder zumindest die Strandanlage genutzt, und Flo plante ebenfalls einen Tagesausflug dorthin.

Das Foto war mit der Rückseite nach oben aus dem Umschlag gefallen, und Flo drehte es um. Nancy wirkte ziemlich braun gebrannt, und ihr Haar schien heller zu sein. Widerspenstig wehrte es sich gegen die Haarnadeln, die es in einem losen Knoten oben auf ihrem Kopf hielten. Einen Moment lang dachte Flo, in Peggys Schwester eine Ähnlichkeit mit ihrer eigenen Mutter zu erkennen, das schmale Kinn und die großen Augen, die Maddie ihr selbst vererbt hatte. Beides war an ihrer Großmutter vorübergegangen, sie war ganz nach ihrer eigenen Mutter geraten. Egal, wie Peggy sich die Haare schnitt, wie sie sich schminkte oder was sie anzog, sie sah aus wie Beryl. Auf dem Foto war Nancy ihre geblümte Tunika von der Schulter gerutscht, sodass man den weißen Träger des kleinen Bikinioberteils sehen konnte, und sie hatte ein strahlendes Lächeln im Gesicht, während sie sich liebevoll der anderen Person auf dem Foto zuwandte, die ihre sommersprossige Nase krauszog und dem Fotografen die Zunge herausstreckte. Pamela. Der dicke Pferdeschwanz und der gerade geschnittene Pony gehörten zweifelsfrei dem Mädchen, das auf dem Foto im Pariser *Lido* so geschmollt hatte. Ihren Gesichtern konnte man anmerken, dass die beiden jungen Frauen nicht nur durch einen Arbeitsvertrag aneinander gebunden waren, sondern durch eine wachsende Freundschaft.

Das Foto war an Bord eines Bootes entstanden. Im Hintergrund waren ein paar Leute in Badekleidung und ein Kellner in weißer Uniform zu sehen. Flo meinte den Mann mit den hellen Haaren von dem Pariser Foto wiederzuerkennen und suchte das betreffende Bild schnell auf ihrem Handy heraus. Da war er. Sie konnte nicht verstehen, dass ihr die Familienähnlichkeit nicht gleich aufgefallen war: die länglichen Gesichtszüge und die unvergleichlichen Haare.

Sie nahm den Messingknopf in die Hand, und als sie den jahrzehntealten Schmutz abrieb, kamen darunter blindenschriftartige gelbe Punkte zum Vorschein. Schließlich konnte sie das Wort lesen, das auf die Oberfläche des Knopfes geprägt war: *Alessandra.*

»Hey.«

Sie fuhr auf und ließ ihre Ausgabe von *I Love Capri* auf den Boden fallen, wo das Buch das Glas mit der eiskalten Zitronenlimonade umwarf.

»Mr Simpson, zu Ihren Diensten, Madam. Verzeihung. Ich wusste nicht, ob du schläfst.«

Sie hielt sich eine Hand vor die Augen. »Hi, Ben.«

»Du hast doch nicht etwa vergessen, dass ich komme?«

»Natürlich nicht«, antwortete sie. In Wahrheit hatte sie seine bevorstehende Ankunft sehr beschäftigt. Immer wieder hatte sie überlegt, ob es ein Fehler gewesen war, ihn einzuladen, und sie hatte darüber nachgegrübelt, was der wirkliche Grund für ihre Einladung war. Und als er jetzt in seinem makellosen weißen Leinenhemd und den perfekt geschnittenen lässigen Shorts vor ihr stand, wurde ihr allmählich klar, dass sie vielleicht nicht nur an seinen detektivischen Fähigkeiten interessiert war.

Er entspannte sich sichtbar. »Puh. Ich will auf keinen Fall stören.«

»Du störst nicht, Ben. Schön, dich zu sehen.« Und das war nicht gelogen: Sie hatte ihn in Antibes vermisst. Sie war ziemlich einsam gewesen, als sie allein in den Bars gesessen hatte, und wahrscheinlich hätte Barbara ihm alles erzählt, was er wissen wollte. Er wäre genau ihr Typ gewesen.

Er deutete auf den leeren Liegestuhl neben ihr. »Macht es dir etwas aus, wenn ich …«

»Bitte sehr.« Flo setzte ihre Sonnenbrille auf und beobachtete verstohlen, wie er versuchte, den Liegestuhl auf die richtige Höhe einzustellen. Er fluchte leise vor sich hin, weil die Vorrichtung ihn überforderte. In kurzer Hose und einem einfachen Hemd sah Ben tatsächlich viel besser aus als in Clarkson Jeans und Jackett. Und war er etwa beim Friseur gewesen? Sie rief sich absichtlich so viele Bilder von Seamus im Urlaub vor Augen, wie sie konnte. Mühsam verdrängte sie Bens offensichtlichen Charme, indem sie sich an die schäbigen Badehosen ihres Ehemannes erinnerte, die sie nicht hatte entsorgen dürfen, die mehlsackartige Bleiche seines zunehmend untersetzten Oberkörpers, und nicht zu vergessen die Socken-Sandalen-Kombination, auf die er im Urlaub nichts kommen ließ.

Ben blickte sie mit gerunzelter Stirn an. »Worüber lachst du?«

Sie lächelte. »Nichts. Niemanden. Mit ist nur gerade etwas eingefallen.«

»Okay«, sagte er unsicher. »Denn eigentlich kann ich einen Sonnenstuhl aufstellen, ohne dabei drei Finger zu verlieren.«

»Wollen wir was essen gehen?«, fragte sie, als er sich weiter vergeblich mit dem Stuhl abquälte. »Ich weiß nicht, wie es dir geht, aber ich bin am Verhungern. Auf der anderen Seite des Pools ist ein Café.«

Sie setzten sich an einen Tisch mit Aussicht über die drei riesigen Drachenzahnfelsen, die aus dem Meer ragten, und staunten nicht schlecht, als der Kellner ihnen zwei riesige Teller mit wagenradgroßen blutroten Tomatenscheiben und cremigem weißem Mozzarella brachte, das Ganze gewürzt mit kräftigem Basilikum.

Flo wunderte sich, wie sehr sie in Begeisterung geriet, als sie Ben die Fotos vom Strand bei Antibes und der Party in der Villa du Cap Bleu zeigte. Sie erzählte ihm von Barbara, schilderte ausführlich deren Glanzzeit in dieser Stadt, wo sie einen von Nancys Begleitern geliebt und verloren hatte, und beschrieb, wie genau sich die alte Dame noch an jene Nacht im Juni 1962 erinnern konnte, als sie mit Nancy fotografiert worden war.

»Und Tony war zwei Wochen später tot?«, fragte Ben. Er schien seinen Salat vollkommen vergessen zu haben, während er das Foto von der Party betrachtete.

»Offenbar ein Flugzeugabsturz. Aber ich habe keine Ahnung, wann und wo. Wenn wir seine Spur verfolgen, bekommen wir dabei vielleicht auch mehr über Peter heraus. Es kann nicht so schwer sein, einen Maler aus der Mitte des letzten Jahrhunderts mit diesem Vornamen zu finden, oder? Zumindest wissen wir nun, wer Nancys Arbeitgeber war.«

Ben griff in die Umhängetasche, die er neben sich auf den Stuhl gestellt hatte, und reichte Flo einen Stapel

Blätter. »Das hier habe ich für dich in Erfahrung gebracht.«

Flo nahm die Seiten und war froh, dass Seamus nicht da war, sonst hätte er sicher wieder einen seiner unverbesserlichen Witze über Herrenumhängetaschen gerissen. Sie las einen kurzen Nachruf auf Lady Sybil Henderson, der vor zwanzig Jahren erschienen war. Es stand nichts Aufschlussreiches darin, sofern man sich nicht für die Jagd, den Wohltätigkeitsverein oder die Geschichte der britischen Herrschaft in Indien interessierte. Allerdings wurde der Name ihrer einzigen überlebenden Tochter genannt. Ben hatte Tabitha Pennington, geborene Henderson, im hintersten Winkel von Berkshire ausfindig gemacht, wo sie gerade das Sommerfest des *Pony Clubs* organisierte, sich aber gerne eine halbe Stunde Zeit nahm, um mit Ben zu reden. Bereitwillig führte sie ihn durch das Anwesen und das Haus, wo unter anderem ein Porträt ihrer Mutter aus dem Jahr 1962 hing. Sie wusste nicht genau, wer der Künstler war, aber sie liebte dieses Bild, obwohl darauf die Nase ihrer Mutter nicht gerade wohlwollend zur Geltung kam. Tabitha hatte Ben erlaubt, das Bild zu fotografieren, einschließlich der nicht zu entziffernden Signatur am unteren rechten Rand der Leinwand. Flo nahm die hingekritzelten Buchstaben genau unter die Lupe. Am Anfang stand eindeutig ein P, aber mehr konnte man nicht lesen.

»Das ist großartig, Ben«, sagte sie, als sie ihm die Seiten über den Tisch zurückschob. »Das muss von Peter sein. Wir brauchen nur noch seinen Nachnamen.«

»Wenn wir den herausfinden und dann diesen Tony aufspüren, sind wir schon ganz nah an Nancy dran, da bin ich mir sicher. Konnte Barbara sich denn nicht an Peters Nachnamen erinnern?«

Flo schüttelte den Kopf. »Ich habe sie danach gefragt, aber da war sie bereits in einem ziemlich verwirrten Zustand.«

Der Kellner kam, um ihre Teller abzuräumen, und Flo lächelte ihn an und fragte, ob er ihnen einen Gefallen tun könnte.

»Si, Signora«, erwiderte er.

Sie zog den kleinen Messingknopf aus ihrer Handtasche und hielt ihn dem Kellner hin. »Sie wissen nicht zufällig, was das ist, oder?«

Der Mann nahm den Knopf und runzelte die Stirn. »Sieht aus, als würde er von einer Uniform stammen. Ein Boot vielleicht?« Er hielt ihn näher vor die Augen und versuchte die Schrift zu lesen. Dann wandte er sich mit einem breiten Lächeln an sie. »Die *Alessandra*«, sagte er.

»Und was ist das?« Flo versuchte nicht zurückzuzucken, als sich der junge Mann neben sie auf den Boden kniete.

»Das war eine Yacht. Lag hier in den sechziger Jahren. Viele Partys, viele Skandale.« Er lachte.

»Wissen Sie, wem sie gehörte?«, warf Ben ein, zum Unmut des jungen Mannes, der sich mit seiner Antwort direkt an Flo wandte.

»Keine Ahnung.« Er schüttelte den Kopf, »aber Sie könnten sich bei meinem Onkel erkundigen. Als junger Mann hat er auf all diesen Yachten gearbeitet.«

»Wirklich?« Flo bemerkte, wie der Kellner sich über ihre Überraschung freute. »Und können wir Ihren Onkel treffen? Lebt er noch hier auf der Insel?«

Er nickte. »*Si*. Er ist inzwischen ziemlich alt, aber er hat sein eigenes Boot. Damit veranstaltet er Besichtigungstouren für Touristen zur Blauen Grotte. Hier …« Der Kellner kritzelte eine Telefonnummer auf eine Serviette und hielt sie Flo hin. »Das ist er. Alberto. Sagen Sie, Andrea hat Ihnen die Nummer gegeben.« Er schrieb noch eine zweite Nummer unter die erste.

»Was ist das?« Flo nahm die Serviette.

Lächelnd stand er auf. »Das ist meine Nummer«, erklärte er.

Ben sah dem Kellner nach, als er davonging. »Was für ein Idiot«, murmelte er und rührte sich einen großen Löffel braunen Zucker in seinen Kaffee.

»Ja, aber ein nützlicher.«

»Bist du sicher, dass es dich nicht stört, wenn ich mitkomme? Ich habe mein eigenes Hotel gebucht und all das, ich werde dir also nicht im Weg sein.«

Flo war sich erst unschlüssig gewesen, was sie davon halten sollte, dass Ben sich ihr anschließen wollte. Aber nach den letzten Tagen fand sie es schön, jemanden um sich zu haben, mit dem sie sich austauschen konnte. Und bisher hatte es noch keinen weiteren unbehaglichen Moment gegeben. Wahrscheinlich hatte Jem sein Interesse übertrieben dargestellt und die Sache mal wieder dramatisiert. Flo war es nicht gewohnt, allein zu reisen, schließlich war sie bisher immer mit Seamus unterwegs gewesen. Und auch wenn Ben sie nicht lauthals zum Lachen brachte, wie es ihr Ehemann immer getan hatte, war seine Gesellschaft angenehm. Außerdem trank er deutlich weniger, und es war auch unwahrscheinlich, dass er sich vor ihr hinknien und alte gälische Liebeslieder anstimmen würde, nachdem er zu tief ins Whiskyglas geschaut hatte, egal ob im Pub oder zu Hause. Genauso wenig würde er nach dem Kneipenbesuch die Gärten der Nachbarn plündern, um sie mit Blumen zu überhäufen. Im Übrigen tat ihr ein wenig Aufmerksamkeit gut, wie ihr auffiel, als sie Ben dabei ertappte, wie er einen Blick auf ihre gebräunte Schulter warf, die aus dem Ärmel ihrer geblümten Tunika hervorlugte.

Die gute Nachricht war, dass Alberto gerne bereit war, eine halbe Stunde mit ihnen zu sprechen. Die schlechte war, dass es sie beide jeweils fünfzig Euro kostete, um ihn und sein Boot zu mieten. Aber vermutlich musste eben jeder zusehen, wo er blieb, dachte Flo.

Trotz der Brise vom Meer war es brütend heiß, als sie mit Ben an der Kaianlage saß und wartete, dass Alberto auftauchte. Die weiße Caprihose erwies ihr keinen guten Dienst. Der Bund schnitt ihr in die verschwitzte Taille, und irgendetwas musste beim Einnähen des Reißverschlusses schiefgegangen sein, denn es juckte sie furchtbar an der linken Hüfte. Es gab kein Foto von Nancy in diesem Teil, nur eine Stoffprobe aus weißem Satin. Es musste ein Albtraum gewesen sein, es sauber zu halten. Flo achtete geflissentlich darauf, dass nichts von ihrem Schokoladeneis auf die Hosenbeine tropfte.

Ben dagegen schien ganz mit sich im Reinen, als er sich zurücklehnte, die gebräunten Beine ausstreckte und die Arme über die Lehne der Bank ausbreitete. Es gefiel ihr, wenn ein Mann das T-Shirt gegen ein schickes Leinenhemd austauschte, etwas, wozu sie Seamus niemals hatte überreden können. Ob es in New York jetzt genauso heiß war wie hier? Ab und zu warf sie einen Blick auf ihre Wetter-App und wusste daher, dass ihr Beinahe-Ex-Ehemann jenseits des Atlantiks gerade in einer Hitzewelle brütete. Sie hoffte, dass er sich auch ohne ihre ständigen Ermahnungen daran erinnerte, wozu man Sonnencreme benutzte – mit seinem hellen irischen Teint und seiner Abneigung gegen jedwede Tinktur war er der geborene Sonnenbrandkandidat. Vielleicht hatte er schon jemand anderen, der ihm die Schultern eincremte, dachte sie traurig. Sie sah zu Ben hinüber, der leise ein Lied von Ed Sheeran vor sich hin summte, und musste lächeln. Es tat gut, dass sie jemanden bei sich hatte, der sie ablenkte und davon abhielt, sich Seamus' schönes neues Leben in den wildesten Farben auszumalen.

»Da, das muss er sein. Er hat gesagt, er würde eine rote Mütze tragen.« Ben zog Flo von der Bank hoch. Ein kleines blaues Boot tuckerte durch den Hafen auf sie zu. An Bord stand ein älterer Mann, der offenbar nach seinen beiden Passagieren Ausschau hielt.

Die letzten Meter zum Kai ruderte er, dann hielt er Flo seine mahagonibraune runzlige Hand hin, um ihr über die kurze Gangway zu helfen, die vom Ufer auf das kleine *gozzo* führte.

Flo rutschte auf der Bank zur Seite, damit Ben sich neben sie setzen konnte, und während sie verlegen ein bisschen auseinanderrückten, damit ihre Oberschenkel sich nicht berührten, zog der alte Mann an der Leine des Außenbordmotors. Im Nu waren sie von einer Wolke von Dieselabgasen eingehüllt. Dann steuerten sie aus den kristallklaren Wassern des Marina Grande heraus und die Küste hinunter.

Der Motor machte einen solchen Lärm, dass es unmöglich war, sich zu unterhalten, also lehnten sie sich zurück und schauten auf die vorbeirauschenden Felsen, die zuckergussfarbenen Häuser an den Hängen und die rosa Drillingsblumen, wahre Farbexplosionen, die zwischen knorrigen Olivenbäumen und Ginsterbüschen hervorsprangen und sich waghalsig mit ihren Wurzeln festkrallten, wo immer sie konnten.

Schließlich wurde ihr Boot langsamer, und sie fanden sich in einer sanft dahinschaukelnden Reihe ähnlicher Boote wieder, die alle darauf warteten, durch einen schmalen Spalt zwischen den Felsen zu fahren.

»So«, sagte der alte Seemann, stellte den Motor aus und setzte sich ihnen gegenüber. »Sie wollen mich sprechen?«

Flo war bewusst, dass bereits ein Drittel ihrer zugeteilten halben Stunde um war, und sie griff rasch in ihre Handtasche und holte den Knopf heraus, außerdem das Foto von Nancy und Pamela sowie das aus Paris mit allen Beteiligten.

Der Mann lüftete seine rote Schirmmütze und kratzte sich am Kopf. Schweigend warteten sie, während er die Fotos betrachtete. Als Flo ihm den Knopf gab, lächelte er.

»1962, sagen Sie?« Er deutete auf Peter und schüttelte den Kopf. »Ich kenne ihn nicht.« Als sein Finger über das Bild von Tony im Nachtclub fuhr, hielt er kurz inne, dann verglich er das Foto mit dem aus Antibes, das Flo aus ihrer Tasche geholt und ihm gereicht hatte. »Er hier«, meinte er, blickte zu Flo auf und schüttelte den Kopf.

»Was ist?«, fragte Flo.

Der alte Mann rieb seinen Daumen an seinem Zeigefinger. »Er hat Geld auf der *Alessandra* genommen. Wir haben alle Ärger bekommen.« Er beugte sich näher zu ihnen. »Ich finde ihn im Büro des *Signors*. Er versucht, mich zu bestechen, aber ich bin ehrlicher Mann«, erzählte Alberto und fasste sich ans Herz. »Wenn ich Geld nehme, ich frage Sie vorher.« Damit zeigte er auf Flo und Ben und lachte.

»Was ist dann passiert?«, drängte Flo.

»Mein Boss sagt, er ruft Polizei. Dann Mr Tony verschwindet«, dabei breitete Alberto seine Hände aus, »wie durch Zauber.«

»Und können Sie sich an Tonys Nachnamen erinnern?«, erkundigte sich Ben.

Der alte Mann schüttelte den Kopf. »Nein, aber ich weiß noch das Datum. Vielleicht hilft das? Es war der dreizehnte Juni: das Fest des heiligen Antonio. Der *Signor* hat uns allen für den Abend freigegeben, damit wir die Prozession besuchen können. Sie möchten wahrscheinlich wissen, warum ich mich erinnere?« Er wartete ab, bis sie beide nickten, dann lächelte er breit. »Es war der Tag, an dem ich meine Giulia getroffen habe.« Er lehnte sich vor und stieß Ben an. »Ich hoffe, Sie sind genauso glücklich mit Ihrer Lady.«

»Oh, nein, wir sind nicht …«, fing Ben an.

»Nein, Himmel, nein«, fügte Flo hinzu.

Der alte Mann lehnte sich zurück, verschränkte die Arme und lächelte sie beide an. »Vielleicht, der heilige Antonio ist nicht einverstanden.«

Flo fühlte sich bemüßigt, das Thema zu wechseln. Schnell. »Also, Alberto, Ihr Chef, der Besitzer des Bootes, wie war sein Name?«

»Der *Signor*? Giacomo Cavelli – damals der reichste Mann der Insel.«

Ein Ruf schallte übers Wasser, und Alberto ergriff die Ruder und ließ sie ins Wasser platschen, bis sich das Boot gedreht hatte und die kleine Gesellschaft auf dem Weg zu der Felsspalte war. Der alte Seemann griff nach der Kette, die am Felsrand verlief, und zog das Boot daran entlang. Plötzlich schrie er, sie sollten sich hinlegen. Flo und Ben ließen sich nach hinten fallen, und ihre Köpfe verfehlten nur knapp den schartigen Eingang zur Grotte. Einen kurzen Augenblick tauchten sie ins Dunkel, eng aneinandergepresst, und weder Ben noch Flo bemerkte, wie nah sich ihre Lippen waren, bis sie sich sanft berührten. Aber da trieb das Boot bereits in eine riesige Höhle. Das tiefe Wasser um sie herum leuchtete in den erstaunlichsten phosphoreszierenden Blautönen. Flo versuchte sich aufzurappeln, fort von Bens sanften braunen Augen und fort von dem Kuss, der nur einen Atemzug entfernt war und den sie auf einmal mehr als alles andere wollte. Sie durfte es nicht zulassen: Alles würde anders sein, alles würde kompliziert und durcheinander und verletzend werden. Und davon war schon genug vorgefallen. Also legte sie ihre Hand an seine weiche Wange, lächelte traurig und entzog sich ihm.

Als sie sich beide aufsetzten und schweigend in entgegengesetzte Richtungen auf das Wasser hinausschauten, lachte Alberto und stimmte ein wehmütiges neapolitanisches Liebeslied an. Flo wusste nicht, ob sie aus Scham oder Enttäuschung weinen sollte.

»Nun, das war aufschlussreich«, meinte Ben.

Flo merkte, dass er genau beobachtete, wie sie auf diese flapsige Bemerkung reagieren würde. Was auch immer sie jetzt sagte, würde ein Licht darauf werfen, wie sie über das, was auf der Bootstour beinahe zwischen ihnen passiert wäre, dachte. Sie entschied sich für den feigen Weg und erwiderte nichts, stattdessen ließ sie die Aussicht auf sich wirken und wartete, dass Ben sich abwandte.

Sie saßen am Tisch auf Flos Terrasse und schauten zu, wie das letzte Tageslicht den blinkenden Lichtern der kleinen Stadt unter ihnen wich.

Ein leises Piepsen unterbrach die friedliche Symphonie der Zikaden und entfernten Mopeds. Ben griff nach seinem Handy und seufzte, dann stellte er es aus und legte es wieder auf den Tisch.

Flo lächelte, erleichtert über den Themenwechsel. »Deine Mutter?«

Er verdrehte die Augen und nickte.

»Sie braucht ein neues Hobby. Oder eine Arbeit«, fügte Flo hinzu. Sie war froh darüber, dass das Interesse von Bens Mutter an seiner neuen Freundin inzwischen zu einem Running Gag zwischen ihnen geworden war und nicht mehr viel bedeutete.

»Meine Mutter ist nicht vermittelbar.«

Sie lachten verlegen, und Flo schob ihm die Flasche hinüber. »Noch Wein?«

»Danke.« Ben füllte sein Glas auf. »Gutes Zeug, übrigens.«

»Anscheinend im Schatten des Vesuvs gewachsen.« Sie sah zu, wie er an der roten Flüssigkeit schnupperte. Seine gezwungene Unbekümmertheit konnte sie nicht täuschen. »Ben …«

»Ist schon okay, Flo.«

»Was ist okay?«

»Du weißt schon. Was beinahe passiert ist. Im Boot. Wir vergessen es einfach, oder?«

»Oh. Ja, das ist wahrscheinlich das Beste.« Aber war das wirklich das Beste? Sie wusste es nicht mehr. Sie hatte eine Menge Sonne abbekommen, dazu die Flasche Wein, die sie zusammen getrunken hatten, und dann die völlige Abwesenheit von Seamus, überall – Flo fühlte sich benommen und verwirrt.

Ben erwiderte nichts, sondern senkte den Blick und konzentrierte sich darauf, ein trockenes Blatt mit seinem bloßen Zeh hin- und herzuschieben. Sie wünschte, er würde noch etwas sagen. Wollte er die Sache wirklich vergessen? Bei Seamus gab es nie einen Zweifel, was er dachte: Wenn er wütend war, brüllte er herum; wenn er traurig war, weinte er; wenn er nicht sicher war, was sie dachte, dann fragte er nach. Es war segensreich einfach, wenn auch nervig. Aber bei Ben wusste man nicht, woran man war. Vielleicht hatte ihm das Leben gezeigt, dass es besser war, nicht nachzufragen, da man sonst vielleicht die falsche Antwort zu hören bekam. Sie wünschte, sie könnte zu ihm hinübergehen, ihn umarmen und ihm erklären, dass alles gut werden würde; dass sie Freunde waren und sich nichts daran geändert hätte.

Als die Sonne versank, wurde ihr kühl. »Hör zu, ich hole mir schnell einen Pullover. Soll ich dir was mitbringen? Eine Decke? Was zu essen?«

Ben trug immer noch lediglich sein dünnes Hemd und die kurze Hose, und er wirkte genauso verfroren wie sie. »Klar, vielleicht eine Decke. Wenn es nicht zu viele Umstände macht.«

»Keine Umstände«, antwortete sie und drückte ihm im Vorbeigehen die Schulter. Sie war so warm, so solide.

Ein paar Minuten später kam sie mit einer kleinen Käseplatte, Brot und einer Decke zurück. Bens Stimmung schien sich gebessert zu haben, denn er lächelte sie an. »Danke«, sagte er.

»Ich dachte, wir könnten uns hiermit beschäftigen.« Sie legte den nächsten Umschlag auf den Tisch.

Er schlug sich die Decke um die Knie und rückte seinen Stuhl näher an ihren heran, während Flo vorsichtig den Umschlag ausleerte.

»Ist das auch Nancy?«, fragte er und betrachtete die Aufnahme einer englischen Badeszene. Flo nickte. »Wie es scheint, hat deine Großtante ihre große Liebe gefunden.« Er deutete auf den lächelnden Mann mit den hellen Augen hinter Nancy, der seine Arme um sie gelegt hatte.

»Sieht so aus«, erwiderte Flo leise und drehte das Foto um.

Eastbourne, April 1961. Charlie und Nancy

»Ist das nicht das Jahr vor der großen Reise?«

»Ja, und dieser Kerl ist uns bisher noch nicht untergekommen.« Flo bemerkte das Strahlen in Nancys Augen, das überglückliche Lächeln. Diese junge Frau war verliebt. »Was glaubst du: Wer ist das?«

Ben seufzte. »Tja, ich bin natürlich kein Experte – meine Erfolgsbilanz in Sachen Beziehungen fällt ziemlich dürftig aus –, aber soweit du dich erinnern kannst, gab es doch nirgends einen Onkel Charlie, oder?«

Flo schüttelte den Kopf. »Ich glaube nicht. Aber ich wusste ja auch nichts von einer Tante Nancy.«

»Das stimmt. Aber wenn sie ihn geheiratet hätte, wären sie doch ein Teil der Familie gewesen, oder? Und nur ein Jahr später reist sie allein durch Europa? Damals war ein Mädchen, das verlobt oder verheiratet war, nicht ohne seinen Mann unterwegs.«

Flo runzelte die Stirn. »Wahrscheinlich nicht. Vielleicht ist sie aus dieser Beziehung geflohen. Möglicherweise hatten sie einen schlimmen Streit und haben sich getrennt? Aber das erklärt alles noch nicht, warum sie nie wieder zurückgekommen ist.«

»Nein, und ehrlich gesagt sieht er eigentlich ganz nett aus. Attraktiv, stilvoll gekleidet, nicht gerade der klassische Weiberheld.«

»Was ist mit den anderen Sachen?« Flo reichte ihm eine empfindliche, getrocknete Blume, deren Farbe mit den Jahren beinahe ausgeblichen war.

»Keine Ahnung. Eine Erinnerung an einen schönen Ausflug? Vielleicht mochte sie Blumen.«

»Könnte sein. Und das hier?«

Im Päckchen lag noch ein schmaler brauner Umschlag, aus dem Flo ein Stückchen gelben Stoff zog.

»Was ist das?«, fragte Ben.

»Ich bin mir nicht sicher.« Flo faltete den Stoff auf. Sie fürchtete, er könnte an den mürben Falzstellen zerbrechen.

»Ist das ein Babylätzchen? Und was ist da vorn drauf?«

Flo nahm das Lätzchen in die Hand und betrachtete es eingehend. Es war schwer zu erkennen im schwindenden Tageslicht. »Das ist bestickt. Sieht aus wie ein Buchstabe. Und Blumen.«

»Was für ein Buchstabe?«

»Es ist ein M.« Sie blickte Ben an. »M für Maddie. Das muss es sein. Nancy hat es für Mum genäht.«

Sie fuhr mit der Hand über die makellose Stickerei. Das Lätzchen war mit so viel Liebe gefertigt worden. Aber warum hatte Nancy es behalten und nie an Gran geschickt? Flo fiel ein, wie viel Mühe sie in den niemals vollendeten Quilt gesteckt hatte, der rechtzeitig vor der Ankunft seiner kleinen Besitzerin hätte fertig werden sollen. Jeder einzelne Nadelstich war eine Liebeserklärung und ein Hoffnungsfunke gewesen.

Auf einmal musste sie an das Holzspielzeug denken, an dem Seamus sich versucht hatte. »Aber du hast doch in deinem ganzen Leben noch nie etwas selbst gemacht!«, hatte sie ausgerufen und amüsiert seine ungeschickten Versuche verfolgt, mit seinen plumpen Fingern eine Figur aus einem Holzstück zu schnitzen. »Was soll das eigentlich sein?«

»Das ist ein … Dings. Ich sage es dir, wenn es fertig ist«, hatte er bissig erklärt und dann weiter fluchend an dem immer kleiner werdenden Holzstückchen herumgehobelt, ein Fabelwesen, das sich jeden Tag ein bisschen mehr herausschälte, je nachdem, wie viel Seamus gerade wegschnitzte. Es hatte sie mehr berührt als alles, was er jemals gemacht hatte, und das wollte etwas heißen bei einem so romantisch veranlagten Mann mit Hang zu deutlichen Ausdrücken seiner Zuneigung.

»Hey, alles in Ordnung?«

Sie schaute auf. »Schon okay.«

»Keine Sorge, wir kriegen schon raus, was mit ihr passiert ist.«

»Das ist es gar nicht …« Aber Flo fand keine Worte, um ihm zu erzählen, was ihr das Herz zerriss. Sie hatte diese Gedanken so lange bei sich behalten, dass sie mit der Zeit verkümmert waren. »Tut mir leid, ich fürchte, ich bin ein bisschen betrunken.«

»Ist schon in Ordnung, du musst es mir nicht sagen.«

Ben rückte seinen Stuhl näher an ihren heran, nahm die Decke und wickelte sie beide damit ein.

»Danke, Seamus«, erwiderte Flo schläfrig, während sie spürte, wie der Wein sie in einen Dämmerzustand versetzte.

Ben musterte sie, als wollte er sie verbessern, dann seufzte er nur, lehnte sich zurück und überließ Flo ihren Gedanken.

Schweigend saßen sie da, bis die Schwere der Nacht und der dunkelrote Wein Flo die Augen zufallen ließen. Irgendwann brachte Ben sie leise in ihr Zimmer, deckte sie zu und schaltete das Licht aus, ehe er den Hügel hinunter zu seinem schäbigen Hotelzimmer ging.

Am nächsten Morgen wurde Flo vom Duft nach Kaffee und frischem Brot geweckt. Sie tastete neben sich und war, wie so oft, nach wie vor überrascht, dort nicht Seamus' schnarchende Gestalt zu finden. Wie viel Zeit musste verstreichen, bis die Gewohnheiten eines Ehelebens getilgt waren?

Sie schlenderte auf die Terrasse hinaus, wo Ben sie mit einer großen Kaffeekanne und frisch gebackenem Brot erwartete. »Morgen«, sagte er fröhlich. Er wirkte, als hätte er bereits eine Joggingtour hinter sich, ganz im Gegensatz zu Flo, die mit einem dicken Rotweinkater aufgewacht war. »Es macht dir doch nichts aus, dass ich Frühstück mitgebracht habe?«

»Hast du zufällig auch Kopfschmerztabletten dabei?«, fragte sie.

»Ich fürchte nicht.«

»Übrigens«, meinte Flo und brach sich ein Stück Brot ab, »das mit gestern tut mir leid.«

»Was genau?«, fragte er.

Tja, was genau tat ihr leid? Der Beinahekuss auf dem Boot oder der Teil, wo sie ihn betrunken mit dem Namen ihres Mannes angesprochen hatte? Ihres Ex-Mannes.

»Der betrunkene Teil«, antwortete sie. »Hauptsächlich.«

»Oh, okay.« Ben klang unsicher, und in seiner Stimme lag ein Hauch von Hoffnung, den Flo einfach nicht zerquetschen konnte. Sie war sich auch gar nicht sicher, ob diese Hoffnung wirklich völlig unbegründet war. Ihr schwirrten so viele Gedanken im Kopf herum, sie konnte kaum bestimmen, was wirklich war und was nicht. »Hier«, sagte er und goss ihr ein süßliches Kaffeegebräu ein, »schluck das runter, und ich erzähle dir, was ich heute Morgen herausgefunden habe.«

Während Flo ausgeschlafen hatte, war Ben offenbar in aller Frühe aufgestanden und hatte ein paar schöne Stunden mit Google verbracht. Jetzt zog er einen schmalen Laptop aus seiner Tasche und stellte ihn auf den Tisch. »Hier.« Er tippte schnell auf der Tastatur herum und schob Flo das Gerät hin.

Mit wässrigen Augen spähte sie auf den verschmierten Bildschirm und entdeckte einen Zeitungsartikel über Giacomo Cavelli, Geschäftsmann aus Neapel und Besitzer von unter anderem einer Filmproduktionsfirma und einem Modemagazin. Cavelli war wohl bekannt für sein wohltätiges Engagement in seiner Heimatstadt, aber auch für seinen verschwenderischen Lebensstil und seine weitreichenden gesellschaftlichen Kontakte. Die Partys auf seiner Yacht *Alessandra*, benannt nach seiner leidgeprüften Gattin, waren legendär. Auf einem Foto lächelte Giacomo direkt in die Kamera, den Arm um einen dunkelhaarigen Mann mit Menjou-Bärtchen gelegt; im weiteren Verlauf des Artikels ging es darum, wie Cavellis guter Freund Anthony Scott eines Nachts knapp der Verhaftung durch die italienischen Behörden entkommen war. Die Polizei hatte auf der *Alessandra* eine Razzia durchgeführt und Scotts Hotelzimmer nach Beweisen für betrügerische Machenschaften durchsucht. Offenbar hatte Cavelli in dem Bemühen, nicht in Scotts dubiose Geschäfte hineingezogen zu werden, der Polizei einen Tipp gegeben, nachdem er den Engländer auf frischer Tat am Safe seines Bordbüros ertappt hatte.

»Ben, du bist ein Genie.«

»Das ist noch nicht alles«, erklärte er und zog den Laptop wieder zu sich heran.

Flo stellte sich hinter ihn, und zusammen lasen sie den Zeitungsartikel vom Juni 1962, in dem berichtet wurde, dass Anthony Scott, britischer Staatsbürger, sich offensichtlich unter den Opfern des Absturzes des Air-France-Flugs 117 von Paris nach Santiago befand.

Alle 113 Passagiere wurden bei dem Absturz getötet. Es wird vermutet, dass Mr Scott in weiblicher Begleitung reiste, die Identität der Person konnte aber von offizieller Seite noch nicht bestätigt werden.

»Wow.« Flo setzte sich, und sie und Ben starrten einander an.

»Du hast doch noch mehr von diesen Nancy-Schnittmustern, oder?«, fragte Ben schließlich. »Ich meine, sie ist doch nicht …«

»Himmel, nein. Bestimmt nicht. Es sind nicht mehr viele, aber sie ist von Capri definitiv nach Venedig gereist, ihre Spur verliert sich erst dort. Sie kann nicht in diesem Flugzeug gewesen sein. Es muss sich um jemand anders gehandelt haben. Warte mal, ich schaue schnell nach, welches Datum der letzte Umschlag trägt.« Flo verschwand im Haus und kam mit den letzten beiden Umschlägen wieder heraus. »Hier«, sagte sie. »Achtzehnter und zwanzigster Juni. Wann, meintest du, ist das Flugzeug abgestürzt?«

Ben überflog den Artikel, dann blickte er Flo an. »Zweiundzwanzigster Juni.«

»Verdammt.« Dafür war sie nicht den ganzen langen Weg hierhergereist. Flo hatte gehofft herauszufinden, dass Nancy ein langes, glückliches Leben geführt hatte; es konnte doch nicht sein, dass dieses Lächeln so grausam ausgelöscht worden war? Und warum hätte sie überhaupt mit Tony in ein Flugzeug steigen sollen? Ihre Verachtung für ihn war ihr auf den Fotos nur allzu deutlich anzusehen.

»Hey.« Ben drückte Flos Hand. »Ich bin sicher, dass sie es nicht ist. Ihre Familie hätte doch davon erfahren, oder? Warum hätten sie das geheim halten sollen?«

»Vermutlich hast du recht«, meinte Flo.

»Pass auf, ich grabe einfach weiter. Wir werden herausfinden, wer diese Frau war, aber ich gehe jede Wette ein, dass es nicht Nancy war.«

»Ich hoffe, du hast recht.« Nancys Leben konnte doch nicht an irgendeinem südamerikanischen Berg zerschellt sein, das durfte nicht sein! Es musste jemand anders gewesen sein. Flo sah auf. »Und wenn es Pamela war?«

»Sie hätte genauso wenig Grund dazu gehabt, mit Tony zu verreisen, wie Nancy. Aber jetzt, wo wir seine Identität kennen, können wir vielleicht auch Peters vollen Namen herausfinden, und das wird uns weiter voranbringen.«

»Ich hoffe es. Sie müssen sich aus der Schulzeit gekannt haben oder vom Militärdienst. Wir werden ihn aufspüren. Und dann ist da ja auch noch Charlie.«

Ben runzelte die Stirn. »Und wir können nicht ein bisschen schummeln und einfach den letzten Umschlag öffnen?«

»Nein!«, rief Flo. »Das ist gegen die Spielregeln.«

Er zuckte mit den Schultern. »In Ordnung, es ist schließlich dein Spiel.«

»Ben …«, fing sie an. Sie wollte ihn etwas fragen, musste sich jedoch vorher noch einer anderen Sache vergewissern.

»Ja?«

»Ich wollte nur sichergehen, dass zwischen uns alles in Ordnung ist. Verstehst du? Freunde?«

Er wurde ein bisschen rot, nickte dann aber energisch. »Ja, natürlich. Absolut. Freunde.«

Flo lächelte, beinahe überzeugt. »Gut. Hör zu«, redete sie weiter, »ich will dich zu nichts zwingen, und natürlich habe ich keinerlei Hintergedanken – und wie auch immer du dich entscheidest, erzähl es nicht deiner Mutter –, aber, also, hättest du Lust, mich nach Venedig zu begleiten? Ich habe ein Apartment mit zwei Schlafzimmern, es gibt also jede Menge Platz, und du hättest dein eigenes Zimmer …«

War sie verrückt geworden? Trieb sie hier eine Sache voran, die sie gar nicht überblicken konnte? Aber Ben war schließlich nur ein Freund, das hatten sie doch geklärt, oder nicht? Flo war noch nicht über Seamus hinweg, und Ben wusste, woran er war. Es würde schon alles gut gehen.

Ben sah aus wie ein Labrador, der gerade den Schlüssel zur Speisekammer bekommen hatte. Dennoch bemühte er sich, seine Reaktion zu dämpfen, sie zu einem zurückhaltenden Einverständnis runterzuschrauben mit der Ausrede, dass Flo seine Unterstützung sicher gebrauchen könnte.

Sie hob ihre Kaffeetasse und stieß mit ihm an. »Auf zur letzten Etappe«, verkündete sie feierlich. »Auf dass wir Nancy finden.« Aber ihre Stimme klang nicht mehr ganz so zuversichtlich wie noch vor Kurzem.

Teil 6

Venedig

22

Butterick 2308: Ärmelloses Etuikleid mit U-Boot-Ausschnitt und passende Jacke mit Dreiviertelärmeln

»Hier stinkt es.«

»In Gottes Namen, Pamela. Ist das alles, was dir zu Venedig einfällt?«

»Es ist aber so.« Unbeeindruckt von Caros bissigem Unterton trat Pamela von dem kleinen Balkon, der auf das ruhige grüne Wasser hinausführte, zurück ins Zimmer und fing an, sich in einen der langen Brokatvorhänge einzuwickeln, die die große Balkontür umrahmten.

Nancy musste ihr insgeheim zustimmen: Die letzte Hitzewelle hatte den Geruch nach Kanalisation und Fisch nicht gerade gedämpft. Am alten Fischmarkt, ein paar hundert Meter weiter den Kanal hinauf, wurde jeden Morgen kistenweise der frische Fang ausgekippt und ausgeweidet, und die Möwen stritten sich um die blutigen Innereien, die in das tiefe, trübe Wasser gespült wurden.

»Lass das«, herrschte Caro ihre Stieftochter an, als sie von ihrer Zeitschrift aufsah und bemerkte, dass sich Pamela in meterlange weiche Stoffbahnen eingewickelt hatte. »Du reißt sie noch herunter, dummes Mädchen.«

Pamela starrte sie böse an, dann wand sie sich in langsamen Drehungen aus dem dicken Stoff. »Warum ist Onkel Tony abgereist?«

»Kümmere dich um deine eigenen Angelegenheiten.«

»Ich habe gehört, wie Pa gesagt hat, dass er Ärger mit der Polizei hatte. Stimmt das?«

Caro zeigte mit dem Finger auf sie, und plötzlich war in ihrem Gesicht die Erschöpfung sichtbar, die mehrere schlaflose Nächte mit sich brachten. Nancy hatte, milde ausgedrückt, einen leichten Schlaf, und als sie das Knarzen der Bodendielen gehört hatte, hatte sie sofort geahnt, was das bedeutete. Stundenlang war ihre Arbeitgeberin ruhelos auf und ab geschritten. »Das geht dich nichts an, junge Dame«, zischte Caro jetzt. »Du solltest nicht die Gespräche der Erwachsenen belauschen.«

Pamela lief puterrot an und wandte sich der Aussicht aus dem großen Fenster zu.

Caro gab einen verächtlichen Laut von sich und zündete sich die nächste Zigarette an. Dann blätterte sie weiter in ihrer Zeitschrift, die sie bereits zehnmal durchgelesen hatte. Es war seltsam, sie nur mit einem Morgenmantel bekleidet und ungeschminkt zu sehen, und Nancy wurde klar, dass es ihrer Arbeitgeberin nur mit hohem kosmetischem Aufwand gelang, jünger als vierzig zu wirken. Tatsächlich sah sie ohne ihr übliches dickes Make-up hübscher aus. Caro hatte eine mädchenhafte Schönheit an sich, die wahrscheinlich mit den Jahren noch ausdrucksstärker geworden war und gut zu den hohen Wangenknochen und den großen braunen Augen passte. Dieser Ansicht würde

Caro aber sicher niemals zustimmen. Nancy hatte nur mit halbem Ohr zugehört, als Pamela ihr erzählt hatte, wie die Modelaufträge ihrer Stiefmutter allmählich ausgeblieben waren und dass sie von einigen ihrer Lieblingsdesigner abgewiesen worden war, als sie angerufen und nach Kleidern aus der neuen Kollektion gefragt hatte. Das erklärte zumindest die Verwirrung in Paris, als Nancy angeboten hatte, die Teile für Caro abzuholen.

Die Reste von Pamelas ausgiebigem Frühstück standen noch auf dem Tisch, und Nancy begann, sie abzuräumen, denn sie vermutete, dass die Ausgaben für Hauspersonal auf ein Minimum reduziert worden waren. Weder Caro noch Pamela machten Anstalten, ihr zu helfen, und Peter hatte sich fröhlich in sein Dachstudio zurückgezogen, wo er schon als Schüler gearbeitet hatte. Dort wollte er sich ungestört seinen Leinwänden widmen. Caro hatte versucht, ihn hinsichtlich der anzufertigenden Porträtskizzen zu kontrollieren, aber er schwieg sich über seine Arbeit aus und hatte jeder weiblichen Person verboten, sein Atelier zu betreten.

»Kochen Sie noch mal Kaffee, wenn Sie schon in der Küche sind«, rief Caro ihr hinterher, als Nancy mit dem großen Tablett durch den Flur balancierte und sich dabei bemühte, weder auf dem polierten Marmorboden auszurutschen noch sich von den atemberaubenden Fresken an Wänden und Decke ablenken zu lassen. Das Sonnenlicht, das durch das offene Fenster fiel, schimmerte auf den vergoldeten Gemälden, die sich wie Efeu über jede Oberfläche rankten.

Wenn sie ehrlich war, machte es Nancy nichts aus, sich in der Küche der Hausarbeit zu widmen. Zumindest würde sie so eine Weile der verdrießlichen Stimmung entkommen, die sich über die Familie gelegt hatte, seit das Wassertaxi sie vor ein paar Tagen mit ihrem gesamten Gepäck an dem kleinen Steg vor dem bröckelnden alten Palazzo abgesetzt hatte. Peters private Ausstellung in der Galerie heute Abend würde eine traurige Angelegenheit werden, wenn sich die Laune allseits nicht bald besserte.

Die angespannte Atmosphäre hatte auf Nancy abgefärbt, und sie hatte sich seit Tagen nicht so ruhelos gefühlt. Die Begegnung mit Charlie und Maddies halber Geburtstag am nächsten Tag setzten ihr zu; sie würde sich sehr zusammennehmen müssen, damit die anderen ihr nichts anmerkten.

Sie spülte die paar Teller ab und stellte sie zum Trocknen neben das Spülbecken, dann setzte sie sich an den alten Eichentisch, der die ganze Länge der Küche einnahm. Sie zog Charlies Brief aus der Tasche und betrachtete die krakelige Schrift. Die Tinte auf dem dicken, strukturierten Briefpapier war verlaufen, der Umschlag trug als Absender die Adresse, an deren Tür man sie abgewiesen hatte. Dachte er wirklich, dass sie je wieder zusammen sein könnten? Entweder war er ein Lügner oder ein Phantast.

»Ich hasse sie«, ließ sich Pamela von der Türschwelle vernehmen. Nancy zuckte überrascht zusammen. »Ich wünschte, sie hätte Pa niemals geheiratet.«

»Das meinst du nicht wirklich. Du hast nur im Moment nicht viel für sie übrig. Das ist etwas völlig anderes.«

»Was lesen Sie da?«

Nancy stopfte den Brief zurück in den Umschlag und schob ihn in ihre Tasche. »Nichts.«

Pamela lehnte sich gegen den Türrahmen. »Sieht aber nicht wie nichts aus.«

Einen Moment lang starrten sie sich an und versuchten beide, ärgerlich zu wirken. Pamela musste als Erste lächeln.

»Ich bin froh, dass Onkel Tony weg ist«, sagte sie schließlich.

»So solltest du nicht reden«, entgegnete Nancy, obwohl sie die Erleichterung des Mädchens teilte.

Pamela seufzte. »Ich habe ihn nie gemocht.«

»Warum nicht?«

»Ich finde ihn eklig. Er fasst einen dauernd an.«

»Du hast dich doch nie … nun, bedrängt gefühlt, oder?« Nancy war plötzlich beunruhigt.

Pamela musterte sie lange, dann erschauerte sie. »Was, Sie meinen …? Nein! Nein, ich nicht. Aber er hat sich immer an Caro rangemacht. Ich weiß nicht, wie Pa damit zurechtgekommen ist.«

Nancy hoffte, dass Pamela nie Zeugin von dem geworden war, was sie selbst unfreiwillig auf der Yacht miterlebt hatte.

»Tja, ich glaube nicht, dass wir ihn je wiedersehen. Offenbar hat er überall Schulden, und die Geschichte von diesem Filmprojekt war eine einzige große Lüge. Deswegen will er sich nach Chile absetzen. Dort können sie ihm nichts anhaben.«

Nancy stand auf und nahm Pamelas Hand. »Komm, lass uns zur Galerie spazieren oder irgendetwas anderes unternehmen. Wir können nicht den ganzen Tag hier herumhängen.«

Pamela trat mit ihren neuen Sandalen gegen den Türstock und seufzte. »Eine Galerie? Müssen wir wirklich?«

Nancy bemühte sich, ein ernstes Gesicht zu machen. »Ja.« Dann lächelte sie. »Und danach gehen wir Eis essen. Mach dich fertig, wir treffen uns gleich wieder hier.«

Nancy genoss ihr neu entdecktes Interesse für Kunst; angespornt von Peter, der überaus dankbar war, seine Leidenschaft mit jemandem teilen zu können, hatte sie in den letzten paar Tagen eine Menge über Vermeer, Tizian und Rubens gelernt, und egal, was diese Reise noch bringen würde, sie hatte auf jeden Fall Nancys Lerneifer geweckt. Erst gestern hatte Peter vorgeschlagen, einen Ausflug zu den Gallerie dell'Accademia zu unternehmen und dort die Bellinis und Fra Angelicos und Veroneses anzusehen, und Nancy war die Einzige gewesen, die aufgesprungen war und das Angebot angenommen hatte. Caro hatte nur eine Augenbraue gehoben und vorgeschlagen, stattdessen Peggy Guggenheim im Palazzo Venier dei Leoni zu besuchen: Peggy würde zumindest einen guten Cosmopolitan mixen. Worauf Pamela erwidert hatte, sie könne sich kaum etwas Schlimmeres vorstellen, vielen Dank.

Nancy hatte ihre Handtasche und die Sonnenbrille in ihrem Zimmer gelassen und wollte gerade aus der Küche verschwinden, um sie zu holen, als Caro hereinkam und anfing, in den Schränken herumzukramen. Sie fluchte leise vor sich hin, als sie offenbar nicht fand, wonach sie suchte.

»Wollten Sie und Pamela nicht ausgehen?«, blaffte sie.

»Wir sind gleich weg. Pamela macht sich nur noch schnell fertig.« Nancy sah zu, wie Caro sich mühsam ihren Morgenmantel zuband. Ungeschickt kämpfte sie mit dem schweren Chinoiserie-Seidenstoff.

»Sind Sie sicher, dass ich nicht behilflich sein kann? Vielleicht kann ich finden, was Sie brauchen?«

Caro richtete sich auf und lachte. In der Hand hielt sie die Flasche Gin, nach der sie gesucht hatte. »Aus irgendeinem Grund, Süße, bezweifle ich das.«

»Es steht mir ja nicht zu, das zu sagen, aber ist es dafür nicht noch ein bisschen früh?«, fragte Nancy zögernd und warf einen Blick auf das Frühstücksgeschirr, das neben dem Spülbecken trocknete.

»Sie haben recht, Schätzchen. Das steht Ihnen nicht zu.«

Das war nicht mehr die alte Caro. Der sanfte Sarkasmus war verschwunden, stattdessen stand hier eine zerbrochene Frau. Nancy hatte den wilden Streit mitangehört, nachdem sie und Pamela gestern Abend ins Bett gegangen waren. Peter hatte schweigend eine Schimpftirade erduldet, die beinahe den uralten Putz von den Wänden des Palazzos hatte bröckeln lassen. Man musste kein Genie sein, um zu verstehen, worum es sich drehte. Nancy wusste nur zu gut, wie es sich anfühlte, wenn man jemanden aufgeben musste, dem man nahestand. Und sie war sicher, dass das Tête-à-Tête zwischen Caro und Tony, in das sie auf der Yacht hineingestolpert war, nicht das erste der beiden gewesen war.

Armer Peter. Und arme Caro, vermutete sie. Und natürlich – arme Pamela.

»Ich liebe ihn, verstehen Sie?«

Nancy starrte sie an. »Das geht mich wirklich nichts …«

»Es ist nicht nur eine dumme Affäre.« Caro goss sich einen ordentlichen Schluck Gin ein und kippte ihn in einem Zug hinunter. »Ich liebe ihn. Und er liebt mich.«

Diese Überzeugung teilte Nancy nicht ganz, aber sie blieb stumm.

Caro schenkte sich ein weiteres Glas ein. »Ich weiß, Sie denken, dass mir Pamela egal ist. Aber das stimmt nicht.«

»Oh nein, das würde ich niemals denken«, protestierte Nancy. Jeder Mensch zeigte seine Zuneigung anders, das war ihr nur allzu bewusst. Beryl zum Beispiel hätte niemals den Preis für die zärtlichste Mutter gewonnen, aber das schmälerte noch lange nicht ihre Liebe zu Peggy und Nancy. Sie äußerte sie nur auf andere Weise.

»Ist schon in Ordnung, bemühen Sie sich nicht. Ich war diesem Mädchen eine grauenhafte Mutter, obwohl ich es bei Gott versucht habe. Es ist nicht einfach, anderer Leute Kinder zu lieben. Besonders dann, wenn man selber keine bekommen kann. Aber ich liebe das Mädchen, auch wenn man es nicht merkt. Ich bin selbst die Tochter einer grauenhaften Mutter, und vermutlich bleibt da immer etwas hängen. Zumindest habe ich Pamela nicht halb totgeschlagen, wie es meine Mutter mit mir getan hat. Ich schätze, das macht mich schon zu einer besseren Mutter, als sie es war.«

»Meines Wissens gibt es für Mutterliebe kein Regelwerk. Ich bin sicher, dass Sie immer Ihr Bestes gegeben haben. Und Pamela ist wirklich ein liebenswertes Mädchen.«

»Wenn sie will, ja. Ich weiß nicht ... Diese Reise hatte nur den Zweck, ihr eine gesicherte Zukunft zu ermöglichen. Und Peter auch. Ich möchte einfach nur, dass es ihnen gut geht.«

Nancy fühlte sich unwohl: Irgendetwas war seltsam an der Art, wie Caro redete; ihre unerwartete Offenheit hatte etwas Manisches, Verzweifeltes an sich.

»Ist alles in Ordnung?«, fragte sie vorsichtig, aber Caro redete einfach weiter, als hätte sie Nancy nicht gehört.

»Die arme kleine Pea«, seufzte sie traurig. »Sie hätte etwas Besseres verdient als mich. Hören Sie zu, Nancy. Wenn Sie jemals eine eigene Tochter haben, dann lieben Sie sie einfach.« Ihre himbeerroten Wangen bekamen einen fiebrigen Glanz, und Nancy kämpfte sprachlos um Fassung.

Und dann sagte Caro etwas, was Nancy vollkommen verblüffte.

»Sie werden sich doch um sie kümmern, nicht wahr?«

Nancy starrte sie an und bemerkte zu ihrem Entsetzen, wie der um einiges älteren Frau Tränen übers Gesicht liefen. »Was meinen Sie damit?«

Caro hielt ihre Hand hoch, als wollte sie noch etwas hinzufügen, aber dann überlegte sie es sich anders und ließ sie matt sinken. »Nichts. Pamela mag Sie offenbar. Beide tun das. Ich bin froh darüber.«

»Alles in Ordnung, Liebling?«

Beide blickten auf, als Peter in der Tür erschien.

»Es geht mir verdammt noch mal hervorragend«, erklärte Caro, schnappte sich Flasche und Glas und stieß ihm absichtlich den Ellbogen in die Seite, als sie mit wehendem Morgenmantel hinausstolzierte.

Peter kratzte sich am Kopf, als die riesigen Flügeltüren des Salons, der zum Kanal hinausführte, hinter seiner Frau zuschlugen. »Vielleicht wäre es das Beste, wenn Sie und Pamela heute Nachmittag etwas unternehmen, bis Caro sich wieder besser fühlt. Bis heute Abend hat sie sich sicher wieder gefangen, und wir können zusammen ausgehen.«

»Ist sie betrunken?« Pamela stand im Flur und schaute von einem zum anderen.

»Das reicht jetzt«, wies Peter sie zurecht.

»Sie fühlt sich nur nicht wohl«, setzte Nancy hinzu.

»Müssen wir denn zu dieser dummen Party heute Abend, wenn Caro krank ist?«

»Erstens ist das keine dumme Party. Sondern eine private Vernissage in Lorenzos Galerie, und ein paar meiner Bilder werden dort ausgestellt. Ausnahmsweise machen wir mal etwas, was ich will. Und ja, du musst mitkommen.«

»Ich verstehe nicht, wozu das gut sein soll«, murrte Pamela.

»Oh, werd erwachsen, Pea«, rief Peter ungehalten. So hatte Nancy ihn noch nie erlebt – und Pamela auch nicht, ihrer schockierten Miene nach zu schließen. »Nancy, bitte schaffen Sie mir das Kind aus den Augen, bevor ich noch etwas sage, was ich bereue«, fügte er hinzu, ehe er sich umdrehte und durch den Flur und die Treppe hinauf verschwand. »Ich habe zu tun«, rief er laut von oben, sodass es durch das Treppenhaus hallte. »Und ich will für den Rest des Tages keine Frau mehr zu Gesicht bekommen.«

Pamela wartete, bis seine Schritte verklungen waren, dann verschränkte sie die Arme. »Vanilleeis mit Himbeersirup«, erklärte sie. »Eine doppelte Portion.«

Als sie zur Vernissage aufbrachen, hatten sich die Wogen geglättet. Der Galerist hatte ihnen ein Wassertaxi geschickt, und Peter stand am Rand des Stegs und half Nancy und Pamela in das kleine Boot.

»Wo ist Ma?«, fragte Pamela. Gerührt bemerkte Nancy, dass das Mädchen ein völlig neues Selbstbewusstsein ausstrahlte. Richtig chic sah sie aus in ihrem smaragdgrünen Chiffonkleid mit dem gerüschten Oberteil und den zierlichen Spaghettiträgern. Sie hatte sich von Nancy die Haare machen lassen, sodass sie ihr lockig über die sommersprossigen Schultern fielen, und sie trug einen Hauch von Make-up, genau wie Nancy es ihr gezeigt hatte: ein wenig hellroten Lippenstift und einen dünnen schwarzen Lidstrich, der ihre Augen betonte und in einem feinen Schwung endete. Pamela war ein hübsches Mädchen, das war nicht zu leugnen; nichts erinnerte mehr an das Schulmädchen, das sich so trotzig aufgeführt hatte. Das schien auch der Gondoliere bemerkt zu haben, der offenbar seit

Tizians Zeiten keine solchen roten Haare mehr erblickt hatte.

»Sie bleibt zu Hause. Kopfschmerzen. Na los, Pea.« Peter reichte ihr die Hand und drehte sich dann zu Nancy um. »Madam?«

Mühsam kletterte Nancy auf das Boot. Ihr enges Etuikleid aus schwerem Goldbrokat ließ ihr wenig Spielraum, aber Pamela fasste sie am Arm und zog sie kurzerhand an Bord. Als sie schließlich hinten im Boot saßen und die bröckeligen Fassaden der jahrhundertealten Paläste an ihnen vorbeirauschten, war Nancy froh, dass sie die zum Kleid passende Jacke dabeihatte: Die Ärmel waren zwar nur dreiviertellang, aber als sie die drei großen Knöpfe vorn geschlossen hatte, fühlte sie sich vor der kühlen Brise geschützt. Diese Kombination hatte Phyllis am besten gefallen. »Genau so etwas würde Jackie Kennedy tragen«, hatte sie gerufen und vor Begeisterung in die Hände geklatscht, als Nancy die Modenschau veranstaltet hatte, auf der sie alle bestanden hatten. Phyllis hatte Nancy gebeten, sich das Kleid nach ihrer Rückkehr einmal ausleihen zu dürfen. Falls sie zurückkäme.

Die Vernissage sollte in einem Raum stattfinden, der durch den Innenhof eines der großen Palazzi am Canal Grande erreicht wurde. Sie schritten durch die Säulengänge, die den Hof einrahmten; die Luft des frühen Abends war erfüllt vom Duft der Rosen, die rund um den Brunnen in der Innenhofmitte gepflanzt waren. Eine solche Kunstgalerie hatte Nancy noch nie zuvor gesehen, die Wände waren weiß getüncht, der Boden gefliest.

»Das ist so modern!«, flüsterte sie Peter zu.

»Ich weiß. Das ist was anderes als die *National Gallery*, was?«

Peter wurde sofort von einem um einiges jüngeren Mann in Beschlag genommen. Er schien eher in Nancys Alter zu sein und trug den hier allgemein üblichen farblosen Leinenanzug. »Pietro«, sagte der Mann, als sie sich herzlich die Hände schüttelten. »Der Star meiner Ausstellung.«

Peter nestelte unbehaglich an seinem Kragen herum. »Nun übertreib mal nicht, alter Freund.« Er drehte sich um und merkte, dass die zwei jungen Damen ihn erwartungsvoll anschauten. »Oh, ich bitte um Verzeihung. Lorenzo, du kennst natürlich Pamela, und das ist Nancy, sie ist … nun, eine Freundin der Familie.«

Lorenzo neigte den Kopf und küsste Pamela auf beide Wangen. »Lorenzo Vitari. Ich bin entzückt, Sie kennenzulernen, Nancy«, meinte er und schüttelte ihr die Hand. Er war attraktiv, und wie so viele Italiener traf er den englischen Geschmack. Doch im Gegensatz zu den meisten seiner Landsleute hatte er nichts Prahlerisches an sich, was Nancy als ausgesprochen wohltuend empfand. Vielleicht lag es an seiner Brille, die sie irgendwie an Gregory Peck erinnerte, als Atticus Finch in dem Film *To Kill A Mockingbird.* Oder an seinem abgetragenen Anzug oder daran, dass er nicht sofort seine Lippen auf ihre Hand drückte. Jedenfalls war sie fasziniert von diesem schüchternen Italiener, der so ganz anders war als die, die sie bisher kennengelernt hatte und die ihren Blick nicht von ihren Haaren losreißen konnten und sie begafften, als befände sie sich bei einem Schönheitswettbewerb. Und auch ganz anders als Charlie, fiel Nancy ein, der stets ein perfekt gestärktes Hemd trug und sich seiner selbst und auch ihrer Zuneigung so sicher war.

»Lorenzos Vater Luigi war ein alter Freund von mir«, erklärte Peter. Lorenzo schreckte zusammen und merkte, dass er noch immer Nancys Hand hielt. Schnell ließ er sie los. »Er war ein großartiger Künstler, und nach meinem Abschluss an der *Slade School* in London habe ich bei ihm studiert. Hier, in diesem Haus. Das waren glückliche Zeiten, habe ich recht?«

Lorenzo lächelte. »Mit meinem Vater konnte man immer was erleben, Gott segne seine unausstehliche Seele!«

Peter lachte. »So kann man es auch ausdrücken. Jetzt führt Lorenzo diese Galerie, und er ist ein großer Gönner meiner Kunst.«

»Im Gegenteil: Es ist mir eine große Ehre, deine neuesten Arbeiten hier zu zeigen. Sie haben schon einiges Aufsehen erregt. Kommen Sie, meine Damen, ich zeige Ihnen die Ausstellung.«

Lorenzo führte sie an riesigen Leinwänden mit abstrakten Formen in grellen Farben vorbei, die aus den nackten Wänden herauszuspringen schienen. Auf Sockeln standen staksige Bronzefiguren in unterschiedlichen kummervollen Posen. Schließlich kamen sie in einen kleinen Vorraum, wo nebeneinander drei quadratische Gemälde hingen. Sie hatten jeweils etwa die Größe einer Teekiste. Dank ihres neuen Vokabulars erkannte Nancy, dass es sich dabei um impressionistische Darstellungen von Venedig handelte, die mit den Bildern von Canaletto nicht mehr viel zu tun hatten. Sie waren gespenstisch, roh, und ihre waghalsigen, breiten Pinselstriche bildeten eine im Verfall begriffene Stadt ab, gefangen zwischen zwei Welten.

»Sie sind wunderschön«, flüsterte sie.

»Sie sind außerordentlich«, erwiderte Lorenzo. Als Nancy sich ihm zuwandte, merkte sie, dass er nicht die Bilder, sondern sie betrachtete. Als er sich ertappt sah, wurde er rot und räusperte sich geräuschvoll. »Wie ich schon sagte, höchst bemerkenswert«, redete er weiter und heftete seinen Blick konzentriert auf das Triptychon.

»Soll das ein Schaf sein?«, fragte Pamela und musterte das mittlere Bild genauer.

Peter verdrehte die Augen. »Da siehst du mal, womit ich zu kämpfen habe«, erklärte er zu Lorenzo gewandt.

»Wer ist der Künstler?«, fragte Nancy.

»Nun, natürlich Ihr Freund, *Signor* Cavendish.«

Sie drehte sich zu Peter um. »Ich hatte wirklich keine Ahnung! Ich dachte, Sie malen nur Porträts.«

»Mit Porträts verdiene ich mein Geld, aber mit diesem Zeug füttere ich meine Künstlerseele.«

Pamela trat zurück und nahm die Gemälde noch einmal unter die Lupe. »Ich glaube, du bist ziemlich gut.« Sie rümpfte die Nase.

»Danke, Pea«, erwiderte Peter und runzelte die Stirn über dieses halbherzige Kompliment.

»Du solltest dich wirklich nicht länger mit diesen Porträts aufhalten, mein Freund. Heutzutage macht man

Fotos. Aber das hier …«, Lorenzo deutete auf die drei Bilder, »… damit musst du dich beschäftigen.«

Peter seufzte. »Das würde ich gerne. Aber irgendwie muss ich meinen Lebensunterhalt verdienen. Töchter sind ganz schön teuer.« Er lächelte, als Pamela ihm kräftig in die Seite boxte.

»Im Ernst, Peter. Ich hätte diese hier heute Abend schon zehn Mal verkaufen können. Hör zu«, fügte Lorenzo hinzu. »Ich habe gerade ein altes Anwesen in der Toskana gekauft. Ungefähr zwei Stunden von hier. Ich habe vor, dort eine Galerie zu eröffnen und Künstlerateliers einzurichten. Wie wäre es, wenn du eine Zeit lang dort arbeitest? Ihr könntet alle dort wohnen. Nancy natürlich auch«, fügte er hinzu und lächelte sie an.

Nancy merkte, wie sie ein wenig rot wurde. Beinahe war sie erleichtert, als Pamela sie in die Rippen knuffte.

»Ich weiß nicht recht«, wehrte Peter ab. »Da ist unser Haus in London. Und ich bin mir nicht sicher, ob sich Caro in der Toskana begraben lässt.«

»Es muss ja nicht für immer sein. Nur ein paar Wochen, ein paar Monate. Du hättest einen Platz zum Malen, eine inspirierende Landschaft vor der Haustür …« Lorenzo rückte seine Brille zurecht, die ihm trotz seiner kräftig ausgeprägten florentinischen Nase ein wenig hinuntergerutscht war.

»Aber ich kann doch nicht einfach kommen und bleiben, ohne irgendetwas zu bezahlen.«

»Dann hilf mir zum Ausgleich beim Ausbau der Gebäude.«

Pamela warf Peter einen Blick zu. »Warum nicht, Pa? Du liebst die Landschaft dort.«

»Das stimmt schon, aber es geht ja nicht nur um mich, nicht wahr? Da bist schließlich noch du …«

»Ich? Ob ich mich irgendwo in der Toskana zu Tode langweile oder woanders, ist doch egal. Ins Internat kann ich ja schließlich nicht zurück, nicht wahr?« Sie sah Lorenzo an. »Haben Sie Pferde?«

Er lächelte. »Es gibt dort jede Menge Pferde.«

Pamela gab ein anerkennendes Geräusch von sich und begann angelegentlich die Bodenfliesen zu studieren; Nancy wusste, dass sie jetzt angestrengt nachdachte. Was für Peter eine fabelhafte Chance war, konnte für seine Tochter bedeuten, zwischen den Olivenhainen vor Einsamkeit zu sterben. Sie vermisste bereits jetzt ihre Freundinnen, allerdings schienen die Pferde ein schlagendes Argument zu sein.

Lorenzo wandte sich wieder den Gemälden zu. »Das ist wirklich das Beste, was du je gemacht hast, Peter. Mein Vater wäre derselben Meinung; er war immer wütend, dass du dein Talent an eitle Aristokraten verschwendest. Versuch es zumindest. Was hast du schon zu verlieren?«

Peter atmete langsam aus, dann nahm er sich ein frisches Glas Champagner vom Tablett einer Kellnerin, die gerade vorbeikam, und trank es in einem einzigen, langen Schluck aus. »Nichts. Oder alles.«

Während das Boot über das brackige schwarze Wasser glitt, war jeder in sein eigenes Schweigen vertieft. Nur das Tuckern des Motors brach die Stille, und ab und zu drang mit einem Lachen oder einem Schrei etwas von den komplizierten Verwicklungen im Leben anderer Menschen zu ihnen herüber und verflog durch die engen Gassen und über das Wasser. Erfreut stellte Nancy fest, dass die Sorgenfalten, die Peters Stirn sonst so oft furchten, weniger tief wirkten, und auch Pamela schien die Aussicht auf ein vorübergehendes toskanisches Paradies damit zu versöhnen, dass sie nicht ins Internat zurückkehren würde. Blieb noch Caro, aber vielleicht konnte Peter sie überreden, den Rest des Sommers in Italien zu bleiben. Es gab Schlimmeres, als ein paar Wochen hier zu verbringen.

Und was Nancy betraf … nun, Lorenzo hatte sie ausdrücklich mit eingeladen, aber sie konnte sich ja nicht für immer irgendwo anhängen, sie brauchte einen eigenen Plan. Dennoch war es für ein Mädchen aus der Stadt verlockend, einige Zeit in Italien auf dem Land zu verleben und dabei zuzusehen, wie Pamela an der frischen Luft gedieh und Peter sich endlich seiner Arbeit widmen konnte. Und sie wollte Lorenzo gerne beim Ausbau seines toskanischen Anwesens helfen. Sie hatte das Gefühl, dass dies ein Freund der Familie Cavendish war, den sie gerne näher kennenlernen wollte.

Als sie in das alte Haus zurückkamen, stimmte etwas nicht: Eine störende Schwingung lag in der Luft, ein Missklang, den Nancy nicht klar benennen konnte. Peter rief nach Caro, aber seine Stimme verhallte ohne Antwort durch den Korridor, suchte sich ihren Weg über die marmorne Wendeltreppe hinauf und durch die weitläufigen Empfangsräume im Erdgeschoss.

Nancy musste an das seltsame Gespräch denken, das sie am Morgen mit Caro geführt hatte, und plötzlich wurde ihr klar, dass sie nicht mehr nach einer Frau, sondern vielmehr nach einem Brief suchen mussten.

Sie entdeckte das Schreiben an eine Vase mit Lilien gelehnt auf dem Tischchen im Flur.

»Peter?«, rief sie. »Hier ist etwas, was Sie sehen müssen.«

Er kam die Treppe heruntergelaufen, immer zwei Stufen auf einmal. »Was ist?«

Nancy deutete auf die Nachricht.

»Verdammt«, sagte er. »Hören Sie, gehen Sie einen Augenblick mit Pamela nach oben, ja?«

»Natürlich.«

Sie fand Pamela auf dem Sofa, vertieft in ein Buch über die Arbeit von Krankenschwestern während des Blitzangriffs in London, das sie am Nachmittag in einem Antiquariat für englische Bücher gekauft hatte. »Schlafenszeit«, verkündete Nancy.

»Wo ist sie?«, erkundigte sich Pamela, während sie widerwillig aufstand und ein Eselsohr in die Seite knickte, die sie gerade gelesen hatte.

»Ich bin nicht sicher«, erwiderte Nancy und überlegte, wie sie den Flur durchqueren sollten, ohne dass Pamela mitbekam, wie Peter den Brief las.

»Was soll das heißen, Sie sind nicht sicher?« Sie schritt zur Tür. »Pa?«

»Pamela«, sagte Nancy, »warte einen Augenblick …« Ihr Herz klopfte, hundert Schreckensszenarien wirbelten ihr durch den Kopf. Caro war in keiner guten Verfassung gewesen, aber sie würde doch keine Dummheit begehen?

Doch es war schon zu spät. Als Nancy in den Flur trat, dessen Lampen gerade genug Licht abgaben, um die Wandgemälde zu beleuchten, in die sie eingesetzt waren, sah sie, wie Pamela ihrem Vater den Brief entriss und ihn sich nahe vors Gesicht hielt, um ihn im Halbdunkel entziffern zu können.

Langsam näherte sie sich und nahm Pamela das Blatt aus der Hand.

Es tut mir so leid, mein Liebling. Wenn du das hier liest, werde ich schon im Nachtzug nach Paris sitzen. Tony und ich fliegen morgen nach Chile. Ich liebe ihn. Ich wünschte, es wäre anders, aber die Dinge sind nun mal, wie sie sind. Bitte vermisst mich nicht, und bitte passt auf euch auf. Ich liebe euch beide von ganzem Herzen, und ich weiß, dass ihr am Ende glücklich sein werdet.
Kuss, Caro

23

McCall's 6261: Sommerkleid für Damen

Sie saßen auf einer Bank auf dem Markusplatz, und Pamela stieß regelmäßig mit dem Fuß nach den Tauben, die sie belagerten.

»Glaubst du, Pa wird damit fertig?«

Trotz des Dramas am Abend zuvor hatte Peter am Morgen gewirkt, als wäre er guter Dinge. Beinahe so entspannt wie lange nicht, fand Nancy. Vermutlich hatte er die traurigen Überreste seiner gescheiterten Ehe schon lange mit sich herumgetragen.

»Ich glaube, er wird zurechtkommen. Immerhin hat er ja dich, nicht wahr?« Nancy drückte Pamelas klebrige Hand.

»Bestimmt lassen sie sich jetzt scheiden«, sagte Pamela und blickte auf ihre Sandalen hinunter. »Das ist meine Schuld. Ich war nie die Tochter, die sie sich gewünscht hat. Sie hat sich mich nicht gerade ausgesucht.«

»Da hast du ganz und gar unrecht, Pea. Caro hat sich dich ausgesucht. Euch beide. Sie hätte deinen Vater nicht heiraten müssen. Sie hätte auch nicht die Rolle deiner Mutter annehmen müssen. Aber genau das hat sie getan. Weil sie es wollte.«

Pamela zuckte mit den Schultern. »Vielleicht, wenn ich mich in der Schule mehr angestrengt hätte oder mehr auf meine Kleidung und das alles geachtet hätte …«

Nancy fasste wieder ihre Hand. »Sei nicht albern. Du bist genau richtig, so wie du bist. Es ist nicht deine Schuld. Du kannst zwar manchmal ganz schön nerven …«, sie wartete, bis Pamela zurücklächelte, »aber Caro liebt dich über alles. Das hat sie mir selbst gesagt.«

»Wirklich? Ich habe immer geglaubt, dass sie mich nur geduldet hat, weil ich Teil der Vereinbarung war, als sie Pa geheiratet hat.«

»Das stimmt nicht, und das weißt du.«

Pamela entdeckte einen Tropfen Eiscreme auf ihrem Arm und leckte ihn ab. Nancy reichte ihr eine Serviette, aber Pamela winkte ab und stieß einen tiefen Seufzer aus. »Ich wünschte, du wärst meine Mutter. Ich glaube, du wärst eine tolle Mum.«

»Keine Ahnung. Aber eines ist sicher: Wenn ich eine Tochter hätte, müsste sie genauso sein wie du.«

Pamela erwiderte nichts, aber sie nahm Nancys Hand in ihre und lehnte den Kopf an ihre bloße Schulter. Ihre ungebändigten pfirsichroten Strähnen kitzelten Nancy in der Nase, als eine leichte Brise vom Canal Grande zu ihnen herüberwehte, mit Nancys Rocksaum spielte und weiter um die vier riesigen Bronzepferde zog, die stolz vor dem Eingang zur Basilika standen. Taubenschwärme flogen auf.

»Willst du das wirklich alles aufessen?«, fragte Nancy und sah zu, wie Pamela sich langsam, aber sicher durch die riesige Eiswaffel arbeitete. Sie achtete sorgfältig darauf, dass das Eis nicht auf ihren kurzen weißen Cardigan und den hübschen geblümten Rock floss, der bereits eine interessante Mischung aus Marmelade- und Schokoladenflecken aufwies. Man durfte Pamela wirklich niemals mehr etwas Weißes zum Anziehen kaufen.

»Hm.« Das Mädchen beugte sich an Nancy vorbei nach vorn, um einem kleinen Hund nachzuschauen, der gerade von einer weißhaarigen Frau mit riesiger, schwarz gefasster Sonnenbrille weggezogen wurde.

»He, jetzt hast du mich vollgetropft!« Nancy versuchte, mit dem Taschentuch den gelb-rosa Klecks wegzuwischen, der mitten auf dem Rock ihres Kleides prangte.

»Das geht sicher wieder raus«, meinte Pamela und fing an, mit ihrem Jackenärmel daran herumzuwischen, sodass sie nun beide bestes venezianisches Speiseeis zur Schau trugen.

»Du kannst einen manchmal wirklich zur Weißglut bringen!«, rief Nancy einen Hauch zu kratzbürstig. Sie hatte pochende Kopfschmerzen und furchtbares Heimweh, denn sie wusste, dass Peggy an diesem Nachmittag alle zu Tee und Kuchen einladen würde, um Maddies sechsmonatigen Geburtstag zu feiern. Mum, Dad, Phyl und Dorothy … alle würden da sein und ihre Teetassen auf das kleine Mädchen erheben, das die Familie so verändert hatte. Alle außer Nancy.

»Entschuldigung. Ist das eines von deinen selbst genähten Kleidern?«

»Ja, allerdings.« Und es war eines von Nancys Lieblingskleidern: ein einfaches grau-weiß gestreiftes Leinensommerkleid mit breiten Trägern, leicht ausgestelltem Rock und einer kleinen strukturierten Schleife an der Taille. Leicht versetzt von der Mitte verlief eine Reihe kleiner grauer Glasknöpfe vom Ausschnitt hinunter. Und jetzt prangte ein großer, verschmierter himbeerfarbener Fleck mitten auf dem Rock.

Eine junge Familie kam vorbei. Der Vater schritt voran, das Gesicht in einer Zeitung vergraben. Die Mutter versuchte, ihren kleinen Sohn festzuhalten und gleichzeitig einen großen hüpfenden Kinderwagen zu schieben, was sich angesichts des Kopfsteinpflasters als schwierig erwies. Zu allem Überfluss trug sie einen engen Rock und kleine Schuhabsätze. Der Junge wollte ihre Hand abschütteln und Tauben jagen; mit der anderen Hand umklammerte er fest die Schnur eines dicken blauen Luftballons, der sich ebenfalls gerne selbstständig gemacht hätte.

Nancy spürte, wie der Wind ihr Haar zerzauste. Sie holte ein Haarband aus ihrer Tasche, band sich die Haare zu einem Pferdeschwanz zusammen und genoss den Luftzug in ihrem Nacken.

Sie beobachtete, wie sich der Luftballon plötzlich von seiner Schnur löste und, getragen von salzigen Windstößen, über dem Menschengewimmel verschwand. Der kleine Junge riss sich von der Hand seiner Mutter los, und schon nach wenigen Augenblicken waren sein weißes Hemd und die blanken kleinen Schuhe in der Menge von Touristen und Vögeln verschwunden.

Die junge Frau umklammerte noch immer mit einer Hand den Griff des Kinderwagens und schaute sich verzweifelt um, hin- und hergerissen zwischen dem Impuls, ihr Kind zu suchen, und der Unmöglichkeit, ihr Baby allein zu lassen. Sie schrie nach ihrem Ehemann, der endlich den Kopf aus der Zeitung hob und sich erschrocken zu ihr umwandte.

Pamela ließ Nancys Hand los und sprang auf. »Hier, wir helfen Ihnen«, rief sie. »Nicht wahr, Nancy?«

»Danke«, sagte die Frau mit schwerem Akzent und schob Nancy den Kinderwagen hin. »Sie passen auf das Baby auf, und Ihre Freundin hilft uns, unseren *bambino* zu suchen.«

»Los«, rief Pamela, »wir schwärmen aus. Er kann noch nicht weit sein.«

»Mille grazie.« Die Frau hatte Tränen in den Augen, als sie Nancys Hand drückte.

Und dann waren alle drei fort, und Nancy blieb allein mit dem Kinderwagen zurück.

Einen Moment lang sah sie sich einfach nur um: der riesige bleistiftförmige Glockenturm, die Bogen des Dogenpalastes, die Cafés, die die Ränder des Platzes säumten. Sie schaute überallhin, nur nicht auf das Baby im Kinderwagen.

Ein gurgelndes Lachen ließ sie schließlich doch zu dem kleinen Mädchen blicken, das neugierig diesen neuen Erwachsenen betrachtete. Seine hübschen Pausbäckchen wurden von einem gekräuselten Mützchen eingerahmt, so ähnlich wie eines, das Peggy für Maddie gekauft hatte. Das Baby versteifte sich und starrte Nancy mit riesigen braunen Augen an, dann entspannte es sich wieder, ballte die Fäustchen und trat mit seinen winzigen Füßen in den weißen Häkelsöckchen gegen die pink gerüschte Kinderwagendecke. Die Kleine musste ungefähr so alt sein wie Maddie, die inzwischen sicher auch schon kurze gurgelnde Verständigungsversuche unternahm und dabei wahrscheinlich genauso niedliche Laute von sich gab wie dieser kleine Engel.

Nancy beugte sich hinunter und lächelte das Baby an, das sie augenblicklich anstrahlte. »Hallo, meine Kleine«, sagte sie und strich dem Kind über die pfirsichweiche Wange.

Ein lauter Knall von einer Baustelle am Markusplatz, wo Gerüstbauer gerade an der Fassade eines Palazzos arbeiteten, ließ das Baby zusammenfahren, und schnell verwandelte sich die Überraschung in Angst. Die rosige kleine Oberlippe fing an zu zittern, und Tränen traten ihm in die Augen.

»Hey, hey«, redete Nancy weiter. »Ist schon in Ordnung, Schätzchen.« Aber so einfach ließ sich das Kind nicht beruhigen, also beugte Nancy sich zu ihm hinunter und legte ihre Hände um den angespannten warmen Körper, der bereits von Schluchzern erschüttert wurde. »Alles ist gut, Süße.« Sie nahm das kleine Mädchen hoch an ihre Schulter. Als sie ihre Wange an das heiße, feuchte Gesicht des Babys drückte, schloss Nancy die Augen. »Schsch. Ist ja gut.«

Sie wiegte das Kind, wobei sie ihm die Hand schützend um den Kopf legte, und flüsterte ihm beruhigende Worte ins Ohr. Aber anstatt sich zu beruhigen, wurde das Baby nur noch verzweifelter, und seine kleinen Schluchzer wurden immer lauter.

»Wein doch nicht, meine Süße.« Nancy schloss wieder die Augen, während sie den Duft des Babys nach Milch und frischer Wäsche einatmete. »Mummy ist da.«

Warum hörte sie denn nicht auf zu weinen? Nancy verstand es nicht. Es hatte doch geholfen, wenn sie die Kleine an ihre Schulter gelegt und nah bei sich gehalten hatte, wenn sie ihr gezeigt hatte, dass nichts und niemand ihr gefährlich werden konnte und sie das meistgeliebte Kind auf der ganzen Welt war. Warum regte sie sich noch immer so auf? Was hatte Nancy falsch gemacht?

Sie konnte doch die wenigen Stunden, die nur ihnen beiden gehört hatten, ihnen allein, nicht vergessen haben?

»Nancy.«

Eine Stimme drang in den Kokon, den sie um sich gesponnen hatten. Warum konnten die Leute sie nicht in Ruhe lassen? Wussten sie denn nicht, dass ihnen nur wenig Zeit zusammen blieb?

»Nancy!«

Als die Stimme eindringlicher wurde, öffnete sie die Augen, ärgerlich über die anhaltende Störung.

Pamela stand vor ihr, und neben ihr streckte eine italienisch aussehende Frau ihre Arme nach Nancys Baby aus. Das durfte sie nicht zulassen. Nicht noch einmal.

»Nein.« Nancy drückte das Baby enger an sich. Warum schrie die Kleine denn immer lauter? Bitte hör auf, mein Engel, oder sie werden sagen, dass ich mich nicht richtig um dich kümmern kann.

»Nancy, du benimmst dich merkwürdig. Gib das Baby wieder her.«

Pamela schien ehrlich erschrocken, und Nancy blickte in die Runde ängstlicher Gesichter vor ihr. Sie war durcheinander. Wer war diese Frau, die versuchte, ihr das Baby wegzunehmen? Und der Mann mit dem erschrockenen Gesichtsausdruck, dessen kleiner Sohn sich an sein Bein klammerte und sie anstarrte? Wo war sie? Es war so hell, so sonnig, die Gebäude waren so schön. Wo waren der Dauerregen und die dicken grauen Mauern?

Sie hob das Baby von ihrer Schulter und hielt es im Arm. Wo waren denn auf einmal die schwarzen Haare hergekommen? Und diese dunklen Augen? Ihr Baby hatte weizenblondes Haar gehabt und graue Augen, wie der Kies am Strand von Eastbourne. Das war nicht ihr Baby. Jemand hatte ihr Baby genommen und es ausgetauscht.

Blankes Entsetzen erfüllte Nancy, als sie spürte, wie sie das Baby der anderen Frau reichte, die es sofort an sich presste und ihm tröstende italienische Worte ins Ohr schluchzte. Allmählich hörte das Kind auf zu schreien und schaute zu seiner Mutter auf. Sein verknittertes Gesicht öffnete sich zu einem Lächeln voller Liebe und Wiedererkennen.

Nancy hatte gedacht, dass sie diesen bodenlosen, kalten Verlust in ihren leeren Armen niemals wieder spüren würde, und sie nahm kaum wahr, wie der Mann Pamela seine Visitenkarte gab und ihr für die Hilfe bei der Suche nach seinem kleinen Jungen dankte. Sie bemerkte auch nicht Pamelas Hand auf ihrem Arm, als das Mädchen sie vom Markusplatz in das Gewirr von engen Arterien führte, die sich über die Stadt erstreckten.

Pamela erklärte Peter, dass Nancy krank sei – ein Sonnenstich – und sich hinlegen müsse. Niemand verlor ein Wort darüber, was passiert war, und Nancy ließ sich von dem Mädchen umsorgen, das keine Fragen stellte, sondern ihr nur still mit einem kühlen Tuch den Staub der Stadt vom Gesicht wischte und einen warmen, süßen Tee mit Milch brachte. Pamela half Nancy, ihr Nachthemd anzuziehen, deckte sie in ihrem schmalen Bett mit den weißen Leintüchern zu und schloss die Fensterläden vor dem Rest des Tageslichts.

Als Pamela sie schließlich allein ließ, beobachtete Nancy, wie die Sonnenstrahlen durch die Fensterläden drangen und sich im Raum bewegten. Der venezianische Himmel vor dem Dachfenster über ihrem Bett änderte seine Farbe von blau zu rosig-gold und wurde schließlich schwarzlila wie ein frischer Bluterguss.

Allmählich verhallten die Geräusche der plappernden Touristen und singenden Gondolieres draußen auf dem Kanal und verwandelten sich in Nancys Kopf in die gedämpften Schritte der Nonnen und das Wimmern neugeborener Babys. Der schlimmste Laut von allen war das Knirschen von Autoreifen in der gekiesten Auffahrt, dann das Klackern teurer Stöckelschuhe und die Schritte lederbesohlter Herrenschuhe auf den Stufen, die zu dem alten Haus hinaufführten, oder das Weinen und Schluchzen der trauernden Mütter, wenn dieselben Geräusche

Stunden später in die entgegengesetzte Richtung verschwanden.

Wie hatte er zulassen können, dass sie das durchmachen musste? Ihr Kind hergeben zu müssen, bevor die physischen Wunden überhaupt heilen konnten, während noch heiße Milch aus ihrer Brust tropfte und ihr Bauch blutete? Und nun hatte er gefragt, ob sie ihn zurücknehmen würde. Sie schob ihre Hand unter das Kopfkissen, wo sein Brief lag, und warf nur einen flüchtigen Blick darauf, bevor sie ihn zusammenknüllte und in die Ecke des Zimmers warf.

Nancy dachte an die wenigen dunklen Stunden zurück, die sie zusammen gehabt hatten, Stunden, die für ein ganzes Leben reichen mussten. Sie war so sicher gewesen, dass es die richtige Entscheidung war, aber als sie heute das kleine warme Bündel im Arm gehalten hatte, hatte sich etwas in ihr befreit und nagte und kratzte jetzt an ihr, bis Nancys Entschlossenheit aufgerieben war und ihr klar wurde, dass es, egal ob richtig oder falsch, nur noch einen Ausweg gab.

Erschöpft schlief sie schließlich ein und umklammerte noch im Schlaf fest das kleine Kordelsäckchen.

Nancys unruhiger Schlaf wurde von einem ungewohnten Geräusch unterbrochen. Sie öffnete ihre verquollenen Augen. Der Himmel vor dem Dachfenster war jetzt trüb und grau, schwere Regentropfen platschten gegen die Scheibe. Nancy tastete mit der Hand zum Nachttischchen hinüber nach ihrer Uhr. Es war erst sechs Uhr morgens. Schnell und leise zog sie ihre Sachen vom Vortag an, die Pamela fein säuberlich zusammengefaltet und auf den Stuhl gelegt hatte. Schließlich nahm sie sich noch einen Pullover gegen die Kälte mit.

Vorsichtig schloss sie die kleine Holztür des Hinterausgangs. Durch enge, geschützte Gassen, die sich rund um die Kanäle drängten, lief sie quer durch die Stadt, wich den Karren der Gemüsehändler aus, die gerade ihre Stände aufbauten, stieg über Pfützen, die ihre Schuhe durchnässten, sodass sie an ihren bloßen Füßen rieben, und blieb ab und zu vor einem Kirchenportal stehen, um sich den Regen aus den Haaren zu schütteln. Wenn sie nicht falsch abgebogen war, musste sie bald da sein, und als sich endlich das breite Band des Canal Grande vor ihr erstreckte, mitsamt den Reihen leerer Gondeln, die auf dem regengepeitschten Wasser schaukelten, musste sie nur mehr eine Brücke überqueren.

Der Bahnhof öffnete gerade erst, die Kioske waren nach wie vor verrammelt und die schweren Zeitungsstapel noch nicht ausgepackt. Ein verschlafen wirkender Bahnbediensteter zog in dem Moment die Jalousie vor seinem Schalter hoch, als Nancy davor auftauchte. Wahrscheinlich sah sie aus, als hätte man sie eben aus der Lagune gezogen, aber er nahm ihr, ohne mit der Wimper zu zucken, die durchweichten Lirescheine ab und reichte ihr eine Fahrkarte, die sie sogleich in ihre Handtasche steckte.

Das war es also. Sie hatte es getan. Am Mittag würde sie schon mit dem Zug Richtung Nordwesten durch Europa rauschen, bis nach Calais.

Sie kaufte beim Bäcker frische Ciabattabrötchen, dazu an einem Marktstand eine Tüte mit Pamelas Lieblingsclementinen. Pea hatte die prallen Früchte wie Süßigkeiten gegessen, seit sie sie vor ein paar Tagen entdeckt hatte. Dabei schien es noch gar nicht so lange her zu sein, dass Orangen zu Hause nicht zu bekommen waren. Eine Clementine im Weihnachtsstrumpf war etwas gewesen, worauf man sich das ganze Jahr über gefreut hatte.

Als Nancy sich wieder unter dem niedrigen Türstock hindurchduckte, schliefen die Cavendishs noch immer. Sie deckte den Frühstückstisch und kochte mit einer italienischen Espressokanne Kaffee. Es war das Wenigste, was sie tun konnte, ehe sie die beiden verließ, außerdem lenkte es sie von dem Gedanken ab, wie sehr sie Pamela vermissen würde. Wusste Peter, wo man die Clementinen bekam? Würde er Pamela daran erinnern, sich die Haare jeden Abend mit hundert Bürstenstrichen zu kämmen und sich das Gesicht mit Coldcream und Rosenwasser zu waschen, wie Nancy es ihr gezeigt hatte? Und wer würde Peter die Tasse Earl Grey bringen, die ihm die Kraft für seine nachmittägliche Schaffensphase gab? Wer würde ihm seine Brille suchen, die er jeden Tag woanders verlegte? Sei nicht dumm, Nancy, sagte sie sich, schließlich sind alle wunderbar zurechtgekommen, bevor du aufgetaucht bist. Aber damals waren sie noch zu dritt gewesen, jetzt waren sie nur noch zu zweit.

Es überraschte Nancy, dass sie so starke Gefühle für diese Menschen hegte, die doch bis vor Kurzem Fremde für sie gewesen waren. Aber der unterschwellige Schmerz, der sie seit sechs Monaten quälte, war unerträglich geworden, und sie wäre lieber still und leise unter der glatten Oberfläche der trüben Gewässer von Venedig versunken, als von ihrem Plan abzulassen. Ihr Vorhaben war vollkommen verrückt, das wusste sie. Aber sie brauchte ihr Baby, mehr als Luft zum Atmen. Es war unmöglich, dass sie sich fernhielt, auch wenn es sie einen grauenhaften Preis kosten würde.

Bis zur Abfahrt des Zuges blieben ihr noch ein paar Stunden. Vielleicht könnte sie sich noch ein bisschen hinlegen, nachdem sie ihre Sachen gepackt hatte. Sie war so schrecklich müde, und wenn sie die Sache durchziehen wollte, brauchte sie einen klaren Kopf.

Als sie von ihrem Nickerchen erwachte, war es still im Haus. Pamela und Peter mussten ausgegangen sein. Nancy fühlte sich niedergeschlagen: Sie hätte sich so gerne verabschiedet, hatte erklären wollen, warum sie abreisen musste und dass sie sich wiedersehen würden, irgendwo auf der anderen Seite der chaotischen Ereignisse, die sie lostreten würde. Aber sie machte sich selbst etwas vor: Wenn sie ihr Vorhaben wirklich in die Tat umsetzte, würde sie Peter und Pamela niemals wiedersehen, und auch sonst niemanden von ihren Lieben.

Sie warf einen Blick auf die Uhr. Es war schon später, als sie gedacht hatte, und bis zur Abfahrt des Zuges blieb ihr nur noch eine Stunde. Schnell wusch sie sich das Gesicht mit dem kalten Wasser aus der Kanne, die auf der Marmorplatte des Frisiertisches stand.

»Sie haben das hier vergessen.«

Beim Klang der Stimme hinter ihr fuhr Nancy zusammen. Mit klopfendem Herzen wandte sie sich um.

Pamela stand im Türrahmen, ein seidenes Schmuckmäppchen in der Hand.

»Was machst du hier?«

»Sie hielten das hier fest umklammert, nachdem ich Sie gestern ins Bett gebracht hatte. Ich wollte wissen, was so wertvoll daran ist, deswegen habe ich vorhin in Ihrem Koffer nachgesehen, während Sie geschlafen haben.«

Nancy trat zu ihr. »Du hast sie herausgenommen? Pamela, sie gehören dir nicht. Gib sie mir zurück.« Nancy konnte Pamela am Gesicht ablesen, dass sie geweint haben musste.

»Dann gehören sie also tatsächlich Ihnen?« Das Mädchen tat einen Schritt zurück.

»Das habe ich nicht gesagt. Gib sie mir einfach.«

»Und wenn nicht? Erzählen Sie es dann Pa?« Pamelas Augen waren vor Wut weit aufgerissen, und Nancy zögerte.

»Pamela, bitte …«

»Oder soll ich es ihm erzählen?«

Nancy warf einen Blick auf den Koffer, der neben Pamela an der Tür stand.

»Nancy, Sie dürfen nicht gehen, das werde ich nicht zulassen.«

Sie spürte, wie ihr selbst die Tränen in die Augen stiegen. »Pamela, mir bleibt keine andere Wahl. Das verstehst du nicht.«

»Doch, das tue ich.« Das Mädchen hatte die Stimme erhoben, und auf seinen Wangen waren rote Flecken erschienen.

Nancy streckte beruhigend die Hand aus. »Schsch, bitte!«

Pamela faltete das Seidentuch auseinander und nahm die kleinen weißen Häkelsöckchen heraus. »Sie hatten ein Baby, nicht wahr?«

Nancy schüttelte den Kopf; Tränen liefen ihr über die Wangen.

»Sie hatten ein Baby und haben es fortgegeben. Deswegen haben Sie sich gestern auf dem Platz so merkwürdig benommen, mit dem Baby dieser Frau.«

»Nein …«

»Und jetzt wollen Sie mich verlassen und Ihr Baby zurückholen.«

»Ich will dich nicht verlassen, das will ich wirklich nicht«, stieß Nancy unter Tränen hervor.

»Doch, genau das haben Sie vor!«, schrie Pamela und trat noch einen Schritt zurück. »Es ist von Charlie, oder? Ich habe den Brief gefunden.« Sie zog die zerknitterte Seite aus ihrer Tasche und hielt sie Nancy vors Gesicht. »Sie sind so dumm!« Pamela spie die Worte förmlich aus.

»Das meinst du nicht wirklich.«

»Und ob ich das meine.« Sie starrte Nancy an. »Sie wissen es nicht, oder?«

»Was weiß ich nicht?«

»Die Sache mit Charlie?«

Nancy sah sie tränenverschmiert an.

»Er ist verlobt. Er heiratet nächsten Monat. Sie haben sich doch nicht ernsthaft Hoffnungen gemacht?« Pamela lachte bitter. »Die kleine Nancy Moon aus der Gosse? Nancy Moon, die kleine Schlampe?«

Nancy konnte nicht mehr an sich halten. Sie stürzte sich auf Pamela, und die beiden kämpften um die winzigen Socken. Sie kamen sich dabei derart nahe, dass Nancy den Schweiß des jungen Mädchens riechen, beinahe seine Tränen schmecken konnte.

Schließlich gab Pamela auf und ließ zu, dass Nancy die Söckchen an sich drückte. Mit leiser Stimme, sodass Nancy sie beinahe nicht verstand, sagte Pamela: »Verlass mich nicht, Nancy. Verlass mich nicht.« Sie fing an zu schluchzen. »Nicht du auch noch.«

Nancy öffnete den Koffer und legte die Söckchen hinein, dann hob sie ihn auf und baute sich vor Pamela auf, die ihr den Weg versperrte.

»Du musst mich gehen lassen. Charlie ist mir egal. Ich brauche meine Tochter.«

Pamela fasste sie am Arm. »Aber ich brauche dich, Nancy. Bitte.« Sie fiel auf die Knie und klammerte sich an Nancys Rock.

Ein solch verzweifeltes Weinen hatte Nancy nicht mehr gehört, seit sie selbst so bittere Tränen vergossen hatte, damals, als man ihr das Baby, mit dem sie monatelang schwanger gewesen war und um das sie sich nur für vier kurze Stunden hatte kümmern dürfen, wegnahm und einer anderen Frau in den Arm legte.

»Es tut mir leid«, schluchzte sie, riss sich los und rannte zur Treppe.

Durchnässt von Regen, Tränen und Schweiß saß Nancy auf dem Bahnsteig. Sie hörte weder die zahlreichen Durchsagen, noch nahm sie die vorbeihastenden Pendler wahr. Sie starrte auf ihren Rock hinunter und wunderte sich, dass Pamelas Tränen und Fingerabdrücke keine Flecken auf dem hübschen Blümchenmuster hinterlassen hatten.

Dieses Kleid hatte die volle Runde gedreht. Es hatte sie von Wandsworth nach Paris begleitet, zusammen mit der Verheißung auf eine neue Nancy Moon, die sich nicht von Trauer und Eifersucht zerstören lassen würde. Und eine Weile war es ja auch gut gegangen: Sie hatte Freunde gefunden und war liebevoll aufgenommen worden – von einem freundlichen Mann, der sie behandelte wie seine eigene Tochter, und von einem jungen Mädchen, das eine Mutter brauchte.

Natürlich war Nancy klar, dass es für sie keine Zukunft mit Charlie gab, auch wenn sein Blut immer Teil ihres Lebens sein würde. Sie kehrte nur wegen eines einzigen Menschen zurück.

Und wenn sie zu Hause ankam? Wie genau wollte sie ihr Baby zurückbekommen? Sollte sie die Kleine entführen? Mitten in der Nacht? Und wohin sollten sie dann gehen?

Sie schüttelte den Kopf, um das Durcheinander von Gedanken zu entwirren, die alle immer auf dasselbe unlösbare Problem hinausliefen.

Diese Sache konnte nicht zu Ende gebracht werden, ohne dass das Leben einiger Menschen in Stücke gerissen würde. Nicht zuletzt das ihres unschuldigen Babys, das inzwischen seine Adoptivmutter als seine richtige Mutter betrachtete und Nancy gar nicht kennen würde. Es würde schreckliche Angst haben und sie anbrüllen, genau wie das Baby auf dem Markusplatz. Konnte sie das tun, nachdem sie versprochen hatte, sich in ihr Schicksal zu fügen?

Es war Wahnsinn.

Mit lautem Getöse fuhr ihr Zug in den Bahnhof ein, und der kleine Schaffner, dessen Statur an einen *gnocco* erinnerte, kam die Wagons entlanggelaufen, drängte die letzten Fahrgäste zum Einsteigen und machte sich bereit, zur Abfahrt zu pfeifen.

Nancy stand auf und nahm ihren Koffer, dessen Griff noch immer rutschig vom Regenwasser war.

»Signora, il treno parte tra due minuti.« Er deutete auf die große Bahnhofsuhr. »Zwei Minuten.«

Sie holte tief Luft und tat einen Schritt nach vorn. Sie wusste, was sie zu tun hatte.

24

»Du siehst unglaublich aus.«

»Wirklich?« Flo war zögerlich, aber ausnahmsweise nahm sie das Kompliment an. Egal, ob sie eine rote Schnupfennase hatte oder am Morgen nach einer durchzechten Nacht aufwachte, Seamus war so maßlos freigiebig mit Schmeicheleien umgegangen, dass sie auf freundliche Worte nicht mehr viel gab.

Kurz überlegte sie, ob der dicke Brokatstoff nicht ein bisschen zu viel des Guten war, aber zugleich liebte sie dieses Kleid mehr als alle anderen. Es war ein Albtraum gewesen, den schweren platingrauen Stoff zu verarbeiten: Er franste aus, und die Nadel blieb stecken, sodass das Einsäumen eine langwierige, heikle Angelegenheit gewesen war, genauso wie das Einnähen des Futters. Das Kleid hatte zwar eine gerade Form, wurde lediglich in der Taille mit einem Gürtel zusammengehalten, aber der Schnitt hatte sich als unerwartet schwierig zu nähen erwiesen. Auch die passende Jacke mit rundem Kragen hatte es in sich gehabt: Das Rückenteil war aus einem einzigen Stück geschnitten, das mit den Vorderteilen durch sanft geschwungene Nähte verbunden war, die von den Schultern bis kurz unterhalb der Ellbogen verliefen. Die drei großen

Hornknöpfe, die Flo in ihrer Knopfschachtel gefunden hatte, passten perfekt. Es war in der Tat ein außergewöhnliches Outfit, und sie freute sich, dass auch Ben einigen Aufwand betrieben hatte. Er trug einen cremefarbenen Leinenanzug, der seinen gebräunten Teint und die sommerblonden Haare gut zur Geltung brachte. Und er hatte dazu nicht in Seamus-Manier das Genesis-T-Shirt kombiniert, das sie hinten im Schrank versteckt hatte.

»Danke, Mr S. Du bist auch ziemlich chic. Und danke, dass du das mit der Einladung organisiert hast.«

»Eine meiner leichtesten Übungen«, konterte er. »Der Freund eines Freundes meiner Schwester. Oder so.« Plötzlich hielt er inne. »Wir sollten ein Foto von uns machen. Du hast all die Fotos von Nancy und ihren Freunden – du brauchst auch ein Foto von deiner Reise.«

Flo lächelte. »Du hast recht.« Sie holte ihr Handy aus der Tasche, dann posierten sie Wange an Wange lächelnd für die Kamera.

»Schau uns an«, sagte Ben, als sie die Aufnahme von ihnen vor dem schönen Hintergrund der Altstadt betrachteten.

»Wir können uns wirklich sehen lassen«, stellte Flo fest. »Ich schicke dir die Aufnahme später.«

»Oh ja, bitte.«

»Klar. Vorausgesetzt, du zeigst sie nicht deiner Mutter.« Flo fasste ihn am Arm. »Komm, lass uns weiterlaufen. Ich glaube, wir sind fast da.«

Sie umrundeten eine Ecke und erreichten einen Platz, der von einem hellroten Palast beherrscht wurde. Seine weiß gerahmten Bogenfenster waren so hoch wie ein kleines englisches Reihenhaus.

»Ist es das?«, fragte Ben.

Flo warf noch einmal einen Blick auf die steife Einladungskarte und spähte dann zu den unauffälligen Eisenbuchstaben hinauf, die um die Eingangstür des Gebäudes verliefen. »Palazzo Fiorentina. Das ist es.«

»Wir hätten mit einem Wassertaxi kommen sollen«, meinte Ben. »Das wäre stilecht gewesen.«

»Na schön, aber wir sind ja schließlich nicht die Clooneys, nicht wahr?«, erwiderte Flo lächelnd.

Eine breite Marmortreppe führte über wenige Stufen zu einem friedlichen begrünten Hof, in dem zahllose Rosen in voller Blüte standen. Irgendetwas an diesem Ort verlieh Flo das Gefühl, Nancy näher zu sein als irgendwo sonst auf ihrer Reise. Sie hätte sich nicht gewundert, wenn ihre Großtante auf einmal um die Ecke gekommen wäre und sie begrüßt hätte.

»Hier entlang.« Ben winkte sie zu sich herüber, und sie schloss schnell durch den säulengesäumten Kreuzgang zu ihm auf.

Eine junge Dame, ganz in Schwarz gekleidet, verzog die blutrot geschminkten Lippen zu einem Lächeln, während sie ihre Einladung entgegennahm. *»Buena sera, e benvenuto.«*

»Danke«, sagte Flo. Dann hielt sie inne. »Wäre es eventuell möglich, heute Abend den Inhaber der Galerie zu treffen?«

»*Signor* d'Angelo? *Sì,* Sie finden ihn drinnen.«

Die Deckengewölbe des Palazzos aus kompliziert angeordneten hellrosa Ziegeln und ausgreifenden weiß verputzten Mauerbogen standen im starken Kontrast zu den einfachen weißen Wänden, die den perfekten Hintergrund abgaben für … was? Flo war sich nicht sicher, wie sie die Szene vor sich beschreiben sollte, die von wiederkehrenden markerschütternden Schreien unterbrochen wurde.

Sie und Ben nahmen ein Glas Prosecco von einer ernst dreinblickenden Kellnerin mit schwarz umrandeten Augen und kurz geschnittenen schwarzen Ponyfransen an, dann wanderten sie an einer Reihe von Sockeln in unterschiedlicher Höhe entlang, auf denen eine unbestimmte Auswahl von grellbunten, glänzenden Genitalien ausgestellt war.

»Nun«, Flo räusperte sich, »ich bin mir nicht sicher, was der Doge dazu gesagt hätte.«

Ben betrachtete angelegentlich eine der Skulpturen, eine Studie von Eingeweiden in Blau und Rot. »Was zum Teufel …«, rief er aus. »Dieses hier hat Zähne!«

Flo sah sich um. »Ich habe keine Ahnung, wie es dir geht, und versteh mich bitte nicht falsch: Immerhin war ich auf der Kunsthochschule. Aber das ist alles einfach nur verdammt grauenhaft.«

»Guten Abend.«

Eine Stimme hinter ihnen ließ sie herumfahren.

»Verzeihen Sie, ich wollte Sie nicht erschrecken. Meine Kollegin erzählte mir, Sie wünschen mich zu sprechen?« Der Mann lächelte Flo und Ben durch übergroße, schwarz umrandete Brillengläser an und reichte ihnen seine lange glatte Hand. »Bitte, ich bin Michele d'Angelo. Das ist meine Galerie. Gefällt Ihnen die Ausstellung?«

»Ähm, es ist … nun …«

»Es ist ziemlich grauenhaft, nicht wahr?« Er lachte leise über Flos Verlegenheit. »Aber es rechnet sich. Die Leute lieben das Zeug.« Er zuckte mit den Schultern. »Nächste Woche stelle ich etwas Besseres aus. Also, was kann ich für Sie tun? Ich nehme nicht an, dass Sie etwas kaufen möchten?«

Flo lachte. »Nein, ich … also, nein. Eigentlich wollte ich mit Ihnen über eine Ausstellung reden, die hier im Jahr 1962 stattgefunden hat.«

D'Angelo hob die Augenbrauen. »1962? Das war lange vor meiner Zeit.«

»Oh.« Das hätte Flo klar sein müssen. Wer auch immer damals die Galerie geleitet hatte, müsste nun mindestens siebzig Jahre alt sein. »Moment«, sagte sie und wühlte in ihrer Handtasche, bis sie einen Umschlag entdeckte. »Vielleicht hilft das weiter.«

Der Galerist nahm ihr den Umschlag ab und zog eine Schwarzweißfotografie und eine alte Einladungskarte für eine Privat-Vernissage heraus. Er betrachtete die vergilbte Karte genau und lächelte. »Wie konnte ich das nur vergessen?«

»Was meinen Sie?«

»Das war eine der erfolgreichsten Ausstellungen der Galerie überhaupt. Eine Sammlung von Landschaftsgemälden, von Künstlern aus ganz Europa. Sie fand danach alle zwölf Monate statt, bis in die achtziger Jahre.«

»Das ist jetzt eine kühne Frage, aber hieß einer der Künstler vielleicht Peter? Leider ist mir sein Nachname nicht bekannt.«

Michele musterte sie. »Peter? Das muss Peter Cavendish gewesen sein. Natürlich. Er war ein enger Freund meines Onkels, Lorenzo Vitari, dem diese Galerie gehörte. Peter hat hier bei Lorenzos Vater studiert, Luigi, einem der besten Künstler und Kunstprofessoren Italiens. Meine Familie hat Lorenzo die Galerie schon vor vielen Jahren abgekauft.«

»Cavendish«, sagte Flo leise, dann wandte sie sich an Ben. »Es ist so weit«, stellte sie fest. »Wir haben ihn gefunden.«

»Peter Cavendish war ein begnadeter Künstler«, fuhr Michele fort. »Erst hat er Porträts gemalt, aber sein Talent reichte weit darüber hinaus, und er wurde ein großer Landschaftsmaler.«

»Wissen Sie, was nach dieser Ausstellung aus ihm geworden ist?«

Michele lächelte. »Mein Onkel hat in der Toskana ein weitläufiges Anwesen gekauft, ungefähr zu der Zeit, als die Ausstellung hier stattfand. Er hat eine Art Künstlerkolonie daraus gemacht, wenn man es so nennen will. Peter hat dort viele Jahre verbracht. Vielleicht ist er sogar dort gestorben. Das ist noch gar nicht so lange her.« Lächelnd betrachtete er wieder das Foto. »Ja, das ist Peter. Und daneben steht mein Onkel, Lorenzo Vitari. Bei den beiden Damen bin ich mir nicht sicher. Das hier könnte vielleicht Peters Tochter Pamela sein.«

»Und die andere?«, fragte Flo hoffnungsvoll. »Erkennen Sie sie? Das ist meine Großtante.«

Er schüttelte den Kopf. »Schwer zu sagen. Sie hat den Kopf weggedreht. Ich kann ihr Gesicht nicht erkennen. Tut mir leid.«

»Haben Sie vielen Dank. Sie haben uns wirklich unglaublich weitergeholfen.« Flo schüttelte ihm die Hand.

Michele verbeugte sich leicht. »Es war mir ein Vergnügen.« Er fasste in seine Jackentasche, zog seine Visitenkarte heraus und schrieb etwas auf die Rückseite. »Das ist die Adresse und Telefonnummer vom Anwesen meines Onkels. Sie sollten hinfahren und ein paar Tage bleiben. Es ist wunderschön dort.« Er reichte Flo die Karte, doch plötzlich hielt er inne. »Darf ich fragen, warum Sie sich nach Peter erkundigt haben?«

»Er war ein Freund meiner Großtante, und ich hoffe, dass ich auf diese Weise herausfinden kann, was mit ihr geschehen ist.«

Er lächelte. »Dann wünsche ich Ihnen viel Glück bei der Suche.« Michele sah über Flos Schulter hinweg auf etwas hinter ihr. »Nun müssen Sie mich entschuldigen. Anscheinend möchte *Signora* Grassi den großen gelben Arsch kaufen.«

Flo setzte sich im Bett auf. Sie war noch immer ganz aufgekratzt. Die Euphorie, Peter gefunden zu haben, war ihr zu Kopf gestiegen, ebenso wie mehrere Bellinis, die sie und Ben nach der Ausstellung noch getrunken hatten. Nebenan im anderen Schlafzimmer des leicht heruntergekommenen Apartments, das sie gemietet hatte, hörte sie Ben schnarchen.

Auf dem Heimweg war sie unvermittelt ins Straucheln geraten und beinahe hingefallen, aber Ben hatte sie rechtzeitig am Arm gefasst und hochgezogen, sodass sich ihre Gesichter fast berührt hatten. Der Beinahekuss auf Capri stand immer noch zwischen ihnen: Ben wartete auf ihre Erlaubnis weiterzugehen, und sie fühlte sich geschmeichelt, war sich aber nicht sicher. Es fühlte sich noch immer wie Verrat an, an einen Mann zu denken, der nicht Seamus war. Wären die Dinge anders gekommen, hätten Seamus und sie inzwischen schon die erste Geburtstagsfeier geplant und wären zusammen glücklich: Ihre Beziehung war intakt gewesen. Bis die Trauer sie auseinandergetrieben hatte.

Hatte Seamus ein schlechtes Gewissen gehabt, als er mit dieser Frau schlief, die nur auf ihre Chance gewartet hatte? Denn das hatte diese Studentin sehr wohl getan. Flo hatte sie schon seit Monaten um ihn herumschleichen sehen, wenn nicht sogar länger. Sie erinnerte sich an eine Party im Institut – damals war sie noch mit ihrem Babybauch selig gewesen. Ihre ehelichen Instinkte hatten Alarm geschlagen, als diese junge, kuhäugige Doktorandin sich scheinheilig bei ihrem Mann angebiedert hatte. Seamus war völlig verlegen gewesen und Flo den restlichen Abend nicht von der Seite gewichen.

Vielleicht hatte sie es ihm zu einfach gemacht. Vielleicht war er auch einsam gewesen, und sie hatte ihn förmlich in die Untreue getrieben. Es hatte ihn nicht froh gemacht, so viel stand fest. Diese eine Nacht fehlgeleiteter Leidenschaft hatte bei ihrem Mann einen Tribut verlangt. Er hatte seine Scham in einer Flasche Whisky ertränkt und dabei fieberhaft überlegt, wie er seine Ehe retten könnte. Hatte sie ihn damals gefragt, was los war? Hatte sie versucht, seine Sorgen mit ihm zu teilen, was auch immer ihn beschäftigte? Als sie im Bett gelegen hatten und er versucht hatte, sie an sich zu ziehen, bloß um die Wärme einer verwandten Seele zu spüren, die seinen Schmerz verstand, was hatte sie da getan?

Sie hatte die Decke eng um sich gezogen und ihm den Rücken zugekehrt.

In dieser Nacht war zwischen ihnen ein tiefer Riss entstanden. Ein paar Tage später hatte sie ihn in dem Raum gefunden, der das Kinderzimmer hätte werden sollen, die Hände um das kleine Holzspielzeug gelegt, das er nie fertig geschnitzt hatte. Anstatt zu ihm zu gehen und ihn in den Arm zu nehmen, hatte sie nur leise die Tür zugezogen, war schweigend die Treppe hinuntergestiegen und hatte ihn seiner einsamen Trauer überlassen. Und als sie später den Abfalleimer in der Küche öffnete und zwischen schmutzigem Verpackungsmüll das Holzspielzeug fand, hatte sie kein Wort darüber verloren. Wie hatte sie nur schweigen können, wenn doch so viele Worte hätten ausgesprochen werden müssen? Worte, die sie ersticken würden, wenn sie sie ihm nicht sagen würde, das spürte sie.

Flo nahm ihr Handy vom Nachttisch und scrollte durch ihre Nachrichten. Seamus. Seit Wochen herrschte zwischen ihnen Funkstille, und plötzlich traf sie die Sehnsucht nach ihm wie ein Schlag in die Magengrube. Ihr Daumen verharrte über dem Display.

Mir tut es auch leid x

Etwas abseits vom Trubel der Touristen, die schon am frühen Morgen aus den schwimmenden Hotels jenseits des Dogenpalastes strömten, saßen sie vor einem kleinen Café an einem Platz. Flo trank ihren Kaffee bis auf den letzten Tropfen aus und legte die Hände flach auf den Tisch. »Das ist er. Der letzte Umschlag. Bist du bereit?«

Ben nickte. »Los geht's.«

Sie holte tief Luft. Das Schnittmuster kannte Flo nur zu gut, sie trug gerade das Ergebnis eines etwas aufreibenden Wochenendes, an dem sie versucht hatte, eine leicht zur Seite versetzte Knopfleiste vorn am Kleid zustande zu bringen, am Leib. Für das aufwendige Stück hatte sie einen Leinenstoff mit Kreppstreifen verwendet. Das Anpassen des Musters war schwierig gewesen, aber der Stoff war Nancys Vorlage noch am nächsten gekommen. Flo hatte sogar Knöpfe gefunden, aus grauem Glas gefertigt, die beinahe identisch waren mit dem, den Nancy als Beispiel in den Umschlag gesteckt hatte.

Als Flo den Umschlag umdrehte, fiel ein kleiner brauner Briefumschlag heraus. Sie leerte den Inhalt aus. Eine Visitenkarte; darauf eine Adresse, die, wie sie mit einer kurzen Internetrecherche herausfanden, in einem Städtchen dreißig Kilometer von Venedig entfernt lag. Auf der Rückseite stand nichts, und es gab keinen Hinweis, warum Nancy die Karte aufbewahrt hatte.

Der andere Zettel war eine Quittung.

»Zeig mal«, sagte Ben.

»Was ist es?«, fragte Flo, als sie seinen beunruhigten Gesichtsausdruck bemerkte.

»Ein Beleg für eine Zugfahrkarte.«

»Steht da auch, wohin?«

Ben schluckte. »Paris.«

Paris. Warum hatte sie plötzlich Herzklopfen und feuchte Hände?

»Oh mein Gott. Das Flugzeug. Der Flug, den Tony genommen hat. Er ging von Paris ab, nicht wahr?« Flo riss Ben die Quittung aus der Hand. »Welches Datum?« Dann sah sie ihn an. »Einundzwanzigster Juni. Ben, vielleicht ist sie hingefahren, um nach Südamerika zu fliegen.«

»Ich bin sicher, dass es noch eine andere Erklärung gibt. Vielleicht wollte sie nach Hause? Dafür hätte sie doch auch nach Paris fahren müssen, um dort in den Zug mit Anschluss zur Fähre zu steigen, oder?«

»Ich nehme es an.«

Ben deutete auf die Visitenkarte. »Vielleicht ist das eine Spur. Mal schauen, ob die Familie Bartoli noch unter der Adresse zu finden ist.«

Die kleine Stadt war mit einer kurzen Zugfahrt zu erreichen, und es war noch nicht einmal Mittagszeit, als sie aus dem stickigen Wagon auf den mit Unkraut überwachsenen Bahnsteig kletterten. Das hier war die hässliche Schwester von Venedig, mit all ihren Warzen, zerstört von Armut und Vernachlässigung. Flo und Ben schritten rasch an den alterslosen, schwarz gekleideten Frauen vorbei, die vor dem Bahnhof zusammenstanden und deren schöne, schmutzige Kinder ihnen Plastikbecher entgegenstreckten. Flo warf ein paar Euro hinein, ehe Ben sie zum Marktplatz weiterzog. Hier waren keine charmanten, mit Fresken verzierten Cafés zu entdecken, nur Parkbänke, wo sich alte Männer in abgewetzten Anoraks auf eine Zigarette trafen. Neben einem stillgelegten Brunnen lungerten scharenweise gelangweilte Jugendliche herum.

Die Adresse, nach der sie suchten, war ganz in der Nähe. Sie ignorierten die neugierigen Blicke der Einheimischen, die wohl keine Besucher gewohnt waren, und liefen zielstrebig weiter. Über der Straße waren Wäscheleinen gespannt, alte Frauen saßen mit verschränkten Armen auf Stühlen vor ihren Haustüren und blickten den Touristen nach, die sich verlaufen haben mussten.

»Da sind wir.« Ben verglich die Adresse auf der Karte mit der schiefen Ziffer neben der offenen Haustür. Ein Perlenvorhang versperrte die Sicht ins Haus.

Anscheinend gab es keine Türklingel, deswegen schob Ben den Perlenvorhang beiseite und rief ins Haus hinein. Ein Fernseher lief laut, und auf Zehenspitzen schlichen sie durch einen Flur und klopften an die offene Tür einer Küche. Eine gebeugte, alte Dame saß an einem Tisch mit Wachstuchdecke und pellte Erbsen aus ihren Hülsen. Dabei verfolgte sie auf dem Bildschirm die Liveübertragung eines katholischen Pilgerzuges, einschließlich Sprechgesang, Weihrauch und Priester in vollem Ornat. Auf die

Unterbrechung hin drehte sie sich um. Sofort und äußerst wehrhaft erhob sie das Küchenmesser und schrie aus voller Kehle.

»Schon in Ordnung«, sagte Flo und hob die Hände. »*Amici?* Freunde?«

Die Frau stand auf, obwohl sie so auch nicht größer war als im Sitzen, und senkte ihre Stimme zu einem bösen Murren. Die grauen Haare an ihrem Kinn zitterten, während sie vor sich hin murmelte.

»*Che succede, Mamma*?« Ein Mann mittleren Alters erschien atemlos hinter Flo und Ben im Flur, nachdem er wohl die Treppe hinuntergerannt war.

»Verzeihung.« Flo suchte vergeblich nach Vokabeln, die über die Bestellung eines Abendessens hinausgingen.

»*Inglese*?« Der Mann kratzte sich an seinem Unterhemd, während er die Eindringlinge anstarrte. »Was machen Sie im Haus meiner *Mamma*?«

»Wir sind hier, um Sie etwas zu fragen.« Flo wühlte in ihrer Handtasche und zog die Karte hervor. »Hier. Sind Sie *Signor* Bartoli?«

Der Mann rieb sich die grauen Bartstoppeln. Er zeigte die Visitenkarte seiner Mutter, während er ihr erklärte, dass die englischen Leute sie nicht ausrauben, sondern mit ihr reden wollten. Langsam setzte sie sich wieder hin.

»Das war die Visitenkarte meines Vaters«, erklärte der Mann schließlich. »Wie haben Sie sie bekommen?«

Obwohl der Mann ein passables Englisch sprach, war es schwierig darzulegen, wie die Karte nach Jahrzehnten wieder aufgetaucht war.

»Ich glaube, jemand hat sie meiner Großtante gegeben. Sie war damals in Venedig. Im Juni 1962.«

Mit einem Schwall italienischer Worte und wilden Gesten setzte der Mann seiner Mutter die Sache auseinander, so gut er es vermochte. Man konnte an ihrem Gesicht ablesen, wie die alte Dame versuchte, die Schichten der Erinnerung abzutragen.

Sie warteten eine gefühlte Ewigkeit in der kleinen, stickigen Küche. Der unaufhörliche Singsang aus dem Fernseher und das überwältigende Aroma der Tomatensoße, die auf dem Herd vor sich hin blubberte, bereiteten Flo Kopfschmerzen. Ihr wurde unerträglich heiß, und sie band sich die Haare mit einem Haargummi, das sie am Handgelenk trug, zu einem lockeren Pferdeschwanz zusammen, um sich den verschwitzten Nacken zu kühlen.

Mit einem Mal stieß die Frau ein Geheul aus und deutete mit dem Finger auf Flo. Ihr Sohn kniete sich neben sie und versuchte, sie zu beruhigen.

»Was ist los?«, fragte Flo. »Was habe ich getan? Ben, was passiert hier?«

»Ich weiß es nicht«, antwortete Ben, »aber es scheint ein wenig, als hätte sie gerade einen Geist gesehen.«

Die Frau hatte die Augen weit aufgerissen und ließ einen Redeschwall über ihren Sohn ergehen, aber Flo verstand nichts. Einmal meinte sie das Wort *bambina* herauszuhören, aber sie war sich nicht sicher. »Bitte«, wandte sie sich an den Mann, »was sagt sie?«

Er küsste seine Mutter auf die Wange und erhob sich. »Es tut mir leid. Sie erinnern sie an jemanden.«

»An wen? An wen erinnere ich sie?«

Er seufzte. »Es ist lange her. Ungefähr zu der Zeit, als Ihre Tante die Karte bekommen haben muss.« Er legte seiner Mutter die Hand auf die Schulter; sie war jetzt in sich zusammengesunken und schluchzte leise in ein altes Spitzentaschentuch.

»Was ist damals passiert?«

»Ich war noch ein kleiner Junge. Wir besuchten Venedig. Ich hatte einen Luftballon. Er wurde davongeweht, und ich lief ihm nach. *Mamma* bittet eine Dame, auf meine kleine Schwester im Kinderwagen aufzupassen, während sie mit meinem Vater nach mir sucht.« Er schaute wieder seine Mutter an. »Als meine Eltern zurückkommen, hatte die Frau das Baby aus dem Kinderwagen genommen. Sie wiegte es im Arm, verstehen Sie? Aber als *Mamma* versucht, das Baby wieder zu nehmen, lässt die Frau es nicht los. *Mamma* hatte furchtbare Angst. Die Frau hielt meine Schwester fest, sodass sie weinte. Sie war verrückt, wissen Sie?« Er tippte sich dabei mit dem Zeigefinger an die Schläfe. »*Mamma* dachte, sie würde dem Baby wehtun.«

»Aber warum hat Ihre Mutter mich so angestarrt?«, fragte Flo mit hämmerndem Herzen.

Der Mann seufzte. »Sie sagt, Sie tragen dasselbe Kleid und haben dieselbe Frisur. Sie sehen aus wie sie. Sie hat es nie vergessen. Sie denkt, Sie sind die verrückte Frau.«

»Tut mir leid«, meinte Ben. »Das war eine heftige Geschichte.«

Flo rührte mit einem langen schwarzen Strohhalm in ihrem Aperol. »Arme Nancy.« Sie musterte ihn. »Sie muss ein Baby gehabt haben, Ben. Und dann hat sie es irgendwie verloren – zur Adoption freigegeben, oder noch schlimmer. Ich mag es mir gar nicht vorstellen.« Sie presste die Handflächen gegen ihre Nasenflügel und versuchte, die Tränen zurückzuhalten. Tränen für die Frau, die wie Flo genau gewusst hatte, was es hieß, etwas zu verlieren, was man bedingungslos liebte.

»Es tut mir leid, Flo. Das muss ein furchtbarer Schock für dich sein.«

Sie seufzte und stand auf. »Es geht schon. Wenn ich nur herausfinden könnte, was nach dem schrecklichen Vorfall mit den Bartolis geschehen ist.«

»Vielleicht ist Nancy nach England zurückgekehrt?«

»Wäre denkbar. Vielleicht ist sie auch mit Peter und Pamela in die Toskana gefahren, aber dann ist da immer noch die Fahrkarte. Womöglich saß sie doch in diesem Flugzeug – ich will mir das gar nicht vorstellen. Aber wir sind schon so weit gekommen – ich darf jetzt nicht aufgeben. Ich muss in die Toskana fahren. Wenn Nancy wirklich nach England zurückgekehrt ist, um ihr Baby zu finden, dann war es um diese Zeit schon bei Adoptiveltern. Vielleicht hat sie auch eine Abtreibung vornehmen lassen. Ich bin nicht sicher, was schlimmer ist.«

»Kommst du damit klar?«

Nein, sie kam nicht damit klar, aber sie wollte keine Szene machen. Sie befanden sich in einer kleinen Bar in einer Seitenstraße nahe dem Fischmarkt, um sie herum lauter coole Leute, die lachend und rauchend auf hohen Barhockern an zu Tischen umfunktionierten Weinfässern zusammensaßen.

»Ist schon okay.«

»Du wirkst aber nicht so.«

»Ich sagte, ist schon okay!«, schnauzte sie.

Ben lehnte sich zurück und atmete hörbar aus. »Okay.« Er nahm eine Zigarette aus einem Päckchen und wandte sich an die Raucher am Nachbartisch, um sie um Feuer zu bitten.

»Ich wusste gar nicht, dass du rauchst. Ich dachte, du hast die *Gauloises* nur dabei, weil es lässig aussieht.«

»Eigentlich rauche ich auch nicht. Nur wenn ich gestresst bin.«

»Warum bist du denn gestresst?«

Er nahm einen tiefen Zug und versuchte, einen Hustenreiz zu unterdrücken. »Keine Ahnung. Weil ich hier mit dir sitze. Aber irgendwie auch nicht.«

»Wie meinst du das?«

»Ich meine, dass wir die Sache jetzt seit ungefähr einer Woche verfolgen. Und versteh mich nicht falsch, ich tue das sehr gerne. Es hat Spaß gemacht. Bis auf den letzten Teil. Aber das hier ist unser letzter Abend, und mir ist einfach nicht klar, wo wir stehen.«

»Du bist mein Freund, oder nicht? Ich dachte, wir hätten die Sache … du weißt schon, geklärt. Capri.«

Er warf ihr einen Blick zu. »Ja, ich bin dein Freund. Aber haben wir Capri geklärt? Es tut mir leid, Flo, ich kann nichts daran ändern. Aber ich mag dich wirklich. Ich meine, ich mag dich *wirklich*. Und wahrscheinlich hoffe ich einfach, dass es dir genauso geht.«

Worauf wartete sie denn noch? Er war ein gut aussehender, reizender Mann, der ihr treu zur Seite gestanden hatte. Sie hatten beide ein bisschen Glück verdient. Warum also nicht?

»Es tut mir leid, wenn ich dich bedränge. Aber ich muss Klarheit haben, woran ich bin. Meine letzte Freundin … na ja, und die davor auch … sie hat mir irgendwie das Herz gebrochen, und ich habe mir geschworen, mich nie wieder ausnutzen zu lassen.«

»Ich habe dich nicht ausgenutzt«, entgegnete Flo. »Du wolltest mitkommen.«

»Hast du das wirklich nicht?« Er schüttelte den Kopf. »Ich bin mir nicht sicher.«

»Es ist bloß … ich habe eine schwere Zeit hinter mir.«

»Das Baby? Der untreue Ehemann? Schau nicht so überrascht: Ich habe Jem gebeten, mich aufzuklären.«

Danke, Jem. Du hast was gut bei mir.

Ben beugte sich zu ihr und nahm ihre Hand. »Wir sind in Venedig, es ist unser letzter Abend, und ja, wir haben ausgemacht, dass zwischen uns alles bleiben soll, wie es ist, aber …«

Los, Flo, sag ja.

»… also, ich wäre gerne mit dir zusammen.«

Er fixierte die Tropfen, die innen an seinem Glas herunterliefen, und sie konnte ihm anmerken, wie viel Überwindung ihn dieses Geständnis gekostet hatte.

»Ach Ben. Ich brauche einfach noch Zeit«, sagte sie und zog ihre Hand weg.

Er hob den Kopf und blickte ihr direkt in die Augen. »Du liebst deinen Mann noch immer.«

»Himmel, nein. Bestimmt nicht. Ich bin nur noch nicht so weit.«

»Du liebst ihn noch, Flo. Ganz sicher. Man sieht es dir an. Egal, was ich tue, ich denke ständig: ›Flo findet, dass Seamus das nie tun würde‹ oder ›Seamus hätte jetzt das und das gesagt‹. Und ich will kein Ersatz für jemanden sein. Wenn du jemals über ihn hinwegkommst, lass es mich unbedingt wissen, aber bis dahin spiel bitte nicht mit mir.«

»Ben, du hast das falsch verstanden«, entgegnete Flo, aber im selben Moment wurde ihr bewusst, dass er recht hatte. Während all der Zeit, die sie zusammen verbracht hatten, war immer Seamus' Geist an ihrer Seite gewesen, und nicht der sehr reale Ben. Sie konnte nicht glauben, dass sie ihn so grausam behandelt hatte. Armer Ben.

Er merkte, dass sie sich Vorwürfe machte, und legte seine Hand auf ihre. »Hör mal, Flo, ich hab schon verstanden. Niemand kann sich vornehmen, jemanden nicht mehr zu lieben. Egal, was dieser Jemand uns angetan hat. Egal, wie schlimm es war.«

Sie starrte ihn an. »Melanie?« Seine Gesichtszüge verzerrten sich, und er nickte. »Es tut mir so leid, Ben. Ich hätte ahnen müssen, dass du über so etwas niemals hinwegkommst. Ich hätte …«

Sie schämte sich zutiefst. Himmel, Flo, du bist manchmal wirklich eine unsensible Kuh, schalt sie sich. Selbstverständlich hatte er mit seinen eigenen Geistern zu kämpfen – wer hatte das nicht? Jetzt wurde ihr klar, was für ein gefährliches Spiel sie unabsichtlich mit den Gefühlen dieses netten, freundlichen Mannes gespielt hatte. Er hatte jemanden verdient, der ihn so liebte, wie sie Seamus immer geliebt hatte: für das, was er war, und nicht dafür, dass er da war.

»Es tut mir so leid«, flüsterte sie.

Ben zuckte mit den Schultern. »Man kann nichts für seine Gefühle. Man kann sie nun mal nicht erzwingen.«

Sie lächelte. »Schön wäre es. Es würde das Leben um einiges leichter machen.«

»Nicht wirklich.« Er lächelte sie traurig an.

»Ich wünschte, ich könnte die sein, nach der du suchst, Ben. Ich wünschte, ich könnte deine Mrs Simpson sein. Aber ich bin es nicht. Und selbst wenn – vielleicht hängt das Glück gar nicht so sehr davon ab, den Richtigen zu finden. Vielleicht braucht es dazu mehr.«

»Wie meinst du das?«

Sie schüttelte den Kopf. »Keine Ahnung. Zuallererst musst du deiner Mutter erklären, dass sie sich aus deinem Leben raushalten soll.« Sie vollführte eine abwehrende Handbewegung. »Nein, ich finde einfach, sie hilft dir damit nicht weiter. Und vielleicht musst du mal richtig fortgehen. Nicht nur nach Paris, sondern eine echte Reise, über die wir letztens geredet haben. All die Orte, die du schon immer besuchen wolltest. Vergiss den Wunsch, jemanden kennenzulernen. Lern dich erst einmal selbst kennen.«

Ihr war klar geworden, dass Ben immer versuchte, sich anzupassen, und es doch nie schaffte. Er würde auch in Paris immer ein Fremder bleiben. Warum erkannte man so leicht, was andere Menschen brauchten, um glücklich zu werden, selbst wenn man das eigene Leben nicht in den Griff bekam? Sie war sich ganz sicher, dass Ben Flügel wachsen würden, sobald er sich ernsthaft bemühte, den Zwängen seines jetzigen Lebens zu entkommen.

»Eigentlich kenne ich mich recht gut, und mir ist auch ziemlich genau bewusst, was ich will«, gab er zurück.

»Wirklich?«

»Du weißt, dass es so ist. Und du weißt auch, was ich will. Wie es scheint, kann ich nur gerade das nicht bekommen.«

Flo streckte ihre Hand über dem Tisch nach ihm aus, aber er schob seine Hände in die Taschen, sodass ihre einsam liegen blieb. Als sie seinen Stimmungswechsel bemerkte, verschränkte sie die Arme.

»Danke, Flo.«

»Wofür?«

»Dass du ehrlich zu mir bist.«

»Das sagst du jetzt nur, weil du nett bist.«

»Und dumm. Ich erzähl dir jetzt nämlich mal was: Kehr zu deinem Mann zurück und erklär ihm, was du für ihn fühlst. Mach dich nicht unglücklich.« Damit stand er auf und warf sich seine Jacke über die Schulter.

»Wo willst du hin?«, fragte sie.

»Ins Apartment, meine Sachen packen. Ich suche mir für heute Abend ein Hotel, und morgen bin ich weg.«

»Das musst du nicht.«

»Doch. Ich werde nicht mit dir in die Toskana fahren. Du brauchst mich nicht.«

»Aber Ben …«

»Ist schon in Ordnung.« Er gab ihr einen leichten Kuss auf die Wange. »Ich werde es überleben. Ich hoffe, du findest deine Nancy.« Und schon im Weggehen fügte er noch hinzu: »Und ich hoffe, dass sie glücklich war.«

»Es tut mir leid«, flüsterte sie, als Ben in die venezianische Nacht verschwand. Diesen Satz schien sie in letzter Zeit oft zu sagen.

25

»Sie haben das Mittagessen verpasst. Und das Abendessen.« Peter füllte den Wasserkessel auf und stellte ihn zum Kochen auf die Herdplatte. »Gütiger Himmel«, sagte er, als er Nancy betrachtete. »Sie sind ja tropfnass. Wo sind Sie nur gewesen?«

Sie schob ihren Koffer außer Sichtweite hinter die Küchentür. »Spazieren.« Sie zog an ihrem Rock, der ihr an den Beinen klebte und den Boden volltropfte.

»Wie schön. Ich unternehme auch gern Spaziergänge im Regen.« Er hielt eine Tasse hoch. »Tee?«

Sie schüttelte den Kopf. »Nein danke.«

»In Ordnung. Er schmeckt wahrscheinlich ohnehin grauenvoll. Mir will die Sache mit dem Teekochen einfach nicht gelingen.« Er seufzte. »Ich glaube, ich muss mir so manches aneignen.«

Er senkte den Blick und zupfte gedankenverloren an einem blauen Farbfleck auf dem Ärmel seines alten Malpullovers.

»Wo ist Pamela?«

»Sie hat sich den ganzen Tag in ihrem Zimmer eingeschlossen. Ich dachte, es wäre am besten, sie in Ruhe zu lassen, nach allem, was passiert ist.«

»Werden Sie damit klarkommen?«, fragte Nancy.

»Hm?« Er sah auf. »Oh ja, ich denke schon.«

»Vielleicht nehme ich jetzt doch eine Tasse Tee.« Sie setzte sich an den Tisch, während Peter herumfuhrwerkte und ihr schließlich eine Tasse mit einer dampfenden blassgrauen Flüssigkeit reichte.

»Danke.« Auch wenn das Gebräu untrinkbar war, so wärmte es doch immerhin ihre Hände. Ohne Sonnenschein war es in dem Palazzo eiskalt. »Haben Sie etwas von Caro gehört?«

Er schüttelte den Kopf. »Damit rechne ich jetzt auch gar nicht. Sie wird zuerst ihren Anwalt kontaktieren.«

»Das tut mir leid«, sagte Nancy. »War es ein Schock für Sie?«

»Eigentlich nicht. Es gab schon seit Monaten Anzeichen, wenn nicht gar seit Jahren. Ich wundere mich, dass sie so lange geblieben ist.« Er lächelte traurig. »Tief in ihrem Inneren war Caro in Ordnung. Sie konnte kratzbürstig sein, aber sie hat ein gutes Herz. Die letzten Jahre waren nicht leicht für sie, mit der Arbeit und allem. Sie hatte eine schrecklich schwere Kindheit, das geht wahrscheinlich nicht spurlos an einem vorüber. Ich wünschte nur, sie und Pea hätten sich besser verstanden. Wahrscheinlich waren die beiden einfach zu verschieden.«

»Sie werden sie sicher vermissen.«

»Die Caro von früher werde ich vermissen. Ich habe sie unendlich geliebt. Sie hat mein Leben verändert nach Alice' Tod. Pamela war noch ein Baby, und ich habe das Kind wohl oder übel zu meinen Eltern in Obhut gegeben. Ich wusste einfach nicht, was ich sonst tun sollte. Und dann habe ich Caro kennengelernt, und mit ihr wurde alles besser. Ich hoffe nur, dass Tony sich gut um sie kümmert und sie glücklich macht. Auch wenn er dort drüben erst einmal seine Finanzen ordnen muss. Das Leben mit meiner Frau ist nicht billig. Ex-Frau«, fügte er hinzu.

»Was werden Sie jetzt tun?«, fragte Nancy. Jetzt, wo sie sich entschieden hatte zu bleiben, hatte sie auf einmal Angst, fortgeschickt zu werden.

»Nun, ich habe keine Ahnung, wie es Ihnen geht, aber ich habe genug von dem ständigen Herumreisen. Zudem hat Venedig seinen Charme für mich verloren. Entweder reise ich also zurück nach London, oder, na ja, ich nehme Lorenzos Angebot an. Um ehrlich zu sein, muss das Haus in London vermutlich ohnehin verkauft werden. Es ist bis unters Dach mit Hypotheken belastet.«

Nancy biss sich vorsichtig auf die Lippe. Irgendwann würde sie die Suppe auslöffeln müssen, das war ihr klar. Vielleicht wäre dies der geeignete Zeitpunkt, die Wahrheit auszusprechen, jetzt, wo Peter so ehrlich zu ihr gewesen war.

»Alles in Ordnung, Nancy?«

Sie schaute zu ihm auf, in seine freundlichen Augen, die denen von Pamela so sehr ähnelten, und auf die Farbspritzer auf seiner Wange. »Peter, ich muss Ihnen etwas gestehen.«

Ihr Herz drohte ihr in der Brust zu zerspringen, und ihre Wangen glühten. »Ich weiß nicht, wie ich es sagen soll, und wenn ich es gesagt habe, werden Sie mich nie wieder in Pamelas Nähe lassen.«

»Nancy …«

»Ich hatte ein Baby.« Jetzt war es heraus, die Worte waren nicht mehr zurückzunehmen.

Sie hatte gefürchtet, dass er enttäuscht von ihr sein würde, aber der Ausdruck auf seinem Gesicht war schlimmer als alles, was sie erwartet hatte. »Bitte, antworten Sie doch etwas.« Warum konnte er denn nicht böse dreinschauen? Es würde die Sache so viel einfacher machen.

Peter kam zu ihr herüber und kniete sich neben sie hin, ergriff ihre Hände. »Ich weiß«, meinte er und lächelte traurig.

»Sie wussten es? Woher?«

Er zuckte mit den Schultern. »Ich mag zwar ein alter Trottel sein, aber ich kann zwei und zwei zusammenzählen. Meistens, jedenfalls. Ich hatte schon den Verdacht, als Charlie auftauchte und Sie so außer sich waren. Ich hatte gehört, dass er in London ein Mädchen geschwängert und im Stich gelassen hatte, und das Timing passte genau. Und dann habe ich gesehen, wie Sie dieses kleine Lätzchen genäht haben …«

»Oh nein, das war für meine Nichte.«

»Nun, wie ich schon sagte, zwei und zwei.«

»Wann soll ich abreisen? Ich kann mich sofort auf den Weg machen. Ich möchte mich nur noch von Pea verabschieden.«

Bitte fragen Sie mich, ob ich bleiben will, bitte schicken Sie mich nicht fort …

»Oh, Sie dummes Mädchen«, seufzte er und nahm sie in den Arm. »Sie müssen nirgendwohin abreisen. Sie haben bei Gott schon genug gelitten, und wir alle machen Fehler. Im Übrigen können Sie uns gar nicht verlassen. Pea betet Sie an, und ich habe das Gefühl, eine zweite Tochter bekommen zu haben. Noch dazu eine, die nicht jedes Mal anfängt zu quengeln, wenn ich sie mit zu einer Ausstellung nehme.«

Nancy konnte nicht glauben, was sie da hörte. »Wirklich?«

»Wirklich.« Peter klopfte ihr auf den Rücken und kehrte zu seiner Teetasse zurück. »Jetzt ruhen wir uns aus, fassen uns alle wieder, und morgen unternehmen wir drei etwas zusammen – und lassen den heutigen Tag hinter uns. Wie finden Sie das?«

»Das klingt perfekt.«

»Na los, entspannen Sie sich ein bisschen. Ich muss noch mein Bild fertig malen, und Pea schläft wahrscheinlich schon. Wir treffen uns dann beim Frühstück, ja?«

»Danke«, antwortete Nancy. »Für alles.«

Auf dem Weg zu ihrem Zimmer kam sie an Pamelas Tür vorbei und klopfte leise an. Das Tablett mit dem Abendessen, das Peter ihr hingestellt hatte, war nun von Ameisen bevölkert; die schwarzen Weintrauben bildeten eine einzige wimmelnde Masse, und der weiche Käse war übersät mit geschäftigen kleinen schwarzen Körpern. »Pea?«, sagte sie leise, während sie wartete, dass sich die Tür öffnete. »Es tut mir leid. Ich bin zurück.«

Stille. Pea wollte sie also bestrafen. Sie konnte dem Mädchen keinen Vorwurf machen. Sie hatten einen furchtbaren Krach gehabt, und Nancy wurde ganz schlecht, wenn sie daran dachte, was sie sich an den Kopf geworfen hatten.

»Ich bin es. Nancy. Lass mich rein.«

Immer noch nichts. Nancy hatte nicht die Kraft für eine weitere Auseinandersetzung. Sie würde Pamela schmollen lassen. Morgen könnten sie sich dann wieder vertragen.

Teil 7

Toskana

26

Die kleinen Straßen führten endlos an ausgedehnten Sonnenblumenfeldern entlang, tauchten in die kühlen Schatten eines Wäldchens und führten atemberaubend dicht an Wasserfällen und Schluchten vorbei. Eine Landschaft wie in England, wären da nicht die Zypressen gewesen, die aus dem grünen Baumkronendach herausragten, oder die golden leuchtenden mittelalterlichen Städtchen. Wie hingetupft kauerten sie auf Klippen und Bergkuppen. Die dunklen, weihnachtlich anmutenden Kiefern, versetzt mit graugrünen Olivenbäumen und Flecken rostbrauner, mit Büschen bewachsener Erde, vollendeten den Zauber der italienischen Landschaft.

Flo hielt ihren Mietwagen in einer staubigen Parkbucht an und holte ihre Landkarte hervor. Es kam ihr sehr entgegen, eine Pause einzulegen. Sie war nie eine besonders selbstsichere Fahrerin gewesen, und nachdem sie die Hölle auf der Stadtautobahn um Bologna hinter sich gebracht hatte, hätte sie den kleinen linksgesteuerten Fiat beinahe stehen lassen und wäre den Rest der Strecke zu Fuß gelaufen.

Sie war fast da. Ihr Erspartes und auch ihre Kraft würden nur noch für drei Tage reichen, deswegen hoffte sie, dass sie bald ans Ziel ihrer Suche nach Nancy kommen würde. Jede weitere Recherche müsste ansonsten von ihrem Küchentisch aus stattfinden.

Flo lächelte. Der Tisch war das erste Möbel gewesen, das Seamus und sie zusammen gekauft hatten, auf einem Straßenflohmarkt vor über zehn Jahren. Peggy hatte über die abgenutzte Resopalplatte die Nase gerümpft. Es war ihr ein Rätsel gewesen, warum Flos Generation so heiß darauf war, den alten Müll zu verwenden, den ihre eigene Generation gerne hatte loswerden wollen. Was wohl nun aus dem Tisch werden würde? Würde sie ihn mitnehmen, wo auch immer sie als Nächstes landete? Und wo würde das sein? Wieder eine WG? Eigentlich hatte Flo gedacht, dass sie diese Phase hinter sich gelassen hätte. Hör auf, dir Sorgen zu machen, Flo, sagte sie sich. Die nächsten paar Tage geht es um Nancy, nicht um dich.

Sie blieb noch einen Moment stehen und zögerte den Zeitpunkt hinaus, wenn sie diesen friedlichen Ort verlassen musste. Je näher sie ihrem Ziel kam, desto kleiner wurde ihre Hoffnung, dass es ein Happy End geben würde. Die Chancen für Nancy standen nicht gut: der Verlust ihres Babys, der Zusammenbruch in Venedig, die Tatsache, dass ihre bloße Existenz in der Familie so lange geheim gehalten worden war – und natürlich konnte die ganze Geschichte noch an einem Berghang in Südamerika enden, falls Nancy beschlossen hatte, einen Neuanfang auf der anderen Seite der Welt zu wagen.

Dieser Gedanke war Flo unerträglich. Aber fürs Erste musste sie sich auf die Toskana konzentrieren und hoffen, dass die Suche nach Peter sie zu einem glücklichen Ende führen würde, denn inzwischen fühlte sich Flo ihrer Großtante so nahe. Sie hatte ihre Kleider getragen, war in ihre Fußspuren getreten, hatte die Tragödie aufgedeckt, die Nancy von zu Hause fort und wer weiß wohin getrieben hatte. Es gab keinen Zweifel: Flo war mittlerweile schon ein kleines bisschen mehr wie Nancy geworden, wie Jem es ausgedrückt hätte.

Sie trank einen großen Schluck kühles Wasser aus ihrer Flasche und setzte sich wieder ins Auto. Nur noch ein paar Kilometer. Dann würde sie vielleicht endlich wissen, was mit ihrer Großtante geschehen war.

Das Ensemble von beeindruckend großen Steingebäuden glich eher einem kleinen Dorf als einem Bauernhof. Flo parkte den Wagen und spazierte um das Anwesen herum. Die Luft war erfüllt von heftigem Vogelgezwitscher und Pferdegewieher. Jedes Haus war aufgeteilt in einen Arbeits- und einen Wohnbereich. Töpfer, Maler – überall ging es zu wie in einem Bienenstock.

»Kann ich Ihnen helfen?« Eine junge Frau erschien um eine Ecke und trocknete sich die Hände an ihrer Schürze ab. Sie trug ein dünnes Baumwollkleid im Stil der Vierzigerjahre, ihre dunkelblonden Locken waren mit einem Kopftuch zusammengebunden.

»Ähm, ja, ich habe für ein paar Nächte ein Zimmer gebucht. Florence Connelly – Flo.«

»Natürlich. Schön, Sie kennenzulernen, Flo. Ich bin Emilia – ich kümmere mich hier um alles«, erklärte die

Frau in perfektem Englisch, geschmückt mit einem Hauch italienisch anmutender Vokale.

Flo war dankbar, dass sie sich nicht mit ihren spärlich vorhandenen Italienischkenntnissen verständlich machen musste. »Sie sprechen hervorragend Englisch! Ich bin beeindruckt – und beschämt!«, fügte sie hinzu.

Emilia zuckte mit den Schultern und lächelte. »Unsere Familie ist weitverzweigt, und ich habe viele entfernte Verwandte in England. Mir blieb also gar nichts anderes übrig!« Sie lächelte freundlich, und Flo fühlte sich trotz ihrer Odyssee am Morgen gleich besser.

Sie schritten durch einen weinberankten Hof in einen kühlen, gefliesten Hauseingang, wo Emilia aus einem Schreibtisch einen Schlüssel hervorholte. »Hier, der ist für Sie. Mittagessen gibt es um eins, Abendessen um sieben, und fürs Frühstück können Sie sich bis zehn Uhr jederzeit selbst in der Küche bedienen. Wir sehen die Sache hier ziemlich entspannt. Alle essen gemeinsam. Wir haben Künstler, die hier dauerhaft wohnen, und solche, die bei uns nur eine Auszeit nehmen. Und dann sind da noch so seltsame Feriengäste wie Sie«, fügte sie lächelnd hinzu. »Hier wird es nie langweilig. Ich habe viel zu tun, aber sagen Sie mir ruhig Bescheid, wenn Sie zum Malen rausgehen wollen oder mich zum Markt begleiten möchten. Oder reiten – wir haben eine Menge Pferde.«

Flo war erschöpfter als sonst, und der Gedanke, sich auf ein Pferd zu setzen, geschweige denn beim Abendessen ein Gespräch mit Fremden führen zu müssen, war nicht sehr verlockend. Trotzdem versuchte sie, begeistert zu wirken.

»Danke, das werde ich tun.« Sie nahm den schweren Schlüssel. »Es gibt hier eine Galerie, nicht wahr? Ich recherchiere gerade über einen Künstler, der hier mal gelebt hat.« Flo hatte sofort Vertrauen zu der jungen Frau gefasst, die sie so freundlich willkommen geheißen hatte. Dennoch schien es ihr noch zu früh, Familiengeheimnisse mit ihr zu teilen und ihr Nancys Rolle in Peters Leben zu erklären. Vielleicht würde sie Emilia irgendwann einweihen und ihre Hilfe bei der Suche nach Nancys Schicksal in Anspruch nehmen wollen, aber vorerst war es ihr lieber, die Sache langsam angehen zu lassen.

Emilia fing an zu strahlen. »Ah, Peter Cavendish, vermute ich?«

»Wie sind Sie darauf gekommen?«

Emilia lächelte. »Peter war hier in der Gegend eine Art Berühmtheit – wir haben viele Besucher, die nur wegen seiner Verbundenheit zu diesem Ort herkommen. In der Hauptgalerie ist eine Sammlung seiner Werke ausgestellt. Nicht riesig, aber es wird Ihnen sicher gefallen. Wenn Sie sich eingerichtet haben, kann ich Sie ein wenig herumführen und Ihnen alles zeigen. Kommen Sie dann einfach zu mir. Im Zweifelsfall finden Sie mich in der Küche.«

»Das wäre sehr schön.«

Emilia musterte sie stirnrunzelnd. »Ist alles in Ordnung mit Ihnen?«

Sah sie wirklich so schlimm aus? Gut, sie trug keinerlei Make-up und war mit den Nerven am Ende, aber war das denn so offensichtlich? »Mir geht es gut, danke«, erwiderte Flo. »Ich brauche nur ein bisschen Ruhe.«

»Also, lassen Sie mich wissen, wenn ich Ihnen etwas bringen kann. Ihr Zimmer hat die Nummer vier, es liegt auf der anderen Seite des Innenhofs.« Damit ging Emilia lächelnd davon, blieb erst kurz stehen, um einen der Hunde zu streicheln, die glücklich überall herumstreunten, und verharrte dann, um an den Basilikum- und Rosmarinbüschen zu schnuppern, die in langen Beeten auf einer Seite des Hofes wuchsen.

Flo wurde bewusst, wie sehr ihr weibliche Gesellschaft gefehlt hatte, und sie hatte das Gefühl, dass Emilia und sie gut miteinander auskommen würden.

Außerdem war sie überrascht, wie sehr sie Ben vermisste, wie oft sie das Foto betrachtete, auf dem sie in Venedig zusammen in die Kamera strahlten. Sie hatte ihm das Foto nie geschickt, und wahrscheinlich war es auch das Letzte, was er sich anschauen wollte. Aber irgendwie brachte sie es nicht fertig, es zu löschen. Flo hoffte, dass es ihm gut ging und er irgendwann verstehen konnte, dass sie versucht hatte, das Richtige zu tun.

Sie musste gähnen, und die körperliche und emotionale Erschöpfung der letzten Tage überwältigte sie. Sie würde jetzt erst einmal schlafen, danach wäre sie bereit für die letzten paar Schritte ihrer Reise.

27

Pamela erschien auch nicht zum Frühstück, daher richtete Nancy für sie ein Tablett mit Clementinen, frisch gepresstem Saft und Teigtaschen, die vor Beeren strotzten.

Behutsam klopfte sie an die Tür. »Zeit zum Aufstehen, du alte Schlafmütze! Frühstück ist fertig!«

Sie seufzte. Offenbar hatte sich Pamelas schlechte Stimmung über Nacht nicht gebessert, auch wenn es ihr nicht ähnlich sah, so lange zu schmollen. Nancy drückte die Türklinke herunter und stieß die Tür auf. Der Raum wirkte wie immer: Kleidung lag auf dem Fußboden verstreut, das Bett war ungemacht, neue Make-up-Utensilien lagen ohne Deckel auf dem Schminktisch.

Aber Pamelas Buch war verschwunden, und eine kurze Suche unter dem Bett brachte Klarheit: Sie hatte zwar ihre Zahnbürste vergessen, aber ihre kleine Reisetasche und ihre Handtasche waren weg, genauso wie ihr weicher Lieblingswollpulli, den sie ihrem Vater aus dem Atelier stibitzt hatte.

Nancy rannte die breite, flache Marmortreppe hinunter, immer zwei Stufen auf einmal, und fand Peter mit einem Skizzenblock vor dem offenen Wohnzimmerfenster sitzen, wo er gerade mit präzisen Kohlestrichen eine Szene auf dem Kanal festhielt.

»Was ist los?«, fragte er und schaute von seinem Zeichenblock auf.

»Pamela«, stieß Nancy atemlos hervor, »sie ist weg.«

»Was meinen Sie mit ›weg‹?«

»Ihr Zimmer ist leer, und sie hat ihre Reisetasche mitgenommen.«

»Grundgütiger Himmel«, murmelte er. »Wann ist sie verschwunden?«

Nancy war nahe daran, in Tränen auszubrechen. »Ich weiß es nicht. Sie hat nicht geantwortet, als ich gestern Abend an ihre Tür geklopft habe, aber ich dachte, dass sie noch böse auf mich ist. Sind Sie ihr überhaupt begegnet?«

Peter fuhr sich mit der Hand über den Mund, sein Blick huschte unruhig hin und her. »Nein, das letzte Mal gestern beim Mittagessen. Ich habe ihr das Abendessen raufgebracht, aber genau wie Sie keine Antwort auf mein Klopfen bekommen. Sie war schon den ganzen Tag schlecht gelaunt, und ich war der Meinung, sie würde nur schmollen.«

»Dann könnte sie also schon seit gestern fort sein«, sagte Nancy und versuchte, sich zusammenzureißen. Es würde jetzt niemandem weiterhelfen, wenn sie in Panik verfiel. Schon gar nicht Pea.

»Wir müssen sie suchen. Wohin kann sie gegangen sein? Was meinen Sie?«

Nancy schüttelte den Kopf. »Keine Ahnung. Normalerweise würde ich auf die Eisdiele tippen, aber nicht einmal Pea kann dort achtzehn Stunden verbringen. Wir müssen alles abklappern, wo sie seit unserer Ankunft hier in Venedig gewesen ist.«

»Mein Gott, Pea. Was hast du nur getan?« Peter stand da, die Hände in die Hüften gestemmt, und biss sich auf die Unterlippe.

»Kommen Sie«, drängte Nancy. »Wir müssen anfangen zu suchen.«

Sie mussten einen seltsamen Anblick geboten haben, als sie mit verbissener Miene die Touristenstrecken entlangliefen und sich durch die Besuchermengen schoben, ohne den byzantinischen Glanz des Markusdoms oder die elegante Anmut der Rialtobrücke auch nur eines Blickes zu würdigen. Sie schenkten Tizian in der Galerie keinerlei Beachtung und verließen Peas Lieblingseisdiele mit leeren Händen. Straßenkünstler, die ihnen im Weg standen, starrten sie nur böse an, und an den Gondolieri, die ihnen einen guten Preis für eine Kanalfahrt anboten, drängten sie sich wortlos vorbei.

»Mir fällt nichts mehr ein«, seufzte Nancy, als sie in einem etwas abgelegenen Café saßen, um ihren Flüssigkeitshaushalt mit einem Glas frisch gepresstem Orangensaft auszugleichen. »Wir waren überall.«

Seit Stunden waren sie nun schon unterwegs, und obwohl es bald Abend wurde, hatten sie beide noch nichts gegessen. Sie hätten auch keinen Bissen heruntergebracht.

»Sie glauben doch nicht, dass sie Caro hinterhergereist ist, oder?«, fragte Peter.

Jetzt, wo er es ausgesprochen hatte, erschien Nancy diese Möglichkeit ziemlich wahrscheinlich. Warum sollte das Mädchen nicht Caro nachgelaufen sein, nachdem es von der Frau, die es angefleht hatte, bei ihr zu bleiben, verlassen worden war? »Sie meinen, Pea versucht vielleicht zum Pariser Flughafen durchzukommen? Aber geht Caros Flug nicht heute? Sie wird ihre Mutter sicherlich verpassen.«

»Aber mit dem Nachtzug könnte sie es vielleicht geschafft haben.«

»Vielleicht sollten wir auch nach Paris fahren?«, schlug Nancy vor und überlegte, wie in aller Welt sie eine englische Nadel im Pariser Heuhaufen finden sollten. Wenn Pamela sich nicht ohnehin schon längst in einem Flugzeug nach Südamerika befand. Wie hatte sie das arme Mädchen nur im Stich lassen können? Das würde sie sich nie verzeihen.

Peter stützte den Kopf in die Hände. »Ich weiß nicht, Nancy, ich weiß es einfach nicht. Falls Pea es nach Paris geschafft hat, falls sie zum Flughafen gelangt ist, falls sie Caro gefunden und diesen Flug bekommen hat … so viele Unwägbarkeiten. Ich weiß einfach nicht mehr weiter.«

Nancy schaute auf ihre Uhr. »Na ja, wenn sie all das wirklich hinbekommen hat, landet sie jetzt gerade auf der anderen Seite der Erde.«

Der Kellner fing an, die Tische für den Abend herzurichten, legte gestärkte weiße Tischdecken auf und stellte Laternen darauf.

»Wenn wir nicht zum Abendessen bleiben wollen, sollten wir wohl lieber gehen«, meinte Peter. »Es muss noch eine andere Möglichkeit geben.«

Mit einem Mal setzte sich Nancy kerzengerade auf. »Ich hab's. Was ist mit Lorenzos Galerie? Wir haben vollkommen vergessen, dort nachzuschauen.«

»Natürlich!«, rief Peter. »Sie ist jetzt schon geschlossen, aber ich werde ihn anrufen. Vielleicht hat er sie gesehen.« Er stand auf und zog seine Jacke an. »Kommen Sie, kehren wir nach Hause zurück. Wir können das Telefon dort benutzen.«

Nancy hatte Mühe, ihm zu folgen, als Peter mit langen Schritten die Straße entlanghastete. Um sie herum mischten sich nun Urlauber in Abendgarderobe mit den Einheimischen, die wieder Anspruch auf ihre Stadt erhoben, nachdem die Tagestouristen verschwunden waren. Nancy wich einem Pärchen aus, das sich fürs Dinner in Schale geworfen hatte, und stieß an einer Straßenecke beinahe mit einem Zeitungsverkäufer zusammen.

»Tut mir leid«, murmelte sie und sammelte die Exemplare der Abendausgabe ein, die auf dem Boden gelandet waren.

Ihr Herz setzte aus, als ihr Blick an der Titelseite hängen blieb. Nancys Italienischkenntnisse waren, milde ausgedrückt, begrenzt, aber es bedurfte keiner Worte, um das schreckliche Foto eines Flugzeugwracks zu deuten, das vor ihr ausgebreitet lag.

Verzweifelt schaute sie sich um und fasste einen vorbeieilenden Mann im Anzug am Arm. »Bitte«, sagte sie,

»*parla inglesi?* Können Sie mir erklären, was das hier heißt?« Sie deutete auf die Überschrift.

Der Mann nahm ihr die Zeitung aus der Hand und stieß einen leisen Pfiff aus. »Der Flug von Paris nach Santiago ist in Guadeloupe abgestürzt.«

»Guadeloupe?« Er hätte genauso gut Timbuktu sagen können.

»In Südamerika«, fuhr er fort. »Keine Überlebenden.«

»Danke«, antwortete sie leise, als er ihr die Zeitung zurückreichte und weiterhastete. Dann drückte sie dem Verkäufer ein paar Lire in die Hand und klemmte sich die Zeitung unter den Arm.

Blindlings rannte sie nach Hause, achtete kaum, wohin sie lief. Caro und Tony waren tot. Sie dachte an die arme, verzweifelte Caro, die alles aufgegeben hatte, nur um auf der anderen Seite der Welt eines fürchterlichen Todes zu sterben. Und vielleicht hatte Pamela dasselbe Schicksal ereilt. Es war Nancys Schuld: Niemals hätte sie so unvermittelt aufbrechen dürfen. Wie hatte sie Peas Zuneigung nur derart mit Füßen treten können? Wie hatte sie, mit ihrer tragischen Vorgeschichte, es fertiggebracht, ein junges Mädchen zu verstoßen, das sie brauchte? Zweimal schon hatte Nancy es geschafft, etwas sehr Wertvolles wegzugeben, und mit diesem Schmerz würde sie für den Rest ihrer Tage leben müssen.

Als sie in der Wohnung ankam, hatte sie sich ein wenig beruhigt. Sie überlegte, ob sie nicht vorschnelle Schlüsse gezogen hatte. Vielleicht waren an diesem Tag zwei Flüge nach Santiago gestartet? Sie würden gleich bei der Fluggesellschaft anrufen, und man würde Peter erklären, dass er sich keine Sorgen machen solle, da Caro erst für den nächsten Flug gebucht sei. Und dann könnten sie alle auf Caro böse sein und Tony verfluchen. Pamela würde jede Minute zurückkommen, mit Eisflecken auf ihrem Rock, und alles wäre in Ordnung.

Als Nancy durch die niedrige Tür an der Rückseite des Hauses schlüpfte, hörte sie Peters leise Stimme im dunklen Flur, wo nur der Abglanz der Lichter auf dem Kanalwasser das Dunkel erhellte. Sie musste ihm die Zeitung zeigen – zumindest könnte er dann bei der Fluggesellschaft anrufen und fragen, ob Caro und Pamela auf dem Flug gebucht gewesen waren. Und sobald sie sich vergewissert hatten, dass Pamela in Sicherheit war, würde sie, Nancy, ihre Sachen packen und verschwinden. Sie hatte keine Ahnung, wohin, aber sie würde diese Familie verlassen, bevor sie noch mehr Schaden anrichtete.

Mit einem Klicken legte Peter den Hörer auf.

Nancy hielt ihm die Zeitung hin. »Es tut mir so leid«, fing sie an, »Caro …«

Er nahm ihr das Blatt aus der Hand und legte es auf den Flurtisch.

»Ist schon in Ordnung«, antwortete er. »Ich weiß es. Lorenzo hat es mir erzählt. Ich habe gerade mit der Fluggesellschaft gesprochen.«

»War Caro in dem Flugzeug?«

Peter drückte die Fingerspitzen gegen seinen Nasenrücken, und Nancy trat einen Schritt näher an ihn heran und wartete ab, ob Worte des Trostes oder der Erleichterung angebracht wären. Er sah auf, und selbst im Halbdunkel des Flurs erkannte sie die Tränen in seinen Augen, als er langsam nickte.

»Es tut mir so leid, Peter. Das ist einfach entsetzlich. Arme Caro. Und Pea? Weiß irgendjemand, wo sie ist? War sie auch in dem Flugzeug?«

Peter stellte sich vor sie und legte ihr die Hände auf die Schultern. »Pea geht es gut«, sagte er. »Lorenzo ist gestern Abend mit ihr in die Toskana gefahren. Sie kam gestern zu ihm in die Galerie und hat ihm weisgemacht, ich hätte gebeten, sie schon mal mitzunehmen. Ich würde dann später nachkommen. Die kleine Ratte.« Er schüttelte den Kopf. »Sie ist jetzt dort bei ihm und ist den ganzen Tag ausgeritten.« Er lächelte Nancy mit erleichterter Miene an. »Es geht ihr gut. Pea geht es gut.«

Nancy fühlte, wie ihre Knie nachgaben, und sie sank auf den Boden. »Gott sei Dank«, schluchzte sie, schlug die zitternden Hände vors Gesicht und ließ ihren Tränen endlich freien Lauf. Niemand konnte Caro mehr helfen, aber zumindest war Pamela in Sicherheit.

Sie trafen am frühen Vormittag ein. Lorenzo hatte ihnen ein Auto organisiert, und Peter brauchte drei unendliche Stunden, um den kleinen Fiat über die Ebenen des Veneto und dann durch die Weinberge und die zerklüfteten Hügel am Rande der Toskana zu steuern.

»Es tut mir so leid wegen Caro«, sagte Nancy. »Es ist schrecklich. Ich mag gar nicht daran denken, was sie durchgemacht haben muss.«

Peter starrte vor sich auf die Straße und kaute auf seiner Lippe. »Mir geht es genauso. Was für ein Verlust. Das wünscht man noch nicht einmal diesem verdammten Tony.«

»Weiß Pea schon davon?«

»Nein – Lorenzo hat mir versprochen, ihr nichts zu erzählen, ehe wir da sind.«

»Wie wird sie reagieren?«, fragte Nancy, als sie langsamer wurden, um den kleinen Wegweiser zu suchen, der sie zum Dorf führen würde.

»Ich weiß es nicht. Die Kleine kann ihre Gefühle gut verbergen. Wenn sie will.« Peter seufzte. »Es wird nicht einfach für sie werden, aber wir müssen ihr jetzt zeigen, dass wir für sie da sind und sie nicht im Stich lassen. Es gab schon genug Aufruhr in ihrem Leben.« Peter warf Nancy einen Blick zu. »Verzeihung. Es ist natürlich überaus anmaßend von mir zu hoffen, dass Sie weiterhin bei uns bleiben. Schließlich haben Sie Ihr eigenes Leben. Ich kann nicht erwarten, dass Sie für immer bei uns bleiben.«

»Keine Sorge, ich werde dort sein, wo Sie und Pea mich brauchen«, erwiderte Nancy. Dann setzte sie sich auf und deutete auf ein kleines Schild am Straßenrand. »Oh, halt, hier ist es! Nur noch einen Kilometer, was auch immer das ist.«

Peter bremste scharf ab. »Ungefähr eine halbe Meile, glaube ich.« Vorsichtig bog er auf eine mit Schlaglöchern übersäte Fahrspur.

Noch nie in ihrem Leben hatte Nancy etwas so Hübsches gesehen wie die kleine Ansammlung grob gehauener Steingebäude, die sich vor ihnen zusammenkauerten. Der Weiler war malerisch auf einem sanften Hügel gelegen, umgeben von Weinbergen, Olivenhainen und Pferdekoppeln.

»Das ist der Himmel.« Nancy war erstaunt, dass etwas so Friedliches existieren konnte, wo sie doch nur wenige Stunden zuvor derart vernichtende Neuigkeiten erfahren hatten.

In eine Staubwolke gehüllt fuhren sie vor den Gebäuden vor und wurden von zwei tapsigen, schwanzwedelnden großen Hunden begrüßt, die Nancy bestürmten und ihr die Hände zu lecken versuchten.

»Wo sie wohl ist?«, überlegte Nancy.

Peter seufzte. »Ist das wirklich eine Frage?«

»Sind Sie bereit?«

Er nickte. »Bringen wir es hinter uns.«

Es war nicht schwierig, die Ställe zu finden: Sie folgten einfach dem Wiehern und dem stechenden Pferdegeruch, der über den Hof zog.

Drei gut genährte Tiere standen in einem der Nebengebäude an einem Balken festgebunden und ließen sich frisches Heu schmecken, während sie mit dem Schweif nach lästigen Fliegen schlugen. Eines der Pferde hob wachsam seinen großen kastanienbraunen Kopf und wieherte die beiden Neuankömmlinge an. Auf seinem Rücken dampfte ein sattelförmiger Schweißabdruck.

»So, bitte schön«, tönte eine Stimme aus dem Stall, und ein Mädchen in Reiterhosen trat aus dem Gebäude, einen großen, überschwappenden Wassereimer in den Händen.

Sie blieb wie angewurzelt stehen und starrte sie an.

»Pa«, sagte sie. »Nancy.«

Ihre Wangen waren nach dem Ritt gerötet, ihre Haare verschwitzt und voller Stroh, ihre Hände schmutzig. Nancy fand, dass sie nie hübscher ausgesehen hatte.

»Pea«, erwiderte Peter, und Pamela ließ den Eimer fallen, sodass das Wasser über den Boden schwappte und die Pferde scheuten, und stürmte ihrem Vater und Nancy entgegen.

Alle drei fielen sich in die Arme und hielten sich fest, und Nancy konnte nicht sagen, ob sie lachten oder weinten.

»Es tut mir leid«, meinte sie, als sie sich endlich voneinander lösten und sie Pamelas schmutzige Hände in ihre nahm. »Es tut mir so leid.«

»Nein, mir tut es leid. Ich war unausstehlich.«

»Du warst nicht unausstehlich, du hattest bloß Angst.«

Peter scharrte mit dem Fuß, ihm war dieser Gefühlsausbruch unangenehm. »Nun, vielleicht können wir uns darauf einigen, dass es uns allen leidtut und dass wir uns nicht böse sind.«

»Einverstanden.« Pamela sah von einem zum anderen. »Und jetzt?«

Nancy und Peter tauschten einen Blick aus. Es war noch nicht der richtige Zeitpunkt. Nancy merkte Peter an, dass er die Wiedersehensfreude gerne noch ein bisschen genießen wollte, ehe er seiner Tochter die schreckliche Nachricht überbrachte.

»Also«, meinte er, »ich hatte zwar noch keine Gelegenheit, mich hier richtig umzutun, aber ich denke, ich könnte mir durchaus vorstellen, hier eine Weile zu verbringen. Ich will jedenfalls nicht zurück nach London.«

»Und Nancy?« Pamela biss sich auf die Unterlippe.

Nancy sah von Vater zu Tochter und lächelte. »Wenn ihr mich aufnehmt, würde ich sehr gerne hier bei euch bleiben.«

»Großartig! Dann wäre das geklärt. Wir werden mit Lorenzo reden und alles Nötige besprechen.« Plötzlich runzelte Peter die Stirn. »Ich weiß nicht recht, Nancy, ich denke, ich sollte Sie weiter dafür bezahlen, dass Sie hier bei uns bleiben. Aber irgendwie fühlt sich das seltsam an: Sie sind längst keine Angestellte mehr, Sie gehören zur Familie.«

»Du bist meine große Schwester!«, warf Pamela gutgelaunt ein.

Nancy lächelte und stieß sie freundschaftlich an. »Peter, Sie haben mir bisher noch gar nichts bezahlt. Insofern: Ja, Pea, ich bin gerne deine große Schwester.«

»Pa!«, rief Pamela schockiert. Sie nahm Nancy und den verlegenen Peter am Arm. »Na dann los, Schwesterherz. Ich zeig dir dein Zimmer.«

Sie gingen über den großen Innenhof zurück, wo Lorenzo sie bereits erwartete. Er umarmte Peter und klopfte ihm auf den Rücken. Ehe sie sich losließen, flüsterten sich die beiden Männer mit einem verstohlenen Blick auf Pamela etwas auf Italienisch zu.

»Nancy, schön, Sie wiederzusehen«, sagte Lorenzo, und nach einem Moment des Zögerns umarmten sie sich kurz. »Auch wenn die Umstände …«

»Ich weiß«, erwiderte sie schnell. Aus irgendeinem Grund fiel es ihr schwer, sich aus seiner sanften Umarmung zu lösen. Sie kannte ihn kaum und wunderte sich über die fröhliche Vertrautheit, die sie in seiner Gegenwart spürte. Ihm schien es ähnlich zu gehen.

»Kommt, Freunde«, meinte er und trat einen Schritt zurück. »Lasst uns zusammen Mittag essen.« Er musterte Peter. »Vielleicht möchtest du danach einen Spaziergang mit Pamela unternehmen? Ihr habt euch sicher viel zu erzählen.«

Peter lächelte, aber Nancy merkte ihm an, wie viel Kraft ihn diese Maskerade kostete. Je eher Pamela die Wahrheit erfuhr, desto besser.

Während die drei Lorenzo ins Haus folgten, nahm Pamela sie beim Arm und flüsterte Nancy ins Ohr: »Da hat jemand ein Auge auf dich geworfen.« Nancy verpasste ihr einen freundlichen Klaps auf den Scheitel und zwang sich zu einem Lächeln. Peter war so tapfer; da war es das Mindeste, dass auch sie noch eine Weile mitspielte.

Bald war ein schwieriges Gespräch fällig, und Nancys Herz blutete bei dem Gedanken daran, dass Vater und Tochter alles neu aufbauen mussten, was ihnen in den letzten fünfzehn Jahren vertraut gewesen war. Aber erst einmal würden sie ein gutes Essen und ihr Wiedersehen genießen. Nancy war dankbar, dass sie Peter und Pamela in der kommenden schwierigen Zeit als neues Mitglied der Familie unterstützen konnte.

28

Als Flo von leisem Klopfen an ihrer Tür geweckt wurde, hatten die Stare bereits ihr Abendlied angestimmt, und der toskanische Sonnenuntergang ließ die alten Steingebäude golden erstrahlen. Sie setzte sich auf, schüttelte ihre vom Schlaf platt gedrückten Haare und rieb sich die verquollenen Augen. Vielleicht brütete sie etwas aus. Sie konnte sich nicht daran erinnern, jemals so träge gewesen zu sein.

Schlaftrunken öffnete sie die Tür. Sie war noch ganz benommen von ihren wirren Träumen. Sie hatte das lebhafte Gefühl gehabt, in einem Flugzeug zu sitzen, das sich in dramatischem Sinkflug befand, dann wieder hatte sie verzweifelt versucht, ein Baby aus einer venezianischen Lagune zu retten. Die Enthüllungen zu Nancys Schicksal mussten sie mehr mitgenommen haben, als sie vermutet hatte.

»Ich wollte Sie nicht wecken – Sie wirkten vorhin so müde.« Emilia stand vor der Tür, ein Tablett in den Händen: darauf ein Teller mit Schinken, frischen Oliven und kräftigem Käse. Emilia hatte Schürze und Kopftuch abgelegt, und das sonnengebleichte Haar hing ihr lose über die Schultern. Ihre feinen Gesichtszüge wurden von einem Hauch blassem Lippenstift betont.

Flo entdeckte einen dunklen Lockenkopf, der sich hinter ihren Beinen versteckte. »Ciao«, sagte sie und lächelte das Kind an, das seiner Mutter gerade mal bis zur Hüfte reichte.

Emilia verstrubbelte dem Kleinen das Haar. »Sag Hallo zu Flo, Luca«, meinte sie. »Sie müssen entschuldigen, er ist sehr schüchtern«, setzte sie hinzu. »Er spricht fließend Englisch, aber nur, wenn er will.«

»Das ist in Ordnung.« Flo legte den Kopf schief, als der Junge sich wieder wegduckte, und verleitete ihn auf diese Weise zu einem Versteckspiel, das ihm schließlich ein zögerliches Lächeln auf die Lippen zauberte. Seine grauen Augen leuchteten Flo an und verscheuchten die letzten Reste ihrer Albträume.

Emilia stellte das Tablett auf den kleinen Tisch neben dem Fenster. »Sie müssen das natürlich nicht essen«, sagte sie. »Aber wahrscheinlich geht es Ihnen besser, wenn Sie es tun.«

»Vielen Dank, Sie sind sehr freundlich.«

»Gar nicht.« Emilia zögerte. »Ich weiß natürlich nicht, ob Sie vorhatten, einen ruhigen Abend auf Ihrem Zimmer zu verbringen, aber im Moment ist hier nicht viel los; wenn Sie möchten, könnte ich Ihnen Peters Arbeiten zeigen.«

»Sehr gerne«, antwortete Flo. »Geben Sie mir zehn Minuten, um mich frisch zu machen …« Sie warf einen Blick auf das Tablett mit dem appetitlich angerichteten Abendessen, »… und etwas zu essen.«

»Perfekt. Wir treffen uns dann im Hof.«

Flo trug noch immer die Sachen, die sie auf der Reise angehabt hatte. Schnell zog sie sich um und schlüpfte in das hübsche blauweiße Blumenkleid, das am Anfang ihrer Reise gestanden hatte, beinahe einen ganzen Kontinent entfernt. Wo hatte Nancy dieses Kleid wohl sonst noch getragen? Hier vielleicht? Vielleicht war sie damit nach England zurückgefahren und hatte bei einer Adoptivmutter vor der Tür gestanden, deren Welt bei ihrem Anblick zusammengebrochen war. Vielleicht war sie damit auch in Paris in ein Flugzeug gestiegen. Flo brachte es immer noch nicht fertig, diesen Gedanken zu Ende zu denken.

Aus Höflichkeit zwang sie sich, ein paar Happen zu essen, und steckte etwas von dem Schinken dem kleinen weißen Hund zu, der sich in ihr Zimmer verlaufen hatte und sich nun, nachdem er sich ein paarmal um sich selbst gedreht hatte, zu einem gemütlichen Schläfchen auf ihren Klamotten auf dem Boden zusammenrollte.

Im Hof traf sie Emilia mit Luca und einem Mädchen, das ein paar Jahre älter war als er. Es zeichnete selbstvergessen mit einem Stock Striche auf den staubigen Boden. Als es Flo hörte, drehte es sich um, und für den Bruchteil einer Sekunde meinte Flo, ein Abbild ihrer selbst als Kind vor Augen zu haben, einschließlich der wilden Haarmähne und der kurzen, stämmigen Beine, die sie so gehasst hatte. Zum Glück waren sie mit der Zeit länger und schlanker geworden.

»Alles in Ordnung?«, fragte Emilia und bückte sich, um Luca sein Spielzeug zurückzugeben, das er hatte fallen lassen.

»Oh. Ja, tut mir leid. Ich bin noch ein bisschen müde.«

Emilia kniete sich hin und redete auf Italienisch auf die Kinder ein, woraufhin die beiden über den Hof und ins Haus verschwanden. Dann richtete Emilia sich wieder auf und sagte zu Flo: »Kommen Sie, ich zeige Ihnen die Bilder.«

Sie führte sie um das Haus herum an einem Swimmingpool vorbei, an dessen Rand feuchte Handtücher herumlagen. Eine Gruppe grauhaariger Damen in luftigen Tuniken und farbenfrohen Schals saß um einen niedrigen Tisch bei einem Glas Rotwein. Sie lachten und schienen bester Laune und leicht angeheitert zu sein. »Die ansässige Töpfergruppe«, erklärte Emilia und winkte den Damen zu. »Wenn Sie noch Wein möchten, bedienen Sie sich einfach in der Küche!«, rief sie, und die Damen hoben ihre Gläser.

Sie liefen weiter, am Rand einer Koppel vorbei, auf der zwei weiße Pferde grasten, die aussahen, als hätten sie einen Zusammenstoß mit einem braunen Farbtopf gehabt.

»Mein Großvater liebte Pferde«, erklärte Emilia, als sie kurz stehen blieben und sich an den rauen Holzzaun lehnten, um die Tiere zu beobachten. Flo konnte hören, wie sie mit den Zähnen das struppige Gras abrissen und leise schnaubten. »Und natürlich meine englische Tante. Sie konnte sich einfach nicht von ihnen fernhalten, wenn sie aus London zu Besuch kam. Das ist immer noch so, obwohl sie inzwischen nicht mehr reitet.«

»Dann ist das Ihr Familiensitz?«, fragte Flo. Tausend Fragen brannten ihr auf der Zunge.

»Ja. Ich bin hier aufgewachsen. *Nonno* und *nonna* haben auf diesem Stück Land ihre Kinder bekommen, und Papa hat ihr Geschäft weitergeführt. Meine Eltern sind inzwischen im Ruhestand und leben in der Stadt, ich habe den Laden übernommen. Es gefällt uns hier«, sagte sie. »Mein Mann Francesco ist Schriftsteller, er liebt den Frieden und die Ruhe dieses Ortes.«

»War das hier schon immer ein Künstlerzentrum?«

Emilia nickte. »Deswegen kam mein Großvater in die Toskana: Er hatte das Stadtleben satt, konnte aber ohne die Künstlerszene nicht leben. Also hat er dieses Anwesen gekauft. Damals war es noch eine Ruine. Mein Großvater hat es zusammen mit Freunden hergerichtet, und die Künstler ließen nicht lange auf sich warten.«

Flo war klar, warum: Wer würde sich nicht von dieser wundervollen Landschaft inspiriert fühlen?

»Damals gab es hier neben der Töpferwerkstatt auch Graphiker und Papierschöpfer, und *nonna* hatte ein Nähatelier. Und natürlich war da Peter.« Emilia richtete sich auf und trat vom Zaun zurück. »Sollen wir?«

Die Galerie war in einer großen, mit Terrakottaziegeln gedeckten Scheune untergebracht. Schwalben flogen durch die Spalten unter dem Dach ein und aus. Emilia öffnete die schwere Holztür und drückte auf ein paar Lichtschalter. »Oh, was für ein schönes Kleid!«, meinte sie. »Es ist mir draußen gar nicht richtig aufgefallen. Steht Ihnen sehr gut.«

»Danke«, entgegnete Flo. »Ich habe es selbst genäht. Lange Geschichte.«

Emilia lachte. »Sie hätten sich gut mit meiner *nonna* verstanden!«

Sie führte Flo eine schmale Holztreppe hinauf in ein geräumiges Zwischengeschoss. Die Wände waren mit Leinwänden aller Größen und Farben bedeckt: Toskana, Venedig, das unverkennbare Blau der Riviera, die kleinen Gozzo-Boote von Capri, die im Hafen vor sich hin dümpelten, und die Pariser Parks, deren strenge Symmetrie von den breiten, großzügigen Pinselstrichen des Künstlers gemildert wurde. Flo lächelte, während sie die Motive betrachtete, die ihr nun alle so bekannt vorkamen, weil sie sie mit eigenen Augen gesehen hatte. Ob ihre Großtante Peter dabei zugeschaut hatte, als er diese wunderschöne Erinnerung an jenen längst vergangenen Sommer schuf?

»Das ist natürlich nur ein kleiner Teil seines Œuvres. Wir haben hier nur seine Landschaften ausgestellt, nicht die Porträts. Er behauptete immer, falls ihm mal eines davon unter die Augen käme, würde er es sofort verbrennen.«

Flo dachte an das Porträt, das Ben ihr gezeigt hatte, und an die fröhliche Absage an jede Art von Beschönigung des Modells. Man hatte dem Bild angemerkt, dass das Genre den Künstler langweilte. Diese Gemälde hier dagegen waren mit Liebe gemacht, und Flo trat näher an eine toskanische Szene heran, um sie zu studieren. Jeder Pinselstrich perfekt ausgeführt, kein Punkt zu viel, die Farben mischten sich vollkommen natürlich auf der Leinwand. Wie schade, dass Peter nicht ein paar kleine Figuren beigefügt hatte, die ihr gezeigt hätten, wen er mit hierhergebracht hatte.

»Sagen Sie …«, fing Flo an. Wie sollte sie es jetzt nur am besten anstellen, ihre Fragen loszuwerden? »War Peter immer noch verheiratet, als er hierherkam?«

Emilia stellte sich neben sie vor das Gemälde. »Er war verheiratet gewesen.«

»Was ist passiert?« Flo war kurz verwirrt; sie hatte angenommen, dass Caro mit ihm hierhergekommen war, aber vielleicht stimmte das gar nicht.

»Seine Frau starb bei einem Flugzeugabsturz, kurz bevor er in die Toskana zog.«

»In Südamerika? Guadeloupe, richtig?«

Emilia musterte sie überrascht. »Sie wissen davon?«

»Ich muss irgendwo darüber gelesen haben«, erwiderte Flo unbestimmt. Sie starrte das Gemälde an. Die Farben begannen vor ihren Augen zu verschwimmen, als ihr allmählich klar wurde, was schon die ganze Zeit direkt vor ihrer Nase gelegen hatte. Caro war mit Tony in dem Flugzeug gewesen, nicht Nancy. Natürlich: Ihre Affäre war für jeden offensichtlich, der das Foto aus dem *Lido* in Paris aufmerksam betrachtete. Als Flo die Aufnahme zum ersten Mal sah, hatte sie ja auch gedacht, dass Caro und Tony ein Paar wären. Der Eindruck war so deutlich gewesen, dass es sie einige Zeit gekostet hatte zu verstehen, wer Peter eigentlich war. Sie konnte das Drama spüren, das sich damals im Jahr 1962 abgespielt hatte: Den gesamten Sommer über musste sich Caro zwischen zwei Männern hin- und hergerissen gefühlt haben. Schließlich hatte sie eine Entscheidung getroffen, die dazu führte, dass ihr Leben unter den furchtbarsten Umständen ausgelöscht wurde. Peter und Pamela taten ihr leid – sie hatten die eigene Frau und Mutter auf schreckliche Weise verloren.

»Und was ist mit ihrer Tochter passiert?«

»Pamela? Nun, Caro war ihre Stiefmutter. Sie blieb eine Weile hier bei ihrem Vater, bis sie erwachsen war und ihr eigenes Leben führte.«

Frag Emilia einfach nach Nancy, befahl ihr eine innere Stimme, aber es war noch zu früh. Die Geschichte musste sich in ihrem eigenen Tempo enthüllen. Flo hatte bereits mehr erfahren, als sie zu hoffen gewagt hatte.

»Und hat Peter wieder geheiratet?«, erkundigte sie sich.

»Peter? Nein. Er war glücklich, in Ruhe malen zu können. Er ist wohl nie wirklich über den Verlust von Caro hinweggekommen. Er meinte zwar immer, für dieses Leben hätte er genug von Frauen. Aber das hat ihm keiner wirklich geglaubt. Bis zu seinem Tod 1998 hatte er diesen verschmitzten Ausdruck in den Augen. Hat den armen alten Damen nachgestellt, die hier einen Malkurs gebucht hatten!« Emilia seufzte. »Er fehlt uns noch immer. Er gehörte praktisch zur Bausubstanz dieses Ortes. Mit seiner Hilfe hat *nonno* aus diesem Ort das gemacht, was er heute ist.«

»Gibt es Fotos von ihm?«

»Ja, natürlich. Unten haben wir eine Art Familiengalerie. Ich zeige sie Ihnen.«

Flo folgte Emilia in einen kleinen Anbau hinter der Scheune.

»Hier.« Emilia schaltete das Licht ein. Eine ganze Wand mit schwarz gerahmten Fotos, von Schwarzweißaufnahmen über Polaroids bis hin zu Bildern von Emilias beiden Kindern, kam zum Vorschein.

Flo begann auf der linken Seite. Lorenzo und Peter, braun gebrannt und mit hochgekrempelten Ärmeln, bei der Arbeit auf einer Baustelle. Sie erkannte Pamela als junge Frau auf dem Rücken eines Pferdes. Sie wirkte, als wäre sie im Sattel geboren. Flo entdeckte Fotos von Emilia als kleines Kind, mit wilden blonden Dreadlocks, dann an ihrem Hochzeitstag, der gesamte Innenhof voller Blumen, sie an ihren frisch angetrauten Ehemann geschmiegt.

Die Fotos folgten keiner bestimmten Reihenfolge, und während Flo sich langsam vorarbeitete, erklärte ihr Emilia mit leiser Stimme, wer auf den Bildern zu sehen war. Sie schien stolz auf ihre Familie zu sein.

Plötzlich verschlug es Flo den Atem. Sie verharrte vor einer Aufnahme, die Lorenzo Arm in Arm mit einer Frau zeigte. Vor ihr stand ein kleiner Junge, höchstens zwei Jahre alt, ein etwas älterer Junge hielt ihre andere Hand.

»Wer ist das?«, fragte Flo leise, während sie versuchte, den komplizierten Stammbaum zu verstehen. Der Anblick der Frau an Lorenzos Seite verwirrte sie.

»Das sind *nonno* und *nonna* und mein Vater als kleiner Junge. Und Onkel Stanley.« Emilia lachte. »Hey, sie hat genau so ein Kleid an wie Sie!«

Flo betrachtete das Foto genauer. Sie hätte dieses Kleid überall erkannt. Sollte sie auch: Sie hatte eine ganze Nacht damit verbracht, es zu nähen, und einen ganzen Sommer, es zu suchen.

Die Frau starrte genau in die Fotolinse und schien Flo direkt anzuschauen. Sie war ein bisschen älter als auf dem letzten Foto aus dem Umschlag, aber ihr Lächeln war unverwechselbar: Es strahlte heller als die toskanische Sonne, die auf ihr hübsches, zerzaustes blondes Haar fiel, und spiegelte sich in dem warmen Lächeln des Mannes, der ihr verliebt das Gesicht zuwandte.

Flo wurde klar, dass sie am Ende ihrer Reise angekommen war, und sie fühlte, wie ihr Tränen in die Augen stiegen. Tränen der Erleichterung und Tränen der Freude.

Da stand Nancy, mit einem wunderschönen Leben und einem Mann, der sie offensichtlich verehrte, und natürlich mit ihren zwei kleinen Jungen. Hatte sie ihr Baby wiedergefunden und es mit hierhergebracht? Und wenn, was hatte sie das gekostet?

»Alles in Ordnung?« Emilia musterte sie von der Seite. »Sie sehen aus, als wären Sie einem Geist begegnet.«

»Ich glaube, genau so ist es auch.«

»Ich verstehe nicht. Ich dachte, Sie würden Nachforschungen über Peter anstellen? Was haben Sie auf diesem Foto meiner Großeltern erkannt?«

Da war so vieles, was sie Emilia erzählen musste, nicht zuletzt die unglaubliche Entdeckung, dass sie beide anscheinend verwandt waren. Flo wusste nicht, was sie sagen oder womit sie beginnen sollte. Doch dann wurde ihr klar, dass es nur einen Weg gab, um Nancys Geschichte zu erzählen. Sie musste dort anfangen, wo sie selbst vor ein paar Wochen begonnen hatte.

»Warten Sie hier«, erklärte sie plötzlich.

Ohne sich um die Verwirrung auf Emilias Gesicht zu kümmern, rannte sie aus der großen Scheune zu ihrem Zimmer. Sie hatte ihre Sachen noch gar nicht ausgepackt, aber die mit einem Band zusammengebundenen Umschläge waren schnell gefunden. Sie klemmte sie unter den Arm und stürzte den kurzen Weg zurück zu ihrer neuen Freundin.

»Hier«, keuchte sie atemlos und reichte Emilia den ersten Umschlag.

»Ein Schnittmuster?« Emilia wirkte verwirrt.

»Ja, aber nicht nur das. Schauen Sie in den Umschlag.«

Emilia öffnete das Päckchen und zog das Foto von Nancy auf dem Bahnsteig heraus. Sie starrte es eine gefühlte Ewigkeit lang an. »Sieht aus wie *nonna*«, meinte sie. »Wo haben Sie das her? Und wer sind die anderen Menschen auf dem Foto?«

»Ich weiß, dass das verrückt klingt, und ich kann es selbst noch nicht recht glauben, aber ich bin einigermaßen sicher, dass Ihre *nonna* meine Großtante Nancy war«, stieß Flo mit klopfendem Herzen hervor.

»Das verstehe ich nicht. Woher kennen Sie meine Großmutter?«

»Es tut mir leid, Emilia. Als ich hier ankam, war ich nicht ganz ehrlich zu Ihnen. Ich habe tatsächlich Nachforschungen zu Peter angestellt, das stimmt schon. Aber nur deswegen, weil er vielleicht meine Großtante mit hierhergebracht hat.« Sie zog Emilia zu dem Foto von Nancy und Lorenzo hinüber, und zusammen betrachteten sie die lächelnden Gesichter, die sie von der Aufnahme anstrahlten. »Sehen Sie?« Flo deutete auf das Foto in Emilias Hand. »Und das ist ihre Schwester Peggy, meine Großmutter, und zwei ihrer Freundinnen.« Sie hatte sich nicht vorstellen können, wie es sein würde, Nancy tatsächlich ausfindig zu machen, aber niemals hätte sie erwartet, dass es sie so zu Tränen rühren würde. Und gleichzeitig zum Lachen bringen und furchtbar glücklich machen würde, alles auf einmal. Sie sah Emilia an. »Das ist sie, nicht wahr? Emilia, sagen Sie mir, dass Sie es auch erkennen.«

Emilia schüttelte ungläubig den Kopf. »Ich habe keine Ahnung, was ich sagen soll. Außer: Ja, es muss so sein. Aber warum hat sie uns nie erzählt, dass sie eine Schwester hatte?«

»Genau das habe ich mich bei meiner Großmutter auch gefragt. Ich habe es erst herausgefunden, als sie vor Kurzem gestorben ist.«

»Was sie wohl damit geheim halten wollten?«

Ihr brannte noch so vieles auf der Zunge, was sie Emilia erzählen wollte, aber Flo war erschöpft und musste sich erst einmal setzen. »Sollen wir hineingehen? Dann kann ich erzählen, was ich herausgefunden habe.«

Emilia legte ihr die Hand auf den Arm. »Natürlich.« Sie nahm Flos dunkelblonde Haarspitzen zwischen die Finger und blickte ihr in die grauen Augen, die ihren eigenen so glichen. »Jetzt, wo ich dich genau anschaue, ist es offensichtlich. Ich bin so froh, dass du hergekommen bist, Flo.

Ich kann nicht glauben, dass ich eine Großcousine habe … oder sind wir Cousinen? Ich weiß es nicht!«

»Ich auch nicht«, erwiderte Flo, und dann brachen sie beide in Lachen aus. Der arme Herr, der hereingekommen war, um Emilia um eine Kopfschmerztablette zu bitten, weil er beim Ausflug mit dem Wasserfarben-Malkurs einen Sonnenstich bekommen hatte, konnte nicht ahnen, was seine Gastgeberin und den neuen Gast überkommen hatte.

Emilia saß mit Flo in ihrem kleinen Wohnzimmer und erzählte ihrem verblüfften Ehemann von Nancys Schnittmustern und Flos abenteuerlicher Reise.

»Das ist noch nicht alles«, meinte Flo. Sie war sich nicht sicher, wie sie den beiden den wichtigsten Teil der Geschichte erklären sollte.

Francesco schüttelte den Kopf, als Flo zur letzten Station ihrer Suche kam, dem kleinen Dorf in der Nähe von Venedig, wo sie Nancys Geheimnis auf die Spur gekommen war.

»Ich wusste immer, dass deine *nonna* eine besondere Geschichte hat«, meinte er zu Emilia. »Aber sie hat nie jemandem etwas davon erzählt. Deine Großtante war eine wundervolle Frau«, wandte er sich dann an Flo. »Vielleicht schreibe ich einen Roman über ihr Leben?«

»Auf keinen Fall«, entgegnete Emilia. »Deine Romane sind voll von Morden und unheimlichen Detektiven.«

Ihr Mann zuckte mit den Schultern. »Ich bin eben Krimiautor. Was soll ich dazu sagen? Egal, darf ich euch beiden vielleicht ein Glas Wein anbieten, bevor ich die Kinder ins Bett bringe?« Sie horchten auf das entfernte Getrippel und laute Kindergeschrei.

Flo war beinahe übel von all der Aufregung, deswegen lehnte sie ab.

»Tut dir wahrscheinlich auch nicht gut«, sagte Emilia, als Francesco ihr ein Glas reichte und dann hinaus zu den Kindern lief.

»Du hast recht, ich bin ein bisschen erschöpft.« Flo ließ sich in einen alten Lehnsessel mit bestickter Husse fallen.

»Das auch, aber du solltest so oder so nichts trinken«, meinte Emilia.

Flo war überrascht: Hier floss der Wein in Strömen, warum war Emilia auf einmal knauserig damit?

»Na ja, du weißt schon.« Sie musterte Flos Bauch. »Wann ist es so weit?«

»Was ist so weit?«, fragte Flo verwirrt.

»Das Baby.«

»Aber ich bin nicht …«

Emilia schlug sich die Hand vor den Mund. »Oh, es tut mir schrecklich leid. Ich dachte, du wüsstest es schon. Francesco schimpft immer mit mir. Er sagt, mir wäre schon klar, dass eine Frau schwanger ist, noch ehe sie überhaupt Sex hatte.«

»Ich kann nicht schwanger sein. Mein Mann und ich haben uns vor ein paar Monaten getrennt, und seitdem gab es niemanden.«

»Aber wann habt ihr zum letzten Mal …?«

Flo musste nachdenken. In dieser Hinsicht war in ihrem Leben schon so lange nichts mehr gelaufen, dass sie sich kaum noch an irgendwelche Zärtlichkeiten mit Seamus erinnern konnte. Außer …

»Oh mein Gott. Der Nostalgiesex.« Sie rechnete schnell nach. »Wahrscheinlich vor ungefähr vier Monaten.«

Emilia hob die Hände. »Siehst du, da haben wir's. Muss ja nicht gut gewesen sein, um seinen Zweck zu erfüllen.«

Mist. Mist, Mist, Mist.

Flo beugte sich vor und presste ihre Faust gegen die geschlossenen Lippen. Das hatte sie nicht geplant. Das konnte sie nicht allein bewältigen.

Emilia setzte sich zu ihr. »Hey, alles wird gut. Es gibt Frauen, denen schon Schlimmeres passiert ist, als schwanger zu sein.«

»Aber du verstehst das nicht. Ich war schwanger. Kurz vor dem Geburtstermin hatte ich eine Fehlgeburt. Was ist, wenn das wieder passiert?«

»Und was, wenn nicht? Du musst positiv denken.« Emilia stand auf. »Ich habe eine Idee, wie wir dich ablenken können.«

Flo schaute zu ihr auf. Ihre Panik wandelte sich allmählich in Neugierde.

»Du hast doch gesagt, dass Nancy ein Baby hatte, oder? Vielleicht war das mein Vater. Ich bin nicht sicher, vielleicht irre ich mich auch, aber ich möchte dir etwas zeigen. Warte einen Moment.«

Als Emilia draußen war, nutzte Flo die Gelegenheit, sich umzusehen. Emilias Zuhause war eine Terrakotta-

Version ihrer eigenen vier Wände, voll mit Büchern und Kunstwerken, die Möbel eine Mischung aus Antiquitäten, Fünfzigerjahre-Chic und modernem Stil.

Bald kehrte Emilia mit einer Kiste zurück, die der, die Flo in Peggys Schrank gefunden hatte, sehr ähnelte. Sie stellte den Kasten auf den Couchtisch, und die beiden Frauen knieten sich davor auf den Boden. »*Nonna* hat für ihr Leben gerne genäht«, erklärte Emilia. »Sie wollte nichts anderes tun, wenn sie nicht gerade mit den Jungs gespielt, Tante Pea vom Flughafen abgeholt oder Lorenzo und Peter bei der Vorbereitung einer ihrer Ausstellungen geholfen hat.« Sie schob Flo die Kiste hin. »Na mach schon.«

Flo nahm den Deckel ab. Auch in dieser Kiste befanden sich ordentlich aufgereihte Umschläge mit Schnittmustern. Sie nahm den ersten heraus. Es war die Vorlage für ein Babykleidchen, auch hier mit Stoffmuster. Dabei lag ein Foto von einem neun oder zehn Monate alten pummeligen Baby, das auf dem Boden saß und in die Kamera lachte. Im nächsten Umschlag steckte das Schnittmuster für eine Kleinkind-Jacke, zusammen mit einem Stück dunkelblauem Wollstoff, der an das Schnittmuster geheftet war. Dazu das Foto von einem kleinen Mädchen in einem Park, womöglich irgendwo in London. Und es gab weitere Schnittmuster: Kleidchen, Strampelanzüge, Badeanzüge und vieles mehr, jedes Mal mit einem Foto desselben Mädchens. Einmal fehlte der Kleinen ein Schneidezahn, auf einem anderen blies sie zehn Kerzen auf ihrem Geburtstagskuchen aus. Auf diesem Foto trug sie eine weit geschnittene Hose und einen Fanschal der Band *Bay City Rollers*. Warum kam sie Flo so bekannt vor?

»Hatte Nancy nicht zwei Söhne?«, fragte Flo.

»Doch.«

»Aber das sind doch Mädchenkleider.«

Die beiden Frauen starrten sich an.

»Schau mal.« Flo holte etwas unten aus der Kiste hervor. Ihre Hände zitterten, als sie den gepolsterten Briefumschlag öffnete und ein Paar gehäkelte Babysöckchen herausholte. Das auf Knöchelhöhe eingefädelte, ehemals wohl rosa Seidenband war verblichen, ansonsten waren sie noch in einwandfreiem Zustand. »Da ist noch was drin.« Flo hielt mühsam die Tränen zurück, die sich Bahn brechen wollten. Sie war sich nicht sicher, ob sie um ihr eigenes Baby oder um das von Nancy weinte, aber in diesem Moment schien das gar keine Rolle zu spielen.

»Zeig mal«, meinte Emilia und zog das kleine Klinikarmband heraus, das unten im Umschlag steckte. »Baby Moon«, las sie leise. »Mädchen, siebeneinhalb Pfund, 20. Dezember 1961, 4 Uhr 20.«

»Sie muss all diese Kleider für ihr Baby entworfen haben«, sagte Flo. »Für das Baby, das sie fortgeben musste. Warum hat sie das getan? Sie hat das Mädchen doch bestimmt nicht ausfindig machen können?«

Emilia schüttelte den Kopf, sie war genauso erschüttert wie Flo. »Ich weiß es nicht«, erwiderte sie. »Irgendwie muss sie in Kontakt mit den Adoptiveltern ihrer Tochter geblieben sein. Das ist eine herzzerreißende Geschichte. Arme *nonna*.«

»Zwei Umschläge sind noch übrig.« Flo warf einen Blick in die Kiste. »Vielleicht bringen sie Licht ins Dunkel.«

Im ersten Umschlag steckte ein Schnittmuster für ein kurzes Kleid in grellem, psychedelischem Muster. Wieder dasselbe Mädchen, diesmal in einem Ferienlager mit seinen Eltern, die es in die Mitte genommen hatten. Das Mädchen stellte die für Teenager typische Langeweile zur Schau, während die Eltern sich stolz und liebevoll zu ihm hinunterbeugten und in die Kamera lächelten.

Den letzten Umschlag musste Flo gar nicht mehr öffnen – dieser eine Schnappschuss aus den siebziger Jahren hatte bereits alles offengelegt. Aber sie spürte, dass Nancy mit diesem letzten Umschlag die Geschichte hatte zu Ende erzählen wollen, also zog Flo ihn behutsam hervor.

Sie entdeckte die Bastelanleitung für einen Teddybären. Ein Foto lag mit im Umschlag, es zeigte dasselbe Mädchen, nicht viel älter als auf dem Foto davor, aber diesmal wirkte es müde und ängstlich. Im Arm hielt es sein eigenes kleines Mädchen, das den rosafarbenen Teddy mit der abgewetzten Pfote umklammerte, den Flo nur allzu gut kannte.

29

Somerset, 20. Dezember 1961

Nancy stand barfuß auf dem Steinboden und hauchte gegen die zugefrorene Fensterscheibe, dann rieb sie das geschmolzene Eis mit dem Ärmel ihres Nachthemds ab. Sie spähte durch das Guckloch, das sie freigelegt hatte. Draußen überzuckerte Schnee die nackten Äste, ebenso wie die Rasenfläche, die zum Fluss hinunterführte.

Der eisengraue Himmel wartete darauf, dass die Sonne den Horizont rot färbte. Nancy dachte daran, was sie in der Schule über die griechische Göttin gelernt hatte, deren rosenknospende Finger die Dämmerung anbrechen ließen, während sie die Erde auf ihrem Pferdewagen umkreiste. Heute würde sie sicher darauf verzichten und den neuen Tag damit fernhalten.

Nancy spürte ein schnelles, zaghaftes Luftholen an ihrem Hals, gefolgt von dem warmen, milchduftigen Atem, der sofort kondensierte und ihre Haut und die winzige Wange, die sich fest an sie schmiegte, feucht zusammenkleben ließ. Sie drückte ihr Gesicht in den weichen Flaum auf dem Kopf des Babys und fuhr mit ihren Fingern behutsam die Fontanelle nach. Sie konnte nicht fassen, dass etwas so Zerbrechliches einen so brutalen Einstand in die Welt überleben konnte.

Sie wunderte sich, dass überhaupt eine von ihnen überlebt hatte. Wie schafften Tiere das in der Wildnis? Dieses zerreißende, blutige, schmutzige Ritual, das irgendwie dafür sorgte, dass das Leben weiterging, der Schmerz, den sie gleich wieder vergessen hatte, sodass sie nun, da die blutigen Bettlaken verschwunden waren, friedlich hier stehen und ihr Baby, gewickelt und satt, im Arm wiegen konnte. »You are my sunshine, my only sunshine«, sang sie ihrer Tochter mit flüsternder, brechender Stimme ins winzige Ohr. Wie perfekt ihre Kleine war!

Draußen wurde die Stille vom Motorengeräusch eines Autos unterbrochen, das die Auffahrt zu dem großen Haus hinauffuhr. Das konnte nicht sein. Noch nicht. Sie hatten versprochen, dass es noch Stunden dauern würde.

Das Kind fühlte die Aufregung der Mutter und versteifte sich, es ballte die kleinen Fäuste, seine rosigen Lippen fingen an zu zittern.

»Nicht weinen, meine Süße«, sagte sie und ging langsam zurück zum Bett. Sie hielt es nicht aus zuzusehen, wie das Auto vor dem Haus hielt und die nervösen, aufgeregten Leute die Treppe zum Eingang hinaufstiegen.

Nancy lehnte sich gegen die rauen Leinenkissen und beruhigte das quengelnde Kind, während sie die Schleife ihres Nachthemdes löste und es öffnete. Das Weinen des Babys veränderte sich, aus ängstlichem Schluchzen wurde Hunger. Verzweifelt warf es den Kopf hin und her, den

Mund geöffnet wie ein kleiner Vogel auf der Suche nach Futter.

Nancy fühlte den Schmerz, als die Milch einschoss, und dann die bittersüße, zu Tränen rührende Verzweiflung, als das Baby die kräftigen Kiefer um ihre angeschwollene Brustwarze schloss und wütend daran nuckelte, bis diese einen Strom von dickflüssigem Kolostrum freigab, das das kleine Mädchen für den Rest seines Lebens schützen würde. Das Kind blickte seine hingebungsvolle Mutter mit einem Ausdruck benommener Freude an; immer wieder fielen ihm in seligem Halbschlaf die Augen zu. Lächelnd beobachtete Nancy, wie ihre Tochter zufrieden mit den kleinen Füßchen strampelte. Sie steckten in den Söckchen, die sie während dieses Winters gehäkelt hatte, als sie hier in diesem Zimmer gesessen und gewartet hatte. Immer nur gewartet.

Ein Klopfen an der Tür störte das Kind, und es riss sich mit einem Ruck von der rauen, rot geschwollenen Brustwarze los und wandte den Kopf in Richtung der unbekannten Stimmen, die vorsichtig in ihre winzig kleine Welt eingedrungen waren.

Nancy zog ihr Baby enger an sich. Sie war noch nicht so weit. Sie hatten gesagt, ihr würde der heutige Tag bleiben: ein kurzer Tag, der für ein ganzes Leben reichen musste. Niemand durfte ihr das nehmen.

»Hallo, Liebes.« Schwester Ignatia stand in der Tür.

»Noch nicht, bitte«, flüsterte Nancy.

Die Frau in der steifen Ordenstracht war kaum älter als sie selbst. Sicher würde sie Nancy verstehen, sie war nicht wie manche der älteren Ordensschwestern, die die Mädchen wie Schlampen und Huren behandelten. Ganz egal, dass manche vergewaltigt und misshandelt worden waren, für die Nonnen waren sie alle gleich. Aber Schwester Ignatia war anders. Sie und Nancy hatten sich sogar ein wenig angefreundet, hatten die Abende zusammen mit Handarbeiten verbracht, und Nancy hatte ihrer neuen Schülerin vieles beigebracht. Sie hatte sich sogar ausgemalt, dass die freundliche Nonne ihr helfen würde, einen Weg zu finden, wie sie ihr Baby behalten könnte.

Aber als sie die beiden erschrockenen Gesichter bemerkte, die hinter der jungen Nonne im Schatten des Flurs auftauchten, wurde ihr klar, dass das niemals geschehen würde. Nancy hatte ein Versprechen abgegeben. Ihrem Baby gegenüber. Und dem jungen Paar, das jetzt verlegen im Türrahmen stand.

Schwester Ignatia setzte sich zu ihr aufs Bett. »So ist es am besten, Nancy. Je länger du sie hast, desto schwerer wird es«, sagte sie sanft und versuchte, ein Zittern in ihrer Stimme zu unterdrücken.

Nancy fing an, ihr Baby hin und her zu wiegen, küsste sein Gesicht. »You are my sunshine …«, sang sie mit zittriger Stimme. Ihre heißen Tränen liefen über die Wangen des Kindes und benetzten die weiche weiße Decke.

Die Frau kniete sich neben das Bett, während ihr Mann in der Tür stehen blieb und beklommen mit der Krempe seines Hutes spielte. Wieder und wieder drehte er den Hut in seinen zitternden Händen.

»Nancy, du weißt doch, dass wir sie lieben und gut für sie sorgen werden, nicht wahr?«

Aber Nancy sang weiter vor sich hin. »My only sunshine …«

»Es gibt kein Zurück mehr, nicht wahr?«, fragte die Frau und sah die Nonne ängstlich an, dann ihren Mann, der langsam den Kopf schüttelte.

Schwester Ignatia streichelte Nancys Stirn. »Es ist so weit, Liebes.«

Sie stand auf und überließ der anderen Frau ihren Platz auf der Bettkante neben Nancy, die in die Kissen zurückwich, ihr Nachthemd eng um ihren Hals zog und wild von einem Gesicht zum anderen starrte, während sie ihr Baby an sich presste. »Nein, ich habe meine Meinung geändert. Ich kann das nicht tun.«

»Du musst es tun, es tut mir leid.« Die Nonne warf der anderen Frau einen Blick zu, die mühsam ihr Schluchzen in einem Spitzentaschentuch erstickte. »Wenn du es nicht tust, fügst du vielen Leuten Leid zu, einschließlich deinem Baby. Du willst doch das bestmögliche Leben für sie, oder?«

Nancy betrachtete das liebe kleine Gesicht des Kindes, das leise schnaufte und mit den rosigen Lippen schmatzte, während es seine Mutter träge aus glasklaren blauen Augen ansah. Die Frau, die neben ihr saß, öffnete langsam, behutsam ihre Arme.

»Bitte?«, sagte sie.

Nancy schloss die Augen und versuchte sich vorzustellen, was passieren würde, wenn sie jetzt nein sagte.

Ohne Ehemann, ohne Arbeit, ohne Zuhause, was konnte sie diesem kleinen Mädchen schon bieten, außer ihrer unerschütterlichen Liebe? Sie hatte nichts, während diese Frau dem Baby eine Zukunft geben konnte, einen Vater, Sicherheit. Alles, was Nancy nicht hatte.

»Oh mein Liebling«, flüsterte sie und küsste die samtene Stirn des Kindes, die Nase, beide Wangen und dann die winzigen Fäustchen mit den gebogenen Fingern. Sie zog ihr die kleinen Söckchen aus und hüllte die Füße des Babys in die Decke. Dann schob sie die Söckchen in die Tasche ihres Morgenmantels, holte tief Luft und legte das warme Bündel in die offenen Arme der anderen Frau.

»Kümmere dich um sie. Bitte, kümmert euch beide um sie, ja?«

»Natürlich werden wir das tun. Wir werden sie wie unser eigenes Kind lieben.« Die Frau stand auf und schloss das Baby in die Arme. Dann beugte sie sich zu Nancy und küsste sie auf die Wange. »Danke. Vielen, vielen Dank.« Sie wischte sich mit ihrem Ärmel eine Träne von der Wange und versuchte zu lächeln. »Nur nicht unterkriegen lassen, nicht wahr?«

Nancy zwang sich, ihren Mund zu so etwas wie einem Lächeln zu verziehen. »Nur nicht unterkriegen lassen.«

Und als Donald seiner Peggy und ihrer kleinen Tochter hinausfolgte und leise die Tür hinter sich schloss, starrte Nancy aus dem Fenster auf die schwachen Lichtstrahlen, die durch die spinnenartigen Umrisse der Bäume fielen.

»Please, don't take my sunshine away«, sang sie leise vor sich hin, während sie das Knirschen der Autoreifen auf dem Kies hörte, als der Wagen aus der Einfahrt auf die schmale Straße bog. Immer leiser wurde das Geräusch des Motors, bis es schließlich verklang.

Teil 8

London und Brighton

30

»Ich werde dich vermissen ...«, Flo lächelte Emilia an, »... Cousine!« Sie kniete sich hin, zog Luca an sich und drückte ihm einen unwillkommenen Kuss auf die Wange. »Und dich auch, Nancy«, fügte sie hinzu und verstrubbelte dem kleinen Mädchen lächelnd die Haare.

»Aber du kommst uns doch bald besuchen, oder?«

»Natürlich. Ich muss schließlich deinen Vater kennenlernen, abgesehen von allem anderen.« Flo legte die Hand auf ihren Bauch. »Und hier ist noch jemand, der seine Familie kennenlernen muss.«

»Vergiss das hier nicht.« Emilia reichte ihr einen Briefumschlag, und Flo steckte ihn in ihre Handtasche.

»Niemals. Danke.«

»Sie meint es ernst, weißt du«, sagte Francesco, während er versuchte, seinem Sohn einen großen Stock aus den Händen zu winden. »Das Atelier steht leer. Es könnte also genau das sein, was du brauchst.«

Flo lächelte. »Ich denke darüber nach.«

Emilia ergriff ihre Hand und drückte sie. »Nancy hätte sich so gefreut, dass jemand ihr Atelier übernimmt. Und wir bekämen euch dann oft zu Gesicht. Euch beide«, fügte sie hinzu.

Flo konnte nicht bestreiten, dass der Vorschlag verführerisch klang. Nancys Atelier war perfekt: hell und großzügig geschnitten, noch immer mit vier Arbeitstischen und Nähmaschinen ausgestattet, auch wenn sie erst einmal instandgesetzt werden müssten. Nur zehn Jahre war es her, dass Nancy selbst jeden Tag dort erschienen war und die drei Frauen beaufsichtigt hatte, die hinter dem Label *Nancy Vitari Design* standen. Alles war noch genau so, wie sie es hinterlassen hatte, von den staubigen Stoffballen bis hin zu den langen Kleiderstangen, wo in Plastik eingehüllt Muster aus dreißig Jahren hingen, eine kleine, aber feine Auswahl klassischer Damenmode.

Flo hatte am Morgen noch einen letzten Blick in das Atelier geworfen. Ein unglaublicher Friede lag über dem Raum, als wäre Nancy immer noch da und könnte jeden Moment um die Ecke kommen, mit einer Bahn Tüll unter dem Arm und Stecknadeln zwischen den Lippen. Es konnte einem das Herz brechen, diese Frau gerade mal um ein paar Jahre verpasst zu haben, die Frau, die sich niemals abgewandt, die all die Jahre keinen Geburtstag vergessen hatte und die ihre Tochter und schließlich ihre Enkelin über tausend Kilometer entfernt hatte aufwachsen sehen. Alles war genau festgehalten in dem kleinen Fotoalbum, das Emilia ihr gezeigt hatte. Die Fotos hatten Peggy und Dorothy an Nancy geschickt, damit sie sich der Familie verbunden fühlen konnte. Einer Familie, die sie einer anderen Frau anvertraut hatte und von der sie sich fernhalten musste, wie sie es versprochen hatte. So viel Liebe steckte in den Kleidungsstücken, die alle paar Monate mit Pamela ihren Weg zurück nach England gefunden hatten. Und wie innig hatten sich die zwei Schwestern geliebt, die zusammen aufgewachsen und weit voneinander entfernt alt geworden waren. Flo hatte ihre Freundinnen immer um deren Schwestern beneidet. Eine Schwester war ein verlässlicher Partner, ein Leben lang. Jetzt lächelte sie die junge Frau an, die ihr gegenüberstand. In Emilia hatte sie beinahe eine Schwester gefunden.

»Vielleicht«, sagte sie. »Aber zuerst muss ich ein, zwei Dinge regeln.«

Emilia lächelte zurück. »Natürlich. Aber bitte komm her, sooft du willst. Wir werden dich vermissen.«

Flo fuhr davon, und die anderen winkten ihr durch eine Staubwolke hindurch nach. Sie war glücklich. Und ja, sie würde wiederkommen. Immer wieder. Dies war ihre Familie, und nach gerade einmal ein paar Wochen fühlte sie sich auf dem alten Weiler schon wie zu Hause. Francesco und Emilia hatten ihr sogar eine eigene Wohnung reserviert, die Flo jederzeit beziehen konnte. Es war eine der schönsten Wohnungen auf dem Anwesen, fernab von dem Geplapper und dem theatralischen Getue der Künstlergäste und mit einer eigenen Veranda, die dem allabendlichen Schauspiel des toskanischen Sonnenuntergangs eine wunderbare Bühne bereitete. Früher war es Peters Wohnung gewesen, inzwischen wurden die Räume aber kaum noch genutzt. Pamela hatte bei ihren Besuchen immer hier bei ihm gewohnt, aber mittlerweile nahm sie ihr Leben in London so sehr in Anspruch, dass sie nur noch selten zu Besuch kam. Flo hatte gerne dort gewohnt.

Insgeheim hatte sie schon überlegt, welche ihrer Habseligkeiten sie bei ihrem nächsten Besuch mitbringen wollte. Sie hatte außerdem Stunden damit verbracht, die gerahmten Skizzen und Ölminiaturen an den Wänden zu betrachten.

Aber jetzt war es erst einmal an der Zeit, nach Hause zu fahren – um den Kater zu füttern, mit Dorothy und Phyllis Tee zu trinken, Jem zu beweisen, dass sie die Reise tatsächlich zu Ende gebracht hatte, Pamela zu kontaktieren und einen Termin beim Arzt zu vereinbaren.

Und es war Zeit, mit Seamus zu reden.

Als das Flugzeug den Landeanflug begann, versteckte sich London unter einer Schicht schmutzig grauer Wolken. Nachdem sie sich wochenlang unter blauem Himmel gesonnt hatte, hatte Flo beinahe vergessen, dass es so etwas wie englisches Wetter gab. Es würde wohl einige Zeit dauern, bis sie sich wieder daran gewöhnt hätte. Das Flugzeug schwankte ein wenig, und sie hielt sich ängstlich den Bauch, als sie spürte, wie sich der Sicherheitsgurt in ihre Haut grub. Doch dann sank das Flugzeug unter die Wolkendecke, und die silbrige Themse schlängelte sich unter ihnen entlang. Flo erkannte das Golden Eye, den Shard, die London Bridge.

Irgendwo da unten, im Gewühl der Straßen jenseits der vier Schornsteine der Battersea Power Station, hatten vier Mädchen Himmel und Hölle gespielt, über Jungs geredet, Lippenstift und Zeitschriften ausgetauscht und sich versprochen, für immer Freundinnen zu bleiben. Flo wünschte sich sehnlichst, ihre erschöpften Glieder in ein heißes Aromabad zu tauchen, aber sie musste zuerst der ruhigen Straße in Wandsworth einen Besuch abstatten, wo Dorothy versprochen hatte, den Teekessel aufzusetzen und die Karten auf den Tisch zu legen.

Das Flugzeug drehte steil ein, und der Stadtplan von London lag vor den Fluggästen, unfassbar nah, als der Pilot zur Landung ansetzte.

31

»Komm rein, Kleine. Du siehst erschöpft aus.«

Flo küsste Dorothy leicht auf die gepuderte Wange und ignorierte die süßliche Parfumwolke, die sie umhüllte.

Während sie ihr durch den engen Flur folgte, überlegte sie kurz, ob sich Dorothy nicht eine Spur steifer bewegte. Die Zeit ging auch an dieser alten Kämpferin nicht spurlos vorüber, und traurig nahm Flo zur Kenntnis, dass die schwarze Samthose etwas lockerer an der amazonenhaften Königin des Londoner Südens hing.

»Hallo, Phyllis.«

»Hallo, Liebes.« Peggys alte Freundin erhob sich aus ihrem Stuhl und breitete die Arme aus.

Flo lächelte und erwiderte die Umarmung, die sich wie gewohnt anfühlte, als würde man mit einem Lavendelduftkissen kuscheln.

»Also«, fing Dorothy an, während sie mit Tassen und Teebeuteln hantierte, »die Katze ist aus dem Sack, was?«

»Scheint so«, erwiderte Flo und lächelte. »Es ist in Ordnung, Phyllis. Guck mich nicht so besorgt an. Es gibt niemanden mehr, der dich ausschimpfen könnte. Es ist nicht länger ein Geheimnis.«

Phyllis stieß erleichtert die Luft aus. »Himmel, du hast ja keine Ahnung, wie schwer das all die Jahre war.«

»Besonders für jemanden, der so was ist wie eine menschliche Wochenschau«, murmelte Dorothy.

Phyllis lief sofort rot an. »Das ist nicht fair, Dot.«

»Sie will dich nur ärgern, Phyllis«, wiegelte Flo ab und fand sich sofort wieder in der Rolle der Vermittlerin, die ihr immer zukam, wenn sie mit den zwei alten Damen zusammen war. Es verwunderte sie jedes Mal wieder, dass die Freundschaft der beiden so beständig war, wo sie sich doch dauernd wie Geschwister zankten.

Dorothy stellte drei Tassen auf den Tisch und ignorierte Phyllis, die stirnrunzelnd Lippenstiftspuren von ihrer Tasse wischte. »Schön«, fing sie an. »Was möchtest du wissen?«

Beinahe der ganze Nachmittag verstrich, während die beiden alten Damen die Geheimnisse von vielen Jahren auspackten: Reisen nach Italien, um Nancy zu besuchen; wie Phyllis ihren Marco bei der Hochzeit von Nancy und Lorenzo kennenlernte und dass sie ihrer Mutter nie erzählt hatte, dass er dort nicht zu Gast gewesen war, sondern vielmehr als Kellner arbeitete. Flo betrachtete ein Foto, auf dem die vier Freundinnen wieder vereint waren, die strahlende, von der Sonne gebräunte Braut in einem ärmellosen Empirekleid, genäht im Schneideratelier in der Toskana. Es war aus feinstem Satinstoff gefertigt, nach einem Schnittmuster, das Flo in Nancys Archiv gefunden hatte. Und Peggy, in einer sonnenbeschienenen Neuversion ihres eigenen Hochzeitsfotos, während Beryl und Stanley auf ihre dreijährige Enkelin aufpassten.

»Danach hat deine Großmutter Nancy nie wiedergesehen«, erzählte Dorothy. »Sie kamen überein, dass es so am besten sei, aber es hat ihnen das Herz gebrochen.«

»Erinnerst du dich noch daran, wie mühsam es war, Peggy am Ende dieser Reise von dort fortzubekommen?« Phyllis tupfte sich mit einem zierlichen Stofftaschentuch die Augen. »Oh, es war furchtbar.«

»Nancy ist also nie wieder nach England zurückgekehrt?«, fragte Flo.

Dorothy schüttelte den Kopf. »Niemals. Sie konnte es einfach nicht ertragen, auf dem gleichen Boden zu stehen wie die kleine Maddie. Arme Nancy.«

»Und was ist mit dem Vater? Hat eine von euch ihn gekannt?«

Dorothy schnaubte und zog tief an ihrer süßlich duftenden E-Zigarette. »Oh, und wie ich ihn kannte.«

»Du wusstest, wer mein Großvater war?«

Phyllis sah ihre alte Freundin nervös an. »Meinst du wirklich, du solltest …«

»Was macht das jetzt noch aus?«, fragte Dorothy. »Er ist tot, oder? Sie sind alle tot. Es schadet niemandem, wenn ich dem Mädchen die Wahrheit erzähle.«

»Also, wer war er?«

Dorothy zögerte kurz. »Charlie Blake. Aus guter Familie. Schien ein netter Kerl zu sein, aber wie sich herausstellte, war er genau wie all die anderen piekfeinen Jungs.

Hat ein Mädchen aus dem Londoner Süden verführt und ihm dann das Herz gebrochen.«

Phyllis legte ihre Hand auf die von Flo. »Sie hat ihn angebetet. Er war attraktiv – mein Gott, war er attraktiv! –, und er hat ihr den Boden unter den Füßen weggezogen. Sie war kein schlechtes Mädchen.«

Das hatte Flo auch keinen Moment von Nancy gedacht. Wenn Nancy auch nur zehn Jahre später schwanger geworden wäre, wäre die ganze Sache vielleicht anders ausgegangen.

»Und hat er auch versucht, sie zu finden?«

»Von wegen. Sobald er mitbekam, dass sie schwanger ist, hat er sich schleunigst aus dem Staub gemacht. Wir haben nie wieder etwas von ihm gehört. Dafür haben seine reizenden Eltern schon gesorgt. Aber es ist ihm nicht gut bekommen.«

»Was meinst du damit?«

»Er hat irgendein Mädchen aus der besseren Gesellschaft geheiratet und wurde schließlich Anwalt, wie sein Vater. Dann hat er sich früh zu Tode gesoffen, geschieht ihm recht.«

Flo wunderte sich, dass Dorothy so hart mit ihm ins Gericht ging; vielleicht war es auch für Charlie schwierig gewesen, sich gegen die an ihn gestellten Erwartungen aufzulehnen. »Hatte er noch weitere Kinder?«, fragte sie.

Phyllis schüttelte den Kopf, als sie merkte, dass Dorothy zu empört war, um zu antworten. »Nein, er war der Letzte seiner Familie.«

Es war nicht wichtig. Charlie spielte in der Geschichte der Frauen aus der Victoria Street letztlich nur eine Nebenrolle. Nancy war am Ende glücklich geworden, und das allein zählte.

»Es gibt noch eine andere Spur, über die ich mit euch reden wollte«, erklärte Flo. Die beiden alten Damen sahen sich an.

»Und die wäre?«, fragte Dorothy.

»Pamela.«

»Ah, ich habe schon darauf gewartet, dass sie ins Spiel kommt.«

»Sie muss Nancy sehr nahegestanden haben, und sie war auch deutlich jünger. Emilia hat mir ihre E-Mail-Adresse gegeben. Ich werde versuchen, sie zu kontaktieren.«

»Weißt du …«, fing Dorothy an, wurde aber von den Big-Ben-Klängen der Türklingel unterbrochen. »Jackson, mach auf, hörst du, du fauler Nichtsnutz?«, rief sie. »Verdammte Kinder«, murmelte sie dann. »Von wem haben sie das bloß? Mein Denzel hätte ihnen das nicht durchgehen lassen. Er war einer, er hat es einfach nicht ertragen, wenn jemand faul rumsitzt. Schon gar nicht seine Enkelkinder.«

Flo lächelte. Sie erinnerte sich daran, wie sehr Dorothys Ehemann auf gute Umgangsformen gepocht hatte. Doch hinter der Fassade dieses sanften Riesen hatte ein weiches Herz geschlagen; wie oft hatte er ihr hinter dem Rücken seiner Frau Süßigkeiten zugesteckt.

Die Haustür schlug zu, und sogleich ertönten wieder Gewehrsalven und Handgranaten aus dem Wohnzimmer, als das Kriegsspiel an der Playstation wiederaufgenommen wurde.

Flo drehte sich um, als jemand die Küche betrat. »Oh, hallo Tante Bean. Ich hatte ja keine Ahnung, dass du auch kommst.«

»Ich habe gehört, dass du zurück bist. Wollte dich überraschen.« Tante Bean beugte sich zu Flo und gab ihr einen Kuss auf die Wange. Wie immer sah sie aus, als hätte sie sich blind auf einem Wohltätigkeitsbasar eingekleidet. Laufmaschen in der Strumpfhose, die Ärmel ihrer Tweedjacke viel zu kurz und ihre Bluse falsch zugeknöpft. Das war es, was sie alle an ihr liebten: Sie nahm sich selbst nicht so wichtig.

»Da ist noch ein Stuhl«, meinte Dorothy. »Bedien dich am Tee.«

Tante Bean klapperte in der Küche herum und fand schließlich Teebeutel und eine Tasse. »Sollte mich hier langsam auskennen«, sagte sie. Dann schaute sie Flo an. »Du weißt doch, dass ich früher als Schwesternschülerin bei deinen Urgroßeltern oben in der Straße gewohnt habe?«

Flo nickte. Während Peggy zunehmend vergesslich geworden war, hatte sie ihr, Flo, immer wieder die Geschichte von der jungen Krankenschwester erzählt, die die Einsamkeit aus Beryls und Stanleys Leben vertrieb, nachdem Peggy und Nancy das Haus verlassen hatten. Sie war wie eine weitere Tochter gewesen, um die sie sich kümmern konnten. Und Tante Bean hatte es ihnen vergolten, indem sie für das alte Pärchen da war, als die beiden immer hinfälliger wurden. Von ihrer kleinen Wohnung im

Norden Londons, gleich in der Nähe des Krankenhauses, das ihr zweites Zuhause gewesen war, war es für Bean oft einfacher gewesen, die alten Leute zu besuchen, als für Peggy.

Bean setzte sich an den Tisch. »Also, wie geht's dir, Flo? Ich habe dich seit Peggys Beerdigung nicht mehr getroffen. Du siehst gut aus. Wann ist es so weit?«

Flo wurde knallrot. »Nicht du auch noch!« Sie blickte sich am Tisch um. Die alten Damen lächelten sich verschwörerisch zu.

»Du hast doch nicht wirklich gedacht, dass wir nicht daraufkommen würden, oder?«, bemerkte Dorothy.

»Ich finde, das ist einfach wunderbar«, flötete Phyllis und drückte Flos Hand.

»Also, danke. Aber es ist noch früh, und die Sache ist auch nicht ganz einfach …«

»Pah.« Dorothy winkte ab, sodass ihr schweres Goldarmband klirrte. »Du wirst das schon regeln. Ihr Moon-Mädchen könnt das.«

Flo hatte ein komisches Gefühl dabei, über das Baby zu reden, bevor sie Seamus überhaupt davon erzählt hatte. Es war ihr ungeheuer schwergefallen, Jem gegenüber am Telefon nicht mit der Neuigkeit herauszuplatzen, als sie die Freundin anrief, um ihr von ihrer Rückkehr in ein paar Tagen zu berichten. »Wie auch immer«, wechselte sie das Thema, »ich hatte gerade nach Pamela gefragt.«

»Was willst du denn wissen?«, fragte Tante Bean und strich sich die ergrauten rotblonden Strähnen hinter die Ohren.

Die drei alten Damen sahen sich an, dann fing eine nach der anderen an zu lachen, erst verhalten, dann aus vollem Hals, bis Flo schließlich mit der flachen Hand auf den Tisch schlug. Sie war ärgerlich, weil sich die anderen offenbar über sie lustig machten. »Was ist denn so komisch?«

»Willst du es ihr nicht erklären, Pea? Oder soll ich es tun?« Dorothy warf über den Tisch hinweg einen Blick zu Bean.

Flo runzelte die Stirn. »Hast du gerade Pea gesagt?«

Tante Bean seufzte. »Deine Mutter hat es als kleines Kind immer durcheinandergebracht. Sie konnte Erbsen und Bohnen nicht auseinanderhalten. Also wurde aus Tante *Pea* Tante *Bean*, und … na ja, ich fand es lustig, deswegen haben wir sie nie verbessert. Und als du dann da warst, hatte es sich schon eingebürgert.«

Flo starrte sie an. Wie hatte sie es nur übersehen können? Die Sommersprossen, das Haar, das nie richtig saß, und jetzt im Alter war sie Peter richtig ähnlich, soweit Flo ihn von den Fotos her in Erinnerung hatte.

All die Jahre war Pea genau vor ihrer Nase gewesen. Flo hörte andächtig zu, als Tante Bean jetzt erzählte, wie sie die beiden Familienzweige zusammengehalten hatte, indem sie zwischen Italien und England hin und her gependelt war. Immer hatte sie wertvolles Gepäck dabei, Fotos und selbst genähte Geschenke. Auf diese Weise hatte Nancy ihr kleines Mädchen aufwachsen sehen und selbst noch einmal Mutter werden können, und Peggy konnte Maddie all die hübschen Kleidchen anziehen, die mit so viel Liebe in einem Schneideratelier in der fernen Toskana genäht worden waren.

Flo schwirrte der Kopf. Sie hatte so viele Fragen an Pamela, aber dazu würde es in ein paar Tagen noch genug Gelegenheit geben. Erst mal musste sie alles verdauen. Sie war mit ihren Nerven am Ende und wollte nach Hause in das kleine Reihenhaus, auf das Jem in ihrer Abwesenheit aufgepasst hatte.

Doch zuerst musste sie noch ein Versprechen einlösen. Sie holte aus ihrer Handtasche den Briefumschlag, den Emilia ihr mitgegeben hatte. Sie nahm ein Foto heraus und bemerkte, wie den drei alten Damen der Mund offen stehen blieb.

»Das kann ich verdammt noch mal nicht glauben«, rief Dorothy.

»Aber wie …?« Phyllis schüttelte den Kopf.

Pamela nahm das Foto in die Hand und betrachtete lächelnd die zwei Gesichter. »Du hast also noch ein Geheimnis gehütet, Nancy«, sagte sie.

»Ich habe keine Ahnung, wie das vor sich gegangen ist, aber da sind sie, zusammen. Wer hätte das gedacht?« Und gemeinsam betrachteten alle vier das Bild der beiden strahlenden Gesichter: Nancy, nicht mehr ganz jung und wie immer perfekt zurechtgemacht, das Haar zu einer makellosen Hochfrisur gesteckt, Arm in Arm mit einer jungen Frau, die mit ihrem hippieartigen Auftreten genau das Gegenteil ihrer Mutter darstellte. Nancy und Maddie.

»War das vor deiner Geburt, Flo?«, erkundigte sich Phyllis.

Pamela lächelte. »Ob sie dich wohl deswegen Florence genannt hat? Die Hauptstadt der Toskana. Klar war sie ein großer Fan von *The Magic Roundabout*, aber ich bezweifle, dass sie dich nach der Figur aus dieser Fernsehserie benannt hat.«

»Wer weiß? Wahrscheinlich steckt da eine ganz eigene Geschichte dahinter«, meinte Flo.

»Wenn du deine Mutter je zu fassen kriegst, kannst du sie vielleicht mal danach fragen«, sagte Dorothy.

Es war inzwischen spät geworden, und Flo verabschiedete sich. Sie umarmte jede der drei alten Damen fest. Nun war sie bereit, nach Hause zurückzukehren und sich zu überlegen, was in aller Welt sie als Nächstes tun wollte.

Jem empfing sie unten an der Straße mit gepackten Koffern, bereit zum Aufbruch.

»Hallo, Fremde«, rief sie und umarmte Flo. »Hast mir gefehlt.« Dann schaute sie auf den knurrenden Kater hinunter. »Ihm auch.«

»Super. Er lebt immer noch.«

Jem trat einen Schritt zurück und musterte ihre Freundin. »Du siehst toll aus. Das Reisen scheint dir gutzutun.« Dann runzelte sie die Stirn. »Irgendwas an dir ist anders. Hast du zu viel Pasta gegessen?«

Flo merkte, wie sie rot wurde. Sie ärgerte sich furchtbar, dass sie sich so schnell verraten hatte.

Jem warf einen Blick auf die leichte Rundung von Flos Bauch und schlug die Hände vor den Mund. »Oh mein Gott! Das kann doch nicht wahr sein!«

»Du darfst es niemandem erzählen. Versprich es mir! Ich muss erst mit Seamus reden, wenn ich ihn ausfindig gemacht habe.«

Jem lächelte. »Bei allem, was mir heilig ist.«

»Du hast nichts von ihm gehört, oder?« Es schien eine Ewigkeit her zu sein, dass sie ihm diese SMS geschickt hatte, und es verunsicherte Flo, dass er noch immer nicht geantwortet hatte.

»Ich? Nein, schon ewig nicht mehr.« Jem drückte ihr die Hand. »Keine Sorge, Schätzchen. Ich bin sicher, dass er früher oder später auftaucht.«

»Hoffentlich hast du recht. Ich kann das nicht ohne ihn durchziehen.«

»Jetzt mach dir erst mal keine Sorgen. Irgendwie kommt am Ende immer alles in Ordnung.«

»Hoffentlich.« Flo ließ ihre Tasche auf die Treppe fallen. »Mein Gott, es tut gut, wieder zu Hause zu sein. Auch wenn es sich ein wenig seltsam anfühlt.«

»Du gewöhnst dich schon wieder dran.«

»Weißt du, du musst nicht gehen. Du kannst so lange hierbleiben, wie du willst.«

»Nein, du kommst schon zurecht. Unser Haus ist inzwischen fertig, Clare ist letzte Woche bereits eingezogen. Außerdem«, fügte Jem hinzu, »brauchst du sicher ein bisschen Raum für dich. War ganz schön was los in den letzten Wochen.«

Flo nickte. »Du hast recht.« Plötzlich wünschte sie sich nichts mehr, als Jem zu verabschieden. Später wäre noch genug Zeit, sich alles zu erzählen, und bald würde sie auch wieder anfangen im Secondhandladen zu arbeiten. Na ja, vielleicht. Auf einmal schien alles möglich, und zugleich war nichts mehr sicher. Außer dass in ihr ein kleines Leben heranwuchs, wenn alles gut ging.

»Okay, Schätzchen, ich bin weg. Im Kühlschrank ist Milch und ein bisschen was zu essen. Bis bald.« Jem gab ihr einen Kuss auf die Wange, und Flo rieb sich den unvermeidlichen knallroten Lippenstiftfleck ab.

»Bis dann.« Sie wollte gerade die Tür schließen, als Jem ihr vom Ende des Gartens noch etwas zurief. »Oh, übrigens, in der Küche wartet noch was anderes auf dich. Ich würde gleich mal nachsehen, sonst wird es kalt.« Sie lächelte und winkte, und Flo sah der Freundin durch die schmutzige Glasscheibe der Haustür nach, bis sie außer Sicht war.

Sie wollte sich unbedingt ein Bad einlassen, aber erst musste sie etwas essen. Sie hatte einen Bärenhunger. Was Jem ihr wohl dagelassen hatte?

Von der Treppe her hörte Flo ein Ping, gleichzeitig leuchtete ihr Handy in ihrer Handtasche auf. Sie zog es heraus und betete, dass es eine Nachricht von ihrem Mann war, der endlich auf ihre tapferen Worte antwortete: *Mir tut es auch leid x*

Und da war es. Ihr Seamus schrieb zurück:

Das bedeutet mir viel, Flossie. Danke x

Es war das erste Lebenszeichen von ihm seit Monaten. Sie hatte schon fast geglaubt, er hätte sie vergessen. Die paar Worte sagten nicht viel aus, aber es war zumindest ein Anfang. Vielleicht gab es doch noch Hoffnung. Zumindest standen sie wieder irgendwie in Kontakt. Und sie hatten weiß Gott einiges zu besprechen.

Flo legte das Handy auf den Tisch in der Diele und ging in die Küche. Warum roch es nicht nach Essen? Bitte, nicht schon wieder Kaltverpflegung: Sosehr sie es genossen hatte, fürs Erste konnte sie keine Salami mehr sehen.

»Hi, Flossie.«

Sie blieb wie angewurzelt stehen, eine Hand auf der Türklinke zur Küche. Das konnte nicht sein.

Aber da war er, legte eben sein Handy auf den Küchentisch, ganz so, als wären die letzten Monate nie geschehen.

»Leistest du einem alten Idioten Gesellschaft?«, fragte er leise.

»Seamus. Wie bist du hierhergekommen?« Langsam trat sie auf ihn zu.

»Ach, so eine große Maschine mit Flügeln und Motor.«

Flo musste unwillkürlich lachen. »Du weißt schon, was ich meine.«

»Die alte Jem hat mir gesagt, dass du zurückkommst.«

»Jem?«

»Ja, sie ist eine echt miese Freundin. An deiner Stelle würde ich ihr nichts mehr erzählen.«

»Also«, fing Flo zögernd an, »warum bist du hier?«

»Das ist mein Zuhause. Du bist mein Zuhause, Flo. Du hast mir gefehlt. Ich musste zurückkommen.« Er kaute auf seiner Unterlippe. »Das heißt, wenn du mich zurücknimmst.« Er sah sie unsicher an. »Tust du das, Floss? Nimmst du mich zurück?«

Sie musterte ihn. Er war wieder ganz der alte Seamus, voller Hoffnung, voller Liebe, die Bruchlandung ihrer Trennung hatte er auf der anderen Seite des Ozeans zurückgelassen. Und sie spürte, dass auch sie wieder da war; die gebrochene, wütende Flo, die sich geweigert hatte zu erkennen, was sie aufgab, war endgültig verschwunden.

Fünf Schritte lagen zwischen ihnen, fünf Schritte, die für den Rest ihres Lebens entscheidend sein würden.

»Seamus.« Ihre Stimme brach. »Es tut mir leid … dass ich dir nicht zugehört habe, dass ich dich weggedrängt habe, alles.«

Lächelnd stand er auf und kam auf Flo zu. »Mir tut es auch leid, Floss. Ich hätte dich niemals in diese Situation bringen dürfen. Es geschah mir nur recht.«

Sie nahmen sich an den Händen und lächelten sich an.

»Fangen wir noch mal von vorn an?«, fragte er.

Sie nickte. »Komm her, du Idiot.« Sie öffnete die Arme.

Sein Duft, seine Umarmung, seine Liebe – sie war bereit, sich wieder davon einhüllen und beinahe erdrücken zu lassen. Für einen Moment war sie so berauscht, dass sie das Wichtigste fast vergessen hätte.

Sie machte sich los und sah ihm in die Augen.

»Seamus«, erklärte sie, »ich muss dir was sagen.«

Erst betrachtete er sie ängstlich, dann forschend, und schließlich entdeckte er das Lächeln in ihren Augen und auf ihren Lippen. »Mein kluges, kleines Mädchen«, lachte er, hob sie hoch und wirbelte sie herum.

»Es gehören zwei dazu.«

Er setzte sie wieder auf dem Boden ab, und sie nahm sein bartstoppeliges Gesicht in die Hände und stellte sich auf die Zehenspitzen. »Sie dürfen Ihre Frau jetzt küssen.«

Epilog

»Bist du sicher, dass du das hinkriegst?« Flo warf einen besorgten Blick auf das schlafende Baby.

»Florence, ich war dreißig Jahre lang Kinderkrankenschwester. Deinem Baby wird es an nichts fehlen. Los jetzt. Ihr verpasst noch euren Tisch.«

Manchmal hatte es keinen Sinn, sich mit Pea anzulegen, also gab sich Flo geschlagen und folgte Seamus aus dem Kinderzimmer und die Treppe hinunter.

»Kommen Sie, Gnädigste«, sagte er. »Wann waren wir zwei das letzte Mal zusammen aus? Dieser Winzling hat unser Leben gekapert.«

Sie lächelte, denn sie wusste, dass es ihm genauso schwerfiel, den kleinen Peter allein zu lassen. Aber Seamus hatte recht: Heute war ihr Hochzeitstag, und es war ein gutes Gefühl, sich in Schale zu werfen, ohne eine einzige Windel in der Handtasche. In ein paar Wochen hatte Seamus Osterferien, und sie würden das Auto packen und für einen Monat nach Italien aufbrechen: Sie mussten sich langsam wieder daran gewöhnen, aus dem Haus zu gehen, und das Candle-Light-Dinner heute war ein guter Anfang. Noch einmal ließ Flo den Blick durch die Küche schweifen, um sich zu vergewissern, dass sie auch wirklich nichts vergessen hatte. Sie hielt inne, als sie feststellte, dass Bens Postkarte unter dem Magneten an der Kühlschranktür herausgerutscht war. Sie hob sie auf und betrachtete das Bild vom Ayers Rock. Versonnen las sie noch einmal seine Zeilen:

Ist das weit genug von meiner Mutter weg? Es ist das Beste, was ich je gemacht habe! Hab's eilig, breche morgen mit den Jungs zu einer Trekkingtour auf. Dein Mr Simpson

»Los jetzt, Floss, wir verpassen noch unseren Tisch«, rief Seamus aus der Diele.

»Komme!«, antwortete sie, pinnte die Postkarte zurück an den Kühlschrank, warf die Haustür hinter sich zu und lief ihm nach.

»Und, wie machen sie sich?« Pamela streichelte Peters weiche Wange, während sie hörte, wie das Geplapper der beiden die Straße hinunter verschwand.

Er lächelte sie mit großen grauen Augen an.

»Du wirst genauso ein Charmeur wie dein Vater, nicht wahr?«, sagte sie lachend. »Deine Urgroßmutter Nancy hätte dich angebetet, kleiner Kerl.« Es war schön, sich wieder um ein Baby zu kümmern, und sie war überglücklich, dass Flo sie gebeten hatte, auf Peter aufzupassen. So viele Jahre waren vergangen, seit sie Nancy und Lorenzo mit ihren kleinen Söhnen geholfen hatte. Pamela hatte ein Händchen für Kinder. Die Leitung der Neugeborenenstation all die Jahre, die *bambini* in Italien, sie liebte es, mit Kindern zusammen zu sein. Sie hatte keine eigenen Kinder gebraucht, um glücklich zu sein, hatte sich nicht einmal welche gewünscht. Ein reiches Leben mit Freunden und Familie und natürlich mit ihren geliebten Hunden – das hatte sie immer erfüllt. Aber dieser Kleine hier war zweifelsohne ein Goldstück, und er sah Nancy tatsächlich ähnlich.

Pamela vermisste Nancy schrecklich. Sie war ihr mehr eine Mutter als eine Schwester gewesen, und sie hatte sich bis zuletzt um Pa gekümmert. Nancy war es zu verdanken gewesen, dass er seine Tochter nach London hatte gehen lassen, wo Pamela ihre Ausbildung begann. Und sei es nur, um sie aus dem Pferdestall herauszulocken, wie Nancy es formuliert hatte. Letztlich war Peter stolz auf seine Tochter gewesen, er war sogar nach London zu ihrer Graduiertenfeier am Universitätsklinikum gekommen, wo Pamela als Jahresbeste abgeschlossen hatte. Sie hätte sich gewünscht, dass Nancy auch dabei gewesen wäre, aber nichts hatte sie dazu bewegen können, englischen Boden zu betreten. Also hatte Pamela einen Stapel Fotos von den Feierlichkeiten mitgebracht, als sie das nächste Mal in die Toskana zu Besuch kam.

Es war schön, dass sie endlich ihre glücklichen Erinnerungen mit Flo teilen konnte. Die junge Frau konnte gar nicht genug von Pamelas Berichten über die Reise durch Europa bekommen oder von der Geschichte, wie Nancy und Lorenzo schließlich geheiratet hatten – nachdem er ihr drei Jahre lang den Hof gemacht hatte –, und wie geliebt und glücklich Nancy sich in ihrem neuen Leben gefühlt hatte. Pamela war froh, dass Flo und Seamus jetzt auch zu dieser Welt gehörten, wenn auch nur für ein paar

Monate im Jahr. Aber vielleicht kam es auch anders? Vielleicht würde Flo ihren Plan umsetzen, wenn sie sich in ihre Mutterrolle mit Peter eingefunden hatte, und Nancys Atelier übernehmen?

Das Baby trommelte fröhlich mit den Fäusten auf die Matratze, gab gurgelnde Laute von sich und betrachtete interessiert die kleine Spieluhr, die an den Stäben seines Gitterbettchens hing.

»Soll ich es noch einmal anstellen? Du könntest das die ganze Nacht hören, oder?«

Sie zog an der Schnur der Spieluhr, und das kleine Spielwerk spulte das Lied ab, das Peter immer zum Lächeln brachte, dieselbe Melodie, die Nancys Söhne beruhigt hatte, als sie klein gewesen waren.

Pamela summte mit, während die Schnur wieder in der Spieluhr verschwand. Sie musste sie gleich wieder herausziehen, damit Peter nicht zu weinen anfing.

»You are my sunshine«, sang sie leise, während sie ihm über die warme Wange strich, »my only sunshine …«

Nancy setzte sich auf und streckte den Rücken durch: Das jahrelange gebeugte Sitzen an der Nähmaschine verlangte langsam seinen Tribut. Vielleicht sollte sie auf Lorenzo hören und es ruhiger angehen lassen. Inzwischen hatte ihr Sohn Luigi die Tagesgeschäfte in der Galerie und den Werkstätten übernommen, und Stanley hatte seine Stelle an der Universität angetreten. Eigentlich könnten sie jetzt wieder mehr Zeit zusammen verbringen, vielleicht eine der vielen Reisen unternehmen, die sie sich gegenseitig versprochen hatten. Vielleicht würden sie sogar ein Zimmer in der Villa du Cap Bleu buchen und bei Sonnenuntergang Champagner schlürfen oder in einem Pariser Straßencafé einen Espresso trinken.

Sie nahm das Kleidchen und prüfte es sorgfältig. Es war wirklich zauberhaft. Jetzt musste sie nur noch den kleinen Bubikragen bügeln und vielleicht noch einen extra Nadelstich unten am Reißverschluss setzen, aber ansonsten war es fertig. Sie würde es in Seidenpapier einschlagen, und Pamela konnte es morgen mit zurück nehmen. Die Ferien, die sie zusammen verbrachten, vergingen immer so schnell, und Pamela hatte nicht oft frei. Aber sie liebte ihren Beruf, und sie alle hier in Italien waren sehr stolz auf sie. Heute Abend würden sie zusammen zu Abend essen: Sie selbst, Lorenzo, Pamela und Peter, und hoffentlich würden Luigi und Angela die kleine Emilia mitbringen. Was für ein Engel dieses Kind war, sie machte ihrer Großmutter so viel Freude. Vielleicht würden Stanley und Eduardo es auch einrichten können zu kommen – Nancy genoss ihre Geschichten vom Leben in der Stadt, wo sie doch selbst so viel Zeit auf dem Land versteckt verbrachte. Die beiden, ein Kunsthistoriker und ein Zeitungsverleger, führten ein glamouröses Leben und verwöhnten Nancy stets mit etwas Süßem oder einem Liebhaberstück, das sie für sie in den etwas teureren Straßen von Florenz aufstöberten.

Sie beugte sich über den Nähtisch und nahm ein identisches kleines Kleidchen zur Hand. Eines für Emilia und eines für Florence. Wie lustig, dass die zwei Mädchen beinahe gleich alt waren. Ob die beiden sich je begegnen würden? Vielleicht eines Tages, wenn die alten Geschichten und die alten Geheimnisse nichts mehr bedeuteten; vielleicht würden die Familienzweige dann zusammenfinden.

Draußen wurde es dunkel, im Olivenhain vor dem Fenster stimmten die Stare ihr Abendlied an. Nancy lauschte dem Gezwitscher der Vögel, und für einen Augenblick meinte sie, noch etwas anderes zu hören: ein Liedfragment, eine Melodie aus früheren Zeiten. Ja, da war es wieder. Vielleicht war es nur eine Erinnerung, und sie bildete es sich ein. Aber sie hörte es so deutlich, dass sie leise mitsummte.

»My only sunshine …«

Sie spürte einen kalten Windhauch, als wäre ein Wintermorgen aus englischen Gefilden herübergeweht. Alberne alte Frau, schalt sie sich selbst, stand auf und legte die kleinen Kleidchen fein säuberlich zusammen. Für heute war Feierabend.

Ehe sie das Licht löschte, sah Nancy sich noch einmal im Atelier um. Durch die Fenster fiel das goldene Licht des toskanischen Sonnenuntergangs auf die Wände. Hoffentlich würde jemand eines Tages das Atelier übernehmen. So viel Liebe steckte darin, aber sie merkte, dass sie allmählich müde wurde. Lange würde sie nicht mehr so weitermachen können.

»Nur nicht unterkriegen lassen, Nancy«, sagte sie, ehe sie den Lichtschalter umlegte. »Nur nicht unterkriegen lassen.«

Danksagung

Die paar hundert Seiten zwischen diesen schönen Buchdeckeln sind so viel mehr als die Summe der hier abgedruckten Worte. Auf die Gefahr hin, dass es eine recht ausführliche Aufzählung wird, möchte ich doch vielen Menschen dafür danken, dass sie sich an dem lebenslangen Prozess von Nancys Erschaffung beteiligt haben. Ich werde versuchen, mich kurzzufassen.

Mein Drang, Worte aus meinem Kopf auf eine Seite zu bringen, hat seinen Ursprung zweifelsohne in meiner Kindheit. Ich bin mit Büchern aufgewachsen: Kinderbücher, Nachschlagewerke, Klassiker, moderne Literatur, Kochbücher, Liederbücher. Danke, Dad, für die vielen Samstagvormittage in der Bücherei, wo wir jede Woche Stunden damit verbringen durften, stapelweise Bücher auszusuchen. Und danke für die Ausflüge in die Buchhandlung, wo du uns deine Lieblingsbücher aus deiner Kindheit gezeigt und uns geholfen hast, unsere eigenen Schätze zu finden. Eine meiner größten Freuden war es, dir zuzuhören, wie du meinen Kindern vorgelesen hast, als sie noch klein waren.

Nancy ist unter anderem aus meiner Liebe zum Nähen hervorgegangen, und ich muss Mum für die vielen

Stunden danken, in denen sie für mich die geduldige Mrs Nightingale war und mir gezeigt hat, wie man die alte Singer-Nähmaschine bedient, wie man Wäscheklammern herstellt, wie man strickt (wenig erfolgreich) und wie man aus Seidenpapier von Mal zu Mal schönere Kleidungsstücke zaubern kann. Danke, dass du deinen Enkelkindern beigebracht hast, wie man wunderbar schiefe Schals strickt, und für die glücklichen, chaotischen Stunden, die du mit ihnen an unserem Küchentisch verbracht hast.

Schreiben ist ein freudiger, quälender, frustrierender Zeitvertreib, und ich danke allen Musiklehrern, die ich über die Jahre hatte, die mir beigebracht haben, dass Kreativität nichts ist ohne stundenlange harte, einsame Arbeit und dass das sichtbare Ergebnis jeder künstlerischen Tätigkeit nur ein kurzer Lichtblick nach jahrelanger Schufterei ist. Daran versuche ich mich zu erinnern, wenn ich ins Leere starre und darauf warte, dass mir die passenden Worte einfallen, oder wenn ich eine Seite voll richtiger Worte vor mir habe, allerdings in der falschen Reihenfolge. All das nimmt man gerne in Kauf für die Momente schwindelerregender Freude, wenn man vorankommt, manchmal läuft es stundenlang wie am Schnürchen, manchmal ist der Gedanke auch schon verschwunden, ehe man zum Synonymwörterbuch greifen kann.

Ich habe das Glück, meine eigene Schreibcommunity zu haben. Jeder in der Gruppe kennt solche Situationen, und im Laufe der Jahre haben mich meine Freunde mit ihrem Talent inspiriert und mit ihrer Großzügigkeit Demut gelehrt: Kate Hicks Beach, Christine Kidney, Tom Kane, Emma Cuthbert, Katja Sass, Geraldine Terry, Deb Jess Kermode, Deb Dooley, Antoinette Whittingham, ich liebe und bewundere euch mehr, als ich sagen kann. Ein ganz besonderer Dank gilt meiner Freundin und Schriftstellerkollegin Clare Palmer, die Nancy, Flo und mir einen ruhigen Ort geschenkt hat, wo wir uns kennenlernen konnten, indem sie mir einen Schreibtisch zur Verfügung und die wunderbare Katze Squeeks zur Seite stellte.

Nancys Ankunft auf dem Kontinent war nur der letzte Abschnitt ihrer Reise, und sie hätte es niemals bis dorthin geschafft, wenn die unglaublich begabte Gill Paul mich nicht dazu ermutigt hätte, Nancy aus den Tiefen des Kleiderschrankes hervorzuholen und sie der Welt vorzustellen. Ich kann es immer noch nicht glauben, dass die absolut brillante Gaia Banks uns aufgesammelt und mit der Sheil-Land-Familie zusammengebracht hat. Danke auch für die fröhlichen Stunden, in denen wir uns über unsere gemeinsame Vorliebe für Vintage-Kleidung unterhalten. Es ist wirklich eine himmlische Verbindung. Dank auch an Alba Arnau von SLA, die sich gut um mich kümmert und mir die Büroarbeit erleichtert, gegen die ich eine angeborene Abneigung hege.

Riesiger und herzlicher Dank geht an Sherise Hobbs und Eleanor Dryden von Headline Review, die sich in mein Buch verliebt und mich mit ihrem wunderschönen Brief zum Weinen gebracht haben. Nancy hätte kaum in bessere oder sorgfältigere Hände kommen können. Dank auch an Jane Selley für ihre sorgfältige und einfühlsame

Redaktion. Meine allererste Stelle hatte ich als Assistentin von Carole Welch bei Hodder & Stoughton, und jetzt Autorin unter dem Hachette-Dach zu sein, fühlt sich an wie eine glückliche und privilegierte Heimkehr.

Und natürlich bedanke ich mich bei meiner geduldigen, leicht vernachlässigten Familie. Ihr musstet mit mir am Abendbrottisch sitzen und euch meine Litanei über eine Ungereimtheit in der Handlung des Buches anhören, mit der ihr nichts anzufangen wusstet, oder ihr musstet mit mir feiern, wenn ich mal wieder einen passenden Ausdruck gefunden hatte. Ich verspreche, von nun an eine aufmerksame Zuhörerin zu sein.

Neil, ich danke dir für deine Liebe und Freundschaft und für deinen kreativen Funken, der mich auch nach drei Jahrzehnten noch staunen lässt.

Kate, Molly und Gus, ihr seid das Licht meines Lebens, und ich kann mein Glück nicht fassen, drei so gute, freundliche und außergewöhnliche junge Menschen in die Welt gesetzt zu haben. Ihr werdet Unglaubliches schaffen.